MINGUO TONGSU XIAOSHUO
DIANCANG WENKU

欢喜冤家

民国通俗小说典藏文库·张恨水卷

张恨水 ◎ 著

中国文史出版社

小说大家张恨水（代序）

张赣生

民国通俗小说家中最享盛名者就是张恨水。在抗日战争前后的二十多年间，他的名字真是家喻户晓、妇孺皆知，即使不识字、没读过他的作品的人，也大都知道有位张恨水，就像从来不看戏的人也知道有位梅兰芳一样。

张恨水（1895—1967），本名心远，安徽潜山人。他的祖、父两辈均为清代武官。其父光绪年间供职江西，张恨水便是诞生于江西广信。他七岁入塾读书，十一岁时随父由南昌赴新城，在船上发现了一本《残唐演义》，感到很有趣，由此开始读小说，同时又对《千家诗》十分喜爱，读得"莫名其妙的有味"。十三岁时在江西新淦，恰逢塾师赴省城考拔贡，临行给学生们出了十个论文题，张氏后来回忆起这件事时说："我用小铜炉焚好一炉香，就做起斗方小名士来。这个毒是《聊斋》和《红楼梦》给我的。《野叟曝言》也给了我一些影响。那时，我桌上就有一本残本《聊斋》，是套色木版精印的，批注很多。我在这批注上懂了许多典故，又懂了许多形容笔法。例如形容一个很健美的女子，我知道'荷粉露垂，杏花烟润'是绝好的笔法。我那书桌上，除了这部残本《聊斋》外，还有《唐诗别裁》《袁王纲鉴》《东莱博议》。上两部是我自选的，下两部是父亲要我看的。这几部书，看起来很简单，现在我仔细一想，简直就代表了我所取的文学路径。"

宣统年间，张恨水转入学堂，接受新式教育，并从上海出版的报纸上获得了一些新知识，开阔了眼界。随后又转入甲种农业学校，除了学习英文、数、理、化之外，他在假期又读了许多林琴南译的小说，懂得了不少描写手法，特别是西方小说的那种心理描写。民国元年，张氏的父亲患急症去世，家庭经济状况随之陷入困境，转年他在亲友资助下考入陈其美主持的蒙藏垦殖学校，到苏州就读。民国二年，讨袁失败，垦殖学校解散，张恨水又返回原籍。当时一般乡间人功利心重，对这样一个无所成就的青年很看不起，甚至当面嘲讽，这对他的自尊心是很大的刺激。因之，张氏在二十岁时又离家外出投奔亲友，先到南昌，不久又到汉口投奔一位搞文明戏的族兄，并开始为一个本家办的小报义务写些小稿，就在此时他取了"恨水"为笔名。过了几个月，经他的族兄介绍加入文明进化团。初始不会演戏，帮着写写说明书之类，后随剧团到各处巡回演出，日久自通，居然也能演小生，还演过《卖油郎独占花魁》的主角。剧团的工作不足以维持生活，脱离剧团后又经几度坎坷，经朋友介绍去芜湖担任《皖江报》总编辑。那年他二十四岁，正是雄心勃勃的年纪，一面自撰长篇《南国相思谱》在《皖江报》连载，一面又为上海的《民国日报》撰中篇章回小说《小说迷魂游地府记》，后为姚民哀收入《小说之霸王》。

1919 年，五四运动吸引了张恨水。他按捺不住"野马尘埃的心"，终于辞去《皖江报》的职务，变卖了行李，又借了十元钱，动身赴京。初到北京，帮一位驻京记者处理新闻稿，赚些钱维持生活，后又到《益世报》当助理编辑。待到 1923 年，局面渐渐打开，除担任"世界通讯社"总编辑外，还为上海的《申报》和《新闻报》写北京通讯。1924 年，张氏应成舍我之邀加入《世界晚报》，并撰写长篇连载小说《春明外史》。这部小说博得了读者的欢迎，张氏也由此成名。1926 年，张氏又发表了他的另一部更重要的作品《金粉世家》，从而进一步扩大了他的影响。但真正把张氏声望推至高峰的是《啼笑因缘》。1929 年，上海的新闻记者团到北京访问，经钱芥尘介绍，张恨水得与严独鹤相识，严即约张撰写长篇小说。后来张氏回忆这件事的过程时说："友人钱芥尘先生，介绍我认识《新闻报》的严独鹤先生，他并在独鹤先生面前极力推许我的小说。那时，《上海画报》（三日刊）曾转载了我的《天上人间》，独鹤先生若对我有认识，也就是这篇小说而已。他倒是没有什么考虑，就约我写一篇，而且愿意带一部分稿子走。……在那几年间，上海洋场章回小说走着两条路子，一条是肉感的，一条是武侠而神怪的。《啼笑因缘》完全和这两种不同。又除了新文艺外，那些长篇运用的对话并不是纯粹白话。而《啼笑因缘》是以国语姿态出现的，这也不同。在这小说发表起初的几天，有人看了很觉眼生，也有人觉得描写过于琐碎，但并没有人主张不向下看。载过两回之后，所有读《新闻报》的人都感到了兴趣。独鹤先生特意写信告诉我，请我加油。不过报社方面根据一贯的作风，怕我这里面没有豪侠人物，会对读者减少吸引力，再三请我写两位侠客。我对于技击这类事本来也有祖传的家话（我祖父和父亲，都有极高的技击能力），但我自己不懂，而且也觉得是当时的一种滥调，我只是勉强地将关寿峰、关秀姑两人写了一些近乎传说的武侠行动……对于该书的批评，有的认为还是章回旧套，还是加以否定。有的认为章回小说到这里有些变了，还可以注意。大致地说，主张文艺革新的人，对此还认为不值一笑。温和一点的人，对该书只是就文论文，褒贬都有。至于爱好章回小说的人，自是予以同情的多。但不管怎么样，这书惹起了文坛上很大的注意，那却是事实。并有人说，如果《啼笑因缘》可以存在，那是被扬弃了的章回小说又要返魂。我真没有料到这书会引起这样大的反应……不过这些批评无论好坏，全给该书做了义务广告。《啼笑因缘》的销数，直到现在，还超过我其他作品的销数。除了国内、南洋各处私人盗印翻版的不算，我所能估计的，该书前后已超过二十版。第一版是一万部，第二版是一万五千部。以后各版有四五千部的，也有两三千部的。因为书销得这样多，所以人家说起张恨水，就联想到《啼笑因缘》。"

不论张氏本人怎样看，《啼笑因缘》是他最有影响的作品，这一点毫无疑问，可以随便举出几件事来证明。《啼笑因缘》发表后，被上海明星公司拍成六集影片，由当时最著名的电影明星胡蝶主演，同时还被改编为戏剧和曲艺，在各地广泛流传；再有《啼笑因缘》被许多人续写，迫使张氏不得不改变初衷，于1933年又续写了十回，张氏在《我的写作生涯》中说："在我结束该书的时候，主角虽都没有大团圆，也没有完全告诉戏已终场，但在文字上是看得出来的。我写着每个人都让读者有点儿有余不尽之意，这正是一个处理适当的办法，我绝没有续写下去的意思。可是上海方面，出版商人讲生意经，已经有好几种《啼笑因缘》的尾巴出现，尤其是一种《反啼笑因缘》，自始至终，将我那故事整个地翻案。执笔的又全是南方人，根本没过过黄河。写出的北平社会真是也让人又啼又笑。许多朋友看不下去，而原来出版的书社，见大批后半截买卖被别人抢了去，也分外眼红。无论如何，非让我写一篇续集不可。"这种由别人代庖的续作，出书者至少有四种：惜红馆主《续啼笑因缘》、青萍室主《啼笑因缘三集》、康尊容《新啼笑因缘》和徐哲身《反啼笑因缘》。虽然远不如《红楼梦》续作之多，但在民国通俗小说中已经是首屈一指了。张氏在《我的小说过程》一文中还说："我这次南来，上至党国名流，下至风尘少女，一见着面便问《啼笑因缘》。这不能不使我受宠若惊了。"

《啼笑因缘》使张氏名声大振，约他写稿的报刊和出版家蜂拥而至，有的小报甚至谣传张氏在十几分钟内收到几万元稿费，并用这笔钱在北平买下了一所王府，自备一部汽车。这自然不是事实，但张氏当时收到的稿酬也有六七千元，的确不能算少。这样，他就可以去搜集一些古旧木版小说，想要作一部《中国小说史》。就在此时，日寇侵华的"九一八事变"爆发，张氏的希望随之化为泡影。作为一位爱国的作家，在国难当头的状况下自不会沉默，张恨水在1931至1937的几年间，先后写了《热血之花》《弯弓集》《水浒别传》《东北四连长》《啼笑因缘续集》《风之夜》等涉及抗敌御侮内容的作品。

1934年，张恨水到陕西和甘肃走了一遭，此行使他的思想发生了很大的变化。张氏在《我的写作生涯》中说："陕甘人的苦不是华南人所能想象，也不是华北、东北人所能想象。更切实一点地说，我所经过的那条路，可说大部分的同胞还不够人类起码的生活。……人总是有人性的，这一些事实，引着我的思想起了极大的变迁。文字是生活和思想的反映，所以在西北之行以后，我不讳言我的思想完全变了，文字自然也变了。"此后，他写了《燕归来》，以描写西北人民生活的惨状。

抗日战争全面爆发后，张恨水取道汉口，转赴重庆，于1938年初抵达，即应邀在《新民报》任职。抗战八年间，他除去写了一些战争题材的小说外，还有两种较重要的作品，即《八十一梦》和《魍魉世界》（原名《牛马走》），均先于《新民报》连载，后出单行本。抗战胜利，张氏重返北平，担任《新民报》经理，此后几年他写了《五子登科》等十来部小说，但均未产生重大影响。1948年底，张氏辞去《新民报》职务。1949年夏，他患脑溢血，经过几年调治，病情好转，张氏便又到江南和西北去旅行。1959年，张氏病情转重，至1967年初于北京去世，终年七十三岁。

张恨水一生写了九十多部小说，印成单行本的也在五十种左右。说到张氏作品的总特色，一般常感到不易把握，因为他总在不断地变。其实，这"变"就正是张恨水作品最鲜明的总特色。

张恨水是一个不甘心墨守成规的人，他好动不好静，敢于否定自己，这正是作为开创者必须具备的素质。读一读张氏的《我的写作生涯》，就会发现他总是在讲自己的变，那变的频繁、动因的多样，在民国通俗小说作家中实属仅见。……待到《金粉世家》《啼笑因缘》相继问世，张恨水的名声已如日中天，他在思想上的求新仍未稍解，他说："我又不能光写而不加油，因之，登床以后，我又必拥被看一两点钟书。看的书很拉杂，文艺的、哲学的、社会科学的，我都翻翻。还有几本长期订的杂志，也都看看。我所以不被时代抛得太远，就是这点儿加油的工作不错。"

追求入时，可说是张恨水的一贯作风，不仅小说的内容、思想随时而变，在文字风格上也不断应时变化。仅就内容、思想方面的变化而言，在民国通俗小说作家中也很常见，说不上是张氏独具的特色，但在文字风格上也不断变化，就不同于一般了。张氏在《我的写作生涯》中经常提到这方面的事例，譬如他曾提及回目格式的变化，他说："《春明外史》除了材料为人所注意而外，另有一件事为人所喜于讨论的，就是小说回目的构制。因为我自小就是个弄辞章的人，对中国许多旧小说回目的随便安顿向来就不同意。即到了我自己写小说，我一定要把它写得美善工整些。所以每回的回目都很经一番研究。我自己削足适履地定了好几个原则。一、两个回目，要能包括本回小说的最高潮。二、尽量地求其辞藻华丽。三、取的字句和典故一定要是浑成的，如以'夕阳无限好'，对'高处不胜寒'之类。四、每回的回目，字数一样多，求其一律。五、下联必定以平声落韵。这样，每个回目的写出，倒是能博得读者推敲的。可是我自己就太苦了……这完全是'包三寸金莲求好看'的念头，后来很不愿意向下做。不过创格在前，一时又收不回来。……在我放弃回目制以后，很多朋友反对，我解释我吃力不讨好的缘故，朋友也就笑而释之，谓不讨好云者，这种藻丽的回目，成为礼拜六派的口实。其实礼拜六派多是散体文言小说，堆砌的辞藻见于文内而不在回目内。礼拜六派也有作章回小说的，但他们的回目也很随便。"再譬如他在谈及《金粉世家》时说："以我的生活环境不同和我思想的变迁，加上笔路的修检，以后大概不会再写这样一部书。"诸如此类的变化不胜列举。

张氏的多变还体现在题材的多样化。他说："当年我写小说写得高兴的时候，哪一类的题材我都愿意试试。类似伶人反串的行为，我写过几篇侦探小说，在《世界日报》的旬刊上发表，我是一时兴到之作，现在是连题目都忘记了。其次是我写过两篇武侠小说，最先一篇叫《剑胆琴心》，在北平的《新晨报》上发表的，后来《南京晚报》转载，改名《世外群龙传》。最后上海《金刚钻小报》拿去出版，又叫《剑胆琴心》了。"第二篇叫《中原豪侠传》，是张氏自办《南京人报》时所作。此外，张氏还写过仿古的《水浒别传》和《水浒新传》，他说："《水浒别传》这书是我研究《水浒》后一时高兴之作，写的是打渔杀家那段故事。文字也学《水浒》口气。这原是试试的性质，终于这篇《水浒别传》有点儿成就，引着我在抗战期间写了一篇六七十万字的《水浒新传》。""《水浒新传》当时在上海很叫座。……书里写着水浒人物受了招安，跟随张叔夜和金人打仗。汴梁的陷落，他们一百零八人大多数是战死了。尤其是时迁这路小兄弟，我着力地去写。我的意思，是以愧士大夫阶级。汪精卫和日本人对此书都非常地不满，但说的是宋代故事，他们也无可奈何。这书里的官职地名，我都有相当的考据。文字我也极力模仿老《水浒》，以免看过《水浒》的人说是不像。"再有就是张氏还仿照《斩鬼传》写过一篇讽刺小说《新斩鬼传》。张恨水的一生都在不停地尝试，探寻着各色各样的内容及表达方式，他甚至也写过完全以实事为根据、类似报告文学的《虎贲万岁》，也写过全属虚幻的、抽象的或象征性的小说《秘密谷》，他的作风颇有些像那位既不愿重复前人也不愿重复自己的现代大画家毕加索。

张恨水写过一篇《我的小说过程》，的确，我们也只有称他的小说为"过程"才最名副其实。从一般意义上讲，任何人由始至终做的事都是一个过程，但有些始终一个模子印出来的过程是乏味的过程，而张氏的小说过程却是千变万化、丰富多彩的过程。有的评论者说张氏"鄙视自己的创作"，我认为这是误解了张氏的所为。张恨水对这一问题的态度，又和白羽、郑证因等人有所不同。张氏说："一面工作，一面也就是学习。世间什么事都是这样。"他对自己作品的批评，是为了写得越来越完善，而不是为了表示鄙视自己的创作道路。张氏对自己所从事的通俗小说创作是颇引以自豪的，并不认为自己低人一等。他说："众所周知，我一贯主张，写章回小说，向通俗路上走，绝不写人家看不懂的文字。"又说："中国的小说，还很难脱掉消闲的作用。对于此，作小说的人，如能有所领悟，他就利用这个机会，以尽他应尽的天职。"这段话不仅是对通俗小说而言，实际也是对新文艺作家们说的。读者看小说，本来就有一层消遣的意思，用一个更适当的说法，是或者要寻求审美愉悦，看通俗小说和看新文艺小说都一样。张氏的意思不是很明显吗？这便是他的态度！张氏是很清醒、很明智的，他一方面承认自己的作品有消闲作用，并不因此灰心，另一方面又不满足于仅供人消遣，而力求把消遣和更重大的社会使命统一起来，以尽其应尽的天职。他能以面对现实、实事求是的态度对待自己的工作，在局限中努力求施展，在必然中努力争自由，这正是他见识高人一筹之处，也正是最明智的选择。当然，我不是说除张氏之外别人都没有做到这一步，事实上民国最杰出的几位通俗小说名家大都能收到这样的效果，但他们往往不像张氏这样表现出鲜明的理论上的自觉。

张恨水在民国通俗小说史上是一位名副其实的大作家，他不仅留下了许多优秀的作品，他一生的探索也为后人留下了许多可贵的经验。

目　　录

1

自　序

　　著作之首，往往有序。序何为而作？总其命意，可约而为三，曰：申明文字之命意，撷出内容之优点，而更以叙其文下笔之由来而已。

　　愚作《欢喜冤家》既竟，行将全部刊印，《晨报》总编辑何西亚先生乃剪辑根端零篇，总为一束，邮寄嘱为校订。愚于百务丛集之下、病魔侵袭之余，日校若干页，费时月余，卒毕其事。检点捆束，正待邮复，忽忆小说成而无序，何先生或又将索之。吾人无所谓文人架子，又雅不砍一事而拖沓不完，与其待函索而执笔，毋宁先自为之，于是动笔先而为序矣。

　　虽然，依以上所绳之例，吾将何说？

　　先请言申明《欢喜冤家》之用意？然而，《欢喜冤家》无用意可言也。盖呼口号、贴标语，此另为一事，而古人所谓"文以载道"，又更非稗官应有。故根本上，只能言作小说已耳，其他殆不容言。即令有用意，吾言白，而黑者非之；言黑，白者亦然。斯亦不必言之为愈欤？譬诸裸体画，在今日固为谋在筋肉之间而赤裸裸地表现喜怒哀乐之情绪，顾画者不尽能如是，另一方面则以低级趣味之肉感作用或春画视之矣。又如中国皮黄戏剧，现代艺术家自认为封建思想之产品，然以研究皮黄而成为艺术家者，亦不乏其人。事实如此，一作品而必揭出其命意所在，殆非必要。况《欢喜冤家》之作，愚仅仅搬演一个故事而已乎？

　　其次，当言介绍书中之优点，此亦不必。旧京有卖萝葡者，彻夜间深巷中高呼，必曰"萝葡赛梨，辣了换"。然旧京卖梨者，摆小摊于十字街头，亦吆唤曰"梨比萝葡还贱"。设此二人相遇，吆喝相闻，宁不哑然？愚虽至陋，殊亦不欲如此也。

　　无已则言本书著作之由起呼？斯殆能之。犹忆二十一年之秋，世界书局徐蔚南先生一函相告，《上海晨报》潘公展先生需愚做小说一篇，题材

1

以社会言情而背景以取材于北平者为最佳。愚正以家人多病、二女夭殇、困于金钱、更增稿费、足以补救。即报函曰可，而以此《欢喜冤家》寄之。书布局既毕，且亦开始发刊于报端，殊不容终止。于是南北奔波、病苦相乘之际，卒以完篇。此即全书得成之所由起也。

卖物者喜撒谎以夸其物之佳，文人尤甚。予为此序，颇欲一矫其弊，遂为文如上。若读者检读一过，认为若未有所言，则愚亦哑然而已。

第一回

甘苦不同歌声到煞尾
甜酸莫辨倩影记从头

　　这书开场的所在，乃是一个旧式戏馆的后台，台上正唱着戏，后台的戏子在锣鼓声中纷纷地扮戏，杂乱极了。这是北京的唯一的坤伶班子，后台除了管事和梳头跟包的人而外，也全是女子。

　　一个扮杨贵妃的角色，穿了宫装，戴了凤冠，站在上场门后边，手上夹了一支烟卷在抽着。她面前站了两个扮太监、六个扮宫女的配角，簇拥着一团。一个扮高力士的丑角，将手上的云拂在宫女头上举了起来，大声喊道："小刘，小刘，跟我买的麻花烧饼呢？我这就上场了，吃不吃呢？"管事的田宝三抢上前来道："别乱！要打上了。嘿！杨老板，您马后点儿，程老板还没有来。"说着，他向那个扮杨贵妃的说话。她喷着烟道："我怎么马后呢？多唱一段四平调吗？哪个师傅教的《醉酒》是那样子唱法？"田宝三道："请佟老板多说几句废话……"扮高力士的冷笑道："得！到了我们这儿就是废话了。"田宝三道："佟老板，您别尽挑眼……杨老板你叫板。"那个扮杨贵妃的抢上一步抓住门帘子，正待说话，又向后一退。扮高力士道："这是怎么回事？高力士没上，娘娘就叫板了。打上了，老周，咱们上吧。"门帘一掀，两个太监上场去了。

　　田宝三见杨贵妃瞪了一双眼睛，便向前对她拱了拱手道："对不住，今天我真急，有点儿乱。您瞧就剩《醉酒》了。这新人的家庭，全没有扮，来得及吗？"杨老板道："我杨桂芬不伺候大角儿，你不会预备垫个戏，让我们瞎抓干什么？刚才我是没嚷出来，嚷出来了，台底下准是个满堂彩的倒好。唱这多年戏，连一出《醉酒》都唱不过来，这不成笑话了吗？别人有了主儿，我们还得靠唱戏吃饭啦！"她说到这里，早听到戏台

1

上，太监已经说着"远远望见娘娘来了"，只好抢上前一步，抓着门帘，叫了一声"摆驾"，将手指上夹的烟卷头向地上一掷，退后让宫女们上场，接着也就出台了。

田宝三回转身，站在后台当中，两手一扬道："就剩今天一天了，大家都不给我一个面子，打电话，派人找，什么都办到了，还是头齐脚不齐，这叫我怎么办？没法子，垫个化缘吧。"他口里说着话，人在后台乱跑，抓了几个女孩子，将她们拖到一处，乱指点着道："你扮和尚，你扮老道，你扮相公，你扮院子，去！"说着，用手将这四个小角儿一推。这四个小角儿看了他一眼，不敢说什么，各自扮戏去了。田宝三在后台跳着脚道："戏也垫了，再要不来，我可没法子。"说时，在身上又掏出小表来看了看，摇着头道："我真不懂这名角儿是什么心眼儿，到了这个节骨眼儿了，还要给我们为难，我真没有什么可说的了，他妈……"

忽然好几个嚷了起来道："程老板来了！"果然有四个花枝招展的女子笑嘻嘻地走进来了。第一个就是叫程老板的程秋云，紧跟了她后面的叫白桂英，是这班子里的两个台柱。最后面一个叫于秀宝，一个叫金小楼，也都是重要的配角。田宝三抢上前，迎着程秋云笑道："四位在哪儿来？我们哪里没有找到，真急了。我除了招呼她们马后点儿外，又垫了个戏。"程秋云脸上红红的，笑道："我们有个饭局，你忙什么？到了上场的时候，我自然会来。今天是临别纪念，你瞧，又卖个十成座不是？我凭着这些听戏的面子，也不能误卯。不用垫戏，我们说扮就扮。田大爷，你得明白，今天我可是尽义务来的，你可得委屈点儿。"田宝三笑道："得啦，程老板，你扮戏去吧。"

程秋云走了，白桂英站着，手上拿了条花绸手绢当了扇子，在脸上拂了几拂，笑道："今天天气真热得很！"田宝三看她脸上时，酒晕红到耳朵边来，身上穿了印花粉红缎子夹袍，越发烘托得艳色凌人。她拿着手绢的那只手，光了大半截手胳臂在外，戴了一只玉镯子，越显得手臂溜圆。她前额的刘海发梳得很长，几乎可以要罩到睫毛上那双滴溜溜灵活的眼睛，只管看了人活转。田宝三笑道："程老板因为要出阁了，所以那样高兴。白老板今天也是这样高兴，又是什么喜事呢？"白桂英依然将手绢在脸边拂着，微笑道："自己心里痛快了，就高兴；不痛快了，就不高兴，要有什么事情才高兴吗？"田宝三碰了这样一个钉子，倒没有什么话好说，只得点着头道："到了时候了，你去扮戏吧。"白桂英笑道："忙什么，我在半中间才上场呢。谁有烟？送我一根抽抽。"田宝三连忙在身上掏出烟盒子来，笑道："我的烟不大好，白老板抽不抽？"白桂英笑道："只要有烟过瘾，我倒不论好坏。你若真有心请我，不会去买一包烟来请我？"田宝三笑道："这算什么？你先抽这一根。"说着，将那根烟卷递了过去。白桂英将烟卷衔在嘴里，将两个手指头夹了两夹，笑道："送烟来怎么不送火来？"田宝三答应了一声"是"，连忙找了一盒火柴来，擦了一根，弯着腰将她的烟卷点着。她喷出一口烟来，道了一声"劳驾"，高跟皮鞋走得如风摆杨柳一般，到她的特别化装室去了。

原来这个戏馆子，叫三喜茶园，是个纯粹的旧馆子，后台的糟乱简直不可言语来形容。后来伶人思想进化，在这里唱戏的台柱有些不满意于后台的秩序。因之就另辟两个特别化装室，留给台柱扮戏。这两间屋子，便是程白二人各占一间。

白桂英走进了她自己的屋子，跟包的早是拿出了衣服，坐在那里等着扮戏。白桂英洗过了脸，抹了胭脂粉，见壁上只挂了两件旗袍，便问道："老李，有的是行头，干吗不给我多拿几件来？"老李道："往日唱新人的家庭，都是这两件。"白桂英道："干吗和往日打比，今天不是临别纪念吗？"这句话说完，有人在门外答道："程老板是临别纪念，怎么白老板也是临别纪念呢？"田宝三手上拿了一盒烟，笑嘻嘻地走进来了。白桂英笑道："这竹杠算我敲着了，真送我一包烟卷？"田宝三道："真个的，白老板不打算干了吗？你要一不干，我们这班子就散了。我们这班子，不比别家，全是靠本戏叫座。程老板走了，你又走了，哪里找这两个人抵缺去？"白桂英打开烟盒子，又取了一根烟卷抽着，笑道："那活该了。我能为了这个班子唱一辈子吗？我今年二十五岁了，再过几年，我成了老太婆，唱戏不吃香，嫁人也不吃香，我怎么办呢？"田宝三笑道："这样子说，我们也要喝白老板一杯子喜酒了。姑爷是谁？"白桂英道："什么姑爷呀？我找汪督办去。我到了那里，他要我不要我，我还不知道呢。"田宝三道："大家都要去，我也没法。这是小姐们的终身大事，谁敢多说一句话呀？"白桂英道："坤伶有的是，你们不会再去找两个人？本戏也没什么难，多说两回就行了。"程秋云这时匆匆地走来了，嚷道："你们说话有完没完？该上场了。"白桂英这才换了衣服，站到上场门去等候。

田宝三听了她的话，凭空不免添了一桩心事，在墙犄角边一个戏箱子上盘腿坐了，口里衔了一支烟卷，只管想心事。有人叫道："三爷，想什么了？坐在这里发愣。"他看时，是白桂英的母亲朱氏，便由戏箱子上跳下来，笑道："今天是临别纪念了，咱们这个局面，凑合着也就有三四年，今天说散了，心里怪不好受的。"朱氏道："那没什么呀，东方不亮西方亮呢！您不会想法子，让咱们时老头儿再组一个班子吗？"田宝三道："我的意思不是那么说。咱们在一处凑合着这多年，相处得很好的，现在说散就散了，总有些舍不得。您的白老板也转了心眼儿了，不久也就有婆婆家了。"说着一笑。朱氏叹了一口气道："不用提了，这年头儿，半由天子半由臣。依着我的意思，我们姑娘总得替我再唱两年戏。可是程老板一走，她也动了心了，我有什么法子呢？"正说到这里，台底下哄然一阵地叫着好。朱氏又道："你瞧，外面这样叫好，她们的人缘多好，偏是不肯干。"

　　田宝三再要说什么，却见白桂英走进来了，于是向朱氏丢了个眼色。偏是她眼快，早看见了，便迎上前来道："你们这里又说我什么了？"田宝三笑道："说您人缘儿好，捧得多。"白桂英鼻子哼着道："下句我跟你们说了吧，为什么不唱戏呢？"朱氏瞪了她一眼，没有说什么。白桂英冷笑一声道："谁人不为己，天诛地灭。你们为你们打算，我自个儿也为自个儿打算。"说着，一扭脖子走进她的化装室里去了。

　　他们在后台说话，听着的人自然是很多，这时有穿古装的，有穿时装的，有打了一脸的黑，化了装的，一大堆人，围了田宝三，都是问散了班子，以后怎么样。田宝三一拍手道："我哪知道呢？我是个管事的。有人唱戏，我就管事；没人唱戏，我就再找饭碗。今天到了这个时候，时老先生还没有来，大概也是不得劲儿。你们回家去候着吧，不组班就罢了，要是组班的话，当然咱们还凑合着在一处。"这些女孩子们听到这个话，大家面面相觑，总而言之，大家是没有指望了。

　　所有全后台的人脸上都带着愁容，只有程白二人是高兴的。这样一来，后台坤伶们，三三两两议论纷纷起来。大娘们都说："放了戏不唱，忙着嫁人做什么？嫁人有什么好处？在家里要管家事，看公公婆婆的颜色，受小姑子小叔子的闲气，出外还得和丈夫说明。哪一样自由？"姑娘们又说："像她们唱红了的人，有人抢着要。什么时候要嫁人？要嫁怎样一种人？自己都可以去挑。没有唱红的人，人家听说是唱戏的姑娘，不会居家过日子，都不肯要，只好唱一辈子戏了。"

程白二人见后台大家团聚着低声说话，心里也各明白。在台上，程秋云下场的时候，和白桂英轻轻地说了一句："你到我屋子里来。"她下了场，装着找东西，找到程秋云屋子里来。秋云将房门掩着，低声道："你瞧见没有？因为我们两个人不唱戏，大家要散伙，都怪我们呢！"白桂英道："活该！我们能为着大家唱一辈子戏吗？唱戏也成，他们给我找个爷们去。"程秋云将一个手指搔着脸腮笑道："你也不害臊。"白桂英道："实话嘛！什么害臊不害臊？你要怕得罪人，你就别跟张三爷去，我也不去找汪老头子。"程秋云笑道："你喝多少酒了？到这个时候你还说着醉话。"白桂英道："我句句说的心腹之言，一点儿也不醉呢！"

外面有人嚷道："两位姑奶奶，干吗？关了门喑咕着，别误场呀！"这正是朱氏站在房门外。白桂英开了房门走出来道："谁关了门？您这话倒说的是，咱们就是这一台戏，别闹出什么笑话来。"朱氏最不爱听这一句话，站在一边，又瞪了一眼。这不但她母亲瞪她，所有在后台的戏子，见她那种喜洋洋的样子，都远远地望着她。她只当不知道，只管笑嘻嘻地在后台走来走去。

到了戏完了，大家卸了装，正待要走，她们的班头时鹤年跑到后台来了，手上拿了帽子，远远地看到白桂英，就连连拱手道："偏劳偏劳！我有点儿事分不开身，这时候才来。白老板请缓走一步，我还有几句话说。"白桂英道："您不用说，我明白，也不忙在这一刻儿。我等着要回家去吃点儿东西呢。"

先前那个扮高力士的佟福庭还没有走，这时走上前来，向时鹤年道："你不知道，我们这班子里，是双喜临门，白老板也有了姑爷了。"她穿了对襟黑布短夹袄，敞着胸面前一路纽扣，露出里面的白汗褂子来，大有男子的气概。头上歪戴了一顶呢毡帽，露出脑门子来，腰上系了一根白扁带子，在白袄下露出一大截白穗子来。白桂英向她脸上望道："你要在后台唱《打渔杀家》吗？瞧你这个样子！"佟福庭点一点头道："您还记得，我们初次配戏就是这个。现在您是抖起来了，我们不知哪辈子出头。"白桂英知道她的口舌不饶人，笑着向大家道："再见吧！"说毕，在人丛中挤着就走了。佟福庭伸了伸舌头，又摇摇头道："姑娘出门子，这也很算不了一回什么事，为什么这样的高兴呢？"

朱氏留在后台，正还没有走，听了许多人说，都是批评自己姑娘不对的，只好装着糊涂，悄悄地走出台，就雇辆车子回家。到家的时候，桂英换了一双拖鞋，躺在一张睡椅上，口里哼哼唧唧地唱着。朱氏问道："你不是说回家来吃东西的吗？怎么在这里躺着？"桂英道："我为什么不回来？我在那里，存心去听闲言闲语吗？"朱氏板了面孔，不理会她，依然走向她自己的卧室里去。桂英望着她母亲的后影笑了一笑，还是躺着唱她的。

这个时候，她的包车夫在院子里叫道："林二爷来了。"桂英道："请吧！"在说话的当儿，有人在院子里道："今天没出去？"这人进来了，是个三十附近的人，穿了件灰色湖绉的夹袄，黑呢帽子，虽不寒酸，却很朴素。在堂屋门口就取下帽子，连作两个揖，笑道："白老板，我对不起！对不起！"桂英笑道："没进门，先来两个对不起，什么意思？"他道："今天是白老板的临别纪念，我因为有事没来捧场，你说应该要怎样子罚我，就怎样子罚我得了。"桂英笑着，和他接过帽子来，挂在帽钩上，用手绢将桌子边的椅子拂了两拂，请他坐下。

原来这人叫林子实，是煤矿公司的一个重要职员，捧白桂英多年，花钱也很不少，只因为人忠厚，对于一切的时髦玩意儿都不在行，行为也欠活泼，桂英虽很得他的帮助，却有点儿嫌他笨，所以交情只是平常。可是朱氏倒很喜欢他，常叫他到家里来坐，因之他比一班捧场的容易接近桂英些。这时他见桂英满面春风的，坐下来笑问道："白老板今天这样子高兴？"桂英笑道："因为你来了。"林子实道："这就不敢当。我今天没有捧场，你不怪我就原谅得多了。"桂英拿了一根烟卷放到他嘴边，擦了火柴给他点上，又倒了一杯热茶放到他面前。林子实起一起身道："您别张罗，让杨妈来得了。"桂英笑道："不成？咱们交朋友，交一天是一天了。这几年您待我这一番好意，实在少有。人心都是肉做的，我自己想想，实在是没有什么报答你的。"林子实抱着拳头道："你这样，我就不敢当。"

白桂英眼睛向他一瞟道："不能那样说呀，捧角的人，为什么来着？又花钱又耽误了光阴。你是个忠厚人，有话说不出来，我心里可是明白的。"林子实被她赤裸裸地说明白了，倒无话可说，只是搭讪着抽烟卷。白桂英笑道："真个的，我不是说假话。今天请你坐一会儿，让我到饭馆子里叫几样菜，请你一请。我还有一句话奉劝您，以后您别捧角，详细的情形，让我慢慢告诉您。"林子实道："白老板，你既然知道我是个老实人，当然我不会朝三暮四的，又去捧别个人。"白桂英道："唉，你还是没有懂到我的话。因为从今天起我已经不唱戏了。我怕您那班朋友，因为你无人可捧，又凑合着去捧别人。这捧角可是冤大头的事呀！"林子实道："白老板也不唱了吗？我只知道程老板不唱，倒不知道白老板也不唱了。"

朱氏坐在屋子里，先是生白桂英的闷气，不愿意出来，这时听了她所说的话，有些忍不住了，便走出来笑着叫了一声"林二爷"，接着叹了一口气，在他对面坐着道："你不用问，她和程秋云一样，犯了名角儿的病。"白桂英道："怎么叫名角儿的病呢？"朱氏道："反正是什么事都不在乎罢了。"林子实怕她母女二人会争吵起来，就摇摇手笑道："我都明白了，白老板也应该……"说着一笑。白桂英站在堂屋门口，就向外面叫道："到馆子里给我叫几样菜来，还带两壶玫瑰露。"林子实站起来，正要谦让着，白桂英一摆手道："你难道瞧不起我？我不唱戏了，请你在家里吃餐饭都不成吗？"林子实笑着，只得坐下来。

白桂英在身上掏出一张钞票，吩咐车夫去叫菜，然后又陪着林子实谈话，因笑道："我不但是不唱戏了，也快不在北京待着了，离别是真离别了。我应当送些什么东西给您做纪念哩？"林子实道："不在北京待着，上哪儿去？"白桂英道："您总也知道。"她不觉得低了头，抿着嘴微微一笑。林子实道："莫不是要到郑州去？"白桂英点了点头。林子实有句话想说，立刻又忍回去了。白桂英见他胸脯伸着，又收缩回来的样子，便问道："您说什么？"林子实道："你不是说过送我的东西吗？别的不要，你再送我一张相片就得了。"白桂英道："哟，我相片子送你就送多了，还要相片子做什么？"林子实道："就是因为相片多了，我才要一张。因为我那里有十一张，你要是再送我一张，就凑起了一打。"

白桂英道："好办好办。不过我哪几张相片子你有，哪几张相片子你没有，我不知道。我屋子里还挂了几张，你自己去挑一张吧。"说时，她先在前面走，走到房门口，手扶了门帘，掉转头来，向他又点头又招手，笑道："你来呀，我这屋子里虽是不随便地让人进来，对林二爷那是要特别开放的，你就来吧！"说着，用手招了两招。林子实倒也向她屋子里去过的，只是老妈子相引，含糊着进去。现在她自己说明了，是特别开放，倒有些难为情，便笑道："那敢情好，我倒要瞧瞧有什么好相片。"说着

7

话，也就不顾朱氏怎么，一低头就钻进屋子里去。

北方人对于卧室是不大讲究陈设的，除一张炕，便是两三件桌椅而已。桂英的屋子，向来也是一张土炕占了大半边屋子，现在却把土炕拆了，陈设了一房芽黄色的木器、一张铜床，挂着水红色的帐子，垂着大红缎子的帐檐，床上水红毯子上叠着大红绸子的棉被。林子实不由笑了起来。桂英道："你笑什么？你笑我这屋子像个新房吗？"她说破了，林子实如何能隐瞒，点了点头道："白老板是个喜欢热闹的人。"桂英让他在一张小围椅上坐下，笑道："我也不愿这样办，因为汪督办总说我屋子里太素净，交了五百块钱给我妈，让她给我布置这屋子。你想，在她们手里去办，有什么不热闹的？我想人生在世，不过几十年光景，干吗不舒服点儿？我也不知自己做得了新娘做不了新娘，自己先做了新娘再说。"林子实道："汪督办来过吗？"白桂英道："他先来了一回，看到屋子不好，所以就送五百块钱布置屋子，可是让我把屋子布置好了，他就上郑州去了。"林子实笑道："做官的人究竟是阔，随随便便地就花上几百块钱。"桂英笑道："你别吃那个飞醋，能到我这屋子里来的，能有几个？"

林子实这就没有什么可说的了，抬了头，便去看墙壁上的相片。墙上除了桂英挂的大小零张相片而外，却有个大镜架子，里面嵌了二十四张相片，有半身的，有全身的，都是桂英的相。他便抬了头只管看相片。桂英走过来，一手扶了他的肩膀也向镜子里看着，一手指点着道："你看哪张好，我就送你哪一张。"她说话时，一股香气冲入林子实的鼻子。

他自从认识桂英以来，话是无所不谈，可是这样接近芳泽还是头一遭。假使她早肯这样接近，成绩一定很好。现在她不唱了，而且要嫁人了，纵然亲密也是最后的一次，捧了她几年，不过如此而已。我这样待她，就不如汪督办吃香。你看她谈来谈去无非是汪督办。心里如此想着，既觉得甜蜜，又觉酸楚，望了相片框子，简直说不出所以然来。

桂英见他不作声，偏过头来，向着脸上问道："你在想什么心事？"林子实道："我看这些相片，一大半都是我所有的，我挑了半天，也不知道要挑哪两张才好。"他说着话，也回过脸来，看到桂英的嘴唇那样红红的，又是一怔。桂英眼睛一瞟道："你看我做什么？不认得我吗？"林子实向后退着，和她离开了，心里跳了几跳，才勉强地笑道："你不是要出远门了吗？我把你的相貌看得熟熟的，记在心里头，一辈子忘不了。"桂英笑道：

"有我的相片在你那儿，也就够你记熟的了，还要看本人做什么？"林子实坐下了，像有一口气要叹出来，可是他又忍回去了。

桂英坐在床上，两手抱了铜栏杆，侧了身子，向林子实望着。她两脚悬空，不住地来回晃动，就把一只拖鞋摔了出来，摔到林子实面前。他弯腰将拖鞋捡着，送到桂英脚上来。桂英笑道："哟，不敢当。林二爷，这几年，你总算实心眼儿待我，我要送你一样特别的东西才好。"林子实坐在她对面，向她脸上望了，笑着道："特别的东西？"桂英点点头道："特别的东西。你可记得你初次瞧我的戏，是一出什么戏？"林子实道："我怎么不记得？就是《天河配》。"桂英笑道："对了，你初到我家里来，有一样东西放在桌子上，你只瞧了瞧，我立刻抢着收起来，有这么回事吗？"林子实道："对了，有那么回事，是一张相片吧？"桂英笑道："对了，是一张相片，是一张《天河配》，织女蒙了纱，洗澡的相片。您看清楚了没有？"林子实笑道："没看清楚。"

桂英道："人家说唱戏的是疯子，听戏的是傻子，我想这话真不错。每次唱《天河配》，戏报上说的什么真牛上台，织女洗澡，就能叫座。其实真牛上台算的什么？你到牛奶场里去看，大的小的，胖的瘦的，哪样的牛也有，看起来还是一个大不花。织女洗澡，更是笑话，大家不过穿了一件粉红色的汗衫裤，胸口系个兜肚，人家身上至少还穿有两件衣服呢，谁能像模特儿一样，光了身子让大家瞧不成？就是那样不要脸，警察厅也要干涉呀！"林子实笑道："那不怪听戏的，只怪戏馆子里说话哄人。"桂英笑道："不过我那张织女洗澡的照片，可有些不同。这是程秋云跟我照的，自己闹着好玩儿，可不给人瞧呢。"她说着，就打开了衣橱，在里面翻弄了一阵，找出一个纸套来，在里面取出一张相片抱在怀里，将相片后背朝着外，笑道："你答应不给人瞧，我才送你。"林子实道："你说不许给人瞧，我当然不给人瞧。我说话，你当然可以相信得过。"桂英于是笑嘻嘻地将相片递到林子实手上。

他接过来一看，是桂英的半身相，脖子以下和两个手臂绕了一道薄纱，都是光的。胸前微微露出一小截兜肚，头发散着披到肩上。她也斜着双眼，将牙咬了下嘴唇，有些含羞的样子。林子实只管注视着，都看呆了。桂英轻轻用手拍了他一下肩膀道："怎么了，看出了神吗？"林子实笑道："这也不见得就是织女在天河里洗澡的那个样子呀！"桂英笑道："反正是那个意思得了，比台上的织女好看得多吧？我的相片送人不少，可是这张相片，谁也想不到的，我就送给你吧。"林子实觉得这个表示太密切了，拿了相片在手，和她作了两个揖，连声道谢。桂英道："我妈平常总说林二爷待我们很好，要对得住人家。这可算我对得住你吧？"

林子实拿了相片在手，痴痴地又望着，因低声问道："汪督办也有一份吗？"桂英脸上红着，很有些生气的样子，噘了嘴道："你这个人，怎么这样多的小心眼儿？我再三再四地说，这相片是为了你第一次要看没看到，所以送给你，把这件事从头说起，总算交代得明明白白的，你怎么还是问到姓汪的头上去？我姓白的做事就是要由性儿，若是不能由性儿……"林子实这才觉得自己有些冒失，于是站起来再向她作了两个揖，她不由得扑哧一声笑了。

林子实在这几件事上看起来，白桂英嫁汪督办是嫁定了，自己究竟敌不过做大官的。不过话又说回来，她肯将这种相片相送，又不是泛泛之交。她虽然要嫁汪督办，但是肯把这相片送给我，到底还是不错，不但是简单地送相片而已，而且还记得这张相片是我第一次所看到的。她记得那样清清楚楚，特意把这种相片拿出来给我，这是她对我有深心，若是没有深心，怎么会记得如此清晰呢？他一个人如此想着，一刻儿是不平，一刻儿又是喜欢，那情怀是酸一阵子又甜一阵子，究竟处在什么一个感情里面，自己都说不出来了。

第二回

一念虚荣停歌投大吏
十分诚意拱手送情人

　　这个时候，林子实因为在想心事，乃是静悄悄的。白桂英在一边看到，揣想林子实的感想，也是静悄悄的。两个人在屋子里这样静悄悄的，倒把堂屋里的朱氏心里着了急，自己不便进这屋子，可也不便听其自然绝对地不问，隔了门帘子就咳嗽了两三声，一个人自言自语地道："怎么叫的菜还没有来？"白桂英这才走出来，一撇门帘子，望了她母亲道："用不着着急，反正林二爷今天没事，让他多坐一会子也好。"朱氏偷眼向自己姑娘一看，却也没有什么特别不同的形态，也就不说什么了。林子实将那张相片用手绢包了，笑嘻嘻地走了出来，向朱氏点点头道："您别张罗，照说白老板快出门了，我得和她饯行才对，倒要她先请我吃，这可有些不对。"朱氏道："谁说桂英要出门？"桂英插嘴道："我自己说的，你还不知道呢！"朱氏看了看桂英，又看了看林子实，虽然有两句话想要说出来，可是没有那种勇气，自己又忍回去了。桂英心里明白，只是微微一笑。她拉着林子实的手，让他在椅子上坐下，又倒了一杯茶送到他手里，笑道："咱们亲近一会儿就是一会儿，以后我要做规矩人，不能乱交朋友的了。妈，您说是不是？"说着，笑嘻嘻地望了朱氏。她正没好气，鼻子里哼了一声，一掉头就进屋子去了。林子实看了，倒有些难为情。桂英就像不知道一样，依然陪着说笑。

　　不多一会儿，饭馆子送了饭菜来了，一齐送到桌上。桂英只摆了两副碗筷，端好椅子，就请林子实坐下吃。他笑着低声道："老太太呢？"桂英笑道："你这人做事，也太不看看风头。现在我母亲那个样子，气大着呢。她能够坐下来好好地喝酒吃菜吗？喝吧，咱们来。"她拿了酒壶，满上一

11

杯，就送到林子实的面前。林子实觉得桂英相待太好了，自己不喝酒，也先有了一些意，这也就不能再顾及朱氏，就坐着吃喝起来了。

朱氏对于自己的姑娘向来姑息惯了，现在总还想她回心转意，继续着唱戏，也不敢太冲撞了她，可是对于姑娘那个样子，又不愿亲眼看着，所以一个人坐在屋子里生闷气，并不出来。两个人闹个酒醉菜饱，林子实抬起手表一看，已经十点多钟，便笑道："今天晚上，公司里结账，我得去看看。明日下午，你在家不在家，我来请你去看电影、吃小馆子。"桂英昂头想了一想，笑道："那很难说。因为这几天我天天要到程秋云家里去，和她帮个忙儿；我就是不去，她也会来找我的。不过有一层，我没有到郑州去以前，一定还要和你会上一面的。"林子实听她所说这话，彼此仅仅只能再见一面罢了，叹了一口无声的气就向外面走。桂英一直送到大门口，就伸着手和他握了一握，而且学了一句英语"谷得摆！"说的时候，身子一扭，带着狂喜的姿态。这种表示，暗下告诉了林子实，离别是于她无所关心的了。林子实心里一阵难过，低着头走了。

桂英倒是毫不在意地从从容容地回上房去，看着母亲还是不曾出来吃饭，自己觉得喝了吃了乐了，对于母亲还是不大理会，有些过意不去，便站在堂屋里喊道："妈，你还不出来吃饭？"叫了一声，她并没有答应，跟着又叫第二声。朱氏的态度倒是很坚执，始终是不曾答应。桂英碰了这样的大钉子，心里十分不高兴，自己一个人也跑回屋子里去，擦过了手脸，衔了一支烟卷，就在一张软椅上躺着，一人不住地微笑。过了一会儿，朱氏出来了。听到她有移椅子声，又有扶筷子声，却听到她一人自言自语地道："这一桌子菜，全都不吃，遭罪。"于是她有听女仆的热菜声、移动碗筷声，自己吃将起来。心里可就想着，以为母亲这个样子是和缓多了，也就不必再去理会她。今天实在也乏了，自去睡觉。朱氏吃饭的时候，听听屋子里面并没有什么声音，想着姑娘一定是睡了。走到门边，掀开一些门帘子向里面张望，姑娘可不是睡了吗？自己本有许多话想和姑娘说，可是再转念一想，姑娘今日好像高兴又好像生气，固然她是小孩子脾气，可是也摸不着她，今日为了什么缘由要闹成这个样子，心里有什么话，暂时不说也罢，于是她就忍住了不去打搅她。

到了次日，桂英因为不必上戏馆子了，安心大睡，直睡到十一点钟方始醒来。一看桌上，却放了一张金钱盘花的大红帖子，看看帖子上的字，十停倒也有七八停认识的，揣想着，乃是"兹择定月之十五日星期日上午十二时在双喜堂结婚洁治喜宴恭候光临张济才程秋云拜启"。还有其余的字，也不用看了。扔下了这帖子，在桌子边一张椅子上坐下，用手撑着头，对那帖子呆呆发想。只听到屋子外面有人道："程秋云的日子怎么定得这样急，就是这个星期日子，咱们送点儿什么，也得预备呀！这样好的交情，光出一个份子那是不行的。"

这说话的是白桂英的哥哥白大福，没有什么本事，因为妹妹的关系，在场面上打小锣，每天十吊钱戏份，每月只有七八块钱的收入。不说别的，光是敷衍他的茶叶烟卷钱也还嫌不够，他全凭着妹妹挣钱多，一月津贴他二三十元，现在歇了戏，听说妹妹也不唱了，他心里很着急。昨天在外面找了许多人，请人劝他妹妹唱戏。人家都说他妹妹意思很坚定，恐怕劝不过来。今天又听到母亲说，妹妹要到郑州去，转念一想，走就让她走吧，假使她嫁了汪督办，自己也可以在督办公署里闹一份差事做。如此想着，索性就拥护妹妹的主张，赞成她不唱戏，早上和母亲商量了一阵子，不曾得有结果。这时听到妹妹屋里有响声，知道妹妹起来了，不便无缘无故地问妹妹的话，就先把这送礼的话为题引起他妹妹的话。可是白桂英看到这大红帖子，勾引起了一肚皮的心事，正在出神，大福说些什么她全不曾理会。大福碰了妹妹一个钉子，跟着说下去不好，就此不提也不好，便叫道："妈，大妹还没有起来吗？"朱氏在屋子里，恶狠狠地答应了一声："我不知道。"大福没有办法，只好坐在堂屋里抽烟卷，直等桂英出来了才站起来笑道："大妹今天可以好好地休息休息。"

桂英见他没话找话说，知道他是必有所谓，也是不愿理会，鼻子里随便答应着哼了一声。她自己预备了茶水，漱洗了一阵，就叫包车夫拉车，朱氏实在忍不住了，便出来道："快吃饭了，你吃了饭出去，不好吗？"桂英道："我到秋云家里吃去，人家是新娘子，我陪她一天玩儿是一天了。"她说着话，换了一件衣服就出门去了。朱氏和大福道："你瞧瞧我们这位大姑娘，像发了疯似的，真没有法子说她。"大福道："嗐，你就别管她了。俗话说，'男大当婚，女大当嫁'，我们还能够留她一辈子吗？她要是嫁汪督办的话，反正人家不能亏咱们，三千五千的你还不能和他要上一笔吗？就是我，也可以找到督办衙门里去弄个小差事。真是时来运来，就不许咱们升官发财吗？"朱氏道："是呀，你想做官了，你就要她去嫁汪督

13

办。你说让我要个三千五千那算什么？三千五千，就能过活一辈子吗？我的意思不是那样说，她年岁大了不是？嫁人只管嫁，嫁咱们一个同行的得了。嫁了之后还是一样地唱戏。"大福道："您算盘也别太打得过分了。你想，她嫁了人之后，还能挣了钱往家里拿吗？"朱氏道："她唱戏是谁花钱让她学的？现在唱成了名角儿了，别说我是她妈，就算我是个放债的，现在我也应当收回本息了。"大福道："你别和我抬杠，我不过是这样子说，你不信，将来就走着瞧吧。"他说毕，也一赌气走了。

朱氏将儿子姑娘们的话想了一遍，也觉得姑娘二十五六了，再要留着她唱戏，为了自己挣钱，耽误了人家的青春，本来也说不通，倒不如让她嫁了汪督办，借此讹上一笔。如此想着，一人闷在家里，不免想了一肚子的话，等着姑娘回来，就和她开起谈判来。不料白桂英这天到程秋云家去，直到晚上十点多钟方才回来。回家之后，她只觉得身子疲倦，一进房去就睡觉了。朱氏憋了一肚子气，看看这样子，姑娘心里未必痛快。现在去和她开谈判不是时候，只好又算了。

到了次日，看看桂英的态度一如平常了，等她在屋子里闲着看小报的时候，于是衔了一支烟卷走到她屋子来坐下，笑道："小报上有什么新闻吗？"桂英道："怎么没有？提到秋云出门子的事情呢。"朱氏道："报馆里的人闲着没事，无论人家什么事也要他登上一段儿。"桂英道："怎么不登？有人就爱瞧这个啦！"朱氏道："有人做文章骂她吗？"桂英绷着脸道："做姑娘的出门子，是正大光明的事情，谁都像您这心眼儿不赞成。"朱氏喷出一口烟来，笑道："我也没说不赞成啦。"桂英道："这年头儿，不赞成也得行啦。"朱氏微笑道："我也知道这几天你和我闹脾气，可是你也得把事明白了再说。我知道你愿意到郑州去找汪督办，我也不拦着。可是汪督办现有三房家眷，你去就是第四房了。照说汪督办一定是喜欢你，可是人心隔肚皮，谁也摸不着谁的心眼儿。去你只管去，也得放一条后路。"桂英道："什么叫后路？"朱氏道："难道我叫你去打虎（打虎即上海所谓濯浴）骗财不成？不过有一天汪督办要不喜欢你了，跟人跟不成，唱戏也过去了，怎么办？最好你和他要一笔钱，我跟你保存着，有朝一日有事，你可以拿着用。再说我养活你这么大，也费了不少的心血，就是这一回了，你也得和我跟汪督办要两个棺材本儿。"桂英笑道："这算您谈了一句心腹上的话，我存钱不存钱，这个你别挂心，我自然有办法。说到你的钱，我自然会和您办。以前我一年总和您挣个一千两千的，现在我去了，您就每年要少两千块钱的进账，就这样放手，您怎么能乐意？可是您也得想，这样的钱我可挣不了多少日子了。等我挣不了钱，您再放我去找人，那可没有人要了。难道你为留我再挣一年二年的钱，就害我一辈子吗？干脆说，您要多少钱才放手，我好和人家去开口。"

这一篇话把朱氏的脸涨得通红，将手上的烟卷头扔在地上，用脚踏碎了，望了她道："要不为你是我肚子里生下来的，我要说出不好的来了。做娘的人，总是望姑娘终身有靠的。你若是嫁给人家做一夫一妻，一辈子不受气，我不但不要人家一个大（二十个铜圆），我还有陪有送。现在你嫁给人做第四五房，说起来，我面子上可不大好看，我得要几个钱。这是你自己说的，留着你也只能唱两年戏，那么，你总也给我挣五六千块钱。不用多说，你就跟我跟汪督要五千块钱吧。"桂英道："你开口倒也不算多。可是出钱不出钱，权在乎人家。说我是替你去说，未见得就能一个大不少。"朱氏道："汪督办有几百万呢，五六千块钱比咱们用五六块钱还少，他若是愿意讨你，一定肯出的。要不然，我情愿陪一点儿送一点儿，让你嫁给人家做一夫一妻。不说别人，那林子实就想讨你。你要是嫁他的话，我真不要他一个大。"桂英听了母亲的话，两手捧了那张小报看看，只管不作声，突然站了起来，向朱氏道："好吧，我就照着你的话去办，你可不要说话不算话呀！"朱氏道："我有什么不算话呢？我再说一遍，你嫁汪督办，我要五千块钱。你若嫁给人做一夫一妻，我一个大不要，还有陪有送。"桂英因是站起来脸朝着外的，她母亲说话，她正眼看着窗外，并不答复她母亲的话，忽然哟了一声道："林先生买了许多东西来了。"

说着话，母女俩迎到外边堂屋里，林子实在前，后面有个粗人，提了两大蒲包东西送到堂屋里，然后出去。他先笑道："我知道白老板是爱吃水果的，以前白老板唱戏，我不敢胡乱送吃的东西，怕坏了白老板的嗓子。现在不唱戏了，所以我就大着胆子送来。"桂英笑道："人家都说你是个老实人。我看也不见得，心眼儿里可有主意，送一点儿水果，前后还想得这样周到。"朱氏笑道："你这孩子，真也不知道好歹，人家买东西送你，你倒说人家有心眼儿。"桂英笑道："我这不是坏话，说林先生也是有心眼儿的人呢。你可知道，现在说谁老实，就是说谁无用。"林子实也不说什么，只是笑。桂英站在房门口向他道："你怎么不进房来坐？"林子实道："白老板没有招呼，我可不敢胡乱进去。"桂英道："您别拘束，遇事都随便吧。咱们交朋友日子短，让你最后进来一次，以后见面也许我是太太了。"朱氏也就凑趣让林子实进房去坐。林子实笑道："白老板老是说交朋友不久了，什么时候起程出京呢?"桂英道："那可没定，反正是快了。"林子实因为女仆送进一杯茶来了，就捧着一杯茶喝，默然无语。喝完了这杯茶，随便说了一些闲话就起身告辞。桂英要留他多坐一会儿，他已经走到了院子里，只好送到堂屋门口，由他去了。

朱氏道："林先生今天来是很高兴的。怎么去的时候，又是很扫兴的样子呢?"桂英笑道："这是有个缘故的。昨天我在大街上遇到他的好朋友孟正材，他把我请到咖啡馆子里让我吃点心，探问我的口气究竟要嫁谁。我一听他口音，我就知道他的意思，一定为了我那天请林子实吃着喝着乐着，以为我对林子实回心转意了。本来我可以三言两语告诉孟正材，将他的希望打断，可是我在秋云那里多喝了两杯酒，故意拿人家开玩笑，对他说：'你叫林先生到我家里来一趟吧，我可以把心眼儿里的话对他直说。'孟正材很是欢喜，以为我真要嫁林子实，很高兴地去了。我回来之后，又有些后悔；不过我想林子实是知道我脾气的，一定不会来。不料他今天真来了，而且带了许多水果来。我想不能再含糊了，所以今天老老实实告诉他，我要到郑州去，他今天算是死了心了。"朱氏道："怪不得你今天说他有心眼儿。这就是你不对，和人家一个老实人开玩笑。我想他一定恨极你了，他有报馆里的朋友，一定会跟你登报的。"桂英道："我想不至于，真要那么着，我也没法，本来是我自讨的。"朱氏也不敢怎样深埋怨她，说完了也就把这事丢开。

过了两天，已是秋云结婚的喜期程，桂英因为要和她去招待一切，一早就走了，白大福也是跟着帮忙去。朱氏一人在家看家。直到屋子里上了灯，桂英喝得满脸通红，在院子里一路高跟皮鞋响着，就喊道："妈，我醉得不得了啦，咱们家水果还有吗? 快削两个梨我吃吧。"一路说着，走进屋去，和着那做客的粉红长旗衫，人就向床上一倒，两只高跟皮鞋，也不用手来脱，脚拨着脚，将皮鞋剥了下来，脚伸在床外，皮鞋落地，扑通一响。朱氏走进房来瞧着道："咳，你干吗喝成这个样子?"桂英用手捶了头说："那些客不闹新娘子，直闹我，这个灌一杯，那个灌一杯，愣把我灌醉了。"朱氏皱了眉头道："这是何苦?"于是把林子实送的水果，找了两个梨出来，连忙用刀削了，用碟子装着送到床上来。桂英闭了眼睛，用手抓了削的梨片陆续地送到嘴里咀嚼着，迷迷糊糊地就把一碟子梨吃光了，然后昏昏睡去。

朱氏不放心，晚上倒进来盖上几回被。次日起来，她还是懒绵绵的，用手撑了桌沿坐着，歪着头只管抬不起来。朱氏进房问道："你昨天喝多少酒了，喝成这个样子？"桂英微笑道："是大福的一个朋友，嘴里瞎说，说是汪督办又要升官了，我这一去是双喜临门。这话说开了，大家就全闹起来。"朱氏道："这可不该，人家还是大姑娘，究竟嫁不嫁汪督办现在还不知道，怎么大家好信口胡说呢？"桂英道："让他们说去，要什么紧？今天过一天，明天一天，后天晚上我就搭晚车上郑州。"朱氏听说，站在房门口愣了愣，望了她道："你打算后天就走吗？"桂英道："您别着急，我不过先去找汪督办一趟，事情说得有个不大离儿，我就打电报来叫你去。"朱氏道："你一个人去吗？"这句话桂英还不曾答复出来，大福在外边就接嘴道："我们说好了，我送她去。"他说着话，由门帘缝里伸进一个脑袋来，向她笑嘻嘻地道："你说是不是？"桂英瞟了一眼道："谁和你说来着？"大福索性挨身而进，站在门帘下向她作了一个揖道："你就不能提拔提拔做哥哥的吗？"桂英鼻子里微微哼着，淡笑道："瞧你这块骨头。"这虽是一句骂人的话，但是在大福听着，明明是妹妹不曾拒绝自己到郑州去。

从这天起，他比桂英还忙，在家里收拾行李，在外面就是料理私务，一面还向亲戚朋友告辞。一混就是两天，到了第三天，桂英给了他五十块钱，让他去买些杏脯、梨脯以及景泰蓝雕漆的小件东西，预备到郑州去送汪督办。大福将东西买好了，搁在人力车脚踏板上，自己坐在车上，两腿高抬着，笑嘻嘻地左顾右盼，心里可就想着，要走马上任去做督办的大舅子。手上拿了大白纸扇在胸面前乱摇着，他向前一看，见林子实在马路上走着，于是收起了扇子，将扇子头连向他点了几下道："林先生过来过来，我有话和你说。"林子实虽然觉得他大模大样有些讨厌，然而他说有话说，也不能不走过去，就走近两步，站到车子边，问有什么事。大福笑道："我们今天要上郑州了。"林子实听了这话，觉得一怔，因道："你们真要去？"大福道："什么都预备好了，今天晚上十一点钟上车。"林子实道："买的头等票呢，二等票呢？"大福道："我说让我们妹妹坐头等车的，我不拘，怎么也好凑付。你想我们这一去电报，汪督办还不会派人到车站上来接吗？要是接到二等车上来，似乎不大好。可是我母亲只说花钱多，买了二等票。"林子实道："那就是了，我们回头见。"说毕，点头而去。

大福坐了车子，高高兴兴地回家，将买的东西一齐搬到堂屋里桌上，望了桌子笑道："我们现在带土产去送人，将来我们在外省日子一待久了，北京的亲戚朋友找我们要差事去，也会送我们土产的。"桂英道："你还没有做官，倒说人家要找你。"大福笑道："现在是这个年头嘛！只要咱们有了好处，谁不来呀？我告诉你一句话，我在大巷上遇到林子实，他知道咱们要到郑州去了，在街上站着直发愣。其实这个人倒也不错，将来我要做了官，一定和他找个差事。"朱氏道："你别胡说了，人家混的事情很不错，你一个大光棍，他倒会求你？"大福道："那很难说呀，三年河东，三年河西，就不许我们干上大事情吗？"朱氏在家收拾东西，眼睁睁姑娘儿子都要走，心里很是难受。可是听听儿女所说，这次出门都是要得一套大富贵，又不觉得喜上心来。这一下午，真闹得她悲喜交集。转眼到了吃晚饭的时候，她也杀了一只鸡，炖了一碗汤，又配了几种荤菜，母子三人饱啖一顿。先让大福押着行李上西车站，到了十点钟，朱氏亲自送着姑娘到车站上来。

桂英究竟是个聪明人，不知此行成就如何，所以并没有告诉什么人是晚上动身，当然也没有人送行，可是刚一走进月台，一个人笑嘻嘻的迎面就是一揖，不是别人，正是林子实。桂英想着他恼上了，一定不肯再见面，不料他倒来送行，不过也许他是和别人送行，无心在车站上碰着的罢了。因向他笑道："我这回出门，也许不久就回来的，没有敢惊动人，倒劳您的驾。"林子实笑道："这实在是您客气。我们这样的熟人为什么也不通知呢？"桂英抿了嘴笑道："可是我怕……我怕您没有工夫呢。"林子实笑着，一步一步地跟了桂英走，不觉地到了二等车边，林子实道："就在这节车上，上车吧。"朱氏道："林先生倒知道得清楚。"林子实道："我早就来了，在车上和你令郎谈了好久的话。车上挤得很，怎么办？"说着话，他退后一步，桂英只站在车门口，还不曾走进去，早就有一阵热气向脸上扑了来，不觉也向后退了一步。大福由车窗子里伸出半截身子来，用手摇着道："人满极了。"桂英道："已经买了票了，就是挤，也得上去。"说毕，鼓着勇气走上车来。

这二等车，不但各屋子里人是很满的，就是车房外面那条行人的夹道里，也是满地坐着和行李包裹挤成一堆的人，哪容人开步走路，只好在人丛中带蹦带跳地挨了壁子走。到了房间里，四个铺位，上下有七个人。除了乘客不算，还有送客的在内。桂英走了进来，正好将乘客的容量扩充了一倍。这屋子里下面铺坐了四个人，上铺坐了三个人，空了一张上铺，大福只站在房门边。他向上铺上指道："这是咱们的铺。"朱氏挤不进去，在过道里探头探脑望着。看那屋子里除了人而外，还有小箱子大网篮、红红绿绿的点心包、高高低低的酒瓶水果包，简直把这屋子里塞得透气的地方都没有。朱氏皱了眉头道："这是怎么好呢？"大福在屋子里横着身子挤了出来，将胸前的衣襟牵了两牵道："真热。这还是二等，三等里头一只苍蝇也飞不进去了。我也不知道怎办。"桂英站在屋子里，更是进退失据，心里说不出来那一份焦躁。

这个时候，忽见林子实满头是汗由车门外挤了进来，向朱氏乱招手道："有办法了，有办法了。"朱氏道："有什么办法？"林子实道："我在头等车里找着一个铺位，白老板，你请上头等车吧。"桂英听了这话，心中真是一喜，由屋子里挤出来道："在哪里？"林子实又点头又招手，把桂英引着下车，再由月台上走到头等车上去。这个头等车，是中间有夹道，两边屋子相对，一间屋子一个铺。虽然比两张铺的屋子小，这里倒可以一人占上一间房。桂英走进屋去，连说几声好极了。朱氏跟着来道："这屋子没有人吗？车票呢？"林子实也不等桂英再开口，就在身上掏出一张头等车票交给了她，笑道："令兄可以坐二等，那张三等车票，说不得了，牺牲了吧。"他说着话，又匆匆忙忙地出去，由二等车上，和桂英搬了行李来。桂英母女很自在地坐在铺上。林子实找着茶房，泡了一壶茶来，随后车守来了，他又介绍说白老板是至好的朋友，一路上请多多照应。车守去了，他才道："和站长有点儿私交，所以买得了这张车票，车守经站长招呼过，一路定照应得好的。"桂英见他如此热心，十分地感谢，就亲自斟了一杯热茶递到他手上，而且让座道："在铺上坐一会儿吧，林先生，您真累了。"林子实道："不要紧，我站一会儿回家去，不过是早点儿睡。你是出门的人，可别累了。"接了那杯茶，依然靠门站定，不肯坐下。桂英道："真幸得了林先生帮这个大忙，要不然我要憋死在二等车里了。"

说着话时，一个听差样子的人提了两蒲包东西过来，林子实向他笑道："我怕你误了，你倒来得快。"说罢，让他将蒲包送到屋子里来。桂英道："哟，又要你送东西。"林子实笑道："没有什么，不过是一点儿水果。本来我先就要带来的，我料着二等车里没有地方，不敢再给你添麻烦。后来我跟你买了头等票，我就打电话回公司去，让听差买一点儿水果送来。"桂英笑道："你真想得周到。"朱氏也是连声道谢。林子实掏了一块钱到听差手上，手一挥道："你去吧。"听差去了，桂英笑道："哟，我心里真乱，怎么乜不给人家两个酒钱。"林子实笑道："水果也不值多少钱，赏他们做什么？"桂英道："为什么你倒给他钱呢？"林子实道："他是公司里的人，不是我私下用的人，要他跑了来，总得给他一点儿好处。"桂英道："我也是这样说呀。你这人一客气起来，客气得我真没有办法，连小费都不要我们花，我们是干干净净地收下你一批礼物。"林子实道："算不了什么礼物。"朱氏站在一边，见他两人只管说客气话，心里倒是纳闷，林子实罢了，自己姑娘到临别的时候，也该对母亲说几句正经话呀。她如此想着，脸上当然有些表示。林子实忽然心里明白了，向桂英拱两下手道："白老板没有什么事了吧？您一路保重！"桂英道："忙什么？您坐会儿。"朱氏笑道："你这孩子，人家只有催送客的早些回去，你倒留人家坐一会儿。"桂英道："不是那样说，咱们分别了，可不定哪个年月再见面，多谈一会儿也好。"林子实道："你娘儿俩谈谈吧，我先下车。"说着又拱了一拱手。

这时，大福由二等车走过来，也是连连和他作揖道谢。林子实道："不是你来，我几乎忘了一件大事，你瞧我心里多乱。"于是在身上掏出两封信，交给大福道："郑州我们有个公司，有一位郑先生和一位田先生，都是我的好朋友，到了那里，若有什么事要人帮忙的话，拿我这信去找他们，准成。地点在信封上面写得明白。"大福拱拱手道："劳驾劳驾，多谢你照顾。"林子实道："你们自家人谈谈吧。"他一面说着，一面走下车来。桂英送到车门边，还要走下月台来，林子实两手一横拦着道："不必了。这车快要开了，回头上车会来不及。"桂英只得手扶了铁栏杆站在踏梯上。林子实道："你进去吧，这里很危险的。"大福道："对了，要说话，你到屋子里，伏着窗户口上去谈吧。"桂英向林子实招招手道："你别走。"于是她很快地走进屋子去，伏在窗口上向外看。只见林子实低了头，在窗外月台上缓缓徘徊着，桂英向他招招手道："林先生，林先生！"林子实走过来问道："还有什么事吗？"桂英道："没有什么事了。"林子实道："那就不打扰，你们自己人还有要紧的话说呢。"于是取下头上的呢帽，连点几下头，又捧了帽子作个揖，笑道："再见，再见！"就掉转身走了。不过他走了几步就回头看一次，走到老远去了，还不住地回头。桂英在窗户口上，情不自禁地叹了一口气道："真是一个好人！"可是林子实低了头在混乱的行客堆中黯然而去。这一番忙乱，博得美人最后一声赞许，哪里知道呢？

第三回

投刺怯严威缘悭一面
赠仪消宿约报止千金

　　白氏兄妹由北京启程，抱了满肚子的希望，以为一个要做夫人，一个要做官，将来有一天再回北京来，当然另是一番气象，也许有人调音乐队到西车站来恭迎也未可知呢。一路行来，都是如此想着。白老板坐在头等包房里，向窗子外面看了那些田园山水，都非常的有趣。

　　次日，到了郑州，白老板挑选了一家最大的春风旅社住下，将行李稍事安排就打听汪督办的寓所。一问之下，汪督办就住在督办公署里，一个月也不一定出来一回。要去见他，先要到督办公署里去挂号，注明姓名住址和求见的事由，然后等督办公署的电话召见。大福听了这话，就来向桂英报告。桂英道："在北京的时候，他在旅馆里开房间也好，在他公馆里也好，我到了，直冲直进，哪里有这些啰唆。你去打听打听汪督办衙门里的电话多少号，让我打个电话找他来谈话，他回电说我们什么时候去，我们就什么时候去，那多省事。"大福用手搔着头道："我们这倒要想想，不可胡来。这里汪督办是个头儿，犹如北京城里的大总统一样，这岂可以随便打电话，不要弄出乱子来吧。"桂英道："我们在北京城里是很熟的朋友，有什么话也可以说，难道到了郑州来了，我们就变成生人了吗？"大福道："不是那样说，打起电话来，那边一定要问我们姓甚名谁，是干什么的，我们若是照直说了，恐怕有些不便当，若是撒谎，又怕引起了误会，所以这可是个问题。"桂英道："这倒也是可顾虑的，可是到衙门里去挂号，那不一样也是有些不便吗？"

　　大福想了一想，果然不错。但是由北京到郑州来有一千多里地，为着什么来了？不见汪督办，这回跑来的事怎么有结果？没有结果，难道又跑回北京去吗？他如此想着，把身上揣的一盒烟卷取了出来，一手撑了桌子托住头，一手夹了烟卷慢慢地抽着。桂英却横躺在床上，也是用手撑着叠的被褥托住了头，斜望了哥哥。大福在桌子边，也是斜望了床上的妹妹，一间房子里没有一点儿声息。大福胸面前悬了个马表，唧轧唧轧那种表的机摆声，听到很清楚。大福抽了一根烟卷，情不自禁地又抽一根，直待抽完了三根烟，将烟头子向痰盂子里一扔，表示他要去的决心，站起来道："不管了，我去碰碰看了。"桂英由床上跳起来了道："你去是去，不要闹出什么笑话来。"大福道："这个用不着吩咐，我自然会见机行事。难道我们两人坐在屋子里，发一会儿闷就能画符召神地把汪督办请了来吗？"说着话，毫不犹豫地就到账房来，打听明白了督办公署所在，一鼓作气雇了一辆人力车，直向督办公署去。

车夫见他毫不犹豫，直说着要至督办公署，以为他也是督办公署的人员，拉了车子，直拉到督办公署门口来。这大门外东西两个辕门，各站了五个兵士，一个兵士领班，身上背了一支带皮套子的盒子炮，那还无所谓。其余四个兵士，两个人背着上了着刺刀快枪，那刀磨擦得雪亮，在日光下银光闪闪，射人的眼睛，别是一种惊人的感觉。另外两个兵士站在最外边，各人背了一管自动机关枪。再看辕门的里边还有个总大门，又站了一排武装齐全的兵士。这车夫仗着坐车人的势力，以为总可以拉进辕门去，只管走，急得大福在车子踏板上连连跳了脚道："停下来，停下来。"车夫猛然停住，车子一折，几乎将他翻下车子来。大福看看离那辕门口的兵士不过上十步路，假使再不下车，就要在兵士面前下车盘问起来，仓促之间恐怕是对答不上。

这样想着，也不管车子是否放下，就由车子上直跳下来，身上掏了一把铜子扔到车子上，转身就走。走了二三十步才回过头来，一看守门的那些士兵，直挺挺地在那里站着，一点儿笑容也没有，心里这就想着，幸是不曾冒冒失失冲了进去，要不然，你看大门口那样威风凛凛，一言不合就是毛病。一人在路头上远远地向那大门口望着，只见一辆汽车，车门两边站了四个兵士，风驰电掣地闯进辕门，那辕门口的兵士就吆了喝一声，举枪的举枪，举手的举手，原来那守卫的兵士，你不要看他那样很有权威的样子，可是他们也很讲礼节。不过知道他们是讲礼节的，他们尊重坐汽车带护兵的人，一定瞧不起雇人力车老远就下车的人。汪督办到北京城里去的时候，他公馆门口也不过有个请愿警，哪有这种威风？若是还用在北京去求见他的仪式去见他，恐怕有些不灵。

大福心里这样盘算着，不但是想不出来一个上前的法子，越踌躇越让自己胆子小，不过不上前去打听打听，就这样回旅馆去，妹妹问起来，何词以对？无论这些兵士们有什么威风，好在他们的总上司和自己妹妹有交情，纵然有些失仪之处，把我抓了起来，我把话直说了，一定也可以释放我的。汪督办是我见过的人，为人挺和气的，我怕什么？于是放开了胆子从从容容向前走去，心想到了卫兵面前，和他一鞠躬，多说一声劳驾，也就无所谓。但是走着在那辕门外二三十步的时候，恰好有两个行人在自己面前走着，已经靠近了那卫兵。一个拿枪的卫兵，倒拿了枪，将枪托扫了过来，口里喝道："你瞎了狗眼，走到什么地方来了？滚过去！"那两个行人吓得跌跌撞撞，话也不敢多说一句就跑开了。只看这种情形，辕门口就不能靠近，漫说到门口去问那些卫兵了。于是又装出一个过路的人样子，目不斜视地向前面一条支路直走过去。然而难关是可以不过了，可是自己是干什么来的？就如此怕事，可以了结吗？当时也不敢回旅馆，在热闹街绕上了两个圈圈，看看太阳偏西，天色不早了，再要不上前去就不是机会了。自己脚一顿，下了个决心，再向督办公署来。

这回是自己拿定了主意的了，将帽子早早取下拿在手上，然后一步一步地走到辕门边，远远地就向卫兵一鞠躬。一个卫兵将步枪夹在腋下，迎上前来问道："找谁？"大福笑道："我是由北京来的，到这儿来求见督办。"那卫兵对他周身上下望了一遍，问道："你要见督办？"大福将一顶旧呢帽抱在怀里，向人家半鞠躬道："是的，以前督办在北京说过，有事要我们到郑州来找他。"那卫兵看他这种情形，并没有疯病，当然不敢胡说，当督办的人自然也不能绝对没有穷亲戚朋友，所以他虽疑心，也不敢十分拒绝大福，便又问道："你是干什么的？"大福道："梨园行。"卫兵道："梨园行？干什么的？"大福欠了身子道："我们是唱戏的。"卫兵哦了一声道："是唱戏的？你唱什么角色？"他口里问着，向大福身上看来，便带有一种笑容。大福答道："我不唱戏，在场面上，我妹妹唱青衣。"那卫兵知道他是个唱戏的，就无所顾忌了，将肩膀一抬，笑道："你妹妹叫什么名字？是我们督办叫她来的吗？"大福道："那没有错。"于是将白桂英的名片由怀里掏出一张来，递到那兵士手上。他看了名片笑着走过去，和那领班的兵士报告了一遍。他走过来问道："你妹妹怎么没有来呢？"大福道："她是个姑娘，没有问明白规矩，怎么敢来？"兵士道："你的意思，是不是要先挂号？"大福道："我们由北京刚到，这儿的规矩一点儿也是不懂，老总，你看怎么好，就怎么样子办。"那兵士道："这样的事我们也做不了主，你是跟我到传达处问问吧。"于是将大福引进大门，送到传达处，招呼了一声自走了。

传达处的传达兵拿了白桂英的一张名片，只管踌躇起来。屋子里有两个同事坐着，他便道："大概这样的人，不传达上去是不行。可是号簿上让我们怎样写？"有一个同事道："你替人家胡担什么忧？你到陈启处和杨陈启说一说，他自然知道督办的意思。"那传达兵点了点头，让大福在这里等着，拿了那张名片自进去了。大福在传达处坐了等着，似乎有很久的工夫才见那传达兵走了出来，向大福道："你不是住在春风旅社吗？你走去等信儿吧。督办有了话下来，我们这儿有电话过去。"大福看看这地方，仅仅是通报一层还有许多手续，实在是不可乱说一句话，不可乱走一步路的地方，听了吩咐，不敢多言，道声"劳驾"就回旅社来。

他兄妹二人住的是两个房间，白桂英住在上等房里，大福只住在一间普通房里。回旅社之后，他也不回自己的房，一直就到桂英屋子来，见她的房门已经是紧闭着，大概妹妹休息了，这时就不惊动她也罢。正待转身走开，只听到屋子里一阵拖鞋响，房门扯了开来，桂英早是伸了头，向他瞪了眼道："你怎么这个时候才回来？"大福笑道："汪督办在这里威风就大了，你以为在北京一样，到他宅里去，向门房里言语一声就行了吗？这可是个大衙门，门口站上好几层士兵，要递个名片费事极了。"一面说着，一面挨身而进。只见床上被褥凌乱着，屋子里一股的卷烟气味，这一定是桂英等得不耐烦，睡睡又起来抽烟。因道："我去的时候，大概是不少吧？"桂英道："你还说啦。你见着汪督办了吗？他怎样说？"大福道："哪有那么容易呀？由传达处把名片送到陈启处，陈启处放下来一句话，说是知道了，有消息给我们打电话。我们就等着他的电话，再去见督办。"桂英道："去了这样久，原来你还没有见着汪督办。你没有问那个陈启，什么时候打电话来吗？"大福道："我也没见着他，怎么问？这是传达带回来的一句话。"桂英鼓了脸道："这样说来，你算是白去了一趟。"大福道："你以为督办衙门也像这旅馆一样，可以随便进出的吗？你要是不带我来，一个人到郑州来，你还更没有办法呢！"桂英道："我一个人，哈尔滨、天津、张家口，哪里也去过，没有让人吃下，你给我办这点儿事都办不通。"大福道："事非经过不知难。你若是不信，你可以雇一辆车，在督办公署门口走过一遍，你看那里是不是杀气腾腾的。"桂英道："杀气腾腾怎么着，难道还能把求见督办的宰了吗？"

大福见和妹妹说话，越说越拧，只得走开。其实桂英虽然很怪她的哥哥，她也只在房门里面唱高调，让她自己去见汪督办，她未必不是半路上拦回来。大福走了，一个人在屋子里坐着也很是无聊，躺了一会儿，还是叫茶房把他叫了来，兄妹闲谈消遣。桂英到了此地，本想到街上去看看的，现在要等汪督办公署的电话，就不敢走开。一路心中计划而来，以为到了郑州就可以看到汪督办，立刻可以打个电报回北京，向母亲报告消息。现在连什么时候能见面都不得而知呢，哪里就能报告消息。自己抱了十二分的希望而来，到了现在未免减少了两分。这天在旅社里候电话，候到晚上十一点钟，依然没有消息，当天自然是无望，只好望明日的消息。到了次日，兄妹二人依然不敢出旅社一步，静候督办的电话。大福住的房间外面，正是挂电话机的所在。只要是电话铃一响，立刻站到电话机边，听接电话的茶房说些什么。有几次电话铃响着，茶房不在身边，他就向前代接电话。然而那边说话的人乃是河南口音，自己说了许多话，人家一点儿也不懂。以后也就不再接电话了。

到了下午三点钟，依然没有消息。桂英有些不耐烦了，就把大福叫到屋子里问道："我说你不会是拿话骗我，没有到公署里去吧？"大福道："那是什么话？那样办，不但是我骗你，我还是骗我自己啦。"桂英道："你说他们有电话来，怎么到现在还没有电话来？难道我们千里迢迢，就跑到旅馆里来这样干耗着吗？"大福没有说话了，又抬起一只手来到头上去搔痒。桂英道："人家不打电话来，我们又不能打电话去，那怎样办？你不会再到衙门里去打听打听吗？他反正不能把你吃了，你这没有用的东西，还打算出来找事情呢？"这几句话骂得大福太重了，他一顿脚，又把手一摔道："我就去，人家不理，可不能再怪我。"他说毕，找了帽子戴着，这回一直就向督办公署来。今天不比昨天了，胆子大了许多。到了辕门口，就告诉卫兵，要到传达处去打听消息。卫兵让他过去了。

他在传达处就把帽子取下，拿在手上，然后弯了腰走进门去，就向人拱手道："劳驾劳驾！"那个传达倒是认得他，便问道："你今天又来干什

26

么?"大福拱拱手道:"昨天你不是吩咐给我们电话吗?可是到了现在还没有去。"那传达一歪颈脖子道:"谁知道哇?你们等着吧,挂了号,等一个礼拜也有的是呢。你昨天来报到了,今天就着什么急?"大福依然拱手道:"不是那样说,因为我们带的盘缠不多,日子耽搁久了,我们维持不了。"那传达并不理他,身上掏出一盒烟卷,自己点了火,自己抽着烟,却向另一个同事道:"要出门,为什么不带足盘缠呢?打北京到郑州来,这样老远的路,这是闹着玩儿的?以为是上姥姥家吗?"大福坐也不曾坐下,却让人家抢白一顿。再要问话又怕冲犯了人家,不问话吧,又没有得一点儿结果,站着在传达室门口,不知怎样好。那传达口里衔着烟,斜了眼睛望着大福,将手一挥道:"回去吧,等个三天五天的,就有电话了。"大福看了他昂头天外的样子,恨不得抢上前去,打他三拳,踢他三脚,可是人家有权威,有什么法子呢?和人家道了一声"劳驾"方才走了。

这回到了旅馆里,他倒不必桂英先问,到了她屋子里将帽子取下来,使劲向椅子上一摔,冷笑道:"得了,别想升官发财了。我回北京,还是吃我们那碗破戏饭。"桂英看他这样子,以为汪督办是拒绝不见,便道:"你问得了什么结果吗?"大福将桌子上的茶杯使劲拿起一个放下,提起茶壶高高地斟了茶下去,端起一杯茶,一仰脖子,咕嘟一声喝了。将杯子放下,啪的一声响,鼓了嘴道:"他妈的,一个当传达的,也没有多大的位分,他就在我面前摆着那样大的架子。什么阔人没有见过,他这个样子的一个人,就想到我们面前来卖弄。"桂英听他的话知道他是碰了一个大大的钉子回来,便道:"到了现在,我们总还是和人家好说呀,你干吗和人家闹脾气?"大福道:"我怎么不是好说呢?"于是就把今天到传达室里的情形说了一遍,因道:"千劳驾的,万劳驾的,和人家说着好话,结果是让人家挡了回来。那个地方我是不能去了。他要等三四天,就等三四天再说吧。"桂英这才知道汪督办的架子在郑州果然不小,若是把大福闹僵了更是不好办,反是用好言将他安慰一顿。大福气得没有话说,自回房睡觉去了。

兄妹二人在旅馆里又等了三天,大福睡觉睡得腻了,每日还到街上去溜上一趟。桂英怕耽误了电话,一步也不敢离开。这三天之间,又急又闷,非常难受。桂英自学唱戏以来,生活就自由惯了,哪里受过这样的拘束。到了第三天晚上,桂英突然有了归志,就对大福道:"这样子看来,分明是汪老头子不理咱们,痴汉等丫头,咱们老等着什么意思?我们回去吧。不过我算了一算，钱恐怕不够。你不是说，在西车站上车的时候，林子实给了你两封信，说是这里的分公司有他的好朋友吗？你可以拿了这两封信去找找人看，咱们能找着人借个四十五十的，就可以回去了。"大福道："你不说起我倒忘了。是有这样一封信，我想没有什么用，塞在网篮里，现在也许丢了，让我找找看吧。"桂英道："你真不会做事……"大福抢着说："我的大小姐，我们只说奔郑州找汪督办来着，谁知道到了这里，还短不了走林子实那条路呢？你别慌，只要网篮没有抖乱，信总在那里的。"于是回到自己屋子里去了。过了一会儿，他手上高举着两封信，如获至宝一般，笑道："找着了，找着了，那公司离我们这旅馆不远，我们就拿这信去会他。"桂英道："你可得早些回来，别让我又着急。"大福道："好歹我都早些回来给你的信就是了。"于是带着三分喜色匆匆而去。

这时，桂英对那汪督办的十二分希望已经抛弃一个干净，只是计划着要怎样地回北京，回京之后用些什么话去对人说。一个人在屋子里想着，以为明天上午总有一个办法。不料不到一小时的工夫大福就回来了。他站在房门口就道："田先生、郑先生来了。"桂英看时，由他身后跟进来两个人：一个有五六十岁，颏下长了一副长黑胡子；一个有三四十岁，黄黄的尖面孔，两个人都是灰色袍子黑呢马褂，各戴着黑色小便帽，虽是买卖人样子，却在朴素之中带一些和气。他两人自道着姓名，有胡子的叫郑颂周，没胡子的叫田子春。

桂英让座已毕，郑颂周摸着胡子先道："我们和林先生都是至好。刚才令兄把白老板到此地来的一番意思都对我说了。您要是早通知我们，免得在这里等这几天，可是白老板这一趟来得不大凑巧。郑州这几天暗里头风声很紧，汪督办不便随意出来。要说白老板到衙门里去呢，督办的正夫人又喜欢管闲事，两个如夫人吵得都不能安生，当然在这个时候也是去不得。白老板递上去的那张名片，是不是汪督办看见了，那还是个问题。"桂英听了这话，倒也不肯示弱，淡淡地笑道："那算我们找错了。他在北京的时候，我们相处得很好，而且说了多次叫我来找他。早知道是这个样子，我怎么也不来，现在我也不想找他了。"田子春道："汪督办这个人呢倒是不肯薄待人的，不过这个时候，他真有些不便出门。既是有林先生相托我们，我们当然要帮白老板一个忙。他手下有个阮副官，和我两个人至好。白老板有什么话和送汪督办的什么东西，都交给我们，我们可以托

28

了阮副官，私人对汪督办说一说。假使他能抽出工夫来和白老板见一面，那你什么事都好办。"桂英道："要不然我也不能来找他。因为在北京的时候，汪督办再三再四地劝我别唱戏，说是没有饭吃可以来找他。打去年起我就想不唱戏，总是走不了。这回我在北京下了决心不唱戏了，所以什么人也不打算找，就来找他，等他一句话。现在我们千里迢迢来了，给我们一个老不管，这不是要命吗？"郑颂周道："我猜他是事忙忘了，绝不是陈启忙了没回。我们再去提上一提，他一定有个回信的。就是没有回信那也不要紧，白老板和子实是朋友，我们和子实也是至好，反正盘缠钱不让你有什么为难。"桂英笑道："我到郑州来，大门也没出，一个熟人没有，成天只听到火车放汽笛。有两位先生这样帮忙，我将来一定想法子感谢你们。"郑田二位都摇手说，那谈不上。

于是大福就把送汪督办的东西一齐捡着，堆在桌上，用一个大篮子装着，请田郑二位带去。又把二位请到自己屋子里，私下告诉他们，说是汪督办与桂英原有嫁娶之约的，现在一点儿消息不给，就这样老闭门不理，那真会逼出人命来。田郑二位都说："只要事情是真的，当然阮副官去说了，多少有个了断。事不宜迟，我们立刻去找阮副官，趁着今天晚上汪督办上操的时候和他一提，也许明天上午就有回信。"大福道："晚晌还上个什么操？"郑田二人彼此望着，大笑起来。田子春笑道："这个操，也是捧了枪玩儿，不过不是在地上卧倒放，是在床上卧倒放罢了。"大福道："汪督办是不抽烟的呀。"郑颂周道："有不花钱的烟，为什么不抽？军官抽烟不都是为了不花钱干上的吗？有话明天再说吧，我们走了。"于是他二人提了那包礼物告别而去，桂英兄妹知道大事绝了望，倒不想郑田二位能找出什么路子来，只想和他们联络，将来走不动，和他们能借几个钱也就完了。这两天，每晚兄妹二人都少不得唉声叹气讨论一阵，今晚反正是不做什么奢想，各人老早地睡觉。

次日睡到有十点钟醒来，还不曾起床，茶房就敲着门叫起来道："白先生，白先生，有汪督办公署的阮副官会你呢。"大福听得清楚，在床上一个翻身滚了下来，口里喊道："请坐，请坐，真对不住，我就来的。"一面说着，抓了一件衣服披到身上就来开门。只见一个踏皮鞋穿便服的人，腋下夹个皮包，站在房门口，向他点头道："你就是白老板吗？"大福鞠着躬道："我姓白，白桂英是我妹妹，住在楼上。"那人道："我就是阮副官，督办让我来见白老板的。"大福道:"是,是,请你在这屋子里屈坐一会儿,我去告诉她。"鞋子也来不及拔起来。跑上楼来,站在房门外,还不曾敲门口里先就嚷着道:"大妹子,你起来吧,阮副官都来了。"说着,就用两只手去捶门。桂英从梦中惊醒,倒吓了一跳,听说是阮副官来了,心中倒也是一喜,隔了房门问道:"阮副官在哪里?你先请他在楼下坐坐呀。"大福道:"是让人家在楼下坐着啦,你穿衣服吧,我下楼陪客去了。"他也不等开门,下楼去了。桂英在屋子里也就忙着穿衣洗脸,不到十分钟的工夫,大福又上楼来了两回。桂英皱了眉道:"你就陪人多坐一会儿要什么紧?他是为了我们的事来的,反正不能没有见我就回去。"大福对他发了一阵子愣,只得下楼去了。

桂英洗完了脸,挑了一件好看些的衣服换了,纽扣还不曾扣好,大福就带着阮副官走上楼来了。先在房门口站着就介绍起来,桂英只得点了头把阮副官让了进来。他将桂英周身上下打量着,将皮包放到桌上,倒退一步,方始坐下。桂英忙着张罗了一阵茶烟,他首先开口道:"督办叫我向白老板致意,说是这回来很对不住。因为正赶上了军事时期,郑州这地方铁路是四通八达,只要时局有点儿动静,这里先就要发生问题。督办是全省一个领袖,比不得在北京,行动可以自由。"桂英道:"这个我已经知道了。不过我这次来,也不是我自己的意思。"阮副官说:"是的,这一层督办也和我说了。在北京的时候,督办和白老板提过的,说是白老板若是不唱戏,督办愿意接你到家里来。可是昨晚督办和我提了,一来呢,现在这个时局不是办喜事的时候;二来呢,督办说他年龄也到了时候了,仔细想了想,恐怕耽误白老板的青春。不过白老板这番好意,他是忘不了。今天让兄弟带了一点儿款子来,督办说送给白老板买点儿衣服料子。"说着就打开皮包,在里面取出十叠钞票,送到靠近桂英这边的桌子沿上,因道:"这是一千块钱。"桂英在十分绝望之余,对于汪督办本来也就不想有所求于他了,现在看到拿出一千块钱来了,便笑道:"我怎样好收汪督办这许多钱呢?"阮副官道:"这个你就别客气,督办既是拿出来了,反正不能拿回去。你送督办的东西收到了,谢谢你。督办说,本来也要买些土仪送白老板,但是又怕来不及,送两样白老板得用的东西得了。"说着,他又在皮包里取出一样东西,可是白桂英看了先前一叠钞票是笑,看了这样东西却是要哭,不但要哭,就是那一千块钱的厚赠,白桂英也不觉其多了。

第四回

心事重归来匆匆送客
风光问嫁后郁郁思人

　　原来这阮副官最后在皮包里拿出来的，并不是礼品，却是两张火车免票。他含着笑容交到白桂英面前，然后用很柔和的声调道："白老板，这是一张头等免票，一张二等免票，你二位可以拿了这票，不花一个大回到北京去。不过有一层，这火车的限期就是今天，今天耽误了，就要破费好几十块钱了。到北京的通车，下午六点多钟到，七点钟开，你们可以坐了这通车走。"桂英道："我们很不容易到郑州来玩儿一趟的，既是来了，我们也要看看这里的古迹。"阮副官道："我不是说了，这里的风声紧得很吗？在这里玩儿一两天不要紧，可是你玩儿出事来就要后悔的了。依着我的意思，二位还是今日动身的好，如其不然，我就送二位上火车也可以。"

　　桂英听了这话，心想这哪里是好意送我们走，这就是押解回籍罢了。本待不答应，看看阮副官那情形，他不肯松口的。到了这种地方来了，便是他们的势力范围，若不从命，他们也许会强制执行。因点着头笑道："好吧，我们今天就回去了。请你回复督办，我谢谢他了。"阮副官道："有什么要办的东西没有？若是要什么我可以和您代办，免得您人生地不熟耽误了时间。"桂英摇了摇头道："也没有什么要办的东西了。我们到了钟点就上火车去。"阮副官一回头，看到茶房由房门口经过，就向他招了招手让他进来，对他说："这位白老板的账归我来算，你把账单子写好了，到了下午，我来会账就是了。"说毕，向茶房看了一眼道："你认得我吗？"茶房半鞠着躬道："您是督办公署的副官，怎么会不认识呢？"阮副官向他一挥手道："认识就好，去吧。"桂英看那茶房深深一个鞠躬方始退去，料着阮副官的权威是很大的。哥哥是不行，自己一个唱戏的女孩子如何又能抵抗他的命令，便当了他的面向大福道："我们算没有白来，就是今天走吧。你去收拾行李。"阮副官微笑着，夹了皮包，告辞而去。

桂英把钞票收了起来，一人在屋子里想了一阵，心里总算明白："原来汪老头子并不想娶我。在北京的时候天天和我在一处鬼混，无非是拿我开心。现在我真的来找他了，也觉得我不配嫁他，为了免除麻烦起见，索性连面也不见，这可见得这个人没有一点儿真心对待女子。他虽给我一千块钱，那是怕我不肯空了手回去，算不得什么好意。再说，一千块钱在他还真不算一回事。我在北京的时候，看过他推牌九，老是一千块钱下头注，输了赢了，一点儿也不心痛。他给我这一千块钱，只当是输了一个头注罢了。而况这件事，还幸是田郑二位出面打圆场，要不然，这条路子也是无法可通的。说到这里，还应当去谢谢田郑二位。人家并无什么交情，只是凭了林子实的一封介绍信就这样热心，这可以见得林子实这个人不错。因为他的朋友都是这样诚恳，他本人当然是诚恳的一个了。"

如此想着，就叫了大福来，约了一同去拜会田郑二人。这话还是刚提着，田郑二人就来了，见面就问："阮副官来没有来？"桂英相信这二位都是好人，就把实话说了。郑颂周道："既然如此，白老板还是依着他们的话今天走了的好。郑州这地方，不过是两条铁路的交叉点，也没有什么好风景。你身边带了那些款子，还是早一点儿回北京去的稳当。子实今天又来了信，托我二人打听白老板的消息。他的事情很好，已经调到上海去开新公司，大概二三天内就要动身了。"桂英听了这些话，把立刻回北京去的心事又坚决了一倍，因道："我决定走的，让我打个电报给林先生吧。"大福道："今天动身，明天就到了，何必还要打电报给他呢？"桂英道："你不知道我们这回的事情得力林先生的两封介绍信吗？人家还老远地打听我的消息，我怎么不告诉一声？等了我们回到北京去，人家就走了。"郑颂周道："这个电报，倒是不必打，发多了字，明天就回北京的，后天你们可以见面，何苦花那笔钱？字发得少，子实不明白究竟，更让他着急。我看不能那样巧，子实就是今明天走了。就是子实走了也不要紧，我们和他少不了常常通信，将来顺便告诉他一声就是了。"

桂英本有一句话要说的，偏着头想了一想道："那也好，我们回到北京的时候，立刻打电话通知他就是了。"大福听了倒有些不解，妹妹有什么要紧的事，这样急于要和林子实通消息。当了田郑二人也不便问，只望了妹妹。桂英偏是知道他的意思，便道："我自然有我的心事，你不必管。"说着，又笑着向郑田二人笑道："不瞒二位说，我是个性子很急的人，有什么事说办就办，我觉得现在非急和林先生说两句话不可。这回到郑州来，真是得了你二位帮忙的力量不小，将来我一定要感谢二位。"田子春笑道："快别说这话，人生何处不相逢？也许我们将来有求白老板帮忙的地方呢。我二人是抽工夫来的，既是事情都办妥了，那很好，我们可以放了心。回头既有阮副官来照料上车，我们就不再送了。"说毕，他和郑颂周同拱了手，告辞而去。桂英对于这两位只会过两面的朋友，也说不出有一种什么情绪，只是觉得这两人可敬又可爱，跟在后面，一步一步地送着，由楼上送到楼下，复又送到旅社门口，方始和人家点首而别。

她果然也不想买此地什么东西了，也不想看此地什么风景了，一人闷坐旅馆的头等房间里。只是想起阮副官的话实在可恶，觉得他交代茶房账目都结清了，那都是有用意的，一来他好向督办多开报销，二来他也是催我走的一种表示。好，你既答应了代我付账，以后和你们又没有什么交情了，乐得大大地花费你们几文，就告诉茶房，要这样要那样，连茶房都看出她是拼着花钱，未免好笑。

到了五点钟，阮副官带了两名卫兵来了，说是帮着送行李。桂英心里暗笑："汪老头子，也不是潘安再世，也不是上西天取经的唐僧，何必这样怕我在郑州找他。大概我要不走的话，这两名卫兵纵然不搬行李还不搬人吗？"因向阮副官笑道："干脆，我们这就上火车站去等车子，我们反正不等什么，你也好放了心。"阮副官明知道她言中有刺，却是也不便说破了，只当没有懂她的话，装麻糊笑道："果然是先上车去的好，免得临时慌里慌张。我带了汽车来的，带着行李，我们一块儿走就是了。"桂英道："好，说走就走。既是阮副官带了两位老总来了，那就不必客气，请他们给我帮一帮忙吧。"阮副官连说："好的好的。"就督率着两名卫兵，一阵风似的把她的行李搬出了门，运上了汽车。桂英也说不出来有什么感想，一个人像失掉了魂一般，跟着这些人迷迷糊糊地到了火车站。那阮副官也真是热心，直等她兄妹二人上了火车，火车开了，方开车回公署复命。

桂英到了这时，真有一万分说不出的苦恼。不过这次在火车上，倒比出来的时候心里贴实得多。这反正是回家了，不像出来的时候，既想做督办夫人，又怕做了夫人以后不容于原来的几位夫人，心里正自计划着要怎样才得到个万全之策。现在无所谓了，回北京以后大不了还是登台去唱戏。好在这趟离开北京，自己很把稳，不敢向外传扬自己的行踪，虽然是扑了一个空回去，所喜并没有人知道。这总算得了个教训，阔人完全是靠不住的，以后不要想依傍阔人了。同时心里也憋住了个哑谜，只待到了北京以后，立刻就把这哑谜揭开。大福在火车上小心伺候着妹妹，总怕她会伤心，什么话也不敢提。

火车到正阳门的时候已是大半下午，二人雇了一辆马车带着行李回家，渐渐地就是街上电灯亮火的时候了。他们到了家，朱氏倒吓了一跳，问道："怎么就回来了？"桂英扬着双眉笑道："这回走得不坏。"朱氏看女儿脸上并无忧色，这才放了心。桂英等行李搬进了大门，还不曾进自己的卧房就问道："林先生这两天来过吗？"朱氏道："你怎么知道呢？我想你走了，他不会来的，可是你走后第二天他就来了一趟。今天上午他又来了，打听你有回信来没有。他说今天是来辞行的，今天搭下午五点钟的通车到上海去。他还留了个地名，让以后我们好通信呢。"桂英听说，抬起手臂来看看自己的手表，就指着大福道："我说雇汽车，你偏要雇马车，省那几毛钱，误了我的大事。"大福倒愣住了，心想："安安稳稳地回到家里了，又误了她的什么大事？"桂英也不再说什么了，立刻就向大门口跑，雇了一辆人力车子，连说："多给钱，拉上东车站。"朱氏摸不着头脑，怎么刚由西站回来，房门也不进，又跑向东车站去了，就吩咐大福快快地追了去。

桂英的车子跑得很快，她坐在车上还不住地抬起手来看她的手表。到了车站，她在袋里掏了一阵，恰是来得慌张，没有带零钱，找了个卖烟的钱摊子换了零钱，付了车钱，一直向车站里走。到了栅栏门门口，一个穿制服的人将手一拦，说了一个字："票！"桂英道："哦，忘了买月台票。"于是转身到卖月台票的柜台前买票去。偏是屋子前只有巴掌大的一个小窟窿，前面站住四个人挤着买票，自己无法上前。好容易熬到那四个人买票过去了，自己才买得了一张月台票，匆匆到月台上去。她料着林子实三等车是不肯坐的。头等车呢，做生意买卖的人当然不至于那样挥霍，所以一直就到二等车上去找，将一截二等车找了一个够，始终也不见林子实。又一想："他是替公司里办事，也许公司里给他川资，他为什么不坐头等车呢？"如此想着，刚想由车上下来再转上头等车上，不料月台上叮当叮当一阵打点之声,火车就要开行了。匆匆地走下车来,回头向车上看去,却见前面头等车上有一个人和站在月台上一群送行的连连拱手道:"诸位请回去吧。"桂英看那人不是别个,正是林子实。也来不及上前了,老远地抬起一只手来,就叫道:"林先生,慢走,慢走。"

在月台上竟有叫火车慢走的,在月台上的人怎能不加以注意?林子实在这声音中也回头看过来,真不料白桂英会在人丛中跑出来。人的相貌固然有相同的,可是白桂英那清脆的声音,在戏台下听她两年的戏以后,已经深深地印在脑子里,只要是这种声音吐出一个字来,便可以知道是白桂英来了。现在相貌同声音又同,不是她是谁?身子向前一探,口里喊了一声"白老板",然而在这个"板"字声音呼出以后,汽笛鸣的一声,车子已经向东移动。白桂英情不自禁地跟着车子跑了几步,口里还依然大喊着林先生。然而等她追到那群送行人所站的地方,林子实所乘的那节头等车已经到好远的地方去了。桂英跑到这里,自然地也就停止了脚步,对那越去越远的火车不免望着发了呆。送行人中间,有认得桂英的,便道:"白老板来晚了五分钟了。"桂英这才向大家笑道:"我有点儿事情耽误了,没有赶上送行,真对不住人。林先生临行说的什么吗?"她这句话,倒问得她所认得的人不知所答。临行的时候,当然要说些什么。所说的什么,与桂英又有什么相干,要她追问?桂英得不着人家的答复,她也不一定要人家答应,掉转身子,低了头,无精打采地就向车站外面走。她是个唱戏的女子,人家总怕惹了什么嫌疑,她既低了头走,人家也就不便再和她说些什么了。

桂英走出车站来,只见大福满头是汗,到处乱碰,便走近他身边,问道:"你忙些什么?"大福看到,脸上先有怒色,再一看妹妹的颜色也不好,就笑了起来,点着头道:"你把我找苦了,由哪里来呢?"桂英道:"你说吧,车站外面碰着我,我是从哪里来呢?"大福是自己找了钉子碰的,也就无话可说,只得笑了,桂英也不理会他,自雇了车子回家去。到了家里,朱氏迎着她笑道:"我猜你是送林先生去了,对也不对?"桂英道:"对了,可是没赶上。咳,我做什么也不顺心。"这时,朱氏已经知道桂英带了一千块钱钞票回来,不敢得罪她,不但不说她不该回来就走,而且想了许多话来敷衍她。她倒没有什么不好的言语与表示,只是时时露出那不规则的笑容来。朱氏最怕她嫁人,把自己进钱的路子塞断,现在姑娘回来，少不了重登舞台，自然暂时各事要哄着，她就向她笑道："你回来得这样快，熟人要看到你真会疑心你还没有走呢。"桂英道："咱们把这事揭过去，不提就是了。知道我走的人大概也不少吧？我们大福那张嘴，还不是一只喇叭，到处吹着。"朱氏道："这回我可叮嘱过的，他可不敢瞎说。除非秋云她一个人清楚，反正你有事也瞒不过她的。"

桂英笑道："我倒忘了问你，她嫁过去以后情形怎么样？"朱氏道："那还用问，自然是好。第三天拜客，夫妻俩在我们这儿坐了一会儿。虽然姑爷年岁大一点儿，可是总是一夫一妻，倒很好的。若是说你回来了，她一定会高兴得了不得。"桂英道："他们家有电话吗？"朱氏道："张家很有钱的，家里什么都全备，哪有不装电话的道理？我到隔壁粮食行借个电话告诉她吧。你的朋友也多，一个月哪不花几块钱，将来自己也安上一架电话，免得老是去麻烦街坊。"桂英笑道："你以为我回了家以后，要广结广交，到处求人捧，又上台吗？老实说……"朱氏一听话不投机，深怕她将心事完全说出来了，将来不好转圈，不等她说完，立刻掉转身出去了。桂英也知母亲的用意，只看了母亲后影微笑。一会儿工夫，朱氏笑嘻嘻地回来，拍了手道："秋云她欢喜极了，恨不得今天晚上就要把你请去。我说让你多休息休息，她就说请你明天到她家吃中饭，她还要请你看电影呢。"桂英笑道："我倒要瞧瞧他们这家新家庭是怎样一个情形。"在烦闷之中有了这点儿消息，稍微安慰。

到了次日上午，就直到秋云的丈夫家来。原来秋云的丈夫是个山东人，在北京开了两家绸缎店，买卖倒是不错。做大东家的人本来就无事，加上店里生意好，更不必操什么心，终日无事只在外面找乐子。当秋云唱戏的时候，是他父亲张厚德天天订座相捧。张厚德是个六十六岁的老头子，一把苍白胡子飘在胸前。这样地捧坤伶，当然只能说是艺术的欣赏，没有其他作用。程秋云也打听得张老头子是个有钱的人，就很和他接近，后来索性拜在他跟前做干姑娘，不断地到张家去。因为如此，就和他的儿子张济才认识。张济才是个四十一岁的黑汉子，和他父亲一样，除了那个张字，此外关于用笔写的都不大认识。一见父亲认了这样一个唱戏的干姑娘，以干哥的资格也凑趣捧起来。有一年的工夫，张济才原配的浑家死了，张老头儿一力主张把程秋云和儿子填房，张济才当然是求之不得。秋云也因张家有钱，有公公没婆婆，走去做小东家夫人，就可以管家，在相当条件之下就嫁过来了。

　　这个时候，她嫁过来不曾有多少日子，真是要一样有一样，心里很是满意的。桂英本也认识张济才的，这时到他家来拜访，他怎能不盛情招待。在里面一听到门铃响，就亲自迎接到大门外来，接了有四回，方才接到了她，老远地就半弯着腰拱了两手道："欢迎，欢迎！"说毕，便在前方引路。程秋云在屋子里，隔了玻璃窗子看到此嚷道："久违呀，快请吧。"说着，自己也迎了出来。桂英看她身上还穿了一件粉红色的旗袍，头发梳得溜光，在左耳鬓发上倒插上一朵小小的红绸海棠花，黑发上配着那猩红一点，在她那脂粉调匀的脸上格外现出一种妩媚之态来。她左右站了两个老妈子，都现出笑面迎人的样子，跟着她们女主人那一样的亲热。桂英走上前，秋云一把握了她的手笑道："到我屋子里去坐吧。"

　　桂英随着她，走进她的卧室里去，只见满屋子新家具，那带着红色，太阳光由粉红色的窗纱射进来，别是一种光景，就是那家具上一种新漆的油漆味，闻到了，也觉是带有一种新人房间的象征。秋云笑道："你坐下呀，干吗走进屋子来，只管周围上下四处乱瞧？"桂英笑道："你为什么不懂？这就叫瞧新房子呀。"秋云让她坐下，两个老妈子如穿梭一般，早就在桌上摆下了干果碟子，斟好了茶。桂英笑道："客气是客气，可是我们那位姐夫怎么不来陪客呢？"秋云道："他有事，待一会儿自然会来陪你。"说着，向她丢了一个眼色，低声道："咱们先谈谈，要他在旁边打什么岔？"于是向两个老妈子道："一对大蜡烛似的站在这里做什么？出去吧，叫你才进来。"

　　两个老妈子走了。桂英笑道："你真机灵，把她们支使走了。我正要问你的话呢。"秋云道："我也正要问你的话呢。"桂英笑道："让我先问吧。"她说着端起一杯茶要喝又放了下来，就用手拿了两粒瓜子嗑着，似乎是想了一点儿心思似的，这才向秋云微笑道："结婚的那天晚上，是怎么一个情形？"秋云脸一红，微笑道："你问这话是什么意思？"桂英笑道："没有什么意思，我要问问。"秋云笑道："这个情形，我可没法儿说。将来你出了门子，第一天晚上是个什么情形，你经过了你就知道了。新娘子无非都是一样。"桂英笑道："新娘子都是一样吗？我怕不能够吧？真的，我要问问我的姐夫，对你情形怎样？"秋云道："那你还用问，在新婚的时候彼此总是很好的，不过到了将来，这话可就难说。"桂英道："我就是要

37

问这个哇，别的事情我管得着吗？你说很好的，是怎样的好法呢？"秋云笑道："好就是好，你让我说怎样的好法来，我可没法子说，反正我要怎样称心，他就怎样子去办。"桂英道："你们也出门去玩儿过没有？"秋云道："前三天当然是不便出去，这两天他倒也陪我出去玩儿过两趟。可是彼此好不好，也不在玩儿不玩儿上说。"

桂英嗑了瓜子只管向她微笑。秋云道："你对我笑些什么？"桂英笑道："我想你说话漏了，什么叫称心呢？"秋云笑道："一个大姑娘家倒会挑眼，你这有什么不懂的？譬如说，他出去了，我在家里闷得很，他就打电话回来告诉我，说是待一会儿就回家的。又譬如说，我随便说了一句鱼好吃，吃饭的时候就得有鱼。也无非是桩桩事情都向着你心里想的那条路上去办。"桂英笑着点点头，眼睛可四处地瞧着。见床上叠着红绿绸被，堆在西头，东头四个枕头，做了两叠齐齐地摆着，床下面放了男女两双拖鞋也是比齐了摆着的，墙壁上一张大相片，乃是他们行结婚礼时摄影的，连自己的相也在上面，另外还有新郎新妇两张相，单独地悬在一起，两张相都是笑嘻嘻的。桂英只管满屋子打量，手随便伸到瓜子碟子里去抓瓜子，可是并不在瓜子碟里，乃是在糖子碟里，抓了一粒糖子儿向嘴里抛着，还只当是瓜子，使劲就咬上了一口，乃至咬出甜味来，低头一看，手还向糖子碟子里伸着。自己也不觉扑哧一声笑了起来。

秋云笑道："你怎么了？看到新房，自己疯了心吗？"桂英笑道："可不是有那样一点儿？我还在这里想着你呢。你以前说过要守独身主义，我瞧你这个守独身主义的屋子里倒办得这样热闹，不定是谁疯了。"秋云正色道："你这话倒是一句正话，并不能说是开玩笑。我从前真是这样想，咱们自己能挣钱，何必靠人养活。不靠人养活，就不必嫁人，可是我这两年受家庭的气，受前后台的气，又要敷衍捧角儿的，我觉得苦极了。再说我们吃这碗戏饭，挣的钱不少，钱在哪儿？除了那台上用的行头而外，不过就是私人几样首饰，不都是和家庭挣钱了吗？我们唱的这一行又卖个年轻，再唱过两年，就算台下有人捧，自己还担忧，怕是人家打通呢。所以我想开了，若是做不了一辈子老姑娘，那就不如早早地嫁人为妙。你这次回来，还打算唱戏吗？要不，你不说这话。"桂英叹了一口气，就把这次到郑州碰钉子回来的话，说了一遍。因道："你说男子的心靠得住吗？"秋云道："你还是少经验，汪老头子这人就不错。若是别人，你只管住在旅馆里，他一点儿也不理你，你有他的什么办法？说嫁人，谁让你找那总指挥总司令？咱们这种人，只好找那有碗饭吃的和他做一夫一妻，吃辈子太平饭也就完了。哪个阔人肯把戏子放在眼里？太贫穷的人，我们也不是王宝钏那样贤德，能在寒窑受苦十八年，只有在中班上走。年岁、相貌，那都不必去挑了。嫁丈夫不是图丈夫好看，好看又能值多少钱呢？"这一篇话虽不是什么至理名言，可是个个字都打入到桂英的心坎，只管嗑着瓜子，默默无语。秋云笑道："老贤妹，你还是听我的话吧。赶早儿找个主，林子实待你不是很好吗？"桂英默然了一会儿，叹口气道："他到上海去了，昨日走的。"秋云道："一个人都是缘，那也只好将来再说了。"

桂英初来的时候是有说有笑，现时好像凭空有了一件什么失意之事，默默无言。秋云也怕是自己失言，兜动了人家的心事，不知道有怎么好。恰是不先不后，张济才这个时候进来。桂英才把她那调皮的态度放出，和他大开玩笑。一会儿工夫，张厚德也亲自出来，请桂英到客厅里谈话，陪着在一处吃饭。吃过午饭之后，济才夫妇还要请她去看电影，她只觉得干什么事也不高兴，便推着头昏，回家来了。到了家里，将衣鞋换了，便躺在床上睡觉。

朱氏以为她非玩儿个整天工夫不可，见她如此之早回来，料着又不定出去添了什么心事，先是不敢过问她，后来听到屋子里许久没有声音，始终是放心不下，就缓缓走进屋子来，只见她侧了身子向里，将一条毯子盖了下半截身体，高举一只手胳膊抬过了头，两只拖鞋排了个孤雁投林，一只在东，一只在西，看那样子，是倦得很厉害，倒上床就睡了。正待上前和她牵着被盖，她深深地叹了一口气，叹毕，向外一个翻身，正睁了两只大眼。朱氏笑道："我还以为你在张家喝醉了呢。怎么样？身体上不大舒服吗？"桂英道："还是在火车上没有睡得好，我要睡呢。"

朱氏看她将一件葡萄绿雁翎绉的旗袍斜搭在床栏杆上，于是将旗袍拿过来和她叠着，笑道："你自己不叠，也该叫别人和你叠一叠，为什么就这样乱扔？做一件衣服要好几十块钱，你就是这样不在乎。"桂英并不理会朱氏的话，却反问道："林先生走的时候，和你说什么来着？"朱氏这才知道她在床上睡着，原来是在想人呢，便道："你别尽惦记他，他这儿有通信的地址，你有什么话，给他去封信就是了。好在这样的信，你自己也能写。"桂英道："秋云嫁过去倒不错，张三爷待她很好的，张老头子两个儿子都在山东老家过，张三爷的孩子也不回去了；秋云现在是山中无老虎，猴子称大王。"朱氏道："凡事都是各人的缘分，那孩子待她爹妈不错，应该有好处。"桂英道："我待你也不坏，怎么我就没有什么好处呢？"朱氏道："你还是短穿短吃，有什么不好呢？"桂英道："一个人吃啦穿啦就完了吗？"说毕，一个翻身向里，又默默地睡了。朱氏虽有些知道她的心事，可是也安慰无由，却暗地里向秋云打听她和姑娘说什么来着，引起了她的心事。朱氏不打听倒也罢了，这一打听就生出许多纠纷来。

第五回

不语只温存少年可爱
试歌转凄楚怨女兴悲

　　这一天程秋云听到桂英诉说她由郑州失败回来的经过，也很觉得心中难受；现在又听到朱氏向她打听消息，料着桂英回家一定和她母亲有什么为难之处，便在电话里向她道："桂英若是在家里闷不过，你就可以请她到我这里来玩玩儿，我总可以劝劝她。"朱氏一想，她们两人是最要好不过的，让秋云去劝劝她也许有效，便在电话里重重地拜托了一顿，说是明天一准让桂英再来。到了次日，朱氏便怂恿着桂英到张家去。桂英在家里本也就嫌着闷，有母亲一劝，自是更要出去。吃过早饭，第二次又向秋云家来。

　　当她到了秋云家大门口，正要下车的时候，却看到一个二十多岁的白面书生也在这里下了车，正在付车钱呢。看他穿了件浅灰哗叽的长袍，外套着乌亮的缎子马褂，一顶黑呢的帽子，戴着低低地盖了眉头，衬着那脸子白里透红，更是清秀。他付了车钱，正要转身向大门里走，看到一位女郎来了，他就向旁边一候，让她过去。桂英到郑州去的时候，就把包车夫散了。现在是零碎雇了车子坐，所以到了大门口的时候，她也是站着付车钱。一个当过女伶的人，对于男女之别是无所谓的。她看见那白面书生站着那里让路，心里却有些过意不去，就向他点了个头，笑道："不用客气，你请吧。"那书生便取下帽子，点了点头走进去了。桂英走着进来时，只见他也在秋云卧室外那半内室半客厅的屋子里坐着，张济才夫妇陪着他说话，似乎他在这里也很熟。

　　桂英一进门，大家都站起来，那少年还说了声"请坐"。桂英笑道："都是客，别客气呀。"秋云让着座，对他两人看了一下，笑问桂英道：

"你们两位，以前认识吗？"桂英道："你怎么不给我介绍介绍呢？"秋云心里想着，我看你这样子倒好像熟极了的朋友呢。于是介绍着道："这是白桂英老板，这是王玉和先生。"桂英点了个头道："王先生在哪个学校里念书哩？"张济才笑道："你看着他也像个大学生吗？他可是个小老弟。"桂英欠了欠身子道："失敬了。"玉和微微一笑道："这年头，做官还算什么呀，而且是……呵呵，芝麻大的小官。"他说的话声音并不大，而且又很从容地说，斯斯文文的真像个女孩子一样。桂英心想，这样一个人怎么没有一点儿官僚气，而且还没有一点儿丈夫气，便笑道："王先生在哪个机关里？"玉和笑道："交通部。"桂英笑道："嘿，那是个阔衙门。"玉和没有什么可谦逊的，只微微一笑。

他和桂英是对坐着的，因为她很爽快地和他说话，他觉得有些受拘束，便偏过脸向左边的张济才谈话，问问这两天铺子里生意怎么样，又问这两天看过了电影没有。张济才道："今天礼拜六没事，咱们来四圈吧。小一点儿，五块底。"玉和笑道："今天我还有个约会。"秋云道："白老板是难得遇着的。第一次要你打牌就碰了钉子。"王玉和把脸涨得通红，向桂英一拱手道："真对不住。"桂英笑道："还有什么对不住？我又没约王先生打牌，就是约了，您有正事，难道还能为打牌把正事搁起来吗？"玉和笑道："不过我这话是不应该说的。大嫂子说的话很对。"秋云笑道："你瞧，你还在挺大的机关做官呢。这么一句话，会说得糊糊涂涂，闹不清楚。干脆你就说是'初次约会，就不能奉陪，很对不住'，这不完了？什么大嫂子说的这话很对。大嫂子说了你什么话不该说呀？"张济才笑道："人家见了太太小姐们就够受窘了，你还要在一边儿挑眼，这不是给他难上加难吗？"玉和没有什么可说的，只是笑。张济才道："你有事，你就请便，明天有工夫可以真来凑四圈。"玉和在衣架上取下帽子来，两手捧着和秋云桂英各作两个揖，笑道："对不住，对不住。"然后走了。张济才只送到院子里就不送了。

他走进屋来，秋云道："他这两天来找你找得很勤，有什么事？"张济才道："他有三百多块钱，放在一家南货店里柜上老追不起来，托我和掌柜的说，早点儿腾出来。我已经给他说好了，他想拿回钱去，所以这两天跑得勤一点儿。"秋云笑道："他还真能存钱。"张济才道："他每月拿一百多块钱薪水，一个人，又没有一点儿耗费，怎么不存钱？"桂英道："他难道就不养家吗?"张济才道:"他就只有哥哥嫂嫂,在老家守着产业过活。家里本是个小财主,用不着他的钱。他存钱就是想成家。"桂英笑道:"人家预备钱讨媳妇,你就不该邀人打牌。把人家讨媳妇的钱输光了,那可损德。"张济才笑道:"他手上总也有个千儿八百的,打五块底的小牌能输他多少钱?你不信,明天他还准来。"桂英道:"那也是你两口子把话说重了,人家不能不来吧?"秋云笑道:"真的,明天你也来打四圈儿玩儿。他若是不来,我们再找别的角儿。你在郑州搂了一笔来了,应该大家分你一点儿。"桂英笑道:"来就来,还不定谁赢谁的呢。"秋云站起来,挽了她一只手道:"到我屋子里去躺躺吧,我有话跟你说,别瞎聊天了。"于是她二人就走进屋子去了。张济才不便进房,自走开去。

秋云说起朱氏昨日打电话来的话,问她母女有何意见。桂英道:"还有什么好事?我妈要我再唱戏这件事罢了。我实在不愿干。"秋云道:"难道你也想嫁人?"桂英道:"自然,若是林子实没有走,我马上就嫁他。"二人谈了一阵,秋云都觉是满意,桂英都说的是牢骚。到了晚上,吃过晚饭告别,桂英就补了一句道:"明天真约我打牌吗?"张济才夫妇谈着话,不是她把话重提起,几乎把这件事忘了。秋云道:"当然是真的。我为什么骗你呢?就算是骗你,你也不过白到我们家来玩儿上一趟,有什么要紧呢?"桂英听说,这才说了一声"明儿见",出门去了。

张济才走回屋子来,只见叠的被头深深地落下两个印,便笑道:"你们两人一定是搂着抱着在床上说话的,真是一对孩子。你们说些什么来着,一定提到桂英嫁人的那一件事啦?"秋云道:"你管啦,我们爱说什么就说什么。"张济才道:"不是那样说,我想她要愿嫁人的话,我可以和她做个媒。"秋云道:"你说,和她提个怎么样的人?"张济才笑道:"就是玉和了,不行吗?"秋云脖子一扭道:"你别瞎说了,她什么人也不会看在眼里,玉和在交通部不过当个科员,她怎样肯嫁他?趁早儿别提。"张济才听了这话,自然也就无可说的。他白天看到桂英一双眼睛不住地落到玉和身上,正也有些疑心,现在经秋云一说,似乎绝对没有这件事,那也就不必再提了。

这天过去了,到了次日,吃过早饭以后,先是王玉和来了。秋云一见,便笑道:"你是来赴牌约的吗?"王玉和笑着点头道:"是的,昨天就对不住,今天我怎能够不来呢?"秋云笑道:"我们是跟你闹着玩儿的,哪个真要你打牌。把你婆媳妇儿的钱赢来了，我们也不忍心。"玉和笑道："大嫂子这张嘴我真没有办法，怎么样也说你不赢。"他说着话，取下帽子放在衣钩上，露出他的头发来。他虽然不像时髦少年一样头发梳得光而又滑，可是既乌亮又柔软，虽是蓬乱着，也不失其蓬乱的美。心里想着："这人就是挣钱少一点儿。照他的人品说，倒是可以做桂英的丈夫。"她正如此出神，恰好是桂英在院子悄悄地进来。玉和首先看见了她，便是深深的一个点头，这才向秋云笑道："客来了。"桂英笑道："我们这算什么客？天天来的人啦。"玉和看了她二人，并不说什么，只站着在屋角一边不住地微笑。秋云笑道："你姐夫到店里去了，有一阵才能够回来。对不住，要打牌，可得等上一等。"桂英笑道："我还没有坐定啦，怎么先就谈上打牌起来了？坐着谈一谈吧。"

玉和听了这话，脸上倒不免红了一红，似乎坐着谈了这句话，桂英是对他说的，却向后退了一步。桂英坐了下来，只和他的椅子隔了一张茶几。秋云的老妈子，这时先端上一杯茶来放在茶几上，因为她放得是很大意的，就靠送了玉和这边，玉和望了她一眼，她很快地转过身子去了，要她移过去也来不及。他趁着桂英掉过脸去的时候，悄悄地将这杯茶移向桂英的面前来。桂英刚一回头便闻到一阵茶香，原来人家将茶杯子移将过来了，便笑着道："别客气，您先喝吧！"玉和将身子微侧了一侧，似乎是个谦让的样子。桂英身上正披了一条绿色的蒙头纱，溜了下来，慢慢地坠下来，就落到茶几脚边来。桂英正注意茶几上的一杯茶，可就没有注意到脚底下。玉和偏偏是眼管闲事，就俯着身子，将蒙头纱捡了起来。看到桂英带进来的斗篷搭在一张空的椅子背上，就把斗篷拿起，和那蒙头纱一处，一齐送到挂衣钩上挂着。桂英待要谢谢，他却坐到屋子犄角边去，隔着玻璃窗向外看了看天色。这个小小的动作，把道谢的机会却已牵扯过去。桂英也就只好不说什么了。

那边茶几上放了一个烟筒子，秋云笑道："你抽烟吗？"桂英点了点头。玉和靠那张茶几很近，他先把烟筒子送到这边来，接着又在屋子四处张望着，找了一盒火柴也送到茶几上来。秋云笑道："你倒成了主人翁了，要你替我招待。"玉和笑道："我怕招待得不合适。"桂英笑道："你这样斯文，你们机关里的听差恐怕也不怕你吧？"玉和不禁笑起来了。他道："我干我的差事，他当他的听差，我要他怕我做什么？"桂英笑道："那么……

哟，我要说什么啦？说到口里，我又忘了。"秋云道："准是记起来要打牌了吧？你姐夫就回来的，我们再等一等就行了。你到屋子里来，我有话和你说。"于是挽了她一只手，拉到卧室里。秋云和桂英同事多年，这两个姑娘什么秘密交涉都有，两人到了屋子去喁喁密语，一说起来简直就没有完结。二人连连谈着，恐怕有一小时之久，秋云忽然哟了一声道："你瞧，我们外面屋子里还有一个客啦，老把人扔在那里，并不理会，心里可真说不过去。"

说着话，二人同走出来，玉和却笑嘻嘻坐在椅子上站了起来。秋云笑道："你一个儿在这里坐着，也不言语一声。"玉和道："我并没有什么话，言语什么？"桂英道："坐着这里，不怪闷得很吗？你也该叫人拿一份报来瞧瞧。"玉和道："我一叫起来，一定把二位的话头打断。知道呢，说是我要报瞧；不知道呢，我这人嚷得主人翁听了，好来陪客。反正二位有事才谈，谈完了还不出来吗？"秋云听了这话，倒不算什么，桂英留了心听他说话的，觉得这个人真体贴得有趣，向他微微笑道："这样说起来，倒是我们没有道理，把你约了来，一个人倒在这里闷待着。"玉和笑道："那没有关系。这里就像我家里一样，一个人闷待着也好，许多人在一处热闹着说笑也好，没有分别。"秋云心想："你什么时候约了他？他也奇怪，倒承认你约了他。"便抬了手臂，看了看手表，笑道："这可不得了，混混就三点多钟了。这个时候，济才要到店里去查一查账，牌恐怕是打不成。"玉和道："没关系，今天礼拜，我又没事。"秋云笑道："你有了礼拜，好容易休息一天，倒在我们这里干耗着，你有事只管请便吧。"玉和笑道："也没什么，不过出去玩儿罢了。"秋云笑道："你还是坐一会儿吧，要不然倒好像是我下逐客令了。"玉和笑嘻嘻地拿了帽子在手道："大嫂子更了不得，现在是出口成章了。"秋云笑道："我们没念过书的人，什么出口成章，这都是学戏的时候，学来几句歪文。"玉和站了站，笑道："没事吗？我可告辞了。"秋云道："昨天是你对不住我，今天可是我对不住你。"玉和笑道："没关系，没关系！"说着，点头拱手地走了。

桂英笑道："这个人也斯文过分点儿。"秋云笑道："你讨厌他吗？"桂英道："这可是笑话了。一个人太斯文了，倒要讨人家的厌，照你说，应该动手动脚，乱打一顿的才是好人了。"秋云望了她，微微抿嘴一笑，桂英在身边一张躺椅上坐下，两手抱了头，瞅了她一眼，笑道："你笑些什么？"秋云笑道："我笑我心眼儿里的事，你就别管了。"桂英伸了个懒腰道："我也不想打这个牌，身体倦得很，我要回去了。"秋云道："明天来不来呢？明天晚上我们来四圈，我两口子，你一个，再把小王找来。"桂英就摇摇头道："我也没有那样耍过牌瘾，昨天打不着，今天来就，今天打不着，明天又来就，难道我们家就找不出三角打牌的人来吗？"秋云笑道："不来就罢，我们也不短你这个人啦。"桂英身体实在是疲倦，也不愿和秋云多说，自回家去了。

一进家门，就听到田宝三的嗓音和朱氏谈话。他道："大婶，你这话有理，每天进一文，就少亏空一文，若是坐吃山空，凭你手下有多少钱也是空。"桂英一想，准是田宝三又受了时鹤年之托，前来邀角组班来了。自己实在烦腻唱戏这一件事，有人提到这事就有些生气。听到田宝三那些话，料着母亲已是和他一条心，便绷紧了脸子，走进堂里去。田宝三早是站起身来，向她连作了两个揖，笑道："白老板出门刚回来。"桂英道："别叫我老板了，我现在又不唱戏，我讨厌这种称呼。"田宝三笑道："得，不叫白老板，叫白大姑得了。白大姑，你请坐一会儿，我们有话和你谈一谈呢。"桂英道："谈一谈就谈一谈，要什么紧，你让我换件衣服再来谈吧。"说着，很大方地开着步子走回自己的屋子里去，不多一会儿换了一件衣服出来，一面扣纽扣，一面坐着在田宝三对面的椅子上，笑着点了头道："田三爷有什么话呢？就请你说吧。"田宝三口衔了烟卷，斜靠了椅子背坐着的。听了这话，立刻将身体坐得端正起来，取下烟卷，用手指头弹了一弹烟灰，先向她笑了一笑。桂英微笑道："你们说的那些话我也知道，无非是要我上台再唱戏，可是……"田宝三笑着摇了一摇手道："当然，不能照以前那样干。以前是太痛苦了，白天也唱，晚上也唱，中间还要四面八方去应酬人。"桂英道："你还少说了两样呢。在馆子里要排戏念戏词，回家又要管家务。"田宝三笑道："现在不是那么着办了，唱日戏就不唱夜戏，唱夜戏就不唱日戏，除非是礼拜六和礼拜这天，怕要忙一点儿。再说，我们的本戏也不少了，也许整个月不用排新戏。我们打算到天津去一趟，去天津的时候由前台发包银，你的包银我也预定了个数目，是一千八百块钱，按日拿钱，准不打厘（打厘，即折扣拖欠之谓）。"桂英道："真的？谁出那么大的价钱？"田宝三道："这个你就放心，我不能撒谎。当着大婶儿当面，我田某人多早撒过谎做事？"

46

朱氏笑道:"田三爷,你干吗说这话?咱们都是吃戏饭的,谁不帮谁的忙呢?反正大家望大家好哇。您要不是为了我们,你今天还不来呢。"桂英听母亲那话,竟是站在田宝三一条战线上向自己说话,因微笑道:"我也不是个傻子,有什么不明白的?若是真能拿一千八百块钱包银的话,我倒愿意再干两三个月。开销开销,总也落个一千二千的。"田宝三站起来一拍手道:"白老板,不是,白小姐你这不是想得很通吗?你在没有出阁以前唱一天戏就可以挣一天钱,为什么不干?有你这一句话,大事全定,咱们这次改到东城吉庆先唱,明天我要去安排。"桂英道:"什么?你不说的是上天津去唱吗?怎么又改了在北京唱了?"田宝三笑着用手搔了一搔头发,答道:"我的话本来还没有和白小姐说清楚。我想,总得先在此地露一露,然后我们整个地往天津一挪,至多在这里也不过唱十天八天罢了。"桂英鼻子一哼,冷笑道:"我就知道你那些话靠不住。什么上天津,什么包银一千八,我看全是假话。"田宝三站了起来,将眼睛睁得圆圆的,向她道:"我说句实在话,真不能冤你,若冤你,我是白家的孩子。"朱氏站起来向他道:"三爷,你别气急,我们姑娘就是这个脾气,你还有什么不知道的。"说着,将茶几上烟卷盒子拿在手上,抽出一根烟卷来,交给他道:"您抽烟,别忙,在我们这儿吃晚饭去。"

桂英看母亲那个样子,十分地联络田宝三,似乎不免靠他发财的神气,因笑道:"田三爷,您还和我妈说什么好处来着?我妈真联络你呀。"朱氏一听这话,不免脸上一红,就道:"你这孩子说话真有些胡闹,你去唱戏,我能从中要什么好处?俗语说得好,在家不会迎宾客,出外方知少主人。田三爷来了,总是一个客,我能说不招待人家吗?"田宝三见她娘儿俩抬起杠来,自己很是不好意思,便笑道:"大婶实在客气过分了,我又不是外人,您别张罗,我和白……小姐谈笑。"桂英笑道:"干脆,你还是叫我白老板吧。左一声小姐,右一声小姐,怪不顺口,我看你也叫得怪别扭的。"田宝三见她说话老是这样开门见真山,也是不好对答,只得笑道:"您知道,我不会说话,您包涵一点儿。"桂英知道他够受窘的了,也不能再让他为难,便笑道:"这也道不上什么包涵不包涵,不过我为人口直,有话就说出来。咱们废话少说,不管你们在北京唱也好,到天津去唱也好,就是有一层,我要涨戏份,不打厘,有了这两个条件,我就唱着试上一试。还有一层,我不能订什么周年半载的合同,我要干就干两三个

47

月，过了这个日期，我爱唱就唱，不唱呢，谁也不能勉强我。这两件事你能答应吗?"田宝三手拍了胸道:"这两件事，包在我身上，我就能代表前后台答应你。"桂英笑道:"好，那就得，你回家打赵老四门口过，叫他带胡琴来，明天我先吊一吊嗓子看。这些时候我什么东西也吃，恐怕是把嗓子糟蹋了。"田宝三道:"行行，这个我准办到。"

朱氏听到说她要吊嗓子，连眉毛都笑着活动起来，连忙站起来插嘴道:"大福在家里，反正也没有什么事，就让他把老四叫来，要不，就是我自己去跑一趟也没有什么。"桂英皱了眉道:"我今天又不吊嗓子，忙什么呢? 反正是让他明天来，今天晚上去找他也不算迟。"田宝三插嘴道:"对了，对了，不忙着这一会儿。"朱氏正要姑娘合作的时候，虽是碰了姑娘一个钉子，也不便用话顶她，只好默然坐着。田宝三心想，好容易把这位姑娘说好了，不要言三语四说出了漏缝，又把事情闹决裂了，便起身告辞道:"好，咱们还是这样一言为定。我有点儿事，明天会吧。"说着，向母女拱拱手走出门去。朱氏自桂英上郑州去以后，已经知道她十分坚决不肯唱戏了。就是她由郑州回来，几次探听她的口气，她也是口气很紧，没有一点儿松动。今天她对于田宝三的话，并没有什么为难之处，很痛快地就答应了，这件事很有些奇怪，不过她说只唱两三个月是什么意思呢? 难道两三个月以后她还有什么打算吗? 这也不必管她，只要她肯唱戏，以后的事慢慢再说就是了。偷眼看看桂英的颜色并不大好，也就不敢多说什么了。

到了次晨十点钟，桂英不曾起来多久的时候，就听到院子里有人叫了一声白老板，正是那赵老四的嗓音。桂英笑道:"嘿，你真来了，谁给你带的信?"赵老四穿了件黑布夹袍子，歪戴一顶呢帽，口里斜衔了一支烟卷，手里提了一只蓝布胡琴袋，一溜歪斜地走到堂屋来，一边连忙答应桂英道:"这几天我正在着急，没有了闹儿，正找赵旺呢（土典故，出自旧剧《荷珠配》，即找饭碗之意，剧界人喜言之）。听说您又要露了，我又有希望了，所以一头高兴，马上加鞭，就到辕门听点。"说着话在椅子上坐下，将胡琴挂在靠椅上。桂英一掀帘子走出房门，赵老四立刻站起来弯着腰道:"白老板您好!"桂英笑道:"好什么? 好了也不再上台了。"赵老四笑道:"话不能那么说，咱们是干哪行的总得干哪行。咱们要好，得由唱戏上去找出路;咱们不唱戏，怎么也要好不了，反正大银行的经理不能让

48

给咱们做。"桂英道："真的吗？老四，你记着我的话。有一天我不唱戏了，你看好得了好不了？"赵老四心想：你不在唱戏上面找好，你打算怎么着？可是现在也不敢和她拌嘴，只得闷在心里。由胡琴袋里抽出胡琴来架起大腿，将胡琴袭盖在膝盖上，胡琴放在大腿上，先调了调弦子，便笑着问桂英道："今天您打算试试哪一段？"桂英道："我听到一些消息，有人说我唱功不行了，我倒有点儿不服，你就跟我拉一段《六月雪》，看我是行不行？"赵老四心里可就想着，怎么她倒要唱这样的重头戏，一面笑道："对了，唱功戏，咱们也得预备预备。"朱氏听了桂英要吊嗓子，早是自己倒了一杯茶亲自送到桂英的手上来。桂英接了茶杯，向窗户站定，就应着胡琴唱了起来。

这《六月雪》的一大段二黄，音调是非常的凄楚怆凉，而且词句也多。桂英在台上向来以做白取胜，对于这样的唱功频向来不肯一试。她今天突然地唱起这种戏来，气力可就有些不济，只唱到了一半便有些吃力，但是她绝对不服这口气。在胡琴过门的时候，喝了一口茶，又接着唱下去。但是嗓子这样东西，伶家叫作本钱，那是极有道理的，没有本钱，硬拼硬凑决计是闹不好，所以桂英唱到三分之二的所在简直唱不下去，便突然停住，将手向赵老四乱摇着道："得了得了，我不行，明天再唱吧。"赵老四停住了胡琴，笑道："本来您开口，就试唱着这样重头戏也不应该，您休息休息，不忙，回头咱们再来试个四句头。"桂英坐下来，那只空手托了拿茶杯的手许久不作声。赵老四知道她十分不高兴，放下胡琴不好，拉着胡琴也不好，手扶了琴把，只管望了她发愣。桂英道："得了，戏饭吃不成功了，我得另想我的办法。"朱氏拿了一盒烟卷出来，递给赵老四，他就趁此放下胡琴，接住一根烟卷。朱氏对桂英道："你不忙，回头……"桂英也不等母亲将这话说完，便起身向屋子里走。

朱氏知道她自己嫌唱得不如意，所以生气，这全是小孩子脾气，没有法子和她分说，只得由她去，坐在外面屋子里就和赵老四说闲话。不相干的话说了二十分钟之久，不见桂英出来，也不听到她在屋子里什么声音。朱氏口里说着话，耳朵正用力向屋子里听着。忽然啪啪的几声响，非常紧脆，朱氏吓了一跳，连忙跑进屋子去一看，只见挂着的汪督办的那个大半身相，被她连镜框子一齐打碎，抛在地上。她眼睛红红的，手撑了床栏杆，托住了自己的头。朱氏道："又犯了你那个倔脾气。"桂英道："他害得我好苦。我要是不相信他的话，老那样唱着没有什么关系。先是说不唱戏，现在又唱起来了。若是唱不红的话，我拿什么脸子去见人？"朱氏弯着腰待要将那相片拾起，桂英突然地跳了起来，用脚在镜框上一顿乱踏，踏得那镜子上的玻璃乒乓作响。朱氏向后退了一步，不觉呆了。桂英将镜框连踢了几脚，然后向床上一倒，伏在被上哭了起来。朱氏对于她这种情形大是不解，便道："这是什么意思呢？你嗓子不好，与他也没有什么关系呀。"不料这几句话说得桂英更是伤心，索性呜呜然放声大哭。赵老四在外面听了很是纳闷，难道唱《六月雪》会唱得她伤起心来了？要不然，她是怕嗓子坏了，唱戏不好。可是她根本就不唱这一路戏，嗓子能对付就行了，为什么这样发急呢？朱氏和赵老四总算是和桂英最接近的人，可是对于桂英的心事依然是猜不透。而桂英一肚苦水无人能知，她也这就更不能止住自己的哭了。

第六回

两地缠绵旁人暗结网
半生倜傥知己故谈狐

　　白桂英在一番唱戏之后，忽然伤心落泪，她母亲朱氏和赵老四都莫名其妙，无法劝解。她哭了一阵子，感觉得也是太无意思，就自己在身上掏出手绢，揉擦了一阵子眼睛，在床上便躺下，仰着脸向屋赵老四道："对不住，今天我心绪不好，不唱了。"赵老四当然是跟着她的话转，她说是不唱了就不唱了，于是笑道点了个头道："好，您休息休息，明天什么时候来？"桂英道："我嗓子太不行，这碗戏饭恐怕吃不成了。再说了！"朱氏由床上望到赵老四脸上，不知道要用什么话来转这个弯，便道："四哥，你明天比这晚一点儿来也就行了，是不是？"说着这话，就把眼光向了桂英脸上望着。桂英也不理会她母亲的话，一个翻身掉着向里而睡。

　　朱氏本想和她再说两句话，看她那个样子，由悲愤而生气，却是不大好惹，有话大概也不能在这时候去说，只得悄悄地走出屋子去。堂屋里桌上放着有烟卷，朱氏拿起一根烟卷来，擦了火柴抽着，斜靠了桌子偏了头，在那里想心事，口里是不住地阵阵向外喷着浓烟。看到赵老四出来，坐在靠门的一张椅子上，她就一把抓了烟卷与火柴盒子一齐放到桌子边上，向他道："抽烟吧。"赵老四也是心中说不来怎样的不安。朱氏叫他抽烟，他就拿起烟卷来抽烟，也是靠了椅子背，偏了头在那里想着。两个人都快把一支烟卷抽完了，赵老四才提起了胡琴口袋起身告辞。朱氏跟后面送到门口来，回头看看没有人跟在后面，便低声道："她自从由郑州回来以后老是心不顺，我也没有法子相劝。这件事只有程秋云可以说说她，你抽空到秋云那里走上一趟，看看秋云是什么意思。若是她肯劝劝我们大姑娘，这事就好办。"赵老四道："对了，我也是这么样子想，除了程老板，别人也劝她不过来。我这马上就去，你听我回信儿吧。"

赵老四提了胡琴袋，一点儿也不踌躇，径直就来拜访程秋云。他和张济才以前也是熟人，所以到了这里来也并不费什么事，一直就走到里院客厅外面，先扬声叫了一声张三爷。张济才在玻璃窗子里看到了他，便道："老四，久不见了，进来吧。"赵老四一掀门帘子，迎着张济才请了个安，却看到屋子犄角上坐着个青年，见有人进来，便笑吟吟地站起来相迎。张济才介绍道："这就是王玉和先生。"又向玉和道："这就是给白老板拉弦子的赵四哥。"玉和道："哦，白老板的师傅。俗言道得好，红花儿虽好，也要绿叶儿扶持，我想着，白老板成名，大概也得了赵四哥的力量不少吧？"赵老四得了人家这一阵恭维，心里是非常愉快，就笑道："这位王先生真是客气，你想，我们是靠人为生的，人家不唱，我就把胡琴拉出一朵花来也是枉然。现在白老板要不唱戏，我正着急，不知道怎么办呢？"张济才道："对了，这几天在这里谈着，她像很灰心，不愿登台了。可是昨天对着我说试一试也好，干个两三月就不唱了。我们还说笑来着，是不是要挣出嫁妆钱来，她也笑着承认了。"赵老四道："她又打算找主儿吗？谁呢？"张济才头上戴着小帽子的，用手钳了帽疙瘩揭了起来，一手在秃头上乱抓，抓着头皮飞雪花也似的乱舞，就笑道："我知道是谁呢？反正有那么一个人吧。"说着，显出很踌躇的样子，望了王玉和一眼。王玉和倒不觉红了脸，便伸手到袋里去掏烟卷，搭讪着就把这个岔儿牵扯过去。

赵老四是个土混混儿，在社会上混得油而又滑的人，这样尴尬的情形如何不看出个两三分来，便道："照说呢，白老板那个岁数，要是出门子的话也适当其时。可是她家里人，全指望她唱戏来养活着，她要是不唱戏了可真是大糟其糕。出了门子，别管是不是咱们梨园行，将来生个一男二女的，还要料理家务，哪里腾得出工夫来唱戏。依我说，再露个一两年，大家都别像以前一样，到手就花，现在好好地攒上几个，留着过下辈子，怎么也比凑付着过日子强吧？"张济才在他那颗肥而且大的脑袋上戴上小帽子，两手十个萝卜似的指头互相拧着搓了两下，微微地在黑脸上泛出浅笑来。玉和站起来向壁上挂的钟看了一看，笑道："没有什么事了吗？我该上衙门去了。"张济才笑道："晚上来打牌。"玉和笑道："说了好几回了，这牌老打不成功，我也不想打了。"张济才一时不曾留神，向他道："我也约了白老板好几回，都没有约成功，今天她下半天准来，我把她留着，咱们一定打八圈，不完不散。"玉和向赵老四偏看了一眼微笑道："今天晚上我有个约会，也许不能来呢。"赵老四听得很清楚，只当是不知道，手指头上夹着一根烟卷，满屋子去找火柴盒子。张济才和玉和说着话，将他一路送出大门外去。

过了一会儿，张济才进来，先向赵老四道："这个人是我把弟，差不多天天上我这儿来。我有点儿事情要托他办一办，和桂英在我这里会到一回，这个人很忠厚的，你看怎么样？"赵老四点点头道："对了，倒是个老实样子。您太太不在家吗？"张济才道："她上市场买东西去了，还没有回来，你要找她吗？"赵老四道："我没有什么事找她，我不过打这门口经过，顺便来看二位，不在家就算了，我也没有什么话说。"说着，站起身来道："我给你告假，改天见吧。"一面说着，一面向外面走，张济才也跟着送到大门口来，及至两个人要告别了，才向赵老四笑道："咱们都不是外人，我有一句话要叮嘱你，你千万别把白老板在这里打牌的事回去对她老太太说。我倒不怕她别的，她那个碎嘴子我可是受不了。"赵老四笑道："三爷，你把我当三岁无知的小孩子啦，这个我有什么不明白的？咱们不给人家息是非，还替人家生是非不成？再说，你这儿也不是外人，白老板在您这儿打个小牌玩儿，那要什么紧？"张济才见他的表示太好了，倒觉着他为人不错，一手握了他的手，一手拍了他的肩膀，笑道："你这才是好兄弟，哪天有工夫，我邀你喝上一壶。"赵老四连连道谢，表示着满意而去。

张济才把他送走了，然后走回卧室来。秋云手上捧了一本十字布挑花的册子在那里翻弄着，而且还有一只手撑了桌子托住她的头，表示着很无聊的样子出来。张济才道："别闷了，睡一觉吧，晚上桂英来了，咱们打小牌。刚才赵老四来了，我想他无事不登三宝殿，准有什么事来找你来着。我说你不在家，把他打发走了。"秋云笑道："小王来干什么？"张济才道："真怪，这孩子有点儿着了桂英的迷，来了没一点儿事，言前言后的，总不免谈到她身上去。他又不敢直说，吞吞吐吐，闹得我倒莫名其妙，难道这孩子也想吃天鹅肉？"说时，就看着秋云的脸色。秋云道："你望着我干什么？桂英不是我的亲姊亲妹，小王也没有什么为非作歹事，他要想她，让他想去就是了。"张济才道："不是那样说，因为我说一回，你好像说是小王不够那个资格。可是桂英眼睛里倒也不见得瞧不起小王，也许他们都有意思了。"秋云笑道:"以先我是不大相信,现在我有点儿疑惑了。刚才你在前头说话的时候,桂英打过电话来了,说是闷得很,那场牌究竟打得成打不成呢?我说一定要打牌做什么?晚半天你就到我这里来吧,王先生也会来的,大家谈谈不好吗?你猜她说什么?她说'王先生准来吗?你别冤我'。我问她,他不来,你就不来吗?她就骂了声缺德,在电话里笑了起来。"张济才笑道:"这样说,她也有意思了。咱们闹着他们玩玩儿好不好?"

秋云望了张济才那个胖而且黑的大脸蛋子,鼻子耸了一耸,微笑道:"就凭你?"张济才笑道:"你总是瞧不起我,好像我什么都不行。"秋云道:"你不想想桂英是个什么角色,能够让人随便地和她开玩笑吗?"说到这里,颜色正了正道:"假使她真愿意嫁小王的话,我们倒不妨出来和她做一个媒。这里就是一层我不放心,小王平常是不听戏不捧角的,老实说,唱戏的和平常人家的大姑娘可有些不同,他肯娶这样一个人做媳妇吗?"张济才笑道:"我也不是他肚子里的混世虫,我知道他的意思怎么样?"秋云皱了眉道:"你瞧,我和你正正经经地说话,你又不老实起来了。"张济才道:"回头又要说我拿话驳你了。你也是个唱戏的姑娘,怎么一夫一妻的,我会把你讨了来呢?"秋云道:"哼,那也是我罢了,别人肯像我这样在家里做大奶奶吗?"她说着这话,脸上虽然是发着微笑,可是依然有些牢骚的样子。

张济才只怕把她的不平引了起来,连连拱手道:"得,得,谈别人的事,咱们自己别抬杠。小王这孩子我倒知道,是个实心眼儿。以前他想一个街坊的姑娘,人家是有了婆婆家的,想不到手,他也没告诉别人,也没托别人想什么法子,闷闷不乐有半年多久,后来那姑娘出了门子,他还常绕道到人家门口去瞧瞧。当时没有人知道,过了两年他才告诉人,你看他傻是不傻呢?他现在既然迷起桂英来,我看只要桂英能嫁他,怎么着他也肯将就。"秋云听他如此说着,想了一想道:"我也认识他这人了,性情也好,心眼儿也好,就是桂英的妈不知道肯不肯。"张济才道:"要是说嫁给人做一夫一妻的话,我想有小王这样的角色那总还可以。他自己在外面混差事,每月可以混百十元,两口子过中等人家日子大概是够了。万一事情丢了,他在老家还有好些个产业,一辈子的日子都不必发愁的。"秋云道:"你那些话都是废话。只要桂英愿意嫁他,决定不唱戏,她母亲就怎么着反对也不成。你想，桂英要是不唱戏的话，她妈养了这么大一个姑娘在家里做什么？今天等桂英来了，我来先探探她的口气。和人介绍婚姻成功，那总是好事。"

张济才见秋云已经都有了促成的意思，自己更落得做一个现成的红娘，便打一个电话到交通部路政司，找着玉和说话，说是："今天晚上，在自己大菜馆里叫几样菜回来，请你来吃饭。"玉和在电话里说："若是为了请我一个人，就用不着那样费事的。"张济才笑道："当然不是请你一个人。"玉和说："还有谁？"张济才笑道："一个人请客，还要向客报告请的是些什么人吗？我就是这个样子办，你爱来就来，不爱来就听你的便。"玉和只得笑着道："我来我来，我一定来。"在这个电话打过之后，张济才笑着向秋云报告，两手一拍道："我已经撒下网，静等两个鱼儿入网，你瞧着到了晚半天这台戏就上场了。"秋云也是一时高兴，觉得把桂英的婚事办成功也是一件很有趣的事。唱戏的时候，彼此是很好的姊妹伴，出了阁，又是拜把子的妯娌，这就更显得亲热了。于是笑着向张济才道："这件事虽然是有趣，可是咱们得规规矩矩地进行，若是闹玩笑似的一说穿了，大家不好意思，真会要把人家要成功的事都会弄坏来，那可遭罪。"张济才呵呵笑道："这还遭罪吗？我可得好好地办，到了腊月二十三，灶神上天奏一本，说是我张某人为人不坏，得给我一点儿好处。"

这句话没说完，却听得院子里有人答道："哟，还要灶神爷上天奏本给你的好处啦。你还缺什么呢？送子娘娘给你们送个大胖小子来吧。"秋云向着玻璃窗子外面一看，正是白桂英来了，等她走进屋里来，便笑着瞪了她一眼道："一个大姑娘家站在人家院子里这样瞎嚷，什么意思？惹我生起气来，我真端出姐姐的牌子来，大耳刮子量你。"桂英笑道："你还说人啦。两口子在屋子里闹着玩儿，只管放出声音来嚷着，嚷得院子外都听见，你还要说人家呢？"秋云道："你在院子外就听见我嚷，你说出来，我们嚷了些什么？"桂英道："我只听到大姐夫说了灶神爷上天奏一本，我就嚷起来了。若是听个有头有尾，我就在院子里站了好久了，那我还算个人啦。"张济才站在一边，正在发愣心里可就想着，我的话若是让人家全听去了倒有些不便。现在看桂英的神气，不像是听到了什么。便笑道："我刚才和你姊姊谈闲来着，说是你们以前唱的戏无非都闹的是一些因果报应，戏是好，可是有些人不愿意听，说是听你们的戏是受教训去了。"秋云向张济才丢了个眼色，笑骂道："废话。我们屋子里来了女客，爷们在这儿嚷着什么意思？请吧。"张济才微微一笑，自走开了。

秋云拉了桂英一只手，同在一张沙发椅子上坐下，笑道："我现在很可惜一件事，当年我唱戏的时候怎么不把《盘丝洞》这出戏唱一唱。"桂英道："为什么到现在你还可惜那出戏？"秋云靠了靠椅子背，眼睛斜望了她一下微微地笑着。桂英道："你又捣什么鬼，向我这样笑着。这些话一定有意思在内，我倒想不起来。"说着就昂起头来想了一想。秋云道："那有什么想不起来的？你想，那七个蜘蛛精把网结了起来，就是像唐僧那样的好人也不怕他不进圈套。当年要是我会唱这出戏，我不定要一网打起多少人，现在可不行了。"桂英笑道："你悔什么？你网着了一个了。"

秋云还没有搭话，只听到张济才在外面嚷道："老爷子叫你有话说，你到后面去看看吧。"秋云走出来向后进走，张济才在身后跟了来，拉她的衣服轻轻地道："嘿，先前你怎么告诉我来着，让我不要乱说。现在你就可以和她瞎开玩笑。"秋云道："你知道什么？我要是不带着开玩笑，怎么探得出她的口气来？我和她上十年的姊妹，什么话能说，什么话不能说，我自然知道。你倒好，有话对我说，说是老爷子找我，比我长一辈了。"在新婚的时候，丈夫总是容让夫人的。张济才自己说错了话，这时碰了夫人一个钉子，却也无甚可说，只好微笑着退走了。

秋云走进屋来，桂英笑道："你现在真是个大大的红人，老爷子有事都得请教你。"秋云笑道："老爷子没说什么，就是说晚上有客吃饭，他不在一张桌子上吃。"桂英道："今晚你大请其客吗？还请的有些什么人？"秋云道："没有什么人，不过是一位男宾一位女宾，女宾就是你……"说时，向了她微微笑着。桂英也笑着伸了个懒腰，两只脚尖顶着，撑起了自己的腰肢，笑道："我也不知道怎办，现在每天都是这样鬼混，把日子这样混过去。"她突然地说了这样一句不相干的话，也不知她这个感想由何而生。为了这样一个打岔，秋云也就没有把男宾是王玉和那句话说了出来。桂英听她留着吃饭，并不推辞，却道："我是吃了午饭，一会儿就来的，吃晚饭还早着啦。这样久的时候，我们也找件事情来混混吧。"秋云道："我有骨牌，来顶牛儿玩儿吧。"桂英道："输什么？"秋云道："也不输钱，也不输玩意儿，谁输了谁就说个故事，可是要听的人不知道的，知道的得重新说过。"桂英笑道："这个倒有趣，就来这个吧。"秋云在玻璃橱的小抽屉里拿出个小红漆盒子来，哗啦一声响，将一副牙牌倒在桌上，两个人斜抱了桌子角坐着，秋云伸出一双雪白的手在桌面上洗着牌，笑道："这个玩儿法，南方人叫作接龙，以前在我们班子里的杨金莲喜欢和南方人接龙，输一回要一个乖乖。"桂英笑道："你家里预备下一副牌，自然你也喜欢这个，你和姐夫顶牛儿，一回是几个乖乖呢?"秋云道："那没关系，两口子在家里什么事不能玩儿啦。你爱怎么说就怎么说吧。"桂英笑道："啊，一做了大娘儿们，什么事都不在乎，不让人家占便宜了。"秋云笑道："可不是嘛，你想这个权利不想?"

桂英啐了她一口，二人便顶起牛来，不料桂英对于这个玩意儿远不如秋云在行，接连输了五回。她先是要赢了对冲，彼此不说故事，现在接连输了五回，秋云就不答应了，将手按住牌道："慢来，你将故事说给我听了，我才能来呢。"桂英站起来笑道："不来就拉倒，我才不爱来呢!"秋云笑道："怎么着，你打算逃走吗? 我请的两个客，倒有一个客要逃席。咱们少请一个客也不算什么，你真要走，我也不挽留。"桂英道："你想省一餐吗? 那才不行呢，我吃定了你。"秋云抿了抿嘴只向她微笑，并不说什么。张济才已经派人办好了干果碟子，泡好了茶，完全都放在外面屋子桌上，笑道："请到外面来谈谈吧，别冷淡我一个人呀!"桂英走出来一看，笑道："我天天来的人，何必这样对我客气?"张济才笑道："这也是很有限的事情，将来我到你们家去，你只要也是照样地款待我们两口子就得了。"说着话，便斟上了一杯茶，两手捧着送到桂英面前来。桂英笑道："瞧你这份殷勤劲儿。"含了笑将这杯茶接着。正待将这杯茶放到茶几上去，一转身却看到王玉和笑嘻嘻地走进来。

他取下帽子在手，向桂英打拱又带点头道："白老板早来啦!"这句话分明有知道她必来之意。桂英道："早来啦!"说着话，把茶杯向茶几上放去。玉和正走近前一步，要往茶几边的椅子上坐下。桂英想着，他必误会是我给他送茶，索性人情做到底吧，就低声笑道："王先生，喝茶。"玉和欠身道谢倒算不得什么，只是张济才看到，心里有些不受用："怎么我供给你喝的茶，你又转敬起客来呢?"玉和如何知道这些弯曲，和大家周旋了一阵，坐下来就端了那杯茶喝了。桂英自己正想喝茶，却只好拿了茶杯自己来倒。可是在桌上提起茶壶来的时候，因张济才夫妇都望着自己，不便径直地喝起来，就斟了三杯茶，一个人面前送上一杯，自己留下一杯茶。秋云端了茶喝，笑道："瞧你这份殷勤劲儿。"桂英坐在沙发上，跷了一只脚，笑道："你真厉害，我说姐夫一句，你就得捞了回去。"秋云道："本来你那种行动透着有点儿殷勤啦。"说时，眼先向玉和身上瞟了过来，玉和不免脸上红了起来。

秋云只当不知道，向他道："王先生，你会顶牛不会？"玉和道："什么叫顶牛？"桂英道："就是南方人的接龙。"玉和道："这种有什么不会？"秋云道："我们白家大妹子爱玩儿这个，你和她先玩儿两盘。"玉和道："好，我奉陪。可是我不大高明，准会输的，输什么东西呢？"桂英捧了一只茶杯慢慢地喝着茶，很从容地答道："随便。"秋云道："既然是随便，王先生是南方人，就用杨金莲和南方人接龙的赌法，好吗？"说时，望了桂英。桂英正呷了一口茶在嘴里，想到秋云先说的那个赌法，不觉扑哧一笑，将嘴里含的一口茶喷了满地板。张济才道："这样一句话，也不至于让你笑成了这个样子呀。"桂英已是放下茶杯，伏在沙发靠椅上，笑得浑身抖颤，把玉和也愣住了，不知所云。秋云也怕把这话说破了，大家都难为情，便说："桂英也是爱笑，其实没有什么可笑的。杨金莲的赌法……"桂英一个翻身坐了起来道："秋云，你敢说，说了我不依你。"秋云不理她的继续地道："输了的人得说一个故事。桂英今天输了好几回了，一个故事也不肯讲，所以她也乐了。"她如此说了，桂英才如释重负地笑了。玉和道："输了说故事，这个我倒行。"张济才道："真的，他肚子里故事多着啦。《聊斋》《夜谈随录》《子不语》，他全瞧个滚瓜烂熟。白老板将来再露的话，可以让玉和编两出戏，戏里的主角都要像你这样子活泼的。"

桂英叹了口气道："姐夫，你还提这个啦，都是这种角儿把我唱坏了，像我在戏台上唱的那种角儿，现在人家说是什么浪漫派，这半辈子就葬送在这浪漫两个字上头。你想，唱戏总要唱什么像什么才能得一个好儿。我在戏台上怎么能够不浪漫？不知道的，就以为我在台下也是这样。嘿，也许下半生也真会浪漫起来呢。"玉和道："唱戏是唱戏，做人是做人，那有什么要紧？我还记得有这样一段故事，有一个唱戏的女子专门唱风情这一类的戏，上得台来，唱什么像什么。最妙的，唱杨贵妃，她就是胖子，唱赵飞燕，她就是瘦子，没有谁说她唱得不好。可是她下了台之后，布衣布裙，谁也不知道她是个名角儿。"张济才道："啊哟，化装到了她那个样子那可不易，怎么连胖和瘦都能变呢？"

秋云坐在他对面，也是抿嘴微笑。玉和一想，便道："那原是个大仙。"秋云道："是个大仙就难怪了。大仙要什么有什么，干吗唱戏呢？"玉和道："当然有她的作用。做大仙的人都是倜傥不群的。"张济才用手搔着连鬓胡桩子道："什么叫倜傥不群，这个我可有些不懂。你别抖文，行不行？"玉和道："那就是白老板刚才所说的话，浪漫。这大仙唱戏多年，也不免有些应酬，可是人家都把她当个不好的人。后来有个修炼多年的冷道人看出她的真心，料着她是试探人心的，就诚心诚意听她的戏。有了两年之久，那道人总是恭恭敬敬地在台下听戏，没有别的举动，后来那大仙就超度了那个人，一同到深山去炼丹修道，得成正果。"秋云道："故事不错，可惜情节太简单了，这出在什么书上？"玉和道："出在《聊斋》上。"秋云道："《聊斋》都说的是古来的事，你说的这段话倒好像是现在的事哩。"玉和微笑着，答复不出一个理由来。桂英道："说狐说鬼，本来就是编书的人瞎诌的，管它是哪本书上的事，我们听得有趣也就行了。"玉和道："真的，许多书上都喜欢说一个女子怎么风流，可是她的真心眼儿并不这样，后来一样地做贤妻良母。人都是个一环境限制得没有法子，有了好的环境还怕做不出好人吗？别人不说，好比刘喜奎儿，谁也知道她那个名声，可是她为人很好的。一出了门子就规规矩矩地做太太。听说他们老爷也不是十分有钱，她可把以前的繁荣全不要，好好地过到于今，谁能找出她什么错处吗？"

秋云笑道："嘿，我今天才听到王先生话匣子了。你从来也不说许多话的呀！桂英，你再来顶牛儿吧。输了不要紧了，让王先生代你说故事。他的故事都是我没有听见过的，大概总是冷道人听戏得正果，热和尚捧角上西天……哈哈哈哈。"这一笑，笑得玉和把脸红得涨破了，就是桂英也觉得有些不好意思。秋云说完了也有些后悔，便颜色一正道："玩笑是玩笑，真话是真话。这也不是大妹子说的，她浪漫了半生，就是我，以前那一份顽皮，在平常人家的姑娘是不行的，可是你吃了戏饭，你想和大小姐大姑娘那样坐着享福，谁会理你？王先生说的，一个人都是环境限制了，这实在是真话。"桂英笑道："你不用发愁了，你现在把冷道人超度了，成了正果了。"秋云瞟了她一眼，心里可就想着："你还敢说我吗？"自己本待说桂英两句，转念一想，今天约他两个人为什么来着？若是把他两人都

59

闹得难为情，这话就不好向下说了。因之并不向下说，将里面屋子里的一副骨牌拿了出来，放在茶几上，笑道："王先生，你会的，我和桂英两个人斗你一个，敢来不敢来？"

玉和不曾答应先笑了。秋云道："我们都是很熟的人了，你还有什么不好意思。"玉和道："这有什么不好意思？我怕斗你们二位不过。"秋云道："输了也不要紧，有两种办法……"说到这里，忽然想到自己也是他的对手方，便道："没有没有，不过一个办法，就是输家说个故事。你肚子里有的是《聊斋》，还怕不够输的吗？来呀！"说着，向斜靠沙发椅上的桂英点了一个头。桂英笑道："你先和王先生比一回，打败了，我接杀一阵。"秋云就走上前拉了她的手道："我是元帅，你是先行，你得打头阵。你是高跟鞋子，你好好地走，别让我拉着你在这儿掉毛。"桂英右手被她拉着，左手将手绢掩了自己的嘴，低了头笑道："别拉，我一点儿劲儿都没有，真会跌倒的。"玉和本就在茶几那边的椅子上不曾移动。桂英趁着秋云拉的势子，好像是走不动，一歪身子，向这边椅子上坐下，笑道："王先生，你让我一点儿，我不大会呀！"玉和道："我也不大会呢。"

二人都低了头用手在茶几上洗牌，张济才背了手站在玉和身后观局。秋云为要指点仆役料理晚饭，悄悄地便走开了。张济才是个不大会说话的人，玉和被秋云笑了自己开了话匣子，因之也不说什么。桂英有点儿心虚，也不知道说什么好，弄得屋子里静悄悄的。然而不过十分钟之久，桂英忽然扑哧一声笑了出来。在场的张王二人莫名其妙，都对望着发了愣呢。

第七回

为悦己容频来露心迹
解美人意隔座受衣香

　　桂英在那声一笑之后，自己也感觉得笑得突兀，明知人家必定疑心，便道："你们对于我这一笑，有点儿不明白吧？"张济才笑道："当然是不明白。"玉和道："是我起错了牌吧？"桂英笑道："不用猜了，我们还是斗我们的牌吧。"她嘴里如此说着，心里可就说着："我的心事，你们怎样会猜到，我心里是在想着，这位先生的手怎么这样子白净？真像一个女人的手一样。这要是在他手上戴上一个戒指，若是把他当个男子的手，那才怪呢？"如此想着，又不觉微微一笑。张济才道："白老板，你今天是什么事高兴，老是这样子笑？"桂英这才忍住了笑道："我是想起了你们太太和我说的话所以我禁不住要笑，至于笑的是什么，那是大姑娘的事，你可不能问。"张济才道："我才爱管这闲事呢，回头我不会问她吗？"桂英想起了和秋云说的话，真是不能问的，自己随口撒的一个谎，却撒得有些不高明，便笑着连连向他摇手道："不管我们说的是什么话，你不许去问她，你要问她我就恼了。"张济才笑道："这事真透着有些怪，她和你说的话我可不能问。"桂英笑道："就是这样子一点儿怪气，只许我们说，不许你来问。"张济才道："玉和，你说有这个理吗？你猜这是什么事情？"

　　他这一问，玉和就够为难的了，自己也是不知道要怎样地答复才好。恰是桂英的脚由茶几腿边伸了过来，向他的脚碰了两碰，而且立刻眼睛向他一转珠子，眉毛跟着一动。玉和这一下子真糊涂了，不知要说什么好。这顶牛儿的牙牌，原应该是一人出一张，互相衔接的，他这个时候见桌上放了一张地牌，自己也用一张地牌去接上，接过之后，又拿一张幺五去接着，再拿一张梅花去接幺五。他一个人自出自接，桂英在一边看着也不作声。张济才用手碰了他一下，问道："怎么回事？你自个儿出牌，你自个儿又接上，别让人家动手，一个人闹着玩儿就得了。"他听到人家说着才明白过来，可不是自拉自唱，一个人闹独角戏吗？不由得脸上红着道："我心里只愁幺头儿少，接不上人家的，所以只管把牌出上去，白老板也不出牌，我只当是人家出的呢。"桂英将牌一推，全部分的牌都乱了，笑道："本来我手上没有幺头子了，不让你自家儿接，怎么办呢？这次算是我大大输了，重来吧。"

秋云在外面听到，走进屋子来，笑道："是你输了吗？你该受罚。"桂英瞅了她一眼道："别胡说，罚我什么？我又犯了什么大罪？"秋云这一来，屋子里热闹起来了，大家只管说笑，就把顶牛的事放到一边。也不知是何缘故，玉和自从和桂英玩儿了一会儿就相熟得多了。这也不必玩儿牌，也不必顶牛，大家坐在屋子里说说笑笑，玩儿了个挺酣。吃过晚饭，大家又坐着谈了一会儿，也是秋云有意逗着桂英玩儿，便笑道："我发了戏瘾了，咱们唱上一段好不好？"桂英道："没有弦子怎么唱？"秋云向张济才一努嘴道："你别瞧他那个样子，要拉胡琴倒能凑付。"张济才笑道："要拉胡琴，还论什么长相不成？"秋云笑道："怎么不论长相？你那样的大个儿，好像就是个笨人。谁也不能相信，你的长相是个会拉胡琴的。"张济才望着玉和笑道："你听见没有？这年头，什么事都得论长相，你有那样好的长相，可别把机会错过了啦。"玉和红了脸道："你这是什么话？这儿还有客呀。"

张济才哈哈大笑，拿了胡琴来，坐在椅子上，先调了调弦子，望了秋云桂英道："谁唱？"秋云道："在屋子里的人，除了拉胡琴的都得唱上一段。"玉和啊呀了一声，转身推开门来就要走。秋云指着他道："你只管走，你走了，以后永远别到我们家来。"玉和听了这话，只得回转身来，两手捧了拳头，向她连连拱手道："大嫂子，这件事你可饶了我吧。我连腔调板眼一概不懂，这个时候你要我上弦子唱戏，那不是个笑话？"秋云道："不管那些，就是没有腔调板眼，不能上弦子，你就乱七八糟随便唱几句也行。"玉和依然拱着手笑道："大嫂子，您想，一个人纵然胆大，可也不能孔夫子面前背书文，关夫子面前耍大刀。"桂英道："人家也说得怪可怜的，你就别再让人家为难了。"秋云瞅了她一眼，用唱戏的韵白问道："你敢是与他讲情？"桂英也用韵白答道："不敢，元帅开恩。"秋云笑道：

"你瞧，开恩两个字都说出来了。王家兄弟，我瞧你好朋友的面子把你饶了。喂，王先生的好朋友，你既是与他讲情，你就得多唱一段。要不然，我太没有面子，我就恼了。"桂英笑道："我就多唱两段也没关系。"秋云向张济才丢了个眼色，便道："拉反调。"桂英笑道："你怎么老是和我为难？"秋云笑道："嘿，人生在世，难得是个高兴，今天在你高兴头上，你一定唱得好，为什么不趁机会让你唱一段呢？"桂英对于这几句话并不否认，果然唱了起来。

玉和先听到秋云说王先生的好朋友那句话，以为言重了，桂英一定要生气的，不料桂英是一点儿事也没有，真个答应唱，而且秋云说她高兴，她就承认高兴。到了此时，自己敢大胆相信一点，她是以我为对象的了。他一个人沉沉地想着，桂英唱的是什么他倒没有注意，桂英将一段女起解的反二黄唱完了，他就坐在一把躺椅上，反斜了身子，却回过头去，当个静听的样子。秋云道："喂，人家唱完了，你怎么不鼓掌？"秋云这样说着，却回过头去，向张济才道："给我拉一段西皮原板。"玉和正在那里凝神，追想起秋云的话，应该鼓掌，就轻轻地叫了一声好，将手掌拍了两下。秋云道："咦，这是给我捧场呢，还是给张济才捧场呢？你这手掌拍得有些不是时候吧？"玉和醒过来了，一想是果然不对，笑道："我鼓掌在半中间，前后的角儿都算捧了。"张济才道："捧我做什么？"秋云道："捧我们也有好处，可以和他做媒，找个好媳妇。"玉和觉得这话十分露骨，真有些不好意思，可是看看桂英，依然没事一样，背了两手只管向壁上悬的图画镜框子注意。秋云笑道："瞧她这样子不像个大姑娘，倒是一位文绉绉的老前辈呢。"于是在场的人一同都笑了起来。

大家唱着笑着正是有趣，桂英的母亲朱氏却来了个电话，催桂英回去。桂英在人家家里做客，没有家里来催反不回去之理，便笑向张济才道："今天来的时候太久了，我要回去了。哪天到我家去坐坐？"说到这里，向玉和笑道："没事到舍下去玩玩儿，可没有这里宽敞。"玉和笑道："改天过去奉看。"秋云道："王先生衙门里有电话，住的公寓里也有电话，你若是预备了好吃的，打个电话就把人请去了。王先生，你送我们妹子一张名片，自己把电话码写上点儿。年轻的小伙子，遇事心眼儿活动点儿，别傻里呱唧的。"说着，向张济才一眨眼。玉和听了这话，照办是不好，不照办也是不好，正愣住了傻笑。桂英道："王先生公寓里的电话好打听，

63

衙门里的电话我已经知道了。再会呀，明天见。"说时，向玉和丢了个眼色，玉和也觉得"明天见"三个字十分地沉着，另有含蓄，便微点了点头。桂英别了众人，自回家去。

朱氏因她许久不回，不知是否在张家，所以打了个电话。及至电话打过之后，心中却有些后悔，自己姑娘的脾气是知道的，这一程子，无论做什么事、说什么话，她都是不顺心的，她到张家去也不是外人，何必还打电话把她催回来。因之心里不免拴上一个疙瘩，怕桂英回来要生气。可是今天的桂英与近日的桂英大不相同，她一进门却先笑道："我吃了饭啦，您还等着我吗？"朱氏道："我不是催你回来吃饭，我怕你回来晚了受凉。现在自己又没有了包车，晚上回来，我也不放心。"桂英说："有什么不放心啦？这么大的人，还有谁能拐骗了去吗？"朱氏道："赵老四下午来了，问你还吊嗓子不吊，明天下午还要来呢。"桂英想了一想道："好吧，让他来吧。"朱氏只要她肯吊嗓子，别的废话也就不必多说。

这天晚上，桂英睡得是很安适。到了次日下午两点钟，赵老四来了，也就吊了两段戏。赵老四趁着朱氏不在身边，就笑向她道："白老板今天还要到张家去吗？"桂英道："你别信我妈的话，我为什么天天去呢？秋云是出了门子的人，哪里可以和从前比，成天地在一处玩儿呀。"赵老四笑道："您还有什么不明白？我和白老板总是表示同情的。前日我到张家去过一趟的。昨天我也去了，我瞧见您在顶牛儿玩儿，我没有敢进去，怕是搅了你们。那个王先生为人倒是挺和气。"桂英一听这话，这小子竟是完全知道所有的事，恐怕瞒不了他，便笑着低声道："吓，你别瞎说。老太太知道了又是一阵啰唆。过几天我自然会告诉她。"赵老四道："我怎么会说呢？我不全仗着您携带我吗？我怎能坏您的事？"说着，他放下胡琴，在身上摸索了一阵，摸出一个红纸烟卷盒子，皱得全是裂纹，将口子向手掌心倒着，倒出半截抽过的烟卷来。桂英笑道："瞧你这贫劲儿，半根烟卷还宝贝似的收着。"他又在袋里摸索了一阵子，摸出一根红头火柴，反着手在座椅底咻的一声擦着，燃了烟卷吸着，那一口烟真比吃人参还要贵重，深深地抽过了一口，才向她笑道："这些时候真穷透了心，我又不敢张口向白老板借钱，一来白老板没有上台，二来我还只来吊了两次嗓子，我赵老四爱钱是爱钱，总也讲个君子爱财，取之有道。"桂英道："你说吧，要借多少钱？"赵老四用手搔着耳朵根，笑道："我这人显得太什么

64

了，我也不大好开口，若是白老板开恩，您就借我十块钱，将来您爱怎么样子扣下来就怎么样子扣。"桂英道："你一开口就借十块钱，也太多一点儿，在我这里拿三块钱去得了。"赵老四站起身来，向她一抱拳道："别啦，白老板，我的大小姐，你在郑州回来……"

桂英正要进屋子去拿钱，听了这话，突然回转身来瞪了眼道："老四，你怎么动不动就说到郑州去的事？难道我到郑州去的钱还要分你一股不成？"赵老四连连作揖道："得，得，您别放在心里，我是一句无心的话。"桂英一面向里走，一面生气道："要就是三块钱，不要就拉倒。"赵老四隔了门帘子，左一声大小姐，右一声大姑娘，只央告多借几个，桂英这才给五块钱打发他走了。唱过了戏，对母亲算是交了卷，自己烧着火剪，烫了头发，抹了胭脂粉，挑了一件芽黄色的旗袍穿着。这还不算，又打开箱子把唱戏用的绢花盒子捧了出来，挑了一朵杨妃带醉的芍药花挂在纽扣上，然后换上高底皮鞋走出房来。朱氏看到，便问道："今天上哪儿啦？换了这样一身新。"桂英道："天津的李总长太太来了，要我到她家去吃饭。"朱氏道："现在还只有四点钟，你忙什么？"桂英道："我也不能走去就吃呀。"她说着这话，已经走出了院子门。到了大门外，回头看看家里没有人跟出来，就雇了一辆人力车直到张济才家来。

张济才出去了，秋云在屋子里，和屋子外的人说话。院子里栽了几棵海棠和丁香，正都在晴暖的阳光里向外吐着嫩芽。秋云的公公张厚德背了两手，正绕了花枝儿看着，口里可就道："这倒是一好两好的事。若是去找阔主儿，当人家的二房三房，这辈子不够受气的。只要有一碗饭吃，嫁这样一个主儿桂英也就很合算。"桂英听了这话，就将身子向后一缩。秋云在窗户里隔了窗纱，早是看得清楚，便道："嗬，说起曹操，曹操就到了。"桂英道："你们说什么呀？"秋云道："我在这里和老爷子说你也该来了。"张厚德迎上前来，笑道："白老板今天上哪儿出份子啦？"桂英道："我现在慢慢地长胖了。这些衣服，若是放在箱子里不穿的话，将来穿不得，就白糟蹋了。"张厚德手摸了长胡子，向桂英身上不住地打量，点头道："这话对的。"

秋云走出来，携了她的手，一路走进屋子去，笑道："你今天真美，我都爱你。"桂英笑道："我来了，你要怎样爱我，就怎样爱我。"说着，两手相携，同在沙发椅子上坐下，笑道："我天天来打搅你们，你讨厌不讨厌？"秋云道："咱们是什么朋友？能帮忙的地方怎么着也当帮忙，说什么讨厌打搅的话？你若是看不起我做姐姐的，你还不来呢。"桂英道："我没有事要你帮忙呀。"秋云道："你这不对。我虽然没有你那样聪明，你相信我也不是一个傻瓜。你现在心里头是一件什么事，在哪里忙着，难道我还不知道？刚才我们老爷子的话，大概你也听见，我是很愿意你有个好妹夫，可这一层，你们老太太的话很难说。"桂英道："你别瞎猜，你那个弟人是很好，不过提到婚姻这件事还得向后看。我们唱戏的人，有些人疑心我们不会过日子，不敢承受的。"秋云道："小王本来就让你迷着了，你再闹得花枝招展，他还有什么不愿意的？这个你别多心。"桂英笑道："了不得，背了我，大概你们老说这件事。"秋云道："你是当局者迷，还等今日啦！你们第一次见面，我们就看出个大八成儿来了。"此时，院子里有咳嗽声，正是玉和来了。桂英捏了秋云的手，瞅了她道："你千万别胡闹玩笑。"玉和在院子里问道："大哥在家吗？"秋云道："你进来吧，白老板老早地在这里等着你了。"

玉和笑嘻嘻地走了进来，倒吃了一惊，桂英今天穿得这样的光彩夺目，自己今天也将一件新的浅灰哔叽夹袍子穿了出来。不料人家猜在自己之先，已经打扮得更美丽了。点了点头，就向秋云道："大哥不在家吗？"秋云道："不但是他不在家，我也要出去买东西。我派你当回代表，请白老板去看回电影，料无推辞的了。"桂英轻轻碰了秋云的手臂一下，笑道："王先生，你别听她的，你有事，只管请便。"玉和笑道："白老板若是有工夫，我就请你看电影，下了衙门，我是没有什么事的。"秋云扶了她一只手臂，有些催她走的样子，故意正了颜色道："人家第一次请你，你就给个钉子人家碰，那也怪不好意思的。"桂英道："哟，我能那样不识好歹呢？我是说人家都是有事的人，不能像咱们这样逍遥自在。"秋云道："人家不是说了没有什么事吗？王先生为人是老实不过的，不会说假话的。要看电影就趁早，待一会儿就赶不上了。你们到哪儿，我叫人去给你们雇车。"到了此时，不能让王白二人谦逊，秋云径自做主，让老妈子和他们雇了两辆车，催着他们出门。他两人不尴不尬的，只好告别出门，上车而去。

到了电影院门口，玉和就精神了，抢着买了门票，陪桂英入座。彼此座位相连，只隔了一个椅子扶手。这个时候电影还不曾开映，男男女女开始入座。玉和往日也曾来看电影，每逢得一男一女相挽入座的时候，就不觉得多看人家两眼，心里可就想着：哪里不可以说情话，偏要到这大庭广众的电影院来。及至电影开映、电灯黑了的时候，若是看到眼面前有男女交头接耳的情形时，心里一定想着：自从有了电影院以来，对于怨女旷夫给了多少便利，不客气一句话，这地方就是幽会期合所，败坏风化，电影院是第一个地方。假使我做了警察总监，我一定多派便衣侦探到电影院里来驻守，可以免除不少的怪现象，他如此想着，一直认电影院是个不好的所在。可是到了今天，他的感想有些不同了。心里便想到，到张家去，总有他夫妻在当面，有些话不好说，以后可以多请她看电影，慢慢地就可以相熟了。有时他抬头看到有人注意着桂英，可又想着：一定有人认得她是北京的名坤伶，什么人她都不大放眼里的，她偏是和我在一处，这很足以自豪了。往常看到一个男子带一个时髦女子同走，也有羡慕的时候，但是自己不相信能得到这种艳福，然而现在有了，而且是他人所不易得的，自己都得着了，多么可喜呀。

他在心里很是自得之时，桂英手里拿了一张电影说明书向他手里一塞，瞅了他一眼道："你喜欢看爱情片子吗？"玉和道："我倒不问什么片子，只要有趣味的就得。"桂英微笑道："你今天干吗挑这个片子来看呢？"玉和道："我糊里糊涂地就进来了。今天是什么片子，我也不知道呢！"桂英道："看电影的人都像你这样，电影院老板就不必租什么好片子了。反正看电影的人也不打听打听，什么片子也进来看的。想秋云那东西，成心开玩笑，让咱们来看这影片。你瞧瞧这个说明书。"玉和看看今天的影目，乃是《美人意》。玉和道："这也无所谓，电影名字无非是这些莺莺燕燕、美人相思的滥调。本来电影片子爱情的居多，这些花啊玉啊的名字也用完了，老老实实说出美人来，倒也干脆。"桂英笑道："可是秋云有时候开玩笑也开得太厉害。"说时瞅了他微笑。玉和的心里除了愉快而外，所有的便是仿佛四座都是人，说话既不敢高声，也不敢太露骨，觉得人家看出是一对初程的情侣，只是心不在焉地捧了说明书在看。

也不知道什么时候，桂英却买了一包口香糖来，她拿了一片，在玉和的手上碰了一碰，玉和见是口香糖，便接过来吃了。这时电灯熄灭，电影放映起来。玉和同女子看电影，平生还是第一次的事，觉得自己的衣襟碰了桂英的衣襟，有一种说不出来的感想。往常看到瞧电影的人吃口香糖、吃糖果，也抱了一种不以为然的意见。看电影的人多半有些欣赏艺术的意味在内，来欣赏艺术就不该吃东西，而且吃口香糖的多半是有女子在一路的人，令人想到他们吃口香糖，乃是有什么作用，一种不光明的举动。可是现在自己也吃口香糖了，自己可没有什么不光明的态度。这样想的时候，听到桂英轻轻说了一声喂字，接着脸上让东西碰了一碰，手摸时，正是她又递过一块口香糖来了。他绝不能拒绝，自然接着。他在这时口里咀嚼着糖，心里默想着事，眼睛虽然也看到银幕上去，但是银幕上的故事与脑筋并不发生什么关系，看了也是像没有看一样。然而他眼睛不管事，鼻子却管起事来，仿佛之间，有一种香气围绕着自己的身子，而且无疑的，这是女子衣裳上所有的香气。这一排座位上虽有两个女子，却距离得很远，当然这香气是从桂英身上出来的。想道：她唱戏的时候，多少人崇拜她，漫说如此靠近了坐着细细领略她身上的香气，就是想和她说一句话也非有特别的力量是办不到的。这样看起来，她对于我是十分看得起的，自己总要十分尊重，别让人家小看了。因之那香气不断地向鼻子里袭去，他还是正襟危坐，直视了银幕。桂英的身子略略半侧着，她的一只右手放在椅靠上，正压了玉和的袖子。玉和让她压着，虽是觉得热气隔了衣服还射到皮肤上来，可是自己不敢移动那手。有时不看电影，略回过头来偷看她一下，只见她那蓬松堆云的烫发配着那脸，自有一种动人的风韵。人生有如此一位夫人，或者如此一个朋友，就死也可以无憾了。

他脑筋里的幻影，正和银幕上的电影一样，一幕接着一幕直演了下去，直等电影休息的时间，电灯大放光明，观客纷乱起来，他才停止了他的幻想。这个电影院本是一个贵族式的娱乐场合，平常楼下的价目卖到八毛，楼上却是一元到一元五。玉和因为请客，花了三块钱买了楼上的票，这实在是非常之事。因为他对这个影院，除了朋友相邀来过楼下两次而外，楼上却不曾到过。往日看到楼上的座客，男的西装革履，女的珠光宝气，心里便想着：这些阔佬们带着姨太太来看十次电影，够我们部里两个录事先生的薪水了。有钱何必糟花，在楼下看也是一样，必定花了两倍的价钱心里才觉痛快吗？所以在往常可以说是最反对在楼座看电影的一个人。现在休息时间睁眼一看，自己也就和这些西装革履的人杂坐在一处，这实在不能骂人了。自己并没有钱，而且也没有做什么大官，只是为了请客不得不来一趟，在楼上看电影的人不见得都是生成挥霍的，大概也有他们的不得已吧。

　　桂英用手碰他一下，微笑道："你一个人呆想些什么？我看你老望了台上，目不转睛的。"玉和笑道："我想着电影里的事呢。"桂英道："那个女角很美，表演得也很诚恳，就是那个男子有些老实相，偏偏不知道她的意思。"玉和道："要不，这片子为什么叫《美人意》哩？就为是看男子不懂啊！"桂英道："我看那男子一定懂。"玉和道："你是看了说明书了。看电影最好是先别瞧说明书，没有瞧完，先就知道了结果怎么样，这很要减少许多趣味。"桂英道："我没有瞧说明书，我猜着总是这样的，因为外国的电影片子没有不团圆的。"玉和道："你是赞成团圆的呢，还是赞成不团圆的呢？"桂英笑道："人心都是肉做的，哪有不赞成团圆的呢？电影上这个女子很爱那个男子，当然一定是嫁他，他也很爱这女子的，当然是娶她。现在只演到女子为了男的和家庭吵闹，还瞒着不让男的知道。男的又很崇拜女的父亲，极力要和她家来往，她父亲反对他他不知道，他反以为女郎从中捣鬼呢。这戏情够曲折的了，下半部还不是团圆吗？"玉和道："照良心上说，本来电影都团圆才好。照艺术上说，那就太平庸了，看完了不会有什么回味的。你是个艺术家，你以为我的话怎样？"桂英道："你以为做人也像唱戏演电影一样吗？若是做人像戏上一样，那可不是人受的。"她说到这里，电影又放映起来了，玉和不曾看到她的颜色怎样，然而她这番美人之意是可以领略得到的。他开始想起来，又开始闻到了那种衣香，不知不觉的，玉和的袖子上又让她的手胳臂压住了。他这时已不能认为电影院是有伤风化的，假使警察总监派了十几名侦探到电影院里来监视观众，他一定会持着反对的态度，他也许是那话的环境不同了。

第八回

座有解人定情在杯酒
目无余子立誓做花铃

那王玉和今天在电影院里，领略到生平所未经验过的鬓影衣香，他真有些陶醉了。那电影的结果并不是他们预料的那种团圆的局势，那个男子虽然娶了那个女子，但是他们都没有得着家庭的同意，两个人就离了家庭开始去奋斗。然而这男子就为了结婚增加了不少的痛苦，先是负债，继而是吃官司，最后是失业。这个女子为了减除她丈夫的痛苦起见，只好和她丈夫离婚，减除他家庭的负担，自己却沦落得去当咖啡店的舞女来替丈夫还债。可是那男子并不了解，一怒而到非洲去了。桂英看到后半部的时候，几乎连出气的分儿都没有，只是睁了两眼注视着银幕。电影完了，电灯亮了，她才缓过这口气来，向玉和笑道："你是赞成不团圆的，你瞧，这是多么惨啦。"玉和道："我不明白，那个女的为什么要去当舞女？"桂英道："不是要替她丈夫还债吗？"玉和道："哦，原来那个人后来穷了。"桂英笑道："怎么着，电影上的事你没有瞧见？"玉和道："我不大记得了。"

桂英站起来，瞅了他一眼道："我看你真有些心不在焉，你想什么来着？"玉和笑了，也站起来。他见电影院里的人纷纷向外走，他可不动脚，似乎有一句话想对桂英说，却又不敢说出来。桂英虽是知道，可不知道他要说的是什么话，又不便先行就问，只好缓缓地在前面走，等他发问。他在后面跟着，快要出电影院的门了才低声说了一句话。桂英在热闹哄哄的人丛中，恰是没有听得清楚，就回过头，向他笑问道："你说什么？"玉和红了脸，向后退了一步，说不出话来。桂英看他那样子，心里已猜中了一半，便笑道："你有工夫没有？我请你吃晚饭去。"玉和不觉笑了起来道：

"我正要打算请你，倒让你先来请我，那可是不敢当。"桂英道："你要请我，为什么不说出来呢？"玉和道："我说了，你没有听见。"桂英微笑道："瞧你这斯文劲儿。"于是在前面走出门上，雇了车直向大菜馆而来。

这个大菜馆有许多小雅座，最便于一男一女的约会，玉和并没有问津过，桂英带了他来，他只觉得太合心意了，她怎么就揣度到了呢？二人坐下，茶房拿着菜牌子进来，问过话之后他就放了门帘子走了。桂英和玉和隔了桌子对面坐着，她先笑着问道："你要请我吃饭，就请我吃饭得了。为什么不说出来呢？"玉和笑道："不瞒你说，我是不大会应酬的人。"桂英摇摇头道："这不能算为应酬呀。"说着，又向他瞟了一眼，玉和没的可说了，将桌上的刀叉用白纸擦了，又把桂英面前的刀叉拿过来一一擦了，然后送到原地方去。桂英笑道："咱们的脾气有点儿不同，我爱说话，你不爱说话。"玉和笑道："你为人很直爽，我很知道，我哪是不爱说话，我是无用。"桂英手上整理了刀叉，低着头道："我听张三爷说，你府上有哥哥嫂子，没有别的人，是吗？"玉和道："不，还有别的人。"桂英听了这话，吃了一惊的样子，注视着他脸上问道："什么？还有别的人，有些什么人呢？"玉和道："还有一个侄子、一个侄女。"桂英缓过一口气来，笑道："那没关系。"玉和心想：这是什么话？有侄子侄女，没关系？便道："你觉得人家家里有孩子不好玩儿一点儿吗？"桂英道："那当然，你和令兄是分家弟兄吧？"玉和道："不，我自小儿是哥嫂带大的，就无所谓分不分了。"桂英道："哦，这个样子，你大概有些怕哥哥吧？"说着，一笑。玉和道："无所谓怕不怕。我家住在乡下，乡下人家是非常守古道的，虽然到了这个自由平等的时代，他们还是说着什么长哥当父长嫂当母。"桂英笑道："这也无所谓，我们演的那狸猫换太子，包公不就是哥哥嫂嫂养大的吗？我想你哥哥嫂嫂，一定是像包公的大哥大嫂那样和气的吧？"玉和道："他们对我总还算很好。"

这时，茶房将菜送了来，桂英吃菜时都很随便，玉和道："怎么着，白老板今天饭量不大好。"桂英将面前的盘子一推，摇摇头道："我吃西餐，就是这么回事。"玉和道："既是不爱吃西餐，为什么到这里来呢？"桂英笑道："张三爷是开西餐馆子的，你和他是把兄弟，我想着你或者也爱吃西餐，所以陪了你到这里来的。"玉和不由得笑起来道："照你这样说，和什么人交朋友就喜欢什么吗？"他说出了这句话，觉得无故把话去驳倒人家，这是不应该的，不等桂英回出话来，接着便道："这是很对的，你想那不要钱的西餐老拉了我去吃，我有个吃不上瘾的吗？我就爱吃西餐。我不知道你不爱吃西餐的，改日我再来奉请。你是爱吃山东馆子呢，还是爱吃南方馆子呢？"桂英不答复他这个话，却微笑道："你还说你不会说话，我看着就比我会说话多了。"玉和无话可说了，只得对了人家强笑，忽然正色道："可是你总能相信我，我是不撒谎的。"桂英笑道："谁又说你撒谎了呢？"

　　说到这里，说话的题目告了一个段落，二人默然着吃了两样菜。还是桂英先找着话来说，她道："你既是不撒谎的那很好，我问你一句话。你看唱戏的女孩子是不是都能当家过日子的呢？"玉和道："这话可得分开来说。人有了钱，自然耗费大些；人没有钱，不节省也不行。会过日子不会过日子也不是天生成的，唱戏和过日子，那没有什么大关系。你想我的话对吗？"桂英道："不是那样说。因为唱戏唱得像我们一样的时候，当然是好的穿过，好的吃过，而且唱着戏可以拿到钱，就什么事都花钱让人去干，治家理事一切也都不懂。有一天不唱戏了，挣不着钱，花钱可比别人厉害。"玉和道："那话也不见得，秋云唱戏的时候也不是个红角儿吗？现在张家的事可就是她全盘主持。我想你这样的聪明人，一定比她会过日子。"桂英捧了咖啡杯子，并不喝，用上牙咬了下嘴唇，沉静地想了一想，放下杯子，扑哧一笑道："我并没有说到我自己身上来呀。"玉和一想，对了，她虽是话中有话，并不露骨的，怎好把她提了出来呢，便笑道："对不住……"只这三个字说不下去了，就捧了杯子喝咖啡。桂英道："老实说，我看你是一个忠厚人……你不信，问问秋云，我唱这多年的戏，没有这样容易和人家出来玩儿过一趟的。"玉和点点头道："我知道。"

　　桂英默然了一会儿。玉和却削了个苹果，送到她面前碟子里，桂英用刀切了一半，又送到他碟子里去。这次，二人都没有什么客气的表示。桂英笑道："你说话不是秋云的对手，我也不敢和她闹，以后咱们别当他夫妻面说什么。"玉和觉得这话是很切己的表示，只管傻笑。桂英道："我勉强认得几个字，你若是写白话儿信，我对付瞧得出来，以后你有什么话，在信上告诉我得了。咱们不像别人交朋友，什么电影院里出大菜馆里进。"玉和听了这话，也不知道是快乐，也不知道是恐惧，心里头怦怦跳了几下。桂英偷眼看他的脸色，仿佛是笑又不曾笑出来。她又道："凑付着，我也能写几个字，你写了信来，我一定有回信的。你若是愿意到我家去，你先写信通知我，我一定在家里候着你。你觉得怎么样？"玉和道："你……你……待我太好了。"说着，不由得把头低着，又去拿了个苹果来削。桂英道："我该回去了。今天我出来，我母亲很注意我哩。明天我不一定到张家去，你去不去呢？"玉和道："你不去，我去做什么呢？"桂英笑道："你现在说实了，你到张家去，为了我去你才去的吗？"玉和大着胆子，笑道："我想，你也不至于这时候才明白啦。"桂英扬着眉毛一笑道："好，我们什么都彼此心照。"说着，就昂着头向门外叫了一声茶房。

茶房进来了，桂英道："你这里有零杯子的酒吗？"茶房道："有的。"桂英道："好，你给我来两杯葡萄酒。"茶房答应着。端了两杯满满的葡萄酒放在桌上。等茶房走了，桂英先端起一只杯子，举着平了鼻子尖，眼光由酒杯上平射到玉和脸上，微笑道："你瞧，这酒色是红的，酒气是香的，酒味是甜甜的，我们各喝完这一杯。你懂吗？"说着，向玉和依然微笑。玉和站起来端了杯子道："白老板，得，我陪你一杯。"桂英摇摇头道："别人叫我白老板，那是客气；你叫我白老板，就是见外。"玉和道："那称呼什么呢？"桂英道："你不会叫我的名字吗？"玉和道："那么，你也不能叫我王先生的了。"桂英笑道："当然，玉和，我们干这杯！"说毕，她就把酒杯子在嘴唇上碰了一下，当着要喝下去的样子。玉和不再说什么了，端起了杯子，咕嘟一声，一口气不换就把这杯酒喝了下去，喝完了，向桂英照了一照杯。桂英更不犹豫，跟着就把那杯酒喝了下去，也向他照了一照，桂英觉得喝得很痛快的样子，啊了一声，手扶了桌子，注视着玉和凝神了一会儿，微笑道："我也没有什么话说了，改日再会吧。"笑嘻嘻地背转身去了。

玉和站着在这雅座中间，犹如发了呆病一般，微微地偏着头，就想刚才过去的事，觉得这种艳福真是做梦也想不到的，不料桂英对我的态度却是如此的良好，一个唱戏的女子，对于一个穷书生，并没有一点儿藐视的态度，这实在是想不到的事。那茶房隔着门帘，在门外逡巡了好几遍，也不知这个人是什么用意，老是站了不动，到了最后，只得将账单拿在手上冲了进来，玉和这才醒悟过来，自己还是站在大餐馆里不曾会钞呢。他接过账单，掏出小小一叠钞票会了钱，统计今天花的款子远不及预算的数目。在他办公以外，除了打小牌无甚消遣的事，所以每晚在公寓里都很感到寂寞。今天回得公寓去，不同往常，回忆白天的事就津津有味，除了脑筋里面所想的以外并无其他。他心里想着：桂英既是允许我写信了，这正是怕我不好开口，所以让我在信上写去。这是千载一时的机会，我千万不可失掉，于是打开笔砚，伏到桌上就要来写信。转念一想：不要不要，我这样子急迫，她不嫌我鲁莽吗？于是将笔砚收好，在屋子里徘徊一阵，他又一个转念：纵然不寄去，何妨先把信的内容拟好，然后压置一两天再寄了去。信先写好，从从容容地审查一番那也比较稳当。如此想着，又坐下来再写信。

　　一封信是写了两小时，先是要斟酌字句让它通俗到十分，又怕字迹写得太潦草了，桂英会看不出来，索性工工整整，写的是楷书。当他这封信写完之后，实在头晕眼花，不能再写了。听听屋子外面公寓里的住客一阵混乱，正是听戏瞧电影的朋友都工作完毕地回来了。他向来起得早，也睡得早，今晚写信辛苦，不觉忘了时间。将信用铜尺压了，放在桌上，便解衣就寝，连房门都忘了上闩。凡是用思想过度的人，睡觉都容易酣熟，玉和这一觉睡到次晨八时还未起床。他九时以后便要上衙门的，所以他的熟朋友常在八点前后来找他。这日清晨有位严端甫老先生前来拜会他，用手一推房门，竟是开的，就侧身而进。见玉和在床上侧身向里，睡得正香，就暂不惊动他，一面在身上掏出烟卷盒子，一面到桌上拿火柴盒子，打算先抽支烟。刚一伸手，却见铜尺下压了一张楷书的白纸稿子，心里便想着，玉和的字现在是越写越秀气了，情不自禁地就拿起稿子来一看。这稿子的第一句，便是"桂英女士慧鉴"，不由得心里一跳，想着他这种人哪会和女子通信，准是和别人代笔的，于是将信最后一段看了一看，落款正是"鄙人王玉和鞠躬"。咦，果然是他的信，回头看看床上，他依然睡着，这是人家的私信，不必看了，就折叠好了要放下去。然而玉和这种人，竟会和女子通信，实在人不可以貌相了。信里究竟是什么，总得知道一点儿，于是由头至尾把信匆匆地看了一遍，其中的一段却是最可注意，乃是：

　　　　女士在繁华坊中经过了一番的人，对我这样的寒士，十分地
　　垂青，我这一番感激的意思，我实在不能用笔墨来形容。以前我
　　不知道什么叫男女之间的爱情，也不相信爱情可以使人能醉生梦

死，于今我知道了，我也相信了。我这还是第一次通信，虽然您告诉了我在信上有什么话尽管写出来，可是我还没有那种勇气。您若是许可我说错了话，可以原谅的话，我第二次写信给你，我就要实说了。

严端甫看到这里完全明了了，玉和正是学着时髦人物在谈自由恋爱呢。信的前后有几句提到唱戏的事，这个女子一定是个坤伶。对了，他的把兄张济才不娶的是名坤伶程秋云吗？那么，他一定近朱者赤，走上了那条路。常在戏报上看到白桂英这样一个名字，这个桂英女士就是姓白的了。一个好好的青年，竟会走上了捧角这条路，实在是可惜。回头看了床上，玉和还是睡着的，这也不愿惊动他，悄悄地放下稿子，就推开房门走了出来，心里可就想着，幸而他不会知道我来了，要不然，冲破了这事，于他脸上不好看，也不免伤碍彼此的交情。真是巧，怎么他写信不收起来，让我看着了，我和他哥哥是好朋友，而且他哥哥和我早商议定要和他说媒，将同乡姓马的姑娘嫁给他，我不知道这事则已，既然知道了，我不能不问。他如此想着，回到会馆之后，就打了个电话给玉和，说是有话谈，约他下了衙门之后，就到会馆来一趟。打完了电话，就到马家来，和那马老先生谈话。

原来这位马老先生只有一妻一女，自己客居北京，在同乡家里授蒙为生，过着很清苦的日子。为了减轻负担，没有租房，就在会馆里一所小跨院里住着。严端甫走到跨院门口，先喊道："子良兄在家吗？"马子良的姑娘芸姑正站在院子里洗衣服，两只手水淋淋地由盆里拿了起来，将自己胸面前的围襟，掀起一只角来，擦了自己的手胳臂，笑道："我爹爹在家看书呢，老伯忙呀，一早我就看到你出门去了。"严端甫口里答着话，看她圆圆的脸儿，腮上泛起两个红晕，配着那漆黑而大的眼睛，却是个多血的聪明女儿，她挽了面包髻，虽嫌老式一点儿，头发却是溜光的一根不乱，身上穿的蓝布褂也没有一些皱痕。心里这就想着："娶这样一个姑娘住家过日子，玉和这孩子，为什么一时糊涂，要去迷恋一个女戏子。"他打量了姑娘一番，自向里走。马子良迎了出来，向他拱了手，道："请坐请坐，今天怎么得闲？"

严端甫走进屋来坐下，见马子良的老妻倪氏在切菜做饭，旁边椅子上还放了一件未曾缝完的衣服，里边屋子里，一张小书桌上放了书本和笔砚，在笔架上插了一支佛香，马子良一副大框玳瑁眼镜正放在书本上，不由得叹了一口气道："像你们这种人家，才是真正有趣味的人家。"马子良笑道："老兄，这是何意？我这个讨饭的家庭，还值得你赞叹吗？"他说着话，就提了炉子上的开水壶向桌上瓦壶里泡了一壶茶，倒了一杯递到严端甫手上，然后在他斜对过一张椅子上坐下，笑道："我家里连烟卷都没有预备，你要抽烟，只好请你抽自己的了。"严端甫道："我不抽烟，不必客气。你家连烟卷都不设备，我所羡慕的就是这一点，觉得你们家里无一废物，无一废人。"马子良拱拱手道："老大哥，我们是什么人家，还许可这个废字存留下来吗？"严端甫点点头，手摸了胡子道："你这话有理。你大概要去教书了，我也不能在这里多打搅你，我简单地说几句吧。就是从前我们谈的那件婚事，你的意思怎么样？"马子良道："这还有什么话说，我是千肯万肯的了。不过我这孩子虽认得几个字，是我一手教的，并没有进过一天学堂。恐怕太老实了，那位王先生有些不愿意吧？"严端甫道："在家里读书，到学堂里去也是读书。不进学堂，有什么关系呢？姑娘不要忠厚些，倒要挖空了心事专在吃喝穿戴上去研究的，那才是好人吗？好了，你们肯了，我就去说合。老嫂子的意思怎么样呢？"倪氏笑道："王先生，我还有什么说的呀，谁都愿意得一个好姑爷啦。"

严端甫走了出来，见芸姑还在那里洗衣服，便向她笑道："大姑娘，刚才我们所说的话大概你都听见了，你的意思怎么样呢？"芸姑当严端甫走了过来的时候，她就站了起来，现在一听这话，把她红晕了的两片脸更加上一层红色，低头向后退了一步，并没有作声。严端甫道："姑娘，在这个年头，婚姻这件事都要自己拿出几分主意来的。我们虽是古道人，觉得这终身大事让本人拿出些主张来，这是很对的，好呢，大家都好；不好，也不能怪父母。不过年长的人经验多一点儿，参加一些意见罢了。这是终身大事，你何以害臊哩？你若是不作声，我们就认为是你不同意了。"芸姑被他这句话一逼，才低了头低声答道："我是不懂什么的，听凭爹妈怎么做主就是了。"严端甫听了这话，觉得马家一家人对于王玉和都是满意的，这事有几成可行。一个年轻的人到了相当的年龄，都免不了有男女之好的，只要一娶亲自然会把这些风花雪月忘了。这样看起来，还是赶快和王玉和把这段婚事促成为妙。这个红媒，自己总算八九分成功了。

他想了，很是得意，以为可以挽救王玉和的堕落，而且可以和芸姑这样好的姑娘找个得意的丈夫。他在地毯工厂本来有份职务，今天预备做大媒，不上工厂，在会馆里静等了王玉和前来。到了下午四点多钟，玉和果然来了。他到大门口恰好是芸姑和一个卖绒线的小贩在那里讲价钱，绒线担子拦门搁着，再加上两个人，不免挡了人家的去路。玉和过去不了，只得站住了脚，向二人道了一声借光。原来马家这芸姑，玉和是认得的，但是严端甫从中提亲，自己却并不知道。这也由于严端甫慎重其事，不肯胡乱开口，以为马家二老只此一女，必定问得清清楚楚，方始说合，好在玉和并没有别家提亲，所以不忙。现在看到了玉和有捧女伶的事情，而且是刚着手，正好赶着和他成起家来，这番曲折玉和哪里知道。然而芸姑今天是晓得很清楚的了，看到玉和来了，料定便是为了那事，脸上不由得通红一阵，低头避到一边去。偏是玉和不知，还取下帽子，和芸姑点了个头道："马姑娘，严老先生在家吗？"芸姑以为这位未婚夫有心和自己说两句，这样这东西未免太调皮，当了人这样客客气气地问话，怎好不理人家，便道："大概在家吧，我也不大知道。"她说着话，声音小得像蚊子一样大，向后退着，索性靠了墙。玉和以为这是旧式姑娘的常态，却也不放在心上，依然点了个头，走向里面去。

到了严端甫屋子里，严端甫见他并没有什么难堪之色，料着今天早上到他屋子里的那件事他并不知道，这倒也不必去说他。因道："今天你来得很好，在我这儿吃了晚饭去，我有话和你慢慢地谈。"玉和笑道："有话请老伯就说吧。六点钟，我还有个约会。"严端甫道："什么人请吃饭呢？"玉和顿了一顿，才道："是衙门里的人，公请科长司长。"严端甫道："你真有要紧的应酬我就不留你。我找你来，不是别的事，就是你令兄今年写了好几封信来，叫我和你说一头亲事。就是乡下姑娘，你是不肯要的，城里姑娘，又怕有一天要回家，不能过乡下日子，叫我和你找一个城里的姑娘，又能过乡下日子的。这个题目可就难了，叫我到哪里找去呢？"玉和笑道："家兄多年不出门了，对外面新潮流有些隔膜，这话也就不必挂在心上了。"严端甫笑道："说是那样说，天下未尝没有巧事。"说着，在身上掏出烟卷来，给了玉和一支，自己吸了一支，背了两手，在屋子里来回踱着步子。走了两步，站着笑向玉和道："据我看，这只有在北京的同乡家里去找了。这会馆里马子良先生的大姑娘，你是知道的了。人很好，也勤苦耐劳，在北京可以做城里姑娘，回家去也可以做乡下姑娘。"

玉和听到这里，已经知道下文了，他本是坐着的，就站起来向严老先生连拱两下手道："这件事不必提了，婚姻大事小侄自有主张。"严端甫不料话未曾说完就碰了他一个钉子，红着脸，向他瞪了眼睛，不住地摸了胡子。然而年老的人总有些忍耐性的，勉强镇静着向他道："你自己有什么主张呢？可以说出来听听。我们长了胡子的人，或者也可以贡献一些意见啦。"玉和道："我也没有别的主张，就是四个字——婚姻自由。"严端甫听他的口风如此之紧，态度又是这样的强硬，便又沉了颜色道："玉和兄，现在外面对你很有些风言风语，说你现在也走上捧角的一条路了，有个姓白的戏子和你很好。"玉和道："老伯，你看见我常上戏馆子吗？"严端甫道："要捧角也不必一定天天上戏馆子。我看外面的话不会错。"玉和道："就算我和姓白的认识，那也没关系呀。我不撒谎，在朋友家里是认得一个女戏子，可是这也不算什么坏事。"严端甫冷笑道："哼，这种女戏子水性杨花，有什么好人？"玉和脸色一变道："老伯，您怎么开口就骂人？你这句话不要紧，把所有的女戏子都骂了。唱戏也是一种职业，一不偷，二不抢，三不行骗，为什么没有好人？"严端甫道："这样子，你很有点儿风流自赏啦，打算跟所有的女戏子都做护花铃呢。你这种行为恐怕和你的前途有碍吧？"玉和道："正正堂堂地和女戏子交朋友，这也没有什么要紧。若说做全体女戏子的护花铃，我没有那个能耐。可是白桂英这个人，我看她是很好的，我敢起誓，我活着做她的护花铃，死了做她的护花神……"

严端甫听了这些话，气得胡子杪只管抖颤，定了定神，强笑道："我不知道世兄忽然一变，变成这样一个崭新的人物。这回算我多事，算我失言，请你不必介意，以后不要再提就是了。你有约会，你请便，我们这古董，思想是腐败的，请不必见怪。"说着拱了拱手。玉和在桌子边手按了桌沿，流出来的汗把桌子面子印了两块，睁了眼，许久说话不得，最后才道："也并不是小侄放肆，实在老伯的话太言重一点儿。"严端甫冷笑道："我也本来不该多事。不过我还要忠告你几句，无论什么人，绝不肯有福不享，要去受罪。这就叫人向上走水向东流。世兄有做护花铃那番热忱，可也要看看是梅花、水仙，或者是牡丹，牡丹花是不肯栽在茅屋竹篱笆下的。请便吧。"说着，又连连拱了几下手。玉和跟人家顶撞了一番，也不能再说什么好话，只得红了脸告辞而去。

第九回

渐起疑团情书漏消息
忽生急病妙计定风波

　　王玉和走出会馆门，在路上想着，这位严老先生何以今天突然说出做媒的事来？而且明明说出我捧角，莫不是我和白桂英的来往让他知道了？别人知道了不要紧，严先生和自己哥哥是至好朋友，倘若把这事一层一节地告诉了哥哥，不久的时候，他一定有信来质问我，我当用什么态度来对付他呢？这次不用什么踌躇，自己的终身大事，不能因为第三个人不赞成，变更自己的态度。好在我就是娶亲，现在也不用哥哥一文钱，料着他在故乡安徽，千里迢迢的，哪里管得了我？心里如此想着，两只脚就向着张济才家的这条路上走来。原来他写去了那封信之后，当天就得了桂英一个电话。笑着说，信收到了，今天白天来不及回信，要到晚上才写，明天上午寄出去，你收到的时候，可是明天晚上了，你别着急哇。你若是有工夫，下午五六点钟，我们在张家会面吧。玉和听了她这话，心想她来不及回信，倒先打个电话来照应我，这可见得她的殷勤了，在电话里就笑了起来，答应准时而到。所以他在会馆里虽是争了几句口舌，可是他大部分的心思都是惦记着到张家去。

　　到了张家以后，在院子里就听到桂英在屋子里说笑着。这在自己，也不知是何缘故，面孔上忽然烧燃一阵红了起来。心里想着，写了那封信给人家，有些挑逗的意味，却不知道桂英见了自己会有什么态度，假使她露出些尴尬的情形来，这可让自己为难了。他在院子里如此想着，自是有些踌躇不前。桂英却在屋子里，隔了玻璃窗先叫着道："王先生来了。"那声音很平和，这不啻由她表示一切都如平常，不必害臊和胆怯了。玉和大了胆子，且走进屋子，桂英首先迎着他，点点头笑道："今天可来晚了。"玉

79

和道："因为到会馆里去会一个朋友，谈了几句话，所以晚了一步。"他口里说着话，眼光早是射到桂英身上，见她一切如常，仿佛就像不曾收到信、不曾打过电话一般，心里不觉得说了一声惭愧，一个男子倒不如一个女子镇定，便也谈笑如常地在屋子里和大家坐着。秋云虽是情场中的老斫轮手，然而当了桂英郑重到这种二十四分的时候，简直一点儿形迹不露，也就不料到这期间有什么文章。这天晚上，彼此又是谈到十一点多钟分散。桂英走出大门的时候，故意高声问秋云道："我要找个快快的车坐了回去，到家以后，我还要写两封信呢。"玉和听了这话，也只是撩起上眼睛皮对她看了一眼。

桂英此话倒是不假，匆匆雇了一辆车子坐回家去，到家以后，就在屋子里搬出纸笔墨砚，在灯下写起信来。但是自己看看小报，看看小说，尽管觉得文字够用的。可是一写起字来，每想一句话就有一两个字写不出，纵然写得出，自己也疑心着怕是有些不对。每写一句，总要犹豫一阵子，到后来，没有法子，索性把自己留着参考的什么分类文言对照尺牍，什么白话尺牍、女子尺牍，还有通俗字汇，一齐由桌子抽屉里翻了出来，堆在手边。

她这种行为让母亲朱氏看到，却有些疑心了。以前她唱戏的时候，像林子实这样最好的朋友，捧得她过多了。她偶然写一两次给人家，抽屉里有好几种书本，就是她为了学写信买来的。今晚她一回来，就翻着书本写字，而且手边还有信纸信封，当然是写信。自己在门外经过两三次，她并不知道，尤可见她是很注意地写着。心想现在没有什么人在她心上的了，这样用心写信是寄给谁的？若说是寄给林子实的，这几天她对于林子实一句也不会提到，冷淡了好久，似乎不像。然而对姑娘这一层，自己向来倒是取放任主义的，这也只好搁在心里，自回房去睡觉。回房睡了一觉之后，睁眼一看，见桂英屋子里的电灯还是很明亮的，心中就好生奇怪，难道这个时候她还在写信。于是披衣下床，悄悄地走到桂英窗户边张望。那玻璃窗上罩了一层花纱，外面是黑的，里面是亮的，恰是里面看不见外面有人张望。而且桂英全副精神都在写信一件事上，也不想到窗子外的什么事。朱氏见她在抽屉里找出一大叠相片来，在其间左挑右挑，挑了两张，然后在上面写了两行字。写完了，她对了相片，眉毛一扬，微笑了一笑，然后塞到一个信封里面去。

朱氏一看之下，更是疑心。当时也不声张，依然去睡觉。到了次日，起一个绝早起来。悄悄地走到厢房里去，把大福推了醒来，轻声告诉他道："你妹妹昨天晚上写了一夜的信，而且还附了相片在信封里面，也不知是写给谁，她这封信大概是不会让别人去寄的，你偷着到她屋子里去瞧瞧。"大福揉着眼睛道："狗拉耗子，多管闲事。"说着，身子向下一赖，牵了被，又把身子盖上，朱氏轻轻在被子上扑了两下，笑骂道："什么狗拉耗子，多管闲事？她这次心不在焉地整天在外面跑，知道她干些什么？她要是不唱戏了，你也没有好处吧。她在郑州回来，那一千块钱先还说拿出来，大家分用几个，现在她一毛儿不拔，也许她带了跑啊。这几天我看她穿一套显一套，不定在捣什么鬼呢！"

朱氏提到了那一千块钱，就勾起大福一腔心事。那汪督办送的一千块钱程仪，自己有很大的功劳，回来之后，桂英分文不给，正成天在这儿盘算着。以先母亲想把那钱一把抓了过去，帮着妹妹说话，没有法子和母亲去吵闹。现在母亲倾向到自己这一边来了，这是一个绝好的机会。就一个翻身跳了起来，便道："我去瞧瞧。"朱氏一把将他揪住，低声喝道："你可别莽撞，偷偷儿地瞧上一瞧就得了。你若是把她闹翻了，我可说不下来。"大福道："这还要你叮嘱，我知道。"他于是蹑手蹑脚地走向桂英的屋子里去。桂英的房门向来是虚掩的，预备早上老妈子进去打扫屋子。这时，老妈子正在扫地，大福掀起一角门帘，低声道："大妹没起来吗？我要根取灯芯儿使呢。"说着话，轻轻走了进来。一看桌上并没有什么信封，四处张望着，却见床上枕头底下露出一只信封角在外边。桂英缩了身子向里睡着，头并不枕在枕上。大福看到有一份小报放在桌上，故意拿过来放到枕头上，顺手就把信封抽了出来。只见上面写着"府右街南海公寓王玉和先生亲启"。下款署着"桂缄"二字。信封那边的信口上下还写了"如瓶"两字。大福拿在手上颠了两颠，觉得里面很厚。自己没有那个胆量敢把信封拆开来，依然把信塞在枕下，走出房去。

朱氏站在院子里向他连招了手，等他走到身边，就问这信是写给谁的。大福摇了头道："怪，这个人我不但不认识，而且没有听到说过。"于是就把实话告诉了朱氏，朱氏道："一个人住在公寓里，也不是有什么来头的角色，她以前不认识这样一个人，现在怎么和他通起信来？你别管，这事交给我。"朱氏说着话，就向桂英屋子里走。口里故意大声吩咐老妈子道："你扫地也不把这鞋子挪一挪？这雪白的缎子鞋，只要沾上一点儿土，那就脏一大片。"说着话，弯了腰将床面前桂英的一双鞋子，挪到床底下去。接着，抬起头来，哟了一声道："哪儿来的一封信？"桂英已经被她母亲的大声音叫着醒了。一个翻身坐了起来道："那是我寄出去的信，别动。"睁眼看时，朱氏已经手拿了信，走到房门口站着了。

朱氏望了信上道："你昨晚写了大半夜，是寄给谁的信？"桂英道："说给你听，你也不认识。是个姓张的。"朱氏道："你就那样欺骗我不认识字的人。这三横一竖的王字，反正我认得。"桂英道："你说对了，把信拿还给我吧。"朱氏将信在手上掂了几掂笑道："这信真厚。什么要紧的话写上许多呢？"她口里如此说着，就把这信带到外边屋子里去了。桂英不问好歹，踏了鞋子就追将出来。朱氏看她这情形更是疑心，就把信揣到衣裳袋里去，将衣服一拍道："我辛辛苦苦养活了这么大姑娘，不能让拆白的给他拆了去。"桂英追到房门口，见那封信已经上了母亲的腰，料是抢夺不出来的，便道："你收着，就让你收着吧，这上面也没有为非作歹的事情。"她一生气，自己就放下门帘子洗脸梳发，对于那封信置之不问，匆匆地换了一件衣服就向外面走。朱氏道："你到哪儿去？"桂英道："你不是说有拆白的吗？我这就是去找拆白的，你瞧着办吧。"她说了这话，已经走出院子去了。

朱氏不便向前拖她，只好让她出去。立刻把大福找了来，交信给他，让他念了出来。桂英这封信完全是语体的，大福肚子里的文字虽然是有限，可是这样的白话信倒也不至于念不通。他就拿信在手，站在母亲面前，像法庭上宣读判词一样，一字一句地由头至尾念了下去，语体文由嘴里念了出来，当然也就等于说话。朱氏听着，哭也不是，笑也不是。原来这里面全是些爱情话，而且这些爱情话，一大半是由许多新排的戏本戏词里抄下来的，差不多都是夫妻说的话。其间有一段是这样说的：

> 我吃饭的时候，饭不知是什么味，我喝茶的时候，也不知道茶是什么味。我坐着忘了起来，我走路忘了是到哪里去，我这一颗心，不知道是专管着什么事了，你猜猜吧。

朱氏劈手一把，将信在大福手上夺过来，骂道："好不要脸。"说着话，那脸上气得红一块紫一块，站着发了呆，作声不得。大福道："你这是生我的气呢，还是生桂英的气呢？"朱氏静默了许久，才道："我生你什么气？你瞧，她和一个不知来历的人这样大碗地和人灌米汤，都为的什么。不用说，她就是到公寓里找那小子去了，我也去瞧瞧。我想那没有什么好人，无非是几个穷学生。得罪了就得罪了，怕什么？"

正说到这里，赵老四手提了胡琴袋冲了进来。一看她母子面面相觑，却猜不定是为了什么事，不由得向后一缩。大福怕他误会了，就向他点着头道："桂英出去了。"赵老四道："我就怕她出去，一早地赶来，到底还是没有赶上。"说着，慢慢走进屋来略蹲了一蹲身子，算是请安，笑嘻嘻地道："大婶又有什么事不顺心？"朱氏叹了一口气道："还有别的事吗？无非是为了我那淘气的姑娘。老四，你也许知道一点儿。"说着，将他让着坐下，自己靠了桌子坐着，一手托了头，手上还捏着那封信呢。赵老四看这情形，就猜了个大八成，便道："什么事，我知道一点儿呢？大姑娘有什么事，也不会对我说。"朱氏道："不是说她对你说，因为你常在外头走，她的行动你也许听到些。她现在和一个姓王的要逃跑，你知道吗？"赵老四听了这话，倒吃一惊道："不能到那个程度吧？我想也不至于。"朱氏道："那姓王的是个拆白党，有什么不至于。"赵老四笑道："人家大小是个官啦，会干这个事，而且我看他那样子倒也老实。"

大福笑道："我妈说着了，你果然知道得比我们清楚。"赵老四这才醒悟过来，自己说话一时失于考虑，竟露出破绽来，便笑道："我哪里知道这事？也是事情凑巧，有两次我到张济才家里去，都碰到了那位王先生，说起来，他敢情是张济才的把弟。"朱氏道："什么？他是张三爷的把弟，张三爷那样有钱的人，要他这样的把弟？"赵老四笑道："他怎么着？也不坏啦，还是个交通部的科长啦。"朱氏听了这话，瞪了眼望着他道："他是个科长吗？我不相信。科长怎么会住在公寓里呢？"赵老四道："公寓不一样，有住穷学生的，也有住大人老爷的。"朱氏道："你准知道他是一个科长吗？"赵老四道："科长不科长我不知道，他在交通部当差，那可没有错。"大福道："这话倒也像。我以前听到说过，张三爷有个把弟在交通部。"

朱氏听他二人之言，脸色便不是以前那样的难看了，微微地笑道："照说，桂英是个心高气傲的人，若不是有点儿身份的人，她是不会看在眼里的。不过交朋友是没有什么关系，要说到别的，哼！"赵老四道："那个人倒是不错，年轻轻儿的白面书生。"朱氏又将脸色一正道："白面书生？哼！白面书生没有好人。既是和我姑娘那么样要好，怎么都不到我家里来看看我？既是这样偷偷摸摸的，这里面准是不大光明。"刚才她还有点儿笑容，现在说到王玉和不曾露面，脸色又渐渐地紧张起来。大福看看母亲的脸色，知道她反对妹妹了，也正色道："老四也不是外人，有话也不回避。别的不说，像桂英这样整天整夜地在外面交际，哪儿不花钱？现在不唱戏了，又没有进项，老是这样闹下去，那可不是办法。年轻的人总是没有算盘的，有银钱在手上，那还不痛快来花钱，哼！据我想，大概她手边上存下的那些钱花了不少吧？"这几句话不觉深深地打入朱氏的心坎里去，但是口里还不肯说出来，免得儿子说坏话。坐在那里微昂了头，想了一想，向赵老四道："你瞧怎么样？"

赵老四这可为难了，不愿意得罪朱氏，可也不能得罪白桂英，无论偏了哪一方面都不妥当，便笑道："我可不敢多府上的事。大姑的钱总放在箱子里，箱子又放在屋子里。你们守着这屋子，瞧了那箱子，钱就飞跑不了啦。"赵老四原本是一句笑话，朱氏一拍手道："有了，我把这个箱子抢到屋子里去放着就得了。"大福听了这话，双手将袖子一卷，一点头道："妈这话说得对，我来替你搬去。"说着，他跑到桂英屋子里去，扛了一只箱子就向朱氏屋子里去。赵老四看了这情形，不由得身上出了一阵冷汗，心想，这搬箱子的事是由我一句话说出来惹上的，桂英一追问起来是我惹的祸，这可不是闹着玩笑的。站起来，提了胡琴在手，搭讪着向天空看了看日影，自言自语地道："大姑娘不在家，我要到韵琴家里去一趟了。"说毕，提了琴袋就走了。朱氏不料到他这一去有什么作用，依着大福，就要把箱子上的锁打坏，开了箱子，看看里面还有多少钱。朱氏就说："那可打开不得，她那个脾气真会拼命。等她回来，当面打开来，钱在里面，万事俱休；钱不在里面，再和她算账。"大福冷笑道："我知道你那番意思，不过怕我抢了走。哼，我也看过钱的。"说着，歪了颈脖子，昂了头，就斜着步子走出大门去了。

也不过一小时之久，只听到大门外呜呜一阵汽车喇叭响。这在桂英唱戏的时候，门口来辆汽车，那是平常到一万分的事情。可是自从她停演以后，一些朋友都慢慢疏冷了，并不见有一次坐汽车的朋友前来。现在门口有汽车喇叭声，这倒不由朱氏一愣。正走到院子里来张望时，只见一个人抢了进来，口里嚷道："老太太快出去瞧瞧吧。你们大姑娘病着回来了。"朱氏听到这话，又是坐汽车回来的，这病大概不轻，赶快就跑了出来。口里问道："怎么了？怎么了？"走出大门来看时，只见桂英斜坐在汽车的角落里，头垂在肩膀上，眉头深锁，微闭了眼睛，并不说话。朱氏跳上车子来，两手只管摇着她的身体道："孩子，孩子，你这是怎么了？"桂英微微地将眼睛睁开，才答应道："我心里难受。"说话时，大福也跑出来了，站在车子外嚷道："你别让她老在车子上坐着，扶她下来呀。"朱氏回过头来问道："你瞧瞧，这个样子，她像能走路的人吗？来和我把她抬下去吧。"

大福见妹妹病得如此沉重，也有些着慌，就找了老妈子出来，用一把藤椅子将桂英抬了进去。桂英总是垂了头，微闭了眼睛，而且不说话。大家七手八脚将桂英抬到房里，送上床去。桂英一任他们摆布，却总是不作声。朱氏急得将鞋子衣服一齐和她脱了，然后又牵了被和她盖上，摸摸她的脸，又摸摸她的手心，然后两手撑在床沿上，俯了身子问道："孩子，我和你倒一杯热水来喝喝吧。"桂英微微睁开眼来，又微微摇着头。朱氏再用手在她额头上按了一会儿，偏着头想想究竟是热也不热，然而并不觉得她的体温有什么异于常人。侧了身子坐在床沿，握住桂英一只手捏了几捏，依然还觉察不出她有什么增高体温之处，便望了她的脸道："你究竟是哪里不受用，先告诉我。若是自己真觉太难受了，我也好和你去请一个大夫来。"桂英将手向被里一缩，皱了眉道："你让我好好儿地休息一会儿吧。"说毕，翻了一个身，将面朝里。朱氏不知道她是什么病，又不能不问，又不敢多问，坐在床沿上，倒呆了说不出话来。然而忍耐了许久，她还是问了出来，便道："你无论是什么病，总得说出个所以然来，我好去请大夫。"桂英道："你别问，我没有什么病，睡睡就会好了。"说着这话，两只脚连连地在被里蹬了一阵。

朱氏看这样子，自己有话简直地说不下去，就私地把老妈子杨妈叫到一边，低声问她道："今天你这位大姑娘有些犯别扭，我说话不大灵，你可以问问她究竟是什么病，吃什么不吃。她那个脾气，我真搁不住她闹。"杨妈是常得桂英一些好处的，这一颗心也就常放在桂英身上。她见大福把桂英的箱子搬到母亲屋子里去，料着桂英回来有一番大闹，自己也很愿意帮桂英一点儿忙，现在看到桂英病了回来，觉得这风波暂时可以不起。但是桂英在病中，又遇到这样不幸的事情，怕桂英病上加病，待要去安慰她两句，又因为老太太在当前，不敢作声。现在朱氏叫她进去问话，就正中心意。走进房来，向门帘子外窗户外面看了几看，就走到床面前来，要问桂英的话，问她有什么病，不料桂英向她先笑了，而且向门外努嘴。杨妈心里恍然，便低声道："老太太在外面院子里呢，你没有什么病吧？"桂英笑着点了点头道："我要吓他们一下子，你偷偷儿地买些饼干放在你屋子里，没有人的时候你就送给我来吃，千万别让他们知道。回头你在五点钟的时候打个电话，告诉南海公寓的王玉和先生，就说我已经照计行事，很平安的。"杨妈笑着低声道："我迟早要喝你的喜酒了吧？"桂英笑道："你这几天可别瞎说，走漏了我的消息，那就大势去矣。"

说到这里，听到朱氏的声音由外院说了来。桂英赶快一个翻身向里。杨妈站在床面前道："大姑，你怎么生气也犯不上和自己的身体生气呀。你吃又不吃，喝又不喝，也不说是害了什么病，这样闹下去可不是玩意儿。家里人，什么事也好商量，何必这样呢？"她这样说着，朱氏站在窗子外面，静静地听了个够。这算明白，桂英是气成的病。姑娘会唱戏，自小就娇养惯了，现在人大心大，如何管束得下来，她既然在生气，也就不必再和她计较了。自己倒怕屋子里人知道自己偷听着，悄悄地走了开去，杨妈又在屋子里坐了许久，然后出来回信，说是大姑娘好像生气的样子，问她十句话也不答应一句，暂时就别啰唆她，让她睡觉得了。朱氏倒很纳闷，她出去的时候，就只收没了她一封信，我不怪她，她反而怪我不成。至于搬箱子是她不在家的事，她在外面不会知道，不能是为了这个生病回来。一个人纳闷也不敢说。料得箱子放在自己屋里，她的气不会消下去；无端把箱子送回她房里，自己好像在姑娘面前示弱，也不甘心，自己倒也弄得六神无主。桂英上午回来就躺在床上，到了晚上，不曾吃一点儿东西，也不曾喝一口水，朱氏进房去看她，她就面朝里睡着，怎么叫也不答应。朱氏一看这情形料着不是病，无非是以放赖的态度来出气，暂不理她，看她怎样。自己索性不进桂英的房，让杨妈去伺候她。

到了次日正午，朱氏熬了一点儿稀饭，让杨妈端进房去给桂英喝，可是端进去一小时之久，杨妈依然原碗端了出来，说是她怎么也不肯吃。看看熬到下午，朱氏实在忍耐不住了，就在床面前一张椅子上坐下，一人自抽着烟卷。桂英面朝里，上身穿了件蓝湖绉小夹袄，也不曾盖被，夹袄向上翻转着，倒露出腰背上一片雪白的皮肤来。她一头乌丝样的头发散了满枕。朱氏不知道她是醒的还是睡的，平白地连叹了两口气。然而你只管叹气，桂英绝没有一点儿回响，朱氏只得走上前，牵了被轻轻地替她盖上。桂英将身子扭了一扭，依然睡着不动。朱氏料着她是醒的，便道："桂英，你发了一天一宿的脾气，谁都不敢惹你，你也就可以了，还是怎么着。你说我收了你的信，信在我这里，你再寄出去得了。箱子搬到我屋子里去了，又没有开你的锁，你还原封不动地搬回来，这也不是什么大不了的事呀。"朱氏说着话，站在床面前只管看了床上发呆。桂英总是侧身睡着，连哼也不哼一声。于是朱氏叹了一口气道："真要拿命拼我，我也没有法子，我五十岁的人了，还有什么舍不得的。"摇着头，叹了气走出屋子来。

　　杨妈在外面屋子里等着她，就跟着她到屋子里去，低声道："老太太，大姑娘究竟是什么病？你不问个清楚明白，让她硬熬着，那可会出情形啦。"朱氏道："我看那样子不是病，是跟我生气，气成那个样子的。"杨妈道："不对吧？我问她有什么心事吗？她说并不生气，只是心里难受呢。"说着，又低声和朱氏咕哝了一阵，用很沉思的样子再向朱氏道："你可别逼出她的痨病来，那不是闹着玩儿的，我以前有个街坊，十八岁的姑娘，就是一场气把人气坏了。"朱氏坐在炕上，两手放在胸前，低了头不能作声。杨妈走了出去，一个人叽咕着道："两天水米不沾牙，一个有病的姑娘搁得住呀？是我的姑娘，我……"朱氏在屋子里叫道："杨妈，你来，我有话和你说。"杨妈走进来，朱氏迎上前轻轻地道："你打个电话给秋云，请她来问问桂英，也许她有话肯说出来，可以吃一点儿，可是你得瞒着她，别说是我叫你请秋云来的。"杨妈点头道："除非那么着，要不再熬一半天真会出别的毛病。"她忧虑的脸色，还皱了眉毛和朱氏说话。可是她走出房门去，却又抿着嘴笑了。

87

第十回

好语珠圆媒妁翻灵舌
寸心麻乱晨昏计聘钱

那杨妈走到院子里时，却听到桂英在屋子里不断地呻吟着，便折转到屋子里面来。掀开门帘，伸头向里一看时，桂英睡在枕头上，微微地笑向她点头，又由被里伸出手来，向她招了几招。杨妈走到床面前，手撑了床沿，俯了身子向她低声道："老太太让我打电话给程老板，叫她来劝你，你瞧，她可中了我们的计了。"桂英瞟了一眼，又用手在她手胳臂上轻轻拍了一下。杨妈会意，便笑道："我这就去打电话去了。"这句话是说得极低的，说完了将声音放大起来，向窗子外道："怎么啦？大姑娘，你老不吃不喝可是不行的呀！我瞧您脸上红红的，准是有些发烧发热了吧？"桂英笑着，用手指点了她几点。杨妈走了出来，立刻收了笑容，自向对过粮食店借电话打去，有三十分钟之久她才回来，到朱氏屋子里，低声向她报告道："程老板说了，咱们大姑娘的话难说，她可不愿劝这个驾，我再三地央告她，她才说了，回头来她先见着你，再和大姑娘说话。"朱氏坐在她自己炕沿上，衔了一根烟卷，微偏了头，听杨妈报告，杨妈说完了，她什么话也不说，叹了一口气，就横在炕上躺了下去。杨妈好像不敢招惹她的样子，自出去了。

过了有两个钟头的光景，便听到秋云的声音在院子里叫了一声大婶。朱氏一个翻身，由里面迎将出来，见她身上穿了件霞光色的旗袍，脸上的胭脂搽得红红的，在日光下照着真个是瑞气迎人，便笑着迎上前道："吓，现时还在做新娘子啦。"秋云微笑着，点了点头，然后才问道："大婶儿好？"朱氏道："好。"接着又叹了一口气道："要是好的话，今天还能麻烦你来上这么一趟吗？"说着，她直接地就走到朱氏屋子里来。朱氏让她坐下，首先叹了一口气。秋云道："事情我都知道了，照说，不用你打电话，我也该来一趟，可是……"说到这里，她微笑着站了起来道："提起这件事，我也得负些责任，我先给你告个罪。"朱氏道："哟，你这是什么话？"秋云坐下笑道："只要你不见怪就得，您让我慢慢地告诉您。桂英由我那里回来的时候，她就说了，回家要不吃不喝，要饿死为止。事到于今，我也不能不说，您要见怪的那个王玉和，他就是济才的把弟，也是缘分，在我家里和桂英见过两回面。他确是交通部一个一等科员，可是桂英什么人没有见过，偏是她不嫌弃。后来不知他两人在什么地方会面。一来二去的，感情好极了，桂英就有点儿意思。言语之间就要我来做媒，您想，我敢担这个担子吗？她就急了，要不跟我做朋友。后来也不知道怎么着，她就要来和您拼命。您要我来劝她，我这话怎么说呀？"

她说的这些话，有头无尾、若即若离的，朱氏心里倒有些疑惑，莫不是她成心来做媒的。心里如此盘算着，口里且不说话，却在自己的小玻璃格子里拿出一筒烟卷来，先取了一根，送到秋云手上，然后擦了一根火柴，弯腰和她点着烟。杨妈本已敬过一遍茶了，朱氏又两手捧了茶壶，向她杯子里倒上了一遍。秋云坐在椅子上，对于一个长辈过来招待，不得不站了起来客气一番。朱氏在这一番周旋之后想到了两句话了，于是自己也斟了一杯茶，斜靠了桌子，端了那茶喝了两口，放下杯子，两手互相搓挪两下，才道："她有这些心事，哪里肯告诉我，我是一点儿不知道呀。"秋云也端了茶杯，慢慢地呷了两口，放到桌上，用手按住了杯口，向朱氏微笑着道："您这样一个精明人，家里什么事情你都有个数，还有个不明白的吗？"秋云心里想着，我再逼她一句，看她说些什么？朱氏依然答道："管家事，柴米油盐瞒不了我，姑娘家心事，做娘的哪里会知道呀？"秋云道："怎么会不知道呀？"说毕，微微地向着朱氏笑。朱氏见她老不明白表示态度，是自己把人家找来的，怎好用话来耍人？便道："大姐，我们桂英的脾气你还有什么不知道的。她要做什么事，也不会先来征求我的同意，这自由的年头儿，她能把我放在心眼儿里吗？"

秋云说了这久的话，这才算套着朱氏一句话了，便笑道："只要有你这句话，大事就解决了。我猜桂英也没有什么病，无非是要您所说的那点儿自由，您让我把这话去告诉她吗？"说着她站起身来，就要向桂英屋子里去。朱氏见秋云似正经非正经、似开玩笑非开玩笑的，也不知道她葫芦里卖的什么药，只得站起身来，连连向她招着手，脸上微笑着，又向她连连地摇着手，秋云看了这个样子，只得回转身来，向朱氏低声笑道："大婶有什么高见？"朱氏再敬她一支烟卷，又跟她倒了一杯茶，然后和她对面坐下，沉住了脸色道："大姐，要说到婚姻大事，男大当婚，女大当嫁，我也不能把她老留在家里，可是这件事，自己娘儿俩，总该好好地商量，怎么不言不语的，就这样躺在炕上和我拼命？我又不是她肚子里的蛔虫，她这样闹几天，我知道她是什么意思？劳你的驾，你去对她说，若是有病呢，我自然当医治，给她找大夫来。若是和我闹别扭呢，就让她先吃点儿喝点儿，有话慢慢再谈。真的，不开玩笑，这就是我心眼儿里几句话。"秋云坐在一边，静静地抽着烟，只听朱氏一个人说，就又将颜色正了一正，向朱氏点着头道："您这话说得对，有病要治病，没病也要开口。现在慢慢地去和她说，看她意思怎么样，回头来再来回您的信。"说着，手里夹着烟卷，向痰盂子里弹了几弹灰，站着做个沉思的样子。朱氏看到，便问道："大姐，你还有什么话说的吗？"秋云道："我没有什么话了，可是……"说着，又微笑了一笑，她要说的那句话始终没有说了出来。朱氏道："大姐，你有什么为难的事情，你尽管说，我请了你来还能让你为难吗？"秋云想了一想，微笑道："倒没有什么为难的。"这才掀开门帘子，到桂英屋子里去了。

朱氏心里当然是有说不出来的一种烦恼与苦闷，可是这话又无从说起，自己只管是躺在炕上抽烟卷。听听桂英屋子里，先还有秋云劝解的声音，后来唧唧哝哝，就听不到说的是些什么了，谈了两个钟头之后，秋云就来了，朱氏连忙起身相迎，以为总有一些结果，不料她一进门之后，竟行了个平常不大行的礼，身子一蹲，请了个双腿儿安，接着摇了几摇头道："大婶儿，我对你不起。桂英的脾气现在过得真倔，什么话也说不进去。我看还是你娘儿俩慢慢地商量吧。大婶，你也看破些，好在她总是您肠子里出来，遇事您让她一点儿，她那个人几天水米不沾牙，那怎么搁得住？我家里还有事，我要走了。"说完，她掉转身，就做个要走的样子。

朱氏急了，走上前一把将她的衣服拉住，便道："大姐，你坐一会儿，我还有话和你说。"秋云半侧了身子，摇着头道："大婶儿，这件事情我真办不了。"说着，又微笑了一笑。说毕，扭转身去，又是要走。朱氏抢先了一步，站在房门口，挡住了秋云的去路，便道："大姐，干吗呀？咱们多年的交情，这一点儿小事你还不肯帮忙吗？她有什么话，你只管对我说，能办的我自然是答应；不能办的，你是个传话的人，也不能让你为难。"秋云笑道："有了这句话，我就敢开口了。"这时，却听到屋子外有个人插言道："我们这位张大奶奶，真是调皮。"秋云向窗子外道："是大福大哥吗？我又怎么调皮了？"朱氏抢着到了窗户边，隔了玻璃窗子瞪着眼道："你别多事，这与你没有什么相干。"然后回转脸向秋云道："你别听大福的。"

秋云一只手臂靠了桌沿垂下手背来，自己却对了手指上的戒指注意许久，又翻着手心看了一看，向朱氏一撩眼皮，笑起来道："并不是我调皮，桂英的话不好说，大婶儿的话也看是怎样的讲法，我不能不声明两句。"朱氏道："大姐的意思我都明白了，她的意思究竟要怎样呢？"秋云笑道："很简单的一句话，就是她要嫁那个姓王的，你一天不答应她，一天不吃饭……"朱氏抢着道："哟，她以先一个字也……"秋云也抢了道："我也是这样子说呀，她先一个字也没有和您提过，你的意思是赞成是反对，也全不知道，怎么先就来个绝食。这话可又说回来了，她知道您是不肯答应的，又知道您是最疼她的，所以来个先下手为强，把疏通您的那一段免除了，干脆就从您不答应的这儿做起。大婶您想呀，在她那一方面，不答应的话就别向她开口。这样出兵不由将、言不二价的话，我怎好和您说？您要是答应呢，不用我说，您瞧了她饿成那个样子，也就答应了；您不答应呢，我岂不是找钉子碰？所以我不愿意管您娘儿俩这档子事。"

她说的时候，脸上笑着，眉毛扬着，手还带比着。朱氏看着又听着，倒出了神，说不出什么来。及至她把一套话全说完了，朱氏才笑道："我的姑奶奶，大家要说的话全让你一人说了。叫我还说什么呢？"秋云笑道："那么，你是答应了，我倒要扰您这一杯喜酒。"朱氏气得脸上像喝了三四斤白干一样，又不知道怎样地答复她好，抽了烟卷儿，只管微笑，秋云道："我真有事，要先走一步，您有什么话，自己去对桂英说就得了。"她说着，又起身要走。朱氏想留她，又觉得她完全和桂英一条藤儿上的人，留着她在这里也不会和自己出多大的力，她要走也就由她，只虚说了一声，坐一会儿也不要紧，就跟着在她身后送到院子里来了。秋云去后，朱氏回到自己屋子里，一人坐着又呆想了一阵，照说姑娘要嫁人，自己也不能说出反对两个字，可是千挑万拣挑个独眼，什么阔人也不嫁，就嫁个交通部的小科员，实在令人不服这口气。自己虽然不至于卖儿卖女，然而嫁女也有两个条件：其一是大大地收人家一笔聘金；其二是靠着姑爷可以养活下半辈子。若是姑娘嫁姓王的这个小子，老实一句话，恐怕一点儿希望都没有。我这个丫头实在有三分下贱，要让亲戚朋友知道了，那岂不是一个大笑话？随便怎么着，这事我不能答应她，她爱怎么着就怎么着，如此一想时，直撅撅地在床上又躺下了。

在她躺着静静儿设想的时候，桂英躺在床上的呻吟之声一阵阵地送进耳鼓来。听到久了，心里也就有一种感想，她老是这样的饿着，不要真饿出病来。无论怎么样，先哄着她吃些东西下肚去再说。如此想着，又悄悄地起来偷着将杨妈叫到一边，叮嘱她劝桂英吃些东西。杨妈皱了眉道："这话还要您说吗，今天我也不知道劝了多少回了，可是她睬也不睬。"朱氏道："据她说，要怎样她才肯吃东西呢？"杨妈道："有话她哪肯对我说呀？不过她和张大奶奶说话的时候，我听见两句，好像是要您答应了给她办喜事，她才肯吃呢。"朱氏顿了一顿道："这又不是做什么生意买卖，说成就成，总得慢慢地商量，你再去劝劝她看。"杨妈无精打采地道："劝我是劝，就只怕是白费了一口气力。"她紧紧地锁着双眉，好像是要在无办法中去想办法似的，就慢慢地走到桂英屋子里去了。

桂英不分昼夜地躺在床上，当然是睡不着，一听到走近的脚步声时，且不管是谁，立刻翻身向里闭了眼睛装睡，及至杨妈走到床前低声叫了声大姑，她才翻身向外看看，见屋子里并没有第二个人，就笑问道："老的说了些什么？"杨妈轻声笑道："行了，她说了，有话可以慢慢地商量，您再熬上一天两天的，我看她就什么事都可以答应的了。"桂英道："我渴了，你可以带点儿水给我喝了。"杨妈笑道："您虽然不挨饿，不受渴，可是这几天也真够你别扭的了，受这样的罪，将来那位王先生，怎样报答你呢？"桂英笑着，用手向她乱挥道："小着声音一点儿吧，让他们知道了，那可万事全休。"杨妈低声笑道："你放心。"说着，她自走出去了。

朱氏一见她出来，又迎着她相问。杨妈摇了头道："她那个脾气，我简直没法儿说。"朱氏见她推得干干净净，心里更是着急，因为除了她，并没有人和桂英去说话。又这样混了一天，到了晚上，朱氏在床上想着，明天她要再不吃喝，那她就是下了决心要嫁姓王的了。不答应她，苦苦地把她饿死，自己也得不着什么，她生来又这样下贱，非这样办不可，那也就由她。这是合了那句俗语：女大不中留。想了一夜，结果只有屈服。到了次日早上起来，就等着杨妈进房，故意高声和她道："你去对二丫头说，她只要嫁混小差事人的命，就让她去嫁吧，我养了这么大姑娘不能白给人。那姓王的，不是夸着嘴说家里很有钱吗？那就很好，叫他预备钱就是了。这件事是秋云的大功劳，我很明白，你打电话把秋云找来，我要和她谈谈这盘子。"杨妈听了这话，故意望了她发愣。朱氏道："别发愣，我是真话。我也想破了，自从秋云一嫁人，她的心就花了，留她也是留不住的。做娘的总是望女儿好，我希望她嫁个好主儿。既是她一定要嫁姓王的，她命该如此，由她去吧。我就愿意姓王的做个薛平贵，有朝一日得了荣华富贵，把我这老丈母娘也封上一封。"杨妈笑道："人家现在也不是花郎呀，干吗那样打比呢？"朱氏道："哼，就怕他没有那样好的命。"说着倒笑起来了。杨妈看她虽有些愤愤不平的样子，可是她那表示也就好像实在无可奈何，心里头暗笑，自依了她的话打电话给程秋云。

这天下午，秋云来了，一见着朱氏，便笑道："大婶，你一定要我为难到底吗？"朱氏道："不会要你为难，你放心，要你为难，还打电话请你来吗？我这老邦子也太不识相了。你去对我那二丫头说，算她赢了，她去嫁那个姓王的吧。"秋云明知道朱氏是会生气的，既是要和桂英帮忙就不能不忍受点儿，因笑道："哟，我的老太太，这是喜事呀，干吗生这样大的气。想不到我这杯喜酒真喝成了。"于是陪着朱氏先说笑了一阵，然后再到桂英屋子里去，直到晚上九点钟方始回家。

进得屋来，便见玉和跟张济才对坐在两把椅子上。玉和手指夹了一根烟卷，微偏了头在那里抽着，却是一言不发。听到屋门响，一偏头看见秋云，就连忙起身相迎道："大嫂怎么这时候才回？"秋云道："我渴了，先倒杯茶来我喝了再说。"于是在靠墙的一张沙发椅子上，倒着坐了下去，将大腿架了起来，济才听说，就要去倒茶。秋云望了他，将手连摇了几摇道："这用不着你假殷勤，我又不是为你的事受累的。"玉和回头一看，见茶壶茶杯都放在桌上，就倒了一杯递将过来，秋云手接着茶杯，眼皮向他一撩道："你倒很机灵，知道我是要你倒茶。"于是将这杯茶喝了，用手将空杯子一伸道："拿去。"玉和微笑着，接了杯子放在茶几上。济才笑道："你和人家帮一点儿小忙，就搭起这样大的架子。究竟事情办得怎样呢？"秋云瞟了济才一眼道："你倒比他还着急。"济才道："并不是我着急，若

93

是没有把人家的事情办成功，要人家这样侍候，心里可是过意不去。"秋云道："你想呀，若是没有办成功，我能这个样子吩咐他吗？我们那条计总算是成功了。可是大婶提出来的条件却是很厉害。她说要两千块钱的礼金、十样金首饰、十套绸衣服。后来桂英急了，说这是卖她。大婶才说，衣服首饰是为桂英挣的，桂英不要就拉倒。这两千块钱，她说非要不可，因为她背了一身的债。有姑娘唱戏，可以指望姑娘唱戏来还钱。姑娘出了门子，就没有指望了，所以要一笔钱来还债。没有这两千块钱也行，就让桂英再上台唱戏，什么时候交足了两千块钱给她，什么时候让桂英出阁。至于办喜事，那是男女两家的面子，只要大体上过得去，男家爱怎么热闹就怎么热闹。小王，我也跟你算了算，假使你要把这个家安成功，非三千块钱不可。桂英身边有一千二三百块钱，她说了，拿出来帮你一个忙。你手边还有多少钱呢？也不过五六百块钱吧？那么，至少还差一千块钱了。"

玉和听了秋云的话，许久作声不得，又在烟筒子里取了一支烟卷，坐在济才对面，慢慢地去抽着，抽完了一支烟卷，他红着脸向济才道："大哥能不能够帮我一点儿忙呢？"张济才道："忙是当然要帮你的忙，可是我这几个月也赶上了手紧的时候。"说着这话，眼睛可就向秋云身上看来。秋云会意，便对玉和道："你和济才是把兄弟，我和桂英也是顶好姊妹，只要能尽力，没有不尽力的。现在你可以找朋友去帮忙，钱不够的话，我们多少和你凑一点儿数目。你是知道的，我们家里的钱都在老爷子手上，我们帮忙也只能私下掏腰包呢。"玉和家里是个小资产阶级，他由读书到现在不曾受过什么经济压迫，也就不会张口和人借钱，现此和张济才刚一开口，就碰了个小小的钉子，下面的话就不好跟着说了。秋云看他和济才都默然无言，不免有点儿尴尬，便笑道："王先生，你还为难什么？大事都算成功了。大婶子不过要两千块钱，你和桂英手上的钱，拿来凑一凑数也就够了。现在你要预备的，也不过就是安家的钱。办喜事的钱，这个好办，有钱多，办得热闹些；钱不凑手，遇事节省一点儿，那也没有关系。"玉和很随便地点点头道："你这话说得对，我也就只好这样子办。"他今天下午三点钟来的，丢了许多事没有办，这个时候也该回去了。于是和济才夫妇又商量了一些办喜事的用项，就告辞回去。

他一路之间，坐在人力车上，口里还不住地念着，二百元，三百元，一百八十元。拉车的想着，这人莫不是疯子，只惦记着钱。他到了公寓里，在电灯下面，第一件大事，就是搬出笔砚来，将一张白纸开了一张预算表，上面一行行地写着，租房三十元，购置木器一百五十元，添置被褥二十元。然而写到第四行，想起新房要裱糊，假使租五间房，裱糊就要十块钱，于是又写上十元。第二个新感想又来了，三十元的房租，是按北京规矩，第一个月，另付一月茶钱，实际上是租房每月十五元，十五元的房子未必带电灯，这一安电灯，恐怕就要三四十元，于是又加上四十元。他这样连续地想着，连续地列表，把一张大纸都已写满，总计一下，竟超出了一千块钱。这不行，得极力减省，于是将结婚日八元一桌的酒席改为四元，将花汽车改为花马车。先是自己一样样地写着，复又一样样地改着。改完之后，看来有些地方过于省略，还是从先前那个设计。一张预算表添改几句，也就到了晚上一点钟。自己明早还要上衙门呢，便舍弃了这预算表上床睡觉。可是头一落枕，想得更厉害。记得自己邮政储金和银行里的存款，共有六百五十五元，可是又仿佛是五百六十五元，这里面相差倒有一百元，究竟是多少？不能不查一查，于是跳下床来，打开箱子，把两扣折子都拿出来检查了一遍。果然，乃是五百六十五元。平白地又少了一百元的基本金，这事又棘手一点儿了。于是把折子放好，再睡到床上去想，想了许久，自己却骂着自己道："我有些傻了。结婚又不是明天的事，我今晚这样着急做什么？睡吧，要不然，明早又起来不了呢。"

但是他自己终于是命令不了自己，一夜到天亮，他都忙碌着在搜罗结婚的用费。次晨醒来，才知道是做了一宿的梦。在自己未认识桂英以前，回得公寓来，很坦然地上床睡觉，自从认识桂英以后，常是整夜做梦，这样看起来爱情究竟是快乐呢，还是苦恼呢？他在洗脸的时候，拿了洗胡子的刷子，本是向胰子盒里去搽抹胰子的，另一只手扶了洗脸架子，脸对了壁上悬的一面小镜子只管出神。那胡刷子在洗脸架的托板上活动了许久，举起来在嘴唇周围涂着，却在镜子里看到嘴的周围涂了一个白圈。再低头一看，原来胡刷子伸到牙粉盒子里去，把一盒牙粉全废了。自己倒不由得扑哧一声笑了。洗过脸，坐了下来喝口茶，预备就上衙门了。然而看到桌上昨晚列的预算表，又情不自禁地拿起来看上一看。一面看预算表，一面伸手到桌上去拿茶杯，将茶杯送到嘴边时，老碰不着杯口。这倒奇了，东西也像我，有些神魂颠倒吗？看时，手上并不是茶杯，乃是墨水盂，于是放下墨水瓶，站起来叫道："了不得，了不得！"公寓里的伙计跑着推门进来问道："王先生，什么事？"玉和看他惊慌的样子，问道："什么事？"伙计道："我们哪知道什么事，王先生不是嚷着了不得吗？"玉和这算明白过来了，笑道："没有什么，看见一个大耗子罢了。"伙计望了他一下，笑着去了。

玉和也觉自己神经错乱，自己极力地镇静，便上衙门去办公。他这一科，人多事闲，到了科里以后，第一项工作便是看报。看完了报，科长不在这里，三四个同事凑一个谈话的集团，有的谈，昨天哪里的饭局，今天哪里打牌。有的谈戏，哪个戏子礼拜要唱好戏，哪个戏子和某要人有关系。有不上谈话集团的便在公用笺上写字消遣，一为迁客去长沙，烟笼寒水月笼沙，随写一阵。玉和往日也和这些人一样，今天却是不然，只是坐在自己的办公桌边发呆。一会儿科长来了，科里谈话的声音稍为清静一点儿。玉和却也不曾留意，还是在出神。偶然伸手到袋里一摸，却摸出那张预算表来，也不知道自己是什么时候揣起来的，于是索性铺在桌上，将面前现成的算盘逐样地核算起来。算了一遍，那数目还是在千元上下。不觉将算盘一推，叹了一口气道："简直没有办法。"他们这位老科长，戴了大框眼镜，两手捧了报，正在看一段神话新闻，西郊闹鬼计，被他这一叹气却惊醒了。站起来，两手除下眼镜，望了玉和道："王科员，你在核算什么？公事给我看看。"这一问，问得玉和张口结舌，答应不出所以然来。心里连叫"糟了，糟了"。然而科长还等着呢，那么事怎能不送过去哩？

第十一回

解闷时都忘缠绵无限
弃官言不得啼笑皆非

那时，玉和因老科长逼迫得厉害，桌上的那张表格还铺得整整齐齐的摆在座位面前，除非老科长那目力较差的人有些看不清楚，否则低头一看，便一行一行的数目一览无余。这就一面站起身来，笑着向科长赔话，将手由身后翻过去，一把便将那表格抓到手里，捏成一个纸团向袋里一揣。他低声道："这并不是公事，是我私人的一篇账目。"科长见他红了脸，有些哭笑不得的神气，于是两手向额上一操把那副大脚眼镜取了下来，在衣袋里取出眼镜盒子装着，扑的一声，把盒子关着，正了颜色向玉和道："无论有无公事可办，你总不能在公事桌上算私账。我可麻糊过去，可是让司长总长知道了，连我是一块儿要怪下来的，到了那个时候，我倒要受你的连累，我就是不怪你，你心上也过不去吧？"

在机关里，下一级的人对于上一级的人，就如子弟对于父兄一样。老科长这样照着情理说话，总是十二分的客气，玉和还敢说些什么，只有红了脸低着头，挺直了身子，静受他的教训而已。老科长还要说什么时，只听得窗户外面茶房喊着总长到，本来这屋子里的谈话声音就因科长一怒而停息。再加上这"总长到"三个字传到耳朵里面来，就把空气里的音波完全停顿了，那科长脸上怒容是没有了，就祭神如神在地，把面孔庄重起来，然后在衣架上取下了马褂，在身上套着，在抽屉里拿出两件公事，校对一番，自到总长室回公事去了。

科里的人，这就都向玉和做个鬼脸子，有的就轻轻地问他究竟说的是什么账。玉和如何好说出来，只是微笑而已。到了下衙门，回到公寓的时候，自己一人在屋子里坐着发闷，心里便想着，科长对我总算顾全体面的，他真板起面孔来说几句官话，记上一大过，那又有他的什么法子。不过向来是没有受过申斥的，今天忽然受了这种教训，却说不出来心里有一种怎样不安的感觉。至低的限度，在科长面前是不能维持信用的了。假使他见总长的时候，把这话随便地说一句，自己的位置就不能保。不过科长是个忠厚人，或者不至于。虽然是个忠厚人，在气头上偶然说一两句又有何不可？他坐在屋子里，颠三倒四地想着，总觉今天的事有些不妥。与其这样，不如打一个电话到科长家里去，和他表示歉意，看他说些什么。于是就走到前面电话室里，向科长家里打电话。随手摘下耳机子，报告了电话号码。那边接着电话问找谁。玉和对了电话机，就半蹲了身子下去，做一个鞠躬的样子，然后笑道："是我，请科长说话。"那边问道："什么？请科长说话。"玉和道："是，请科长说话。"那边笑道："吓，你不要打哈哈了，你不是玉和吗？到我们家找科长来了。"玉和这才省悟过来，笑道："哦，你是济才大哥吗？你瞧，我是和科长家里打电话的，也不知道怎么着，报了你家里的电话号码。"济才哈哈大笑道："还亏你说出口啦，这几天你总是这样魂不守舍。你找科长什么事，要借钱吗？"玉和叹了口气道："还提借钱啦，我捣了个乱子了。"济才道："什么事？到我们这儿来谈谈吧。"玉和道："我身体不大好，要睡得很，你没事倒可以到我这里来谈谈。"张济才想了一想，便道："好吧，回头我就来。"

玉和挂上电话，自己笑着回房去了。心想，我这是怎么了，总是这么神魂颠倒，这样下去事情干不成了。于是自己强自镇定，将小书架子上的两本书翻出来看看。然而也只看了三四行便觉得满纸字迹乱跑，看第一行，却看到第三行去，看三行时，却又看到第六七行去，连字迹都看不出来，漫说是分清句读了，为了这个，他只好放下书不去看，倒在床上，慢慢去想着心事。因为日里用心过度，头一沾枕之后，慢慢地就睡过去了。他睡不多久的时候，恰是张济才到来，一推房门，见他躺在床上，记着刚才还在通电话，当然是睡觉不久，且不去惊动他，坐下来抽一支烟卷。桌上那本小说，书页前面有许多肖像，就翻着看了几页。正这样看着，却听到玉和在床上说起话来，他道："婚事还没有起头，就让钱逼得人要死，娶亲娶亲……"以下的话就很含糊听不清楚了。张济才先还以为他是和自己说话，正留心听着。现在算听明白了，敢情他还是在说梦话。便笑道："这个人不得了，真让白桂英给他迷住了。"便喊道："玉和玉和，你怎么啦？"玉和一个翻身坐起，揉着眼睛问道："你几时来的？"张济才笑道："我也不知道你这个人是几百辈子没有见过女人，现在就为了桂英答应了你的婚事，七字没见撇，八字没见勾，你就这样掉了魂一样。"玉和被他说得脸上红了一阵，然后走下了床来。

和他倒了一杯茶，抱了桌子角，向他对坐着，用右手一个手指，蘸了滴在桌上的剩茶，只管画着圈圈。许久，才道："我也不明白是什么缘故，我一听到说要我筹划两千块钱够的礼金，我想想一点儿路子没有，我就发急起来。我也明知道不见得马上就要用。可是我一想起来就只管发愁。她今天没有给你电话吗？"张济才笑道："她是谁？哪就够得上叫她了。"玉和笑道："人家心里难受，你不帮忙罢了，还要开玩笑。"张济才道："你以为娶媳妇是买东西吗？有了钱，东西就到手了。至小还有三月两月哩。"玉和道："现在没钱，两三个月后也不见得有钱。"张济才见他那样无精打采的样子，就宽慰了他一顿，说是只管慢慢地筹款，万一筹不到，自然会替他想法子。玉和觉得除了这样子办，也没有别的法子，勉强笑着和他说话，留了张济才吃过晚饭而别。晚上也不愿出门，早早地就睡了。

次日清晨，还不曾起来，就听得窗户外面有人问茶房道："王先生还没有起来吗？"玉和一听是桂英的声音，连连答应道："起来了，起来了。"桂英推门进来，见他穿了短小的衬衣衬裤站在床前穿衣服，就微笑了一笑，掉过脸去，看墙上挂的一张山水画。玉和匆匆地将衣服穿好了，便笑道："我们也不是外人，你干吗躲着我？"桂英掉过脸来向他脸上看了一看，笑道："你瞧几天的工夫，瘦得眼睛都落下去两个坑了。"她说着话时，将她那件墨绿色白花绸里子的夹斗篷放在他的床上，看到他的薄被抖乱着的，就给他叠好，又将被单牵扯一番，用手摸平了皱纹，玉和在洗脸架子边洗着脸，回过头来看到，便笑道："呵呵，这可不敢当。"桂英笑道："你瞧，你应该受罚才对，刚才你说不是外人，这会儿我跟你叠被，你又说是不敢当。"玉和笑道："这也就因为你很有些避嫌疑，所以我也就客气起来，若是你不避嫌疑，我也就不客气了。"

说话时，茶房送进茶来，玉和先将温水壶里的热水涮了涮茶杯，然后斟了一杯茶送到桂英手里。见她穿了一件银花点子缎旗衫，便将眼光由下向上一溜，直看到她的头发上去。桂英抿嘴微笑着，只喝着那茶。等玉和自己也倒茶喝，却笑着一伸杯子道："哪，给你。"玉和接了忙斟上这杯，又递了过来，桂英摆摆手道："你自己喝吧。"玉和见她两手撑了床，半侧了身子坐着的。也就背靠了桌子喝着茶，望了桂英微笑。桂英道："张大个儿告诉我，你很着急，急出病来了。现在你总是笑嘻嘻的，一点儿发急的样子也没有呀。"玉和道："你来了，我就不发急了，也不发愁了。"桂英道："不发愁，不发急，为了什么缘故，就为着周身上下把我看个够吗？"玉和笑道："你要是怕我看，为什么穿这样好的衣服来呢？"桂英笑道："你不要为这个发急，我唱戏的时候穿这样好的衣服，将来我一样地能穿蓝布大褂。"玉和笑道："你多心了，我是看着你好看，所以多看你几眼。哟，我这话说得粗鲁一点儿你不生气吗？"桂英听了这话，要伸手伸个懒腰，身子撑不住就向后一倒。玉和的心里这时起了一个奇异的思想，自己的床向来没有妇女坐过，现在可开始了。

玉和正在笑呢，桂英翻身坐了起来，笑向他道："现在你觉得心里开畅得多吗？"玉和笑着点点头，桂英抬起手上的表看了一看，笑道："那么，你好好上衙门去办公，不要胡思乱想了。钱的事，不要紧。只要我愿意，你就一个大不拿出来，他们也没有你的法子。我要走了。"玉和道："你就为了要我好好地上衙门办公，这才来看我的吗？"桂英笑道："你不是身子不大好吗？我来看看你好了没有？"玉和道："这就对了，你因我身体不好来看我的，我身体刚好些了，你又要我去办公。倒现着你不是看病来了，你是催我办公来了，时候还早着呢，买一点儿点心来吃，再谈一会儿吧，我们那里办公就是这么一回事，画个到就得了，迟到是在那里坐着，晚到也是在那里坐着。"桂英听他说得那样轻松无事，自然也就不便勉强他去上衙门。笑道："这是你诚心要请客，我就让你请吧。"

玉和只要她不走，又可以多坐多谈一会儿，令人说不出来有一种怎样好的快感，立刻拿了一块钱出来叫茶房去买点心，索性在靠近床前的椅子上坐着笑嘻嘻地和桂英谈话。茶房买了点心回来，一发换了一壶茶叶，二人隔了一个桌子角坐着，喝着茶吃着点心，低声细谈。公寓里的茶房，不经房客叫唤是不敢走进来的，当进来时，必定看到他两人笑容满颊。这种形状，当局人是不知道的，必定要到事后，才会有那甜蜜的回忆。这时玉和同桂英只能说些不相干的闲话，玉和说得最有劲的时候，桂英听得入趣低了头，两手折叠了一张包点心的纸，扬着一双眉峰只管微笑着。当桂英说得有趣，玉和听得入神，又是用手指蘸了剩茶在桌面画了圈圈。这话越说越长，茶也加上过好几回水。可是玉和依然继续地说下去，并不知道到了什么时间，还是桂英想到关于时间的别一桩事情上去，扭转手背一看手表，已经开到十一点钟了。便将玉和推了一推道："到现在，你还不该去上衙门吗？我们谈话的时候，也就谈得可以了。"玉和握了她的手，伸头看着手表，笑道："糟了，今天上午，算是误卯了。这个时候就是跑了去，也到了散值的时间了。"桂英正色道："误了卯不要紧吗？"玉和道："误卯多了，那是与饭碗有关系，至于一回两回谁也难免。而且我向来不误卯，今天偶然误上一回，这倒也不足为奇。"桂英笑道："既然是不要紧的，那你就更不用慌，我们一块儿吃午饭去，索性到了下午，你从从容容地去上衙门。"玉和因为有几天不和桂英在一处谈话，二人是越说越亲密，也就毫不犹豫地一口答应下和她一路去吃午饭。

二人一味地厮混，由公寓里混到饭馆子里，直到下午一点多钟方才分手。玉和满心欢喜地到交通部来上值，当他到了科里时，有两三个同事先到，都问他早上为什么不来。玉和道："哪个没有误卯过呀，我偶然误了一回卯，这也很不算什么，追问我干吗？"一个年老些的同事走近一步，向他很诚恳地道："你若是有脚路的话，赶快在总长那里想点儿法子吧。天下真有这样巧的事。昨天科长交给你办的一件公事，今天总要调卷看。科长因为你没有来，自己打开抽屉来找了一遍。等到把那公事翻出来，还是原来的底稿，你一个字也不曾改动，他很生气。把你昨日的旧账，今天的新账，合拢在一处，都告诉了司长。司长为了卸除责任起见，对于总长当然也是一本奏上，恐怕不能毫无问题吧？"

玉和听了这话，脸上红一阵白一阵，又羞又急，不多大一会儿，科长来了，玉和情不自禁由本位站了起来。那科长对他并不理会，取下头上的呢帽，听差走向前接过去了。他自脱了身上的马褂，挂在自己位子边一个挂墙衣钩上。立刻在身上取出大脚眼镜戴上，就把抽屉里的公事取出几件随便翻看。玉和站在自己位子边，手扶了桌子，只管发呆，什么话也说不出来。自己犹豫了好久，觉得这不是害臊害怕的问题，稍微松劲，自己的饭碗就要打破了。只得硬了头皮，走到科长身边，低声叫了一声科长。老科长先抬着眼，将眼光由眼镜框子的上面斜看了他一眼，然后将桌面上几件公事归理到一处，眼镜且不取下，两脚让它夹了两太阳穴，却把镜子送到额顶上戴着。这才站了起来，望着玉和道："下午你倒来了？"玉和微微退后一步，垂了两手站定，低声道：“因为上午头痛，不能起床，所以没有来。”

科长将两只手笼了袖子向胸前一捧，正了颜色向他道：“年轻人在外做事，无论在哪一界混都应当守着规矩。在政界里做事，有一层层的官箴，更是胡来不得一步。就是做了大总统，也还要受参众两院的拘束呢。”玉和没甚可说，科长说一句，他就答应一个是。科长望着他，停了一停，然后道：“你何曾头痛，分明是私事，就是有私事不能来，也可以打个电话告诉我。昨天下午，你一来，我就把一份京汉路的公事给你，大概你看也不曾看。公事当天不办，这也是常有的事，但是也当看看公事内容如何，是不是可以放下的。你知道昨天那件公事没有办，误了多大的事。我们虽相处有日，但是到了这种情形之下，我也没有法子顾全你了。总长今天上午到了，很生气，传见你，你又没来。我再三地说，才这样办。总长交条谕下来了，你去看吧。”说着，打开抽屉，拿出一张字条，交给玉和。

他看时，那字条上写着有杯口大的字两行，竟是总长的亲笔。上写着：

> 路政司第三科主事王玉和，自即日起，毋庸到部，听候另行
> 任用。
>
> 　　　　　　　　　　　　　年　　月　　日总长吴

他在看条谕的时候，老科长在那里解释着道：“这总算二十四分地给面子了。”玉和将一张脸红得过了耳朵后面，捧了那条谕，说不出话来，抖颤得那纸条却瑟瑟作声。老科长看了他那丧魂失魄的样子，便用很和缓的声音对他道：“你也不必着急，好在这条谕上的话却是很活动的。”玉和还有什么话说，只得走回自己位子上去坐着。看看科里的同事都把眼睛望着自己，各人的眉头子都是些皱起来。不知道人家是怜惜，或者是怕受连累，然而这件事大家都知道的，是很明了的了。在这样十目所视的情形之下，自己可有些坐不安身，只得站了起来，向科长道：“那么，我可以走了。”科长站起身来，向他点着头，还放出笑容来道：“好吧，你请便，我们后会有期。”玉和又和同科的各位同事遥遥地点了个头，算是告别的意思。可是走出门去，头上凉习习的，没有戴帽子，又复回身转来。因为怕

人家误会，一进门就嚷道："我是拿帽子的。"伸手在墙的挂钩上摘了帽子就向头上戴着。本科的茶房叫起来道："那是科长的。"玉和越急了要走，倒越有纠缠，便笑着取下帽子交给科长。老科长正在看公事，他忽然送了一顶帽子过来，这倒有些莫名其妙。那茶房在别的挂钩上将玉和的帽子取下交给了他。老科长正要起身问玉和的话，他已戴着帽子走出去了。科里的人却哈哈一阵大笑。

　　玉和走到窗户外，听到墙里这种笑声，心想：他们真是势利眼，我在这科里的时候，因为我比较地能办事，大家对我都很客气。我一把事情丢了，掉过脸来，大家就笑我。本来就觉得总长对于这事有些罚过于严，心里很是不平。现在同事又是这样的讥笑，更是愤恨，走回公寓去，掩了房门，就倒在床上躺着。心想，事情丢了不要紧，恐怕婚事也要受很大的阻碍，以前有在交通部做官的这块招牌，多少还可以令人受听。于今差事丢了，成了个无业的游民，平常的人家也未必肯给姑娘，现在想讨一个有名的女伶，那如何能够？这事算是一了百了，全盘皆输了。

　　这样地躺在床上，只管懒于起来，便是天色昏黑了，屋子里的电灯也懒去开亮，躺在床上，除了想心事，便是听公寓里的人左右前后说闲话，最后听到隔壁屋子里两个人闲谈，一个道："你家里又来了快信了，又是催钱吧？"一个道："可不是？我真后悔，不应讨老婆，每月发了薪水，什么事都得放下，第一件就是寄钱回家给太太。我们在外面混小差事，奴颜婢膝，送往迎来，受尽了肮脏气，每月混百十块钱，吃不能吃好的，穿不能穿好的。一切都凑付，可是太太坐在家里，什么不管，只知道每月写信来要钱，日子迟了，信上就要发牢骚，总疑丈夫在外有什么不正当的行为。每月寄钱回去，另外还要说上许多道歉的话，我不明白，男子们怎么天生成这一副贱骨头，女太太又凭着什么吃丈夫的、穿丈夫的，还要干涉丈夫的行为。我来仿时髦人物喊句口号，被压迫的丈夫们联合起来，打倒封建余孽、专制魔王的太太们。"

　　那一个人听说，就哈哈大笑道："瞧你这股怒气冲天。其实你这问题很容易解决，你不会有钱自己花吗？不理会家庭，也不写信回去，来了信塞到字纸篓里去，就什么困难也没有了。"这一个道："那怎么行，她会追到北京来的。"那一个道："娶太太，不是为了朝夕相共吗？你怎么怕她来？"这个反问一句道："你的太太是朝夕相共的，你觉得滋味如何？"那一个道："别提，别提，我们三天一小吵，七天一大闹，她把家事全让老妈子料理，每日至少是八圈牌。可是我回去晚了，必得说明来历，要不然，她就哭着闹着，说我不管家事。每月发的薪水都得交给她，要买什么东西还得在她手上去拿钱。我有心和她决裂，咳，又有几个孩子；不决裂吧？终日地敷衍太太，太太说什么新样子衣服好看，明知道太太要做，不敢说不做，只绕了弯子说，那样不大方。太太说，一点儿好首饰都没有，打算打一只金镯，也不敢说不行，只说现在不时兴佩戴金器了。可是这话，你想能哄着太太吗？不行，她高兴冷笑一声算了；不高兴，她就骂起来，说是不买也不要紧，夫妻们可以好好地商量，为什么说鬼话？你瞧，真会把你弄得啼笑皆非。我气不过了，就和她闹一场，你真吵得厉害了，她也可以软化。我们有事的人，也就算了；可是你一算了，她又起劲。咳，太太，冤家罢了。"这一个也补足一句道："女人真不是好东西。"

　　玉和在床上把这话听了个够，心想是的，我看到许多朋友有了家眷，都是苦恼，说我们光身汉子自由，这话是真的。我以前不知道什么男女恋爱，每日爱上哪儿就上哪儿。现在和白桂英谈上了恋爱，终日里如醉如痴，一下子就把差事丢了。丢了差事，还要筹备两千块钱结婚，自己哪有这种力量，岂不活活地逼死人吗？果然，女人不是一种好东西，我不干了，回家吃老米饭去，他如此想着，忽然跳了起来，亮上电灯，就兴奋起来。先打开箱子，将银行里存折取出，检点了一番数目，竟还有五百多块钱，心里想着，这些钱足可以带回家去做个进门笑。北京事情丢了，那不要紧，我可以到广东去，现在广东政府也很收罗交通人才。

　　正如此计划着，要逃出情关。茶房却进来报告道："王先生，电话来了。"玉和虽然有着心事，电话不能不接，便到电话室里来接电话。一接之下，却是女人的声音，她先笑道："喂，怎么不到张家来坐坐？"这分明是桂英说话了。玉和也不解是何缘故，一听到她的声音心里就软化了，情不自禁地笑道："喂，你现时在什么地方？在张家吗？"桂英道："可不是？上午我出来，说是找大夫瞧瞧的，回去晚了，他们知道了。知道了就知道了吧，反正不能把我吃了下去，所以我下午索性出来了。吓，别一个人在家里着急，急得成了大病，那很犯不上，要想法子，还是我们大家想吧。"玉和道："我身体依然不大好……"桂英马上接着道："要不，我来看你。不过公寓里，晚上我是不愿意去的，可是为了你，那没关系。"玉和道：

"晚上凉……"桂英道:"哟,你不欢迎我来吗?"玉和连连道:"欢迎欢迎。"桂英说着一声回头见,就把电话挂上了。

玉和一人走回房来,心里想着:女人固然不是好东西,但是桂英对我,只有牺牲并无要求,只见爱好并无冲突,岂可以把她当普通人所咒骂的女子来看,假使我逃出情关,躲开了她,那便是天字第一号没有良心的人了。他自己将自己责备了一顿,赶紧就叫茶房泡好一壶茶,买了些瓜子花生仁在屋子里静候,果然不到一个钟头,桂英就笑嘻嘻地进来了。她两手操了斗篷,待放下未放下,望了玉和很注意地道:"怎么了,你的气色晚上更是不好?"玉和想了一想,微笑道:"还不是上午一样吗?不过电灯下面,你看着我没有血色罢了。"说时,替桂英接着斗篷放在床上。桂英却拉住他的手,走到电灯下,又仔细看了他的脸色,笑着微摇了头道:"我明白,你这是心病。"玉和笑道:"那么心病还要心药医啦。"桂英瞟着他道:"我这个治心病的大夫,不是来了吗?不过你这个病还要点儿药引子。"说着,将右手拇指食指比了个圆圈圈,给他看看道:"不是少这样东西吗?"

玉和深深地叹了一口气,在一张藤椅上坐着倒下来。桂英坐在他身边一张方凳上,手便握了他的手,玉和见她换了青哗叽旗衫,周身滚了白沿条,脚上穿一双鲇鱼扁头式的黑绒平底鞋套着那窄窄的白丝袜子,白是白,黑是黑。于是又笑了起来,桂英道:"你刚叹完了一口气,怎么又笑起来了?"玉和又长长地叹了口气道:"你太美了。穿得华丽,华丽得好看;穿得素净,素净得好看。你令堂给我那一个大难题目,我又得不着你,还让你受气。我现在神魂颠倒,周身是病,我打算逃走,又舍不得你。"桂英用手在他腿上轻轻捶了一下,笑道:"不要瞎说了。讨不到老婆,难道官也不做不成?"玉和笑道:"我们这算什么官?"桂英道:"大小是个官,反正比挑水卖菜的强。"玉和道:"我以为我不如挑水卖菜的哩。人家凭力气卖钱,一点儿不求人。我们干这小差事,上面层层的管头,一天人家不高兴说不要你了,我就得滚蛋。"桂英笑道:"你这样大发牢骚,不要是为了我的事,碰了什么钉子吧?"玉和坐了起来,连摇着头道:"不,不,没有的事。"

他口里如此说着,心里便怦怦乱跳,恐怕桂英会看出了形迹。于是用手巾擦了一把手,抓了一把花生仁在手,两手合着,极力地挪搓一会儿,把花生仁的薄衣完全搓下，然后偏了头，向手掌花生仁上微微地吹着，把薄衣全吹掉它。然后把这花生仁送到桂英手上，又倒了一杯茶，先呷了一口，不凉不热，这才倒一杯递给桂英。桂英笑道："我自信做事很细心的了，和你一比就差得远啦，你这样做事，公事没有办不好的。"玉和想说一句话，没有说出，又忍回去了，桂英也不喝茶，也不吃花生米，拉了玉和在藤椅上躺着，自己依然在方凳上相陪，手便握了玉和的一只手。玉和看了她许久，笑道："我是真舍不得你，不然，我真要回南去一趟。"桂英道："你为什么要走，是为了筹款子吗？"玉和点点头。桂英见他两道眉峰隐隐地皱起，便正色道："你说我母亲给你一个难题目做，在你看来那是不错的。可是据她看，那又不然，你想，唱戏的姑娘嫁人，只要像我这样红，哪个做父母的不想发一笔财。就是秋云嫁给张济才，也得着五千块钱的礼金啦。我妈知道我箱子里有一千块钱，和你只开两千块钱的口，算得只要几百块钱啦，这个数目我都给你赖了，恐怕我母亲会瞧你不起，所以我也不好再说什么了。你若是能回家去凑付一笔款子出来，我倒也赞成，反正比在北京东拉西扯强。"

玉和将桂英的话仔细玩味了一遍，觉得很对，就点点头道："你这话说得有理，我应当回南走一遍。三天之内我就动身，迟则一月，早则二十天，我一定赶回北京来。"桂英笑道："这不结了。我听说你家是个财主，那么，回家去找个千儿八百的很不算回事，不过就是一层，不知道衙门里可告得到假，若是勉强走开，差事受了影响，那犯不上。"玉和道："那也没法子，为了终身大事，丢差事也不在乎。"桂英道："不能那样说，以后我又不唱戏，指望着什么过日子哩？你若是告不到假，筹款就缓一步也不要紧。你为了我，你要好好地保全你的差事呀，你说对不对呢？"桂英句句都是好话，玉和听了句句比骂他还难受哩。

第十二回

闺梦逐征车还怜小别
农家苦夏日转异远来

　　这一番谈话，玉和是哭笑不得。桂英哪里知道，还以为他对婚事十分热心，要坚决提前地办理呢。谈到十二点钟，桂英回去了，玉和一人在屋子里，背了两手在身后，只管在屋子里来回地踱着，似乎这样地踱着步子就可以解决这个问题似的。然而他一直踱到晚上两点钟，还只有一个早回家去的办法横在心里，要不然自己丢差事的消息就要宣布出来了。次日起床之后，就开始布置动身的事情，到了下午，又把这话向张济才报告了。张济才以为他是回家去筹款，若要拦阻他时，自己免不得拿出整千块钱来借给他，多少有点儿冒险性，也就含糊地答复，不赞成也不反对。桂英听说玉和坚决地要走了，心里倒有些惊慌不定，算计着玉和下衙门的时候，她就来到公寓了。

　　玉和正在屋子里收拾网篮，一回头看到桂英手提了两大包东西进来，便笑道："你还这样地和我客气，要送我的程仪。"桂英笑道："你三两星期就回来的人，我送你程仪做什么。你们南方人都喜欢北京土产，什么同仁堂的耗子屎、王回回的狗皮膏药、王麻子的剪刀。再说骨头针儿、杏干儿、梨脯儿，只要有人到北京，谁不带个几块钱的。这都是些小意思，不值什么，你带回去送人吧。另外我买了个虬角小旱烟袋儿，送给我那大哥，又有个雕漆梳妆盒子、景泰蓝粉缸儿，送给我那大嫂子。"她口里说着，将东西一哆啰放在桌上，然后解开了捆的绳子，一样一样地递到玉和手上，让他放进网篮里去。一放之下，竟有一小半网篮子。玉和放完了，一拍手道："北京的土产你差不多买全了，北京出地毯，你怎么不送我一床大地毯呢？再说北京的故宫和几个海子，南方人也是想见一见的，你就

107

让我也带了走吧。"桂英道："你很斯文的人，现在怎么也会说俏皮话了？"玉和笑道："这就是北京土语，蔫儿个坏了。"

桂英见他穿了蓝湖绉短皮袄，脸上红红的，额头上兀自出汗，就掏出身上的手绢走到他身边，给他揩那额头上的汗。玉和顺手接过她的手绢，向口袋里一揣，向她笑道："这条手绢，你送我吧。让我带在身上想起你待我的好处，我要时时刻刻为你去奋斗。"桂英站在他面前，他却坐着。她用手抚弄他的头发道："你既是为我奋斗，你只管说出来，要怎样奖励你，我就怎样地奖励你。"玉和抬起一只手来扶了她的肩膀，只管望了她微笑。两个人都微笑着，声音便寂然了。这个时候，张济才给他买了火车票正送了来，先在门口，问了茶房，王先生在家没有。茶房说是白老板在他屋子里，在家里。张济才听白老板在这里，就悄悄地走到房门口，不敢冒昧进去。不料他在外面等着，一分钟又一分钟地过去，等了好几分钟还不见里面有些声响，只得向后退了一步，然后叫道："玉和在家吗？"玉和在屋子里答应了一声，接上屋子里扑通一下响。张济才走进屋子里去看时，玉和由地上扶起一把椅子来，桂英却在墙边，对了墙上挂的一面小镜子，只管去理那耳朵边的头发。张济才看他二人脸上都有些慌张的样子，笑也不便笑，只得装着麻糊，向桂英点了头道："白老板早来啦。"桂英这才掉转身来，向他微笑道："也到了不多大一会儿，我在这儿等着你啦。"张济才掏出了火车票，交给玉和道："车是明天上午十一点开，你可别贪图说话误了点儿，这来回票管一个月，而且可以展期十天，时间上是准够你腾挪的了。今天晚上，我预备一点儿菜，请你两口子，算是贺喜也算是饯行。"桂英笑道："张三爷说话，是不顾轻重的。"张济才道："哟，我这话算重吗？我是不那样说呀，要说得比这重些，也没有怎样不行吗？"玉和向桂英丢了个眼色，再向张济才笑道："我忙着啦，你该帮我一点儿忙，怎么只管说俏皮话呢？"张济才撇着大嘴只管微笑，想了一想道："我先回去了，我不能帮你的忙，我也不在这里打搅你。"于是他一掀门帘子走了。

其实玉和的行李也都收拾好了，桂英在这里也只是陪着闲谈。二人说些婚事计划，又谈些情话，也不知到了什么时候，不过张济才却打了两遍电话来催请，说是一切都预备好了。两人待两遍电话催过之后，这才动身到张济才家来。秋云首先挽了桂英的手，把她拉到屋子里去，很谈了一阵子，然后二人才一同到外面客室里来。张济才笑道："我真不懂，女人到了一处，哪里就有许多心事要说，一谈起来就没结没完。"秋云道："这叫瞎说，难道男子到了一处，说个三言两语的就完了吗？大概也是没结没完吧？再说我们可提到一件事。"桂英红了脸，连连向她道："别说别说，你可不能说啊！"张济才道："什么事情？你那样发急，这一件事我想玉和是一定知道的，他也知道了，为什么瞒住我一个人？别说他知道了，少不得我也会知道的。"秋云和桂英坐在一张沙发上，桂英一伸手捏住了秋云的手心，又向她瞟了一眼。张济才坐在对面一张椅子上，却回过脸去看坐在侧面的玉和，笑问道："你们闹些什么？"玉和对于这二人的话正也是茫然，不过他猜着反正离不开自己和桂英的爱情问题，也只是向张济才微笑着，秋云向张济才摇了一摇手道："这事你就不必多问，迟早我告诉你就是了。"张三爷是有些怕三奶奶的，看三奶奶是板住了面孔说话，便不再问她一句。

一会儿摆上饭菜，大家吃喝一顿。桂英是向来很有酒量，这时可只喝了一杯酒。盛饭来吃时，不过一平碗饭，她因玉和坐在上首，就将饭碗向手上一伸，笑道："我拨给你一点儿。"玉和道："你怎么一平碗饭也不吃呢？"张济才笑道："你这又何必多问，还不是为了你要走。"玉和道："你勉强多吃一点儿吧。"桂英皱着眉只摇了头。于是他只好伸着碗分过一些饭来。然而就是小半碗饭，桂英也是勉强地吃下去。玉和看了她这样子，心里很是难受，然而又得到一种安慰，觉得桂英实在是爱他。饭毕，玉和便起身向张济才夫妇告辞。他的意思，却是要和桂英一同到公寓里去再做长夜之谈，然而桂英虽是满脸的忧容，却不说跟着他回公寓去。玉和临走时，桂英只送到大门口，握了他的手道："我心里乱得很，要先回去睡一觉了，明天一早我来送你。"玉和将她的手捏了两捏道："你觉得身上怎样？"桂英道："身上没病，只是心慌，你让我回去睡一觉，定一定神，我就好了。"玉和道："那么，你就早点儿回去吧，我也不妨先回公寓去睡一觉。"

桂英不作声，望着他坐车子走了，回身进来向秋云道："你瞧怎样办？这岂不是糟糕。"这时，张济才不在秋云卧室里，秋云向外面屋子里张望了一下，微笑低声道："你这人就是这样，心里搁不住一点儿事，这就只好问你自己一句话，你究竟觉得哪个不错呢？"桂英道："当然是小王。"她毫不犹豫地答复出来，秋云道："这不结了，你一颗心既然在他身上，别的人你就不必去管他。"桂英坐在靠窗户的一张椅子上，用手按住心口道："真不巧得很，这位刚刚要走，那位偏偏地来了，小王在这里，我是不怕什么的。小王走了，将来他回北京来知道一二，我就是于心无亏他也会疑心的，什么都车成马就了，我又不能留着小王不走，为了这件事，我心里为难极了。"秋云道："我想这里头多少还有些缘故，天下没有这种巧事，你回去先瞧瞧吧。"桂英道："你千万千万，这事不能告诉小王，他若知道了，会不依我的。"秋云笑道："想不到你，现在倒弄了一个管头，你倒会怕他不依你。"桂英笑道："你这有什么不明白的。彼此既是相处很好，难道还愿意从中加上一道隔阂吗？"秋云笑道："你怕他，就因为你爱他，许多人怕媳妇儿，不都是为了爱媳妇儿吗？"桂英笑着站起身来道："我不像你那样高兴，我真还要回去瞧瞧呢。"秋云也是觉得她有回家之必要，就不怎样地挽留她。她临走的时候，到院子门口，还握着秋云的手道："这件事，你总还得还给我保守一些时候的秘密。"秋云道："唉，你放心就是了。"桂英看这情形，秋云是不会说出什么来的了，这才放心回家去。

一到院子里，朱氏就迎了出来了，问道："什么事把你耽搁了？打了两三遍电话都催你不回。"桂英道："不就是林二爷送了一些东西来了吗？收下就得了，还要我回来做什么？"朱氏道："林二爷自己也来了。"桂英道："在电话里我听见了，我有些不相信。他刚到上海去不多几天，怎么又会跑回来？"朱氏道："人家有事，一天跑一趟不多，像咱们这样没事的人，就十年不跑一回，那也不算少。"桂英却也没有理会她母亲的话，自己走回卧室里去。一掀开门帘子，便见地上放了几个高低大小的篾篓子，床上放着大一个小一个的纸包，那封皮纸上印着蓝色的花纹和大小字，总有两个字很显然地射入眼帘，便是上海。随便地在床上搬过纸包来，在灯下打开一看，就是北京向所未见的花绸衣料。正要去拿第二个纸包时，朱氏一脚跨进房来，眉飞色舞地笑道："这一回，二爷送的东西真不少，大概可以值个一百二百的。"桂英道："得，你就是看着钱说话，无论什么你得先谈上这个钱字。"朱氏道："姑娘，你也别太过分了，这几天，我对你也就让到十二分了，你爱什么时候出去就什么时候出去，你爱什么时候回来就什么时候回来，我问过你一句吗？怎么我一开口你就给我钉子碰，林二爷送你许多东西，我说句值多少钱，这也是很平常的事情，这也犯不上又挑我的眼。"桂英道："东西多就东西多，你为什么还要估价钱呢？他又不是卖给我。"

朱氏见她将床上所有的东西，一包一包地都向玻璃橱子里放了进去，并不打开来看，脸上也没有一点儿笑容，这也猜不着她是何用意，似乎不便多和她唠叨，只得向她道："林二爷他还说了，今天晚上不来，明天一早就要来呢。"桂英道："他有什么事，这样急着要见我，我看他这回来，不是自己来的，一定还有别的缘故。"朱氏道："哟，这还有什么缘故呀？"她说着这话时，脸上似乎有些难为情的样子，便望了她母亲道："不要是你们写信把他找了来的吧？"朱氏道："这是哪里说起，我写信叫他来做什么？"她说了这话，一掀门帘子就走了。桂英看了母亲这个样子更是疑心，林子实到北京来了，这是证实了，至于是不是自动地回来的，这可有些令人疑惑。设若他今晚上真个来了，还是见他呀，不见他呢？

一个人坐在屋子里，就如此呆呆发傻，不吃不喝，也不说话，过了一会儿，自己坐着也怪无聊的，就展开被来上床去睡着，然而她一落枕，那王玉和林子实两个名词便只管在脑筋里旋转。一会儿和林子实谈别后的状况，一会儿又和玉和闲谈；一会儿林子实送自己上车到郑州去，一会儿又是自己送玉和上车到汉口去。这两个男子的影子不时在眼前出现。然而玉和的影子，欲比林子实的影子出现得更多，迷迷糊糊的，很像同玉和坐了一辆汽车，带了铺盖行李，一直到西车站来。这西车站上旅客拥挤的状况，和上次自己到郑州去是一样，纷纷地上下，那二等车的房间里依然挤着人，只有侧身行走的份儿。然而他们所占的房间恰是宽宽裕裕的，只有他两个人，玉和笑道："你看这车房里有的是地方，干脆你和我一路走吧。这样一来，少了你母亲那些麻烦，又免得你见林子实有些难为情。"桂英笑道："这真正是我心眼儿里的一句话，你倒替我先说了。"这样说时，林子实满脸的怒色走了进来，向桂英道："你这个人太岂有此理！你母亲写信又打电报，把我催促到北京来，我赶来了，你倒跟姓王的走。"桂英道："我母亲真写信叫你来的吗？这个我哪里知道呀？"林子实道："你不知道，可害苦了我了。"玉和道："打点了，你下车吧。你难道同我们一路到汉口吗？"桂英起身也待要走。玉和道："你不跟我走吗？我走了，你就又和林子实要好了，我可不放心呀。"桂英还不曾答言，那开车的点声已经打到车户外边来了。

睁眼看时，哪是车站上打点？乃是桌上的时钟刚打十二点呢，却不料清清楚楚地做了这样的情节显然的一场梦。心里想着这个梦，简直算是事实。林子实来了，必有所为的，知道我要嫁玉和，一定心里难堪的。王玉和呢，他以为我除他以外是不爱男子的，然而他走了，恰来个林子实陪伴着，又怎能放心？自己除了像梦境一样跟了玉和南下，那是无法避免和林子实见面的。梦了一场，只管想着，倒闹着直到四点钟才睡着，自己醒了过来时已是九点多钟了。火车十一点钟开，玉和收拾收拾就该上车站了。这时，恐怕张济才夫妇都已到公寓里去送他，我还在床上未起，可对不住他。于是急急忙忙地下床，抢着漱洗一阵。心想：我买着送玉和哥嫂的东西，昨天都送去了。对于玉和，难道就一点儿都不送？然而时间紧迫，已经是来不及买东西了，面前摆了几个篾篓子，是林子实由上海带来的，大概是吃的，于是撕开蒲包看看，正是水果点心之类，提了两大篓子，立刻就坐车到花园公寓来。

走进玉和屋子时，行李捆好了，他口里衔了一支烟卷，只管在屋子里旋转着。看到桂英进来，皱着眉道："你怎么这时候才来？你再不来，我就不走了。"桂英瞟了他一眼，微笑道："我身上不舒服，这还是勉强来的。"玉和道："我已经嫌东西多了，你为什么还买东西送我？"桂英道："这不过是我一点儿意思。"玉和看了一看手表，便道："走吧，济才已经在车站上等着我呢。茶房，给我叫一辆汽车来。"桂英忽然想到梦里同车的事，心里一动。这时，忙碌过去了，二人对立着，却无甚话可说，坐着到了西车站。

桂英心里一个疙瘩，心想：不要件件事都应了梦，那可有些糟糕，她给玉和提了蒲包，只管低了头在玉和前面走。到了火车上，果然这二等车房间里只有一个客人先在，多出两个铺位，似乎又有些应了梦景。济才早在这里等着，望了玉和道："怎么这时候才来？把我等急了。"再看桂英时脸上红一阵，白一阵，问道："你怎么啦？"桂英抬起一只手来，扶了额头，便道："我昨晚上病了一宿。"玉和道："咳，我知道这么着，今天就不该动身。"说时，只看着桂英的脸皱眉。张济才道："都坐下吧，火车开还有四五十分钟啦。"桂英在一张铺上坐了，只管低头。玉和想安慰她两句，一来有同房间的客人，二来有张济才当面，于是先擦了火柴，吸着一支烟卷转递给他。随后叫茶房泡了一壶茶来，又倒了一杯茶给她喝。在蒲包里取出一捧香蕉和梨来，拿了一个梨在手上，在身上掏出钥匙链上的小刀，正待去削，桂英望了他一下道："别吃梨了。"张济才笑道："既然不让人家吃梨，怎么倒买梨送他呢?"桂英道："也是人家送我的。"这句话说出来，觉得有些不妥，然而已是不能够收转回来了。好在玉和却并不注意，就拿一个香蕉，剥好了皮递给她，桂英坐在这里又不作声了，而且还是将脸背了窗户坐着。最后觉得房门开了也不妥，把门也关了。玉和因她无话可说，只得和张济才谈些闲话，不知不觉地，车外月台上有了打点声，张济才道："走吧，开车了，要不然会让车子带到长辛店去。"桂英站起来走向玉和道："一切事你都放心，我等着你啦。"玉和道："我尽我的力量去筹款，越快越好，也许不到两个礼拜就回来了。"

桂英到了此时，觉得不会碰到林子实，心里宽慰了些。然而林子实碰不着，王玉和可真走了，走下车来，在月台上对了车子上望着，然而火车已经有些蠕蠕而动了。玉和站在车门口，向桂英点了头道："你回去吧，身体不好，应该休息休息，别出来了。"桂英再要说什么，那火车走着，已经增加了速度，玉和的身子就移向了很远，要答复他的话，他不会听见了。玉和站在火车上，远远的以至于不大看见，桂英似乎还站在那里不动，可见她心里依然还系挂在这火车上。他靠了火车门，呆呆地看了车外的风景，不知不觉地，火车走过了二三十里，已是在长辛店停住了。这才想起，车房门未曾关，若是有闲人上车，难免不到屋子里去拿东西，这才走进屋子去。他心里有时想到桂英一个人的寂寞，有时又想到自己在衙门的差事，有时又想到回家去见了兄嫂，这款子如何筹法?一个出门的人，本来心理上有些变态，这些令人无可免除的思虑，越是增加了心理上的不安，所以京汉铁路虽有那样的长距离，可是玉和坐在车上，只是糊里糊涂地过着。到了汉口，由汉口又搭轮船到了安庆，一路上都这样忙碌模糊地过去。

由安庆到乡下，还有八十里路的旱道，他雇了一乘小轿，和一个挑夫挑着行李，起了个绝早，就向回家的路上走来，这是阳历的五月，在乡下人过着祖宗传下来的阴历依然还是四月。久住北方的人，一旦到了江南，第一便在草木上会有不同的感觉。在北方来的时候树叶子还是嫩绿，现在到了家乡，就四望皆碧了。在离开安庆城三十里以外的时候，已经深入了乡间，太阳当顶晒着，只觉空气里的温度阵阵向上蒸发，然而东南风斜着由侧面吹来，在身上感到发热的当儿，有时又感到身上一阵痛快。在东南风吹过的旷野里，大小麦都长得有三尺来高，苍绿或淡黄的麦秆上都垂着很长的穗子。因之这东南风里面，似乎有一种香味其实也不是麦香，乃是麦田中间，一两块油菜地开了晚油菜花，向大道上送了香气来。远处绿树林子里，不时地发出一种尖锐的鸟声来："割麦栽禾，蚕豆成棵。"那年年必来的布谷鸟，这又开始工作了。乡下的农人们，似乎也因为有了这种声音，工作得很起劲，男子们在田里割了麦，一挑一挑的大麦，成捆地顺着田埂向麦场上挑去。田沟里的水，在绿色的短草里叮叮地淙淙地响着，随着田埂的缺口，向割了麦的空田里流去，真个是割了麦又预备栽禾了。

玉和有三年不曾回家来，忽然看到这种景致，只觉眼界一新，心里空洞灵活了许多。心想：我家并不是没有钱的人家，便是住在家里有吃有喝，又有好风景，好看的爱妻，人生还想什么？这不就够了吗？我看，大可以回北京去，把桂英接到乡下来过日子。他自己这样想着，将自己一个不可解决的问题解决了过来。因为交通部的差事已经丢了，若要回北京去，非从新找差事不可。在官场中找事情，磕头礼拜，逢人受气，是否能把事情找得还不可而知。而且兄弟们本来很和气的，桂英来了，也一定可以合作。他不曾到家门，便有了这样的感想，这算是他未到家以前的一种收获。

轿夫们走得很快，只在半下午的时候就到了玉和的家门王家庄外。玉和到距家还有五里之远，自己就跳下轿子来，在前面步行，让轿子在后面慢慢地跟着。这个地方离省城有七八十里，隔绝了一切城市上的物质文明。在田里工作的农民，看到一乘轿子，就认为是老爷下乡了。这轿子后面，又有一个挑子，挑着一只光滑平方的皮箱、精细好看的网篮，这又很像是在远方做官的人回家来了。老远地就立定脚看着。那放牛的小孩子们，在大路上顶头遇见了轿子吓得把牛也抛开，赶快地躲到麦田里去。玉和到了庄门口，这里有一口大塘，塘边斜放着两架水车，两三个农夫坐在大枫树荫下乘凉。远远地看到一乘轿子抬着来了，都站起来看着。其中有个人，在白大布短衫下横束了一根蓝布带子，在带子里斜插了一根旱烟袋，手上提了一大棍蚕豆藤，也站了呆望。玉和早就高声叫了一句大哥。

原来他便是玉和的长兄玉成。他啊了一声道："老二回来了，你并没有写信给我，怎么突然地回来了？"玉和道："我自己原也不打算现在回来的，所以事先不及写信。"那些农夫知道是王家二先生回来了，都围了拢来。玉和取下帽子，和大家拱揖。这些人都笑了，有的道："二先生做了官了，还是这样客气。"有的道："三年不见，他越是发福了，真是家宽出少年。"有的道："这箱子真好，北京的东西，没有错的。"这一句话，四处的农夫们都围了上来，要看这做官回家的。玉和在许多人蜂拥之中走回庄屋去。

这地方的庄屋，有些和别处不同，总是盖一所一二百间的大屋，开一个大门，由许多人家共住。这些人家，又可以在墙上另外去开门，这种聚居可以说是蜂窝式的。玉和家便在大屋的东头另开了门户。因为来看热闹的人多，就引到私厅里来坐。所谓私厅，便是一间类似堂屋的屋子，中间放一张白板桌子，围了四条板凳，以便亲友来坐谈的。此外扇糠的风箱、磨稻的砻子，照例也是放在那里。玉和家是个乡下财主，私厅比较好些，除了无风箱砻子而外，倒多了一张藤椅和两个木椅、一把茶几，壁上正中挂了一幅赵玄坛骑虎木印画，配上玉成结婚时的一副喜联，黄土墙上也抹了一些石灰，倒挂了一排烟叶子和一只打鱼篓。玉和一进这私厅，心里便有一种感想，这三年，大哥手上很是活动，家里倒还是这样简陋。他陪了乡人坐着，眼睛四处望。玉成道："你看些什么？你三年没回家，我没让屋漏了、墙坍了哇！"玉和道："我正是想着，你在家太辛苦了。你还自己下田吗？刚才我看到你捧了那些蚕豆叶子。"玉成道："快芒种了，你不知道乡下人辛苦的日子到了吗？虽然家里有两个长工，多一双手，多出一份事，我这样年纪，又不七老八十的，为什么闲着看人？"在场的人就附和道："大先生是个发财的人啊！"

说话时，玉和嫂子田氏出来了，右手提了一把大瓦茶壶，左手托了四五个粗瓷茶杯，还带一根蒿子香，笑道："二叔回家了。"说着，把东西放在桌上，向玉成道："抬轿的和挑行李的，我让他们在大门口歇着，晚上我们是吃大麦糊，要打两升米做饭人家吃吧？"玉成道："那自然。你兄弟在北京过惯了好日子，晚上要做点儿给他吃的。"田氏道："这两天忙，乡店里人也出来割麦了，连豆腐都买不到一块。园里黄瓜没有下架，苋菜又小，芥菜早老了，这几天正是青黄不接的时候，二弟怎么赶了这个时候回家来？"玉和道："我回来过几天就走的，大哥大嫂成年辛苦，我陪着吃两天苦也不要紧。"田氏笑道："哟，凭了这几句话，设法找也要做些好菜你吃，但是你不在冬天收成过身的时候回来，这个日子赶回来过青黄不接的日子，为了什么呢？"玉成道："人家自然有公事。你知道什么，快去打米做饭吧。"田氏很高兴地笑着去了。可是玉和想到嫂嫂问的话、哥哥答的话，都让他不能再赞一词。三年不回家，回家来了，乡下人都不免有那发财回家的揣测，那么，自己是回来筹款的，在这样的环境之下，不是为难死人吗？

第十三回

掘地取藏银艰难赠弟
登门献重币挥霍为卿

　　过了一会儿，田氏送上饭菜来，客就纷纷散了。玉和随着兄嫂们一块儿吃饭，桌上只有四碗菜，一碗老豌豆、一碗莴苣叶子、一碗腌菜、一碗炒北瓜藤，饭虽蒸得很透，可是米却很糙，还带了一些黄色。玉和有三年多不过家乡的日子，忽然重尝这种饭菜，却有些吃不惯。那煮豌豆这样的菜，在城市里本来是一种很好的口味，现在的一碗豆子并非绿色，却是灰黄色，碗里不会放一点儿油，嚼到口里，除了只觉得是一团粉而外，还有些豆腥气。那莴苣叶子上面有许多毛，吃到嘴里像木屑子一样。倒是那北瓜藤，是撕了外皮的，只剩了些里皮，用盐和青椒炒着，倒是很好，有些咸味。至于那碗咸菜，里面是臭萝卜、酸白菜干子全有，也是不能吃。玉和吃了半碗饭，实在吃不下去了，便和田氏笑道："嫂嫂有开水吗？我泡半碗饭吃。"田氏笑道："饭煮得很香的，为什么要泡开水呢？菜不好吧？"玉和笑道："多年不吃家乡小菜，吃得非常之有味，我因为口里干，所以想泡碗饭吃。"田氏道："开水可是没有，饭盆里还有些热米汤，你用米汤泡些饭吃吧。"说着，她站起身来就走了。

　　不多一会儿，手里拿了个葫芦瓢走了进来，便伸到他碗边笑道："泡些吧？"于是将瓢里的米汤向他碗里倾了下去。玉和不能推却，只好接着。可是向碗里一看，却有头脚俱全的苍蝇漂在米汤面上，只得反过筷子头，将苍蝇挑了出去。田氏道："一个苍蝇吗？不要紧。"玉和想要不吃，怕兄嫂说话，要勉强吃下去，实在是脏，吃下一定会打恶心的，因之不住地用筷子挑着饭粒，也不吃，也不放下。玉成是到过城市里的，知道都怕苍蝇的，便向他道："你吃不下去，就不用吃了。"玉和向碗里皱了皱眉，只得笑向兄嫂道："大概是走路走累了，实在吃不下去。"田氏以为他是实话，也就不再相劝。

吃过了饭，太阳已经落下山去，乡下人为省灯油，只在厨房里点了一盏洋铁盒子的煤油灯，田氏在灶上洗锅碗，玉成兄弟坐在一边谈话。玉和心里想着，这应该探一探哥哥的口气，便闲闲地道："大哥，现在乡下的银钱还活动吗？"玉成道："五荒六月，银钱怎么活动得起来？"玉和道："现在还没有到五荒六月呀。"玉成道："这四月里恐怕比五荒六月还要紧得多哩。"他坐在一张矮凳子上，背靠了黄土墙，口衔了旱烟管，微昂了头，深深地吸着。玉和踌躇了一会儿，又站起来伸头向窗户外看了一看月亮，然后又回来坐在哥哥一处。玉成抽过了两袋旱烟，然后将旱烟袋挂在墙钉上，伸了一个懒腰，又坐下来，两手抱了拳，撑在两只大腿上，眼望了地上，也像很随便地道："这个时候，有钱带回来放债，那是再好不过的。"玉和听了，不敢答言。玉成又道："你有半年多没有寄钱回来了，现在带了多少钱回来呢？"说到这里，田氏就搭腔了，转过身子来向他笑道："二弟本也应该有几个钱了，到了这般年岁也当成家了。"

玉和难得嫂嫂生出这个枝节，这可以把哥哥所问的话牵扯开去。就笑着站起来道："成家？这事谈何容易呀。"说毕，打了个呵欠。田氏道："二弟大概身体倦了，要早些睡觉。"玉和巴不得一声，便笑道："果然的，我要去睡了。"于是和嫂嫂要了个灯，自到书房里去睡。睡的时候，心里很有些后悔，自己并非不知道乡下银钱艰难的人，为什么在这个日子到乡下来筹款？这个样子，不但是不能和哥哥要钱，还要拿些钱给哥哥才合适呢。在床上辗转思维了一宿，却一点儿法子没有想到，除非是赶快离开家乡，再到外面去想法找钱。一直想到村鸡高唱，才勉强地按捺住了自己的思念，胡乱地睡了一会儿。

到了次晨起来，玉成已经到田坂上看放水去了，玉和到厨房里来舀水洗脸，田氏看到他两眼红红的，脸上的气色也不大好，便问道："二弟，你是昨晚上没有睡好吧，怎么今天起来是这个样子呢？"玉和笑道："是的，一来是认床，二来是北京的公事丢不下来，想了有些着急。"田氏在灶口烧着火，玉和将脸盆漱口盂放在小桌子上来漱洗，二人隔了一方灶说话。田氏道："既然是公事抽不开身，你就不该回来；既是回来了，那也就不必再去想到。"玉和隔了灶壁上的方眼儿，远远地偷看嫂嫂的颜色，见她两手抱了一只大腿，眼望了灶里，很自在的样子。便大了胆子道："大嫂，不瞒你说，做兄弟的有些官迷，我很想运动运动，弄一个县知事做。"田氏听说，先哟了一声道："那好哇，原来乡下人，别的官位大小一概弄不清楚，只有县知事这个官，觉得威风不小，这一县的人，谁不怕他。"

玉和拧起一把毛巾，正待端了盆去倒水，田氏由灶门口抢了出来，手拿了盆沿，笑道："你是做县太老爷的人，又是新回来的客，让我来侍候侍候你吧。你将来做了县知事，可要接我们到任上去玩玩儿啦。"她说着话，倒水泡茶，忙着伺侍一阵，玉和心里有了这样一个计划，口里随便说着，不料一说之后，田氏却是如此恭维，便笑道："那是自然，兄嫂苦了半辈子，也不妨到外面去看一看花花世界。"田氏赶忙在灶里添上两根柴棒，就也到小桌子边矮凳上坐着，笑道："这是好事呀，二弟，你想法子弄到手来做吧，你既是要弄县官做，为什么又赶回来哩？"玉和道："就是为了这个，我才赶着回家来呀。捐官这一件事，大嫂总也听见说过的。"田氏道："晓得晓得，我大伯的监生，不是花二十四两银子捐来的吗？他在前清，见了县知事不用下跪，也不能打他的屁股。你为什么提到捐官呀？"玉和定了一定神，笑道："大嫂，你想，这个世界，哪里不是银子说话呀？我的县知事，上司虽然答应了给我，但是也要一笔运动费。在北京，我还有个一两千块钱，本来做运动费也就够了。可是我挑的是个红缺，上司另外要我报效一千块，我一刻之间没有地方去找，只得赶回家来和哥哥商量，若是有法子凑些，这官就可以到手；可是哥哥说了现在是荒月，乡下银钱很紧。这样一说，我也就不想在乡下找钱了，只是这个机会可惜。"田氏道："哟，照了这样子说，家里要拿出一千多块钱出去呀！"玉和道："可不是？"田氏道："那就不干也罢。这一千多块钱拿出去了，知道能回头不能回头。"

玉和正要答言，玉成背了个锄子走将进来了，便插嘴道："我在窗子外边锄菜园里的草，玉和的话我都听见了。家里若是拿出钱去，准可以到手吗？"玉和见玉成那神气，似乎大可以帮忙的样子，便道："当然啦，要不然，我为什么千里迢迢跑了回来呢？"玉成道："你算了，一年知县能挣多少钱？"玉和道："那也没有一定，会挣的，一年挣十几万的也有；不会挣的，一年挣一万八千的也不少。"玉成在墙钉上取下旱烟袋，装上了一烟斗，走到灶门口去，用火钳夹了一块火炭将烟点着，依然把炭送进灶里去，便侧了身子，在小桌子角上坐着只管吸烟，看他一口一口的烟由口里呼了出来。许久他才对玉和道："我倒不在钱上。你真能弄个正印官做，那也是荣宗耀祖的事情。我只当把你多读十年书，虽然乡下银钱很紧，我也要和你想些法子。好在这笔钱总是可以弄回来的。"说毕，又连连吸了几口旱烟。

兄弟二人正在这里说着话，厨房外有人叫道："王大先生在家吗？"玉成问哪一位，就有个二十来岁的小伙子满面愁容地走了进来。见了玉成双膝一跪，十指叉地，就给他磕了一个头。玉成连忙挽起来道："老五为什么行这样的大礼？"老五站了起来，和田氏作了一个揖。看见玉和又道："这是新回家的二先生。"先作了一个揖。玉成道："有什么事，只管说吧。家门口的人，何必这样多礼。"老五哭丧着脸道："我妈的病很重，托人推车子接医生去了。脉体总要包一封钞（皖人土语，即一百枚铜圆）。医生来了，还要到街上（指乡镇）去买斤把肉、几块豆干。捡医的钱不算，马上就要一块钱开销。我想和大先生借几块钱，按月二分息，下半年稻上场的时候，你派人到我家里去挑稻，稻照时价算，本息一并归还。我这里开得有借条，大先生请看。"说着，就在系腰的板腰带里掏出一张字纸来，双手交给玉成。玉和一想，哥哥这还有什么话说，既做了好事，而且条件又是这样优厚，但是玉成将借条仔细看过一遍之后，便道："老五，你想这个时候，哪个有钱放债？"老五又作了两个揖道："大先生帮一点儿忙吧。你家里没有，你也可以和我想点儿法子。你的面子大，你要和人家佐（移，挪也）个四五块钱，那实在也不算得一回事。"玉成扶了旱烟袋，在嘴里吸着，一手拿了那借条只管是看。玉和身上还有几块钱正想出头说话，玉成却向老五点点头道："我本来也不愿多这个事。看着为了老娘的事着急，我和你想法子吧。过一会儿你再来。"老五很高兴，作个揖走了。

玉和心想乡下人真讲信用，钱没有借到手，借条倒先给人家了。因道："我箱子里还有些盘缠钱，给人家就算了，何必又要人家跑一趟呢？"玉成道："嘻，你哪里知道？现在乡下人都说我有钱，他们一借，我随便就拿出来，足见得是我钱多，这个名声传出去了，我可是惹不起。"玉和听了，才知道这也是做财主的人一种政策。约莫有一顿饭时，老五又来了，玉成到屋子里去了好久，取了五块钱给他而去。玉和一想，人家和哥哥借五块钱都有这样困难，自己打算和哥哥要一千块钱，恐怕是搬梯子上天，不可能的事了。自己想了很久，料定此事不成，在乡下多住也是徒增自己的烦恼，不如走吧。因之到了下午，自己就去收拾网篮，预备明天早走。然而他正在发闷，玉成悄悄地走将进来了。他嘴里衔了烟袋靠了门框，望着他一会儿，问道："你忙什么？明天就要走吗？"玉和道："我的事情不能耽误了，家里想不到法子，我要赶快出去，想第二步法子。"玉成吸了两口烟，悄悄地向他道："你跟着我来。"说时脸上沉忧着，转身便向前走。

玉和跟着他走到卧室里去，一架旧木床后有一个黄土仓，仓后有间空屋子，地面上堆了许多干柴棒子，四周墙角落里都堆了柴草。屋子里阴沉沉的，并没有空气透进来，只是屋顶上安了一块明瓦，略微露进一些阳光来。玉成将屋子角落里的柴棒子移进去了七八捆，露出一方土砖来，自己蹲下地去，将土砖挖出几块来堆到一边，然后捧出许多浮土来，土里又显出一块青石板，他掀起了青石板，下面就是一个酒坛子。点点头，悄悄地向玉和道："来，你跟我把这个坛子口上浮土来剥了。"二人蹲下身去，剥开了浮土，早有一片白光射人的眼帘，原来这全是乡下人说的大洋钱。玉成伸手一掏，就取出一大截来向玉和微笑道："我这里面，积攒了一千多块钱，田也舍不得买，预备留着应急用的，你就搬一千块去吧。对你嫂嫂说，只说是二三百块钱吧。"

玉和看到他哥哥摸了洋钱时，手上还有些抖颤，一截洋钱中总有几块是上铜绿的，心中受了绝大的感动，觉得哥哥相待太好了。自己倒要用话去欺骗哥哥，眼睛里两眶眼泪水，怎样也忍耐不住就滴下两点来。因怕哥哥看见，连忙揉着眼睛道："这屋子里面，好重的尘灰。"于是兄弟二人匆匆地数好了一千块钱，玉成找了许多破布片来，一卷一卷地包上。另外又数了五十块钱给玉和做路费，免得把那一千块钱整数破开了。洋钱数好，依然将屋子里做成原样。玉成又怕一千块钱放在一只箱子里未免太重，令人疑心，又翻出一个木箱子来，在里面塞了一捆破棉絮，以便装了洋钱不响。忙了一下午，总算把一切的事都忙碌清楚了。玉和有了钱，心里宽慰了许多，就不急于要走，兄嫂以他前程远大，次日杀了一只鸡给他吃，每餐不是腊肉便是鸡蛋，免他吃不下饭去。玉和住了三天，然后雇了一辆车上省，依然由原道回北京来。公寓里的屋子本来就不曾退租，依然住在那屋子里去，草草地将行李收拾好了，赶快地就到张济才家来。

张济才一见，便笑道："哦，你回来得真快，我们算着你还没有动身呢。"玉和笑道："在家里我又没什么事，老住着干什么？"秋云在屋子里先笑了起来道："我们正在这里提心吊胆，怕出什么事故来，你倒赶着来了，我们真算听评书掉泪，替古人担忧。"玉和道："事故？有什么事故呢？"秋云走了出来，微笑着，张济才就只管和她使眼色。秋云道："这话总是要说破的，好在没有关系。"玉和听了这些话更是愕然。秋云向张济才一伸手道："给我一支烟卷。"张济才在身上掏出烟卷盒子来，给了她一支烟，她吸了烟，斜靠在沙发椅子上坐着，望了玉和微笑。

玉和看了这番神气，心里更狐疑不定，问道："你们说吧。究竟为了什么事？"秋云拍了旁边一张椅子道："你到这里来坐着，让我慢慢地来告诉你。"玉和只得坐了下来，皱了眉道："瞧你们这样子，又像要紧，又像不要紧，到底是什么事呢？"秋云吸了两口烟，然后很从容地问他道："在你去的前两天，桂英的一个旧朋友林子实由上海来了。"玉和听到这话，脸上就是一红。秋云瞅了他一眼道："先别着急。唱戏的人，谁没十个八个朋友。朋友就是朋友，和你们男子汉的朋友一样，就是我以前……"说时，又瞟了张济才。他皱了眉道："人家问你的话呢，你就说吧，拖我做什么？"秋云笑道："男子们的醋劲真比女人要重十倍，男子可以三个太太四个太太。女子嫁三个老爷……"张济才坐在那里一顿脚，倒没有说什么。秋云这才继续地道："他不是自己来的，是桂英母亲写快信，打电报，把人家找了来的。自然，他来了，无非为了婚姻大事。可是桂英对他是没有什么意思，就老实告诉了他，说是要嫁你，你三四个礼拜就回来的。林子实倒也名副其实，他说，若是你不回来呢？桂英就做了个顺水人情，对他说，你不来，就嫁姓林的。现在你来了，这件事当然不成问题。"玉和红了脸道："姓林的还在北京吗？"秋云道："自然在北京，若不在这里，我们为什么替你提心吊胆呢？"玉和站起来道："那么，我去看她去。"秋云道："我说了你别着急，你还是这样。你对桂英家没有去过的人，今天一去，就有些探访的意思，却不要把事弄僵了。你在我这儿坐一会儿，我派人把她找来就是了。"

玉和虽觉得有些等不及，然除此也没有比这再好的法子。于是和张氏夫妇闲谈，在他家静等。张济才是派包车夫拉车去接的，桂英料着就是玉和来了信，立刻就坐车子来了。在窗户外听到玉和说话的声音，心中就是一喜。走到门边，倒是悄悄地推开门向里面伸头探望着。秋云隔了窗户，早看到窗子外面花衣裳一动，就知道是她来了，便笑着叫道："快来吧，你的心上人回来了。"桂英走了进来，笑嘻嘻地向玉和道："怎么回来得这样快？"玉和道："在南方并没有什么事，久住着干什么？"他口里虽在答话，可是他脸色红红的，眼睛皮也向下顿着，只随便地站起身来，又复坐下。这较之他以往待人的殷勤份儿却是相去天渊。桂英看看秋云，见她微笑着，心里就明白了。因此在玉和下首坐了，桂英微笑道："大概我的事，秋云姐都和你说了。你想，我要是有不能告诉你的事，我还让秋云姐对你说吗？再说姓林的人，又不是我把他请来的。你干吗气得脸上像关爷一样？得啦，瞧我吧。"说着，就将桌上茶壶里的热茶，倒了一杯双手递给他，笑道："我给你赔礼，还不成吗？"于是全屋子里都笑了。

这日下午，就是张济才留着他二人晚饭，大家商量了一阵，觉得这婚事本来就不可缓，现在有了姓林的从中一打搅，这事更不可缓。张济才答应亲自出面，和玉和做媒。在做媒之前，陪着玉和上门，亲自去拜会朱氏一趟，叫玉和重重地预备一些礼物，让丈母娘一见就欢喜。玉和觉得也是，便定下次日办礼物，后日去拜见，玉和这晚回去，少不得又筹思了一晚，觉得桂英虽是当面说明了，并不愿嫁林子实，但是自己总放心不下。想来想去，总只有多多地买了些重重的礼物去孝敬未来的丈母娘。到了次日，就把那旧木箱子打开，取出几个破布卷出来，揣了两百块洋钱，在门口烟钱店里换了二百元钞票然后上街去买了八色礼物，一齐带回公寓来，全摆在桌子上，红红绿绿，长长方方的纸包，陈列着实在好看动人。可是掏出钞票来看时，那二百元钞票，已经去了三分之二了，心里这倒不觉一动，那一千块钱来之非易，若是像这样子去花费，恐怕一千块钱，不到四五次就要光了。于是躺在床上用手撑了头，靠在叠的被褥上，望了桌上的那些纸包出神，自己想着，这次花钱是莫可奈何的事，以后要少花才好。第一就是自己已经没有了职业，现在花空了，将来何以为生。第二，无论是自己在邮局里存的钱，或者哥哥送的钱，都来之非易，不应当挥霍掉了。

正这样想着，张济才却来了电话，他去接电话时，张济才首先一句就问道："礼物都买好了吗？你说说，去买了些什么？"玉和道："你不是告诉我，要买些硬货吗？我买下一套银壶银杯、十件衣料，此外就是吃的东西了。"张济才道："行，这很在行。不过明天去，你得带百十块钱在身上，预备打牌。她家有个老妈子和一个车夫，你见面礼每人赏十块钱得了。"玉和啊呀了一声道："为什么费这多？"张济才道："这都是你的面子呀，也是给桂英壮面子呀。以前去拜访桂英的都是十块五块的赏钱，难道到你这儿，还能够不如人家吗？"玉和听他如此说，也只好答应了。到了次日早早地吃过午饭，就叫了一辆汽车来，带了礼物，先到张济才家去邀请相送，然后一同到桂英家来。

这天桂英起了个大早，里里外外全收拾干净。杨妈也格外小心，炉子上的水壶老让它开着。一屋里桌子上，列着茶壶茶杯、烟筒火柴，门口一有汽车声，她就抢到外面来开门。一上午倒扑空了好几次，后来玉和的汽车真到门了，怕朱氏笑话，就不敢来。因为朱氏对于王玉和的拜访，始终是冷冷的，一天都坐在屋子里，老不肯出来呢。直到门外有人敲着门环响，才上前开门。秋云首先由汽车上跳下来，笑道："老太太在家吗？"杨妈笑道："哟，新客上门，怎好不在家啦？"看见汽车里坐着一个面生的白面青年，当然就是王先生了，立刻就在汽车外蹲着身子，就向车上请一个安。玉和下了车，她笑嘻嘻地叫了一声王先生，就在前面引导。到了院子里，她就高声嚷道："王先生来啦。"桂英本来早已知道客到了，可是偏在屋子里坐着，不肯出来，直等杨妈这样叫了一声，才到院子里来相迎，只笑着点了一点头，却没有说什么。她立刻抽回身去，向朱氏的卧房里叫道："妈，王先生和你请安来了。"

朱氏正一手撑了头，在屋子里靠个桌子坐着，心里可在想，我就坐在屋子里等着，看你们怎样对付我？及至听到桂英是如此的说法，就不便再坚持己意，只得走到堂屋里来。这时，早见旁边的茶几和椅子上堆了一大片的礼物，客都站在屋子中间，其间有个穿灰哔叽长衫的，倒是个白面书生，自己如此注意着，那人向桂英问道："这就是伯母吗？"桂英还不曾来得及介绍时，他已经向上一揖，接着磕下头去。朱氏真也料不着人家会行这样大礼，啊呀一声，欠着身子道："不敢当，不敢当，地下脏，王先生请起吧。"玉和端端正正磕了三个头，这才站起身来。他这样一着棋，不但是朱氏所不及料，就是张氏夫妇以至桂英都没有料想到的。桂英心想，这个家伙，你别看他不作声，使用一着绝招来倒也是适当其分，朱氏受了这一拜之后，觉得人家情到理到简直不能有什么可说的，便笑着点头道："请坐请坐，你随便过来就是了，何必费事呢？你瞧，东西把我们坐的地方都占住了，这真是不敢当。杨妈，还不快收起来？"杨妈望了桂英一眼，立刻就把所有的礼物都收到朱氏屋子里去。

朱氏招待客人坐毕，也到屋子里去打了一个转身。她第二次出来，那脸上的笑容越发地浓厚了，就向玉和道："桂英早就对我说了，王先生为人很好。我就说，有工夫就请过来坐坐吧。不过我们这里，屋子窄小一点儿。"桂英见母亲脸上并没有一些不高兴的精神，那么，今天这一番介绍总算是得了良好的结果，就大了胆子也在一处坐着陪了讲话。玉和在身上，就掏出五元一张的钞票，数了四张交给桂英，笑道："府上不是有两个用人吗？这一点儿小意思，请你分给他们去买双鞋穿。"桂英道："啊，干吗给许多呀？"朱氏在一旁也看见了，笑道："这就太客气了。"桂英将钞票分成两沓捏在两手，便笑道："既然是拿出来了，当然没有拿回去的道理。"便喊着杨妈和车夫，当面告诉他们，王先生赏他们每人十块钱。二人连眉毛都活动起来，接了钱请安而去。

谈了一会儿，秋云笑着向玉和道："你也愿意瞻仰瞻仰我们妹子的绣房吧？"说时，站起身来就把桂英卧室的门帘子挑开，笑道："你进来瞧瞧。"朱氏也站起来笑道："请到那边屋子里坐坐吧。"桂英因为母亲都开了口，就站起来微笑着，也不相请，也不拦阻。玉和一想，大家坐在当面，也许有话不便谈，因之就借了这个机会走进房去。门帘子还捏在秋云的手里呢，玉和一进来，秋云就把门帘子放了。桂英让他坐在自己常坐的那把转椅上，首先一句，就低声向他问道："你干吗给他们那些个钱？"玉和低声笑道："不都是为你做面子吗？"秋云笑着低声道："小王，我看你不出，你比我们都机灵，进门一个头，就巴结得老太太欢喜极了。"玉和笑道："一个做晚辈的和长辈磕上一个头，这算什么稀奇？"秋云本来站在门帘子边，她并未坐下，就向桂英低声笑道："我要去敷衍敷衍老太太。"桂英向她招着手道："喂，你别走。"可是秋云不等她的话说完，已经闪到门帘子外面去了。

玉和昂头向屋子四周看着，虽然没有什么华丽的陈设，却也裱糊得雪亮。看着床上微笑了一笑，桂英靠窗户坐了的，向窗子外张望了一下，并不见窗子外有什么人，这才向他笑道："你对我床上笑些什么？"玉和道：

"我觉得你在家里是一个大王，真是舒服之至。最好的屋子、最好的家具，都是你的。"桂英道："怎么不该我呢？钱是我挣的。而且我所得的也不过就是这些。你想想我唱这多年的戏，应该挣多少钱了……唉，不发牢骚了吧。你今天新来，我该欢喜，我们说说笑话吧。我问你，你送了一些什么东西，引得老太太眉开眼笑。"玉和道："济才老对我说，老太太是见过世面的，送礼非送硬货不可，于是乎我就打了几样银器送来。"桂英道："银器？是什么首饰呢？"玉和道："不是首饰，是一套银壶银杯、半桌饭碗。"桂英道："那还了得，好几十两重吗？"玉和笑道："好几十两又怎么着？也不过百十来块钱罢了。"桂英听了这话默然了一会儿，微笑道："好是好，不过你千里迢迢回家跑一趟，弄了千把块钱，就这样地花了它。"玉和道："你这是想不开的话了。我千里迢迢去弄钱，无非是为了你，送礼也是为你。只要钱是为你花的，一千块钱一次花了是花，一千次花了也是花。"桂英且不答他的话，掀开门帘子向外堂屋一看，见并没有人，这才笑道："话是对的，不过你这样花起来，他们以为你是个大手，老指望你这样花下去，你受得了吗？"玉和道："这是第一次进门，总要替你装点儿面子。将来我就不这样地花了。"桂英默想了一会儿，坐着叹了一口气道："我也没有什么好法子，不过这个办法总不能算是十分妥当的。"玉和听她如此说，就不免看了她的脸色，见她两眉深锁，有些发愁的样子，就很惊异地看了她道："你今天还有什么心事吗？"桂英立刻笑了，便道："我有什么心事，我今天欢喜极了。"说时，她走到梳妆台前，打开粉缸子，对了镜子，拿了粉扑，只管向脸上扑粉，在镜子里偷看着玉和，还对他笑呢。

第十四回

冷热只因财留餐沽酒
聪明还弄舌饯别放歌

玉和偷看桂英那样很欢喜的样子，但是笑呀，说话呀，都觉得带了几分不自然，难道我今天前来上门，还有什么不对之处不成？如此想着，就先用一句话去试探试探她，因笑道："我看我也不必在这里多耽搁了，坐一会儿就走吧。"他说这句话，桂英却吃了一惊，问道："那为了什么？"手上还拿了粉扑呢，掉转身来向玉和望着。玉和笑道："并没有别的原因，我走了，好让济才两口子跟你们老太太谈谈。"桂英道："好事从缓，这样重要的事，也不能就这样抢着说。老太太很高兴，她不留你吃一餐饭，能让你走的吗？"玉和一听这话，这又不像是她要催自己走了，便笑道："我总听你的指挥。"桂英笑道："别说这样没出息的话了。让别人听了，倒说你先就怕我。你坐一会儿，我瞧瞧去。"她丢下粉扑在桌上，红漆桌面印了个白晕，她也不顾就出去了。玉和是个心细的人，听她说话有头无尾，举动又是这样的匆忙，这里面不能说是毫无问题；但是心里尽管疑惑，嘴里可不敢说出来，怕问得不对，站起来在屋子里不住地徘徊，还不时地隔了玻璃窗向外窥探。

但是桂英有桂英心里的事，玉和仅仅观察她的举动，如何看得出来。她走出房来，所谓瞧瞧去，不是瞧别人，乃是瞧大福。见大福屋子里没人，就把杨妈叫到一边，轻轻地问道："你知道大福上哪里去了吗？"杨妈道："他今天脸色倒是不好看，出门的时候，他说了，一会儿回来瞧热闹。"桂英道："就为了我由郑州回来，他没有分我几百块钱，老和我捣乱。你想，我的钱也来之非易，我能够随随便便地就分他一笔吗？他说，今天要把林子实也请了来，大家见见面。我倒是没有什么，可是姓王的今天初来，给人家这样一个大钉子碰，别人家倒会疑惑我们不是真心对他，那岂不糟了？你可以告诉车夫老刘，在门口拦着一点儿，你也留一点儿心。林先生来了，你想法子别让他进来。"杨妈道："要真是那么做，我们这位大老板可有些糊涂。您也看破一点儿，给他几个钱就完了。"桂英道："他没有短花我的钱啦，我这里拿出二十块钱来，你用一个红纸包儿包着。他一进门，你就把他拉到一边，说是王先生送给他买鞋穿的。这话还得瞒着人家，算朋友也好，算亲戚也好，你想人家送大老板一笔进门礼，那算什么话。叫他也别谢人家，实收就得了。"说着，掏出二十元钞票交到杨妈手上。杨妈捏着钞票，摇了一摇手笑道："你放心，有了这个，就什么大事都没有了。"桂英点着头，立刻回房陪客去了。

杨妈依了她的话，如法炮制。这个车夫老刘，也是桂英的党羽，只因为桂英不唱戏了，将来的出路小，也不像以前那样忠心，不过真有人欺侮桂英的时候，当然他是帮着桂英说话。这天他得了玉和的十元赏金，心里便想着，这位王先生不错，白老板嫁了他也罢。现在杨妈告诉他，大褙要前来捣乱，他就很是不服，立刻就搬了一条凳在门洞子里坐着等候。不到一小时之久，见大福歪戴了呢帽，怒气冲冲地在胡同里，高一脚低一脚地闯了回来。老刘一看他身后无人，这倒和桂英干了一把汗。心里本也想着若是林子实和他一路来了，姓王的吃起醋来，也许和白老板翻脸，现在见大福一人回来，更好打发，便起身相迎道："今天家里来客啦，你哪儿去了？"大福一瞪眼道："什么客，我管得着吗？"老刘道："人家特意拜访你来了，怎么说管不着。"大福道："我不要认识他这样一个朋友。他在交通部做他的官，我混我的戏饭吃，井水不犯河水，谁也管不了谁。"老刘笑道："您别那样说，将来你们是亲戚啦。"大福大声道："亲戚？狗屁！"他说着话一脚抢进大门洞子里面来。

老刘心里也就为难着，他这一进去，不要嚷了起来吧，自己究竟是白家一个被雇的工人，怎敢上前去拦阻他？正为难着呢，杨妈却出来了，来不及说话，远远地就把手上捏的一个红纸包高高举起，在半空里摇荡着。大福一看那红纸包，料着就是钱在里面，就迎到她身边问道："你有什么话对我说吗？"杨妈将这个红纸包向他手里塞了去。大福也料着是钞票，却不知道是个干什么用的。不过这钞票既然到手里来，当然有些用意，便低声问道："送谁的份子？"杨妈笑道："您先解开来瞧瞧。"大福果然将红纸包打开，一看时，却是五元一张的钞票共有四张。这倒不由他不吃一惊，谁送这样重的份子呢？杨妈也知他的意思，不等他问，便道："你不知道吧，这是王先生送的。他说，今天来得匆促，没有给你买什么，送你二十块钱你自己去买吧。"大福笑道："我和他没有见面的朋友，怎好走来就收人家这样一笔重礼呢？"杨妈道："这就算重吗？你到老太太屋子里去瞧瞧，看人家送了什么了。"大福道："这总不算少。他现在哪儿坐，我得去见见人家。"杨妈道："那是他很欢迎的。可是他说了，送这一点儿东西，请你千万别谢，你要谢了，他倒不好意思。"大福笑道："这个人大概不坏，送礼还知道不让人家谢。"杨妈看他是一个人回来，而且笑嘻嘻的，又没有什么怒容，这就放了心，让他自由行动，不加拦阻了。

大福一点儿不加考虑，一直地就向母亲屋子里走来，进门之后，便见桌上放了一套银光灿烂的茶具，另外在桌子靠墙，一字儿排开，又放了四只银饭碗，家中向无此物，当然是王玉和送来的了。屋子里有母亲同张济才夫妇，他们谈话谈得很起劲，似乎商量一件什么事，正在迎刃而解呢。张济才看到他进来，首先笑着相迎道："家里有客到了，你又出去了。"大福拱拱手道："真对不住，我是有名的'混世虫'，每天就是这样瞎混。"张济才道："你请坐下，我有几句话和你商量。"大福靠了朱氏坐下，答道："若是为我大妹的那件事，你不用和我说，她不和我为难就得了，我还管得着她吗？这些事只要我母亲答应了，我没有话说。你的意思怎么样？"大福望了朱氏的脸，等她回话。朱氏一来是人有见面之情，二来玉和今天送了这些贵重的物品，而且人家见面就磕了一个头，人家还不曾走，一口咬定不和他联亲，这话也有些说不出口。便道："我们这姑娘的性情，我也没有法子说什么。自由的年头儿，让她自由去得了。"秋云笑道："这话可不能那样说。要结一门亲戚，总要大家愿意才好。姑娘不愿，父母硬做主，那是害了姑娘一辈子；姑娘嫁定了，父母不乐意，将来走起亲戚来，也是彼此不顺眼。桂英她愿意先跟家里说好了，这个办法很多，你干吗倒要推个干净？就是我们刚才所说的话，让玉和照着那个数目去办。若是有个不即不离儿的，你高高手儿也就过去了。"朱氏道："我不是说了吗？到了现在，什么也车成马就的了，我还有什么废话可说呢？我也只要他们以后好好地过日子也就算了，反正姑娘也靠不了一辈子。"

大福一听母亲这口吻，大概桂英嫁王玉和就从今天定规了。在里面要作难已是不成，倒不如明做好人，像今天一样，也许可以得妹妹一些报酬。便道："不管亲事怎么样，人家今天的来意不差，还有张三爷呢，也是稀客，留着大家在这里便饭。你们先凑合一桌牌，我到馆子里去叫菜，别让人家老闲着坐在那里。"秋云笑道："难得大哥有这番好意，我们就敬领了。我引着你去和王先生见一见吧。"大福笑道："这是未免成了笑话了。"说着，人就向外面走来。走到桂英屋子外面，就高声道："大妹，王先生在这儿吗？给我引见引见吧。"桂英听哥哥的口吻是如此之平和，心中就落下一块石头，掀开了帘子，向他一点头道："你就进来坐吧。"大福向屋子里先作了揖，对玉和点头笑道："这是王先生了，咱们短见。"玉和知道是桂英的哥哥，在桂英口里，他久已知道他为人，便拱揖相还道："早就要过来奉看，一来是不得工夫，最近又回南方去了一趟。"大福道："您别见怪，我是个粗人，不大会说话，恕不奉陪，回头我们喝几盅，我先告假。"说毕，他又走出去了。

玉和见他匆匆而来，又匆匆而去，倒呆住了，向窗子外望着。桂英知道那二十块钱已经到了哥哥口袋里，心中自是很明了的，无须害怕，便笑向玉和道："你别管他，他这个人就是这样的，见规矩人说不出话来，见坏人就什么话都有。"玉和道："他还要跟我喝几盅哩，怎么又走了？"桂英道："你信他的，他说请你喝几盅，也不过那样一句话罢了，他从来不请客。"玉和也觉得大福是一句敷衍话，不曾放在心上。可是大福这倒是实心实意地让他母亲请客，到了饭馆子里，自行做主，替母亲叫了三块钱的菜，一时高兴在回来的时候路经酒店，就自掏腰包买了两瓶酒。手上提了酒瓶，笑嘻嘻地向家里走，忽然身后有人连叫了两声大老板。

他回头看时，林子实由一辆人力车上跳了下来，走向前来笑道："嗬，你今天高兴，打两瓶酒喝。"大福道："不是我喝，请客。"林子实笑道："在府上请客吗？我正要到府上去。要叼扰你两盅了。"大福听了这话，倒不由得暗暗连叫两声糟了。昨天，自己曾故意对人说，今天要把林子实请了来，闹一出《男双摇会》，这也是气头上一句话，现在林子实真要到家里去，就不是我请的，妹妹也会疑心是我请的了。心里一急，这就顾不得面子上的客气了，就笑向他道："对不住，你今天到我家去，我可要挡驾的。"林子实见他虽是笑着，那笑容可极不自然，两条眉头还紧皱到一处。便问道："什么贵客呢？我不能见的吗？哦，是那位王先生吧？"大福口里连说"不是，不是"，脸就红了。林子实一想，王玉和在他们家，自己去了，不但是和桂英为难，他一家子人也没有趣味。想了一想，便道："既然如此，我就不去了。不过我有几句话，想和白老板当面谈一谈，明天正午我请她在味乡楼吃午饭，请你带一个信儿，她务必走一趟，我明后天就回上海了。"大福只哦了一个字出来，就没有说下文。林子实道："那王先生回来得这样快，大概是部里公事要紧，抽不开身来吧？"大福道："对了，他在部里很红，不久就要升科长了。"林子实道："人很和气吗？"大福道："和气极了。他和我们交朋友很随便的，一点儿不搭架子。"林子实道："大老板早就和他认识吗？"大福道："我也是今天初见面……我到他公寓里去的。"林子实拱拱手道："那个口信务必带到。令堂若是肯赏光，也可以同来，十二点，我准在味乡楼候光。"他笑嘻嘻地回转身去，依然坐了那人力车子走了。

大福站在街上，看了他的车子拉去了好远，这才转身向家里走。心里也就想着今天这事算巧，是我碰见他，把他拦回去了。要不然，大家闹个没趣。他提了酒瓶子走回家去。堂屋中间，两男两女已是打上了牌。桂英眼快，见他真提了两瓶酒回来，心里暗念着，真不知道二十块钱就有这样大的力量，把他的性情都改变过来了。算是自己错看了人了。不过看他脸上又有些神色不安定，莫非这两瓶酒他是不得已的缘故，就请朱氏来替她打上一牌。自己看到大福回屋子里去了，就跟着他也到他屋子里去。他不等桂英开口，向屋子外面张望一下，就低声道："你看这事巧不巧，我打酒回来的时候，遇到了林子实二爷，他正坐了车子要到我们家来，我就拦住了他，说是家里有客，请他不要来，他说明天回上海去，上午十二点钟，请你在味乡楼吃午饭。"桂英听到林子实要回上海去，心里倒踏实了不少，问道："他说这些话的时候，脸上不像是生气的样子吗？"大福道："他好好的生什么气呢？"桂英更是欢喜了，立刻眉飞色舞地再上场打牌，这就有说有笑了。

打过了四圈牌，饭馆子里的菜也就送来了。大家饱啖一顿，闹到下午六七点钟方始散去。这一场集合，最注重的是朱氏欢喜与否，朱氏一欢喜，其余的人自然是更欢喜了。到了晚上，桂英就公开地向朱氏说，林子实明天要回上海去了，上午十二点他请吃饭，去呢还是不去呢？朱氏答不出话来，却叹了一口气，许久许久的时间，才很懊丧的样子，低声向她道："无论什么事，都是个缘分，没有缘分，怎样也是枉然矣！"说毕，又长长地叹了一口气。桂英看了这个样子，不敢向下说了，自回房去。

到了次日上午，看看朱氏并没有要出门的样子，料着她是不会赴林子实的约会，也就不必再催请她了。到了时候，一人自向饭馆子里来。那林子实要了个雅座，已是老早地在这里等候了，往日见桂英时，他必得起身上前，和她接过斗篷，今天却看了她一人自行脱下，自行挂在衣钩上，而且倒了一杯茶放在对面的座位上，那意思就是要疏远点儿，隔了桌面坐着。桂英对于这些事却也不放在心上，就看了放茶的所在很自在地坐下了，林子实拱了拱手，微笑道："多谢你赏面子，老太太不能来吗？"桂英道："她是个老古套的人，她知道你要回上海去了，不能和你饯行，倒反要扰你一顿，在情理上未免说不过去，所以她不好意思来。"林子实笑道："两个人坐着谈谈也好，你要什么菜，我来开单子。"桂英向他微笑道："老实说一句吧，你的目的不是请我吃饭，我的目的也不是来图你的吃，菜大可以随便，倒是揭开窗说亮话，我们各说两句肺腑之言，心里都痛快了，然后再来开怀畅饮，你说好不好？这回林二爷回北京来，可是受了一点儿委屈，这委屈要不说出来，真比害了一场大病又要难受，你说是不是？"她说话时，两手撑桌子上托住了自己的头，很自在的样子，笑嘻嘻地望了林子实的脸。

林子实笑道："白老板说话总是这样的爽快，我也没有什么委屈。我为人就是这样，做事十分热心的。白老板认识我许久了，总相信我说的是真话。"桂英道："这是真话，就因为你太热心了，所以受点儿委屈；我们唱戏的人，脸皮是厚的，没有什么话说不出来。我就直说吧。打郑州回来的时候，我是打算嫁你的，可是你又动身到上海去了，那个时候我真热心，还追到车站上去看你呢。后来在张济才家里遇到这位王先生，也不知道是什么缘由，就爱上他了。我母亲是个财迷，以为要嫁姓王的得不了什么钱，不如嫁你的好。又知道你是很想娶我的，我也有一个时候很喜欢你，她才写了快信又打电报把你找了来，以为你来了我就回心转意又会爱上你了。那么，她就可以和你要上一注钱，而且她以后还有了靠身。她就不知道我跟姓王的交情到了什么关系，糊里糊涂把你找了来。你一番好意，赶着来，也以为这件事差不多是大家同意，就万想不到我倒要跟定了这个姓王的。你既然来了，又不愿白跑一趟，还在北京候信到今天，这实

132

在是因为你热心，受了委屈了。你纵然不说出来，我还有什么不知道的吗？"

林子实一肚皮的委屈，正打算见了桂英之后，从头至尾爽爽快快地说了出来，不料自己一个字没提，桂英就倾筐倒箧完全代为说了出来，觉得她这个人并不是不知好歹的，这委屈先不能说，便笑道："我也没有什么委屈，本来公司里在北京方面还有许多未了的事，我不来，可以托人代办。我来了，就自己来清理，这也算是以私报公。"桂英笑道："林子实，你真是名副其实。漫说你不是以私报公，就算你是以私报公，你在女人面前也别说出来，大概跟女人灌米汤这件事你是不会，我的二爷。"

她不说出这些话则已，一说之后，将林子实一张脸臊得通红，手捧了一张裱糊了的菜单子只管去翻弄。翻了许久，才抬头向桂英道："吃什么呢？"桂英笑道："二爷，你别客气，今天这餐饭让我请，算是给你饯行，也算是给你道歉。"说着，由他手里接过菜单子来，口里一面喊着伙计。当伙计来了的时候，手捧了菜单子，就报了四样菜一个汤，然后回转脸向林子实道："够了吧？"林子实笑道："怎样好要你请客。"桂英道："又怎样好不要我请客哩！"说着，将手向伙计一挥，让他走去。林子实道："白老板，你这份爽快劲儿，我真是佩服。"桂英摇了一摇头，笑道："不对，女人要温柔好，像我这样泼泼辣辣的有什么好？你不见那征婚的小广告都是这一套吗？什么性温貌美，年在二十岁以下，要有中学程度，第一项我就没有资格。"林子实真说不出什么来，只是笑，桂英道："说起来，我是有些对不住林二爷，千不该万不该，不该从中钻出一个王玉和来。我对他什么话都说过了，我已经放他不下，到了这时，我已经没有法子和第二个人提到婚事了，若是林二爷不到上海去这一趟，那就不会发生这些波折。我妈刚才说了，说是凡事都有个缘分，这是真的。"林子实不免减去了那见人老笑的颜色，微昂着头，长叹了一口气。

桂英道："二爷，你这次来，花了多少钱？"林子实道："我没花什么钱，住在公司里，火车票也是公账。不过公司里限我十天回上海的，现在差不多过了一半的限期，稍微失一点儿信用罢了。好在我是公司里的老人，我只要说得出原因来，公司里倒也不会怪我。就是花几个钱也没关系，我一个光身汉子，要许多钱做什么？"桂英道："以前，你是等着我，现在你倒可以成一份家了。"林子实在袖子里抽出一条手绢来慢慢擦抹着脸，顿了一顿，才道："成家这事，很不容易。"他也只能说到这里，又提起桌上的茶壶，斟了一杯茶喝。这时，伙计送上菜碗来了，桂英道："给我们来两壶红玫瑰。"林子实一摆手道："酒罢了。"桂英笑道："我给你饯行，怎样不要喝点儿酒？"林子实为了这个酒字，一想起昨天在街上遇到大福提了两个酒瓶子的那回事，有一句话想说出来，终于不敢说出来，却笑了一笑。桂英道："二爷笑什么？"林子实道："我笑你令兄呢。昨天在街上打酒，我碰到他。他说王先生不在府上，可是他又说见着王先生还是初次，他那种一个机灵人，也让我老实人捉到了错处，所以我见着酒想起来就笑了。"

伙计送上酒来了，桂英接过酒壶，先向林子实斟满了一杯笑道："你瞧这酒，红红的，浓浓的，喝到嘴里甜蜜蜜的，咱们交朋友一场，没有什么可报答你的，请你喝这样一杯甜酒。"说着，也将壶向自己杯子里斟下来，然后举起杯子，站着向林子实道："我们就对干一杯吧。"林子实怎能拒绝，也只好端了杯子站将起来，就向着她喝了，喝后还照了一照杯。桂英将酒喝下，手按着杯子，点了一点头，笑道："这杯酒算喝下去了。咱们的事，也就像这杯酒一样，完全没有踪影了，请你以后把我姓白的忘了。"林子实道："怎么样子说我们也是朋友，为什么忘了呢？"桂英笑道："为什么忘了？你还有什么不知道的，因为你说起了我心里头就会难过的。喝酒喝酒，不要提了。"说着，二人坐下，继续地吃喝。

林子实请桂英来吃饭，本想多少发两句牢骚，可是一和桂英见面之后，这牢骚就减去了一半，加之自己要说的话桂英也就全知道了，让他有口难开。这时桂英斟上一杯酒，让他们把以前的事忘了。他不但觉得忘不了，而且对了这杯酒，更觉桂英这样一个聪明而又豪爽的女人实在可爱。只恨自己脸子长得不漂亮，年岁又大一点儿，所以无论怎样得不着她。可是得不着她，也可以想起她的好处，就是她光明磊落，有爱人就有爱人，不爱你就不爱你，老老实实地说出来，这很可以减少男子们无聊的追逐，无谓的相思。他如此想了之后，更觉得心平气和。吃了一会儿，就向她道："北京这个地方，我每年总少不了要来一两趟的，将来白老板出了门子以后，你的老太太那里，还有什么事要我帮忙的地方只管找我，没有关系。"桂英笑道："他们也不会好意思再找你的了。这一次他们写快信打电报把你找了来，下次还能写快信打电报把你找了来吗？"林子实只管笑，喝了酒没作声。桂英道："二爷决定今天走吗?"林子实犹豫了一阵子,笑道："就把这饭馆子当了火车站吧,你不管我哪天走,是不用送行的了。"

桂英想了一想,点点头道："不送就不送吧,你一定能原谅我,二爷,你瞧过我演的《红拂传》没有?"林子实听她突然提到这出戏上来,倒有些莫名其妙。答道："瞧过的。白老板,你问这句话什么意思?"桂英道:"那红拂和虬髯客拜别一场,不是舞了一套剑吗?"林子实笑道:"莫不是白老板也要对我舞剑一场吗?"桂英用嘴对墙上一努,那上面挂了一把胡琴,笑道:"二爷不是喜欢听反调吗? 这里反正没外人,我自拉自唱一段,你瞧好不好?"林子实笑道:"那太好了。咱们交这多年的朋友,我没有听白老板在台下唱过一句。"桂英笑道:"唯其是这样,这自拉自唱才是难得的了。"说着,她起身取了胡琴下来,半侧了身子坐着,调了一调弦子笑道:"行了,我唱什么呢?"说着,回过脸来,笑嘻嘻地望了林子实。他拱拱手笑道:"白老板唱什么都好的。"桂英笑道:"那么,别唱反调了,唱一段甜蜜蜜的《醉酒》吧。"林子实道:"只要白老板赏面子,什么都行。"

桂英听他如此说,侧过脸去,果然拉着胡琴,唱了一段《醉酒》,正唱的是那"你若中了娘娘意,合了娘娘心,来朝一本奏当今"。林子实听了,不由他不神魂飘荡。桂英一回头,看他笑嘻嘻的样子,便笑道:"这个不好,咱们朋友分手,还有什么可乐的,我唱一段《起解》的反调吧。"于是她又拉着唱了起来。唱到那"但愿得与三郎得见一面",真个回了头向林子实看了一眼。林子实那样的老实人,也就为之黯然。桂英唱完了,将胡琴向桌上一放,笑道:"不好不好。"林子实将桌上一杯凉酒端着一饮而尽,然后站了起来,一拍手道:"白老板,劳你的驾,跟我拉一段。"桂英眉毛一扬,笑道:"好哇,二爷唱什么?"林子实笑道:"我唱戏有调子没板眼。公司里人都说我是摇板大家,那么,我唱一段连环套天霸下山吧。"桂英笑道:"那么,你把北京城当了强盗寨,我算是窦尔墩啦。"林子实哈哈笑了。然而笑是笑了,桂英依然拉着胡琴。于是林子实对了墙站着高声唱道:"多蒙寨主宽宏量。"只唱了这一句,却是扫兴,有人来打岔来了。

135

第十五回

如愿以偿千金博此夕
见机而作一曲话当年

　　林子实长歌当哭地正唱了那句摇板，这饭馆子里的伙计都在屋子外，隔了门帘子大声喊道："林先生电话。"林子实无论怎样唱得高兴，也不能说有了电话不去接，只得向桂英笑道："对不住，请等一等，我要去听电话。"说毕，就掀着门帘子出去了。桂英以为他平常一般地去接电话，一会儿就回来再唱的，依然将胡琴把在怀里等着。不一会儿，他回房来了，脸上似乎更增加了一种不快。他也不说什么，立刻就叫了伙计进来，向他伸着手道："我们的账单子呢？"伙计去取账单子，他就伸手到怀里去掏钱。

　　桂英将胡琴一放，用手拦着道："二爷，怎么着？你真要会账吗？我们是多好的朋友，且不去管他，决计不能够要走的人倒向不走的人会东。我和你讲个最后的交情，这个东由我会，算我向你饯行，你看好不好？"林子实踌躇了一会儿，平白地却叹了一口气道："唉，我们要好也不在乎这做东不做东上。"桂英道："这不结了，你做东也可以，我做东也可以，为什么你就不让我做东呢？你若是记我的仇恨，你就别让我做东。要不呢，算我做朋友的和你饯个行，似乎你也不好意思拒绝。话是说明白了，你答应不答应权在于你，我可不敢勉强。"说时，半侧了身子站在林子实的前面，眼珠斜斜地望他。林子实向来是不好意思正眼望着她的，现在却也不客气，向她脸上凝神看了一遍，约莫有两三分钟之久，才微昂着头叹了一口气道："你一定要和我饯行的话，就让你和我饯行吧。刚才公司里人打了电话来，说是上海总公司里有电报来了，催我快快南下，我是决定下午这班车走的了。"说着，又叹一口气。

桂英看他一会儿工夫倒叹了三回气，明知道他心里是极端难受，可是，以事实所限，又不便怎样去安慰他。只得装了模糊，微笑道："这也像我从前唱戏一样，到了唱戏的时候，无论有什么天大的事情也要前去。拿了人家的钱，就得受人家的管，这可是一件没有法子的事情。"林子实道："我倒不为这个。"说着，就向她拱拱手道："多谢多谢，我就用不着再客气了。"桂英向来也没有看到过林子实说话是这样牢骚的，一面在身上掏了钱会账，一面向他道："你虽然是忙，也不忙在一会儿，叫伙计重沏一壶茶来，我们坐着谈两个钟头再走，你看好吗？"林子实道："不必了，我要回去收拾收拾行李。你也可以早点儿回家去，免得……"说着，顿了一顿，才接着道："免得老太太不放心。"桂英知道他是话里有话，然而没有法子去驳他，只有向着他微笑而已，林子实就将旁边茶几上的凉茶壶斟了一杯茶，先漱了漱口，然后并喝半杯，放了杯子，取下墙上挂钩上的帽子，向头上一盖，连连向桂英点头道："再会再会！"说时，他手掀着帘子就走出去了。桂英走到雅座门口，手扶了门帘子，只是向着人家的后影出神，她倒叫了伙计，将茶壶换了开水，一个人坐在雅座里慢慢地喝着。直把一壶茶都快喝完了，猛然想着道："我这不是无聊吗？一个人坐在这里喝茶算怎么一回事呢？"于是站起身来，才自回家去。

　　一进门，杨妈就迎到院子里来，向她低声微笑道："张三爷那边派了一个人来，请你过去有话说。"桂英道："要我过去说话，我就过去说话得了，为什么这样鬼头鬼脑地说。"她说话的声音倒是很高。杨妈一想，这倒怪了，难道这是王先生叫她去，她还不知道不成吗？若是知道，为什么不欢喜哩？桂英也不再说什么，一个人自走回房里去。杨妈看了她这样子，猜不出是什么情形，悄悄地自去做事。过了一会儿，隔壁粮食店里的伙计前来传话，说是有个姓张的打了电话来，请白老板过去一趟。杨妈迎到院子里来说是知道了，回转身来，到桂英屋子里来回话，桂英正和衣躺在床上，扯着一条毯子盖了下半截。杨妈自言自语地道："又睡着了，回头再说吧。"桂英一个翻身坐了起来，向她道："谁睡着了？我累了，躺一会儿。"杨妈道："张三爷又打了电话来了，您是去与不去呢？去，就别让人家老等着；不去，也回人家一个信儿。"桂英很坚决的样子，向杨妈道："你去回过信，就说我不去了。"杨妈道："王先生不也在那里等着您吗？"桂英不作声，只是一人在床上闷着坐着。杨妈摸不着桂英是什么意思，自去向粮食店里借电话打。刚刚走到大门外，桂英却由后面追了出来，连招手带叫道："不用打电话，我去吧。"杨妈是赞成她到张家去的，当然没有第二句话可说。桂英叹了一口气，走向自己屋子里去了。过了一会儿，她也就披着斗篷出门去了。

朱氏等桂英走远了，将杨妈叫到屋子里来，盘问她道："张家打电话来，把你大姑娘找去的吧？大概那个王先生也就在那里。"平常朱氏提到王玉和，都是姓王的那个小子，至多也不过说一声王玉和，如今居然叫起王先生来。这可了不得，大概是不会反对玉和的了。但是杨妈也不敢猝然就答应，便作两可之词道："大概他也在那里吧，可是也说不准。"朱氏笑道："那还有什么不知道的，你们都是一条藤儿上的人，事到于今，我任说什么你们也不会肯信，只好由你们去办吧，你们也就用不着再瞒我了。"杨妈又怎好说什么呢，只有微笑而已。

这日晚上，桂英回来得很晚，脸上通通红的，犹自带了几分酒色。杨妈料着她有个半醉，就把家里留下的水果搬出一些，送到桌子上来。桂英靠在椅子上，用手撑了头，看到杨妈搬上水果来便笑道："你以为我喝醉了吗？"杨妈道："你脸上带了酒色，怎么看不出来，今天晚上你准是很高兴。"桂英听说，不由得长叹了一口气，复又笑道："天下事，总不能两全，我也只好麻麻糊糊的了。"杨妈掀了门帘子，伸着头向外看了一看，然后低声道："老太太今天都叫起王先生来了，这样一说，你大喜的日子就近啦。"桂英听说，又是一笑。杨妈看了她这种情形，料得果然是喜期近了，也就不必多问。

自这日起，桂英也就一天比一天的忙，王玉和也就一天两天地到白家来上一趟，不必谈什么喜事的话，只听王玉和商量着，在什么地方赁房，买些什么家具，什么时候就先搬东西过去，在一旁听了许多话，便可知道桂英是哪一天出阁了。忙着到了最后的三天，王玉和已经不来了。桂英家里也开始办理喜事。起初几天，桂英脸上还不免带些愁容，这一星期来，她却是很高兴，脸上不时地带着微笑。最后三天，王玉和虽不来，桂英却悄悄地每天要出去几趟，向王玉和打一个电话。杨妈看着觉得桂英和王先生的感情一定很好，将来结婚以后，这生活不知道要甜蜜到什么程度呢。

到了喜期的日子，王白两家都是借了饭庄子办喜事，一早白家的人都到饭庄子去了，只留杨妈一人在家守门。一直到了晚上，朱氏、大福和几位亲戚都回家来了，朱氏向杨妈道："你姑奶奶今天到那边去了，没一个亲人，你姑爷斯斯文文的，又不懂住家过日子的事，这三天，你到那边去伺候几天，等你大姑混熟了，你再回来。"杨妈在家里闷了一天，正恨不得一脚就踏到喜堂上去，看看新郎新妇是如何的情形，现在朱氏叫她到王玉和家去，还赶得上新婚之夜，心里非常之高兴，立刻就到屋子里去，拢了一拢头发，找一朵通草扎的红海棠花儿插在耳朵鬓发上，然后换了一件新褂子，就雇车到王家来。

一到大门口，便见大门楼上点了一盏球式电灯泡，照耀着两扇红漆大门，钉着黄铜环子，非常华丽，走到里面，小小的四合院子，一律朱漆廊柱，绿漆格扇，糊着雪也似的窗纸，非常好看。正面屋子里，又是麻雀牌，又是骨牌，又是开话匣子，声音闹成一片，玉和穿了长衣马褂，笑嘻嘻地在正面屋子里陪着客。杨妈一脚跨进门，便向玉和请安道喜，玉和情不自禁地却笑着向她作了一个揖，客人都哄然大笑，有的道："玉和今天是高兴极了，见人就矮三级。"玉和笑道："不是那样说，因为我们这番婚事一大半是这位大嫂帮助成功的，今天新人进房，我可不能将媒人抛过墙。"说着，引着全场人又大笑起来。

杨妈看了大家这样欢喜，也觉得这回婚事是非常圆满的了，到了新人屋子里，只见满屋都是白漆的家具和那糊得雪亮的屋子，真个是没有半点儿灰尘。屋子正中垂着宫灯似的电灯罩，对了白漆镜台上一对高二尺的龙凤喜烛，互相照映。上面一张白漆铜床，罩了白色珍珠螺的帐子，两盏红纱罩的铜擎电灯在墙上斜伸出来，照着紫色的锦被、绣花的枕头，别有一种风味。桂英穿了粉红色的衣服，头发上束着一条红色丝带，脸上笑嘻嘻的，喜气迎人，周围坐了四五个珠围翠绕的女客，簇拥在床角边和桂英谈话。杨妈一进门，还不曾向她道喜，桂英立刻站了起来向她笑道："我算定你该来了。"杨妈请安道："大姑奶奶，大喜呀！"一个女客道："你真改口改得快呀，马上就叫起姑奶奶来了。"杨妈笑道："这儿是王宅呀，我若照着在家里那样称呼可有点儿不大合适呀！"桂英眼睛瞟了她一下，微笑道："这儿是王宅？"说着，声音却是很低，杨妈道："我这话没错呀，要不是王宅，我还用不着道喜呢。诸位瞧呀，我们姑奶奶今天可乐大发了。平常瞧见我们姑奶奶在戏台上扮新娘子不过那一回事，今天瞧见我们姑奶奶真是新娘子了，仿佛就又是一个人。"桂英笑道："你不要信口胡诌，我怎么会又是一个人了呢?"女宾从中起哄道:"本来另是一个人呀,从前是白老板,于今是王太太了。"大家哈哈大笑,桂英正在得意之秋,却也不免随着大家一同笑了起来。杨妈也不知是何缘故,跟着里面高兴,进进出出地侍候,直到一点钟还不见疲倦。这个时候女宾们都已走了,外面屋子里,一桌打麻将的人和几位看牌的只是宣言要战到天亮。玉和只是笑着,不赞成也不反对。有几个男宾索性恶作剧起来,要把牌桌子抬到新娘子房里去打,杨妈见最后的四圈牌已经完了,就忙着打手巾帕,倒茶递烟卷,笑道:"诸位老爷都请回府去安歇吧,时候不早了,哪位先生自己有车,哪位先生雇车,有车的吩咐车夫点灯,没车的也让我去雇车去。"她说着话,还带了向人请安。这些客人说笑几句,借雨歇台,各人也自走了。

玉和家里原雇有个女仆,杨妈早打发她去睡了,自己先打好了一盆洗脸水,然后又替他们铺好了床,叠好了被,把玉和请到新房里去,放下门帘子,替他们反扣了门,悄悄地到下房去睡。约莫有半个钟头,自己还是不放心,复又悄悄地走到上房来,隔了窗户向里面听着,窗户纸上已不是那样通亮,电灯是灭了,听到桂英低声道:"那对烛要点着的,你别吹它。"接着,有拖鞋踏地板声、帐钩声。桂英悄悄地道:"你这个小家庭布置得很不错,花钱不少吧?"玉和道:"这都是为了你啊,多花几个钱我倒也不在乎,今天我总算如愿以偿了,像我这样一个穷措大,得着你这样一个人做媳妇,我还有什么话说?"说到这里,却听到哧的一声,有人笑了。杨妈在窗户外点了两点头。又听了一会儿,又听到桂英笑道:"今天晚上我看你很快活,其实照住家过日子说,今天也不应该这样铺张。据我算,你在家里筹划的一千块钱大概是完了。"玉和笑道:"人家说,一刻千金啦,我就是花了一千块钱,有了今晚一刻,那一千块钱就不冤。而且对于爱人,是不应该说金钱问题的。"说到这里,彼此声音都小了。后来玉和笑道:"一刻千金,一刻千金,不要睡,谈谈吧。"桂英道:"你不是说对我不谈金钱吗?"说到这里,声音便小了,只听见一片笑声,杨妈总算一百二十个放心,自回下房去了。

一宿无话,到了次日,杨妈率同这边的刘妈收拾屋子,桂英起来得特别的早,她们在外面收拾屋子的时候,她已把衣服穿整齐了,开了门出来。杨妈早抢上前一步对她脸上注视着,然后笑着请了一个安道:"您大喜呀!"桂英红了脸没甚可说的。玉和却披衣起来。杨妈又请安道喜,笑

140

道："还早着啦，您不休息休息。"玉和道："我还有事呢。"杨妈道："今天您还上衙门吗？休息一天吧。"杨妈给玉和道喜，他倒没有难为情。只是杨妈说到"上衙门"三个字，这可叫他脸上红了起来，不能答复一个字，随便地由嘴里哼上了一个字。桂英笑道："衙门里若是非到不可的话，你还是去吧。这里到交通部又不远，你下班回来再去回门，我等你就是啦。"玉和道："不要紧。遇着有正经事，谁也可以请个三五天假。"桂英听他如此说就也不勉强了。杨妈在一边看到，觉得姑爷和姑奶奶有谈有笑，非常和气，心里也自是高兴。

这天玉和没有走开，到了十一点钟，照着北方的规矩，夫妻双双地回门过二朝，这一日混上一阵便天黑了，青天白日易过，转转眼就到了甜蜜的夜间了。这天晚上，没有闹新房的亲戚朋友，电灯光下便可去细话生平，夫妻二人更是融洽。到了次日，玉和睡到九点钟起床，又没有去上衙门，桂英也不以为怪，直到第四日头上，玉和自己想着，这不能不把丢了差事的话告诉桂英了。否则只有一个办法，每日按着上衙门的时候出去，下衙门的时候回来，反正她不到交通部去的，她有什么法子来证明我说谎？不过这话又说回来了，天天这样瞒着她出去岂不是痛苦。而况朋友来往，说话之间，恐怕总也有露出马脚的时候，等桂英再来盘问，那就告诉她也迟了。这只有厚了面皮老老实实地把话来告诉她，好在我之丢差事，十之八九是为她的。那么，说起来，她也就不能不原谅我了。如此想着，便想将话来和桂英说。他起了床，漱洗已毕，悠闲地抽着烟卷，来回地在屋子中间走了几趟，忽然站定了，取下嘴里的烟卷，面对了桂英，正想把这话说了出来，桂英恰好有话问道："今天你还不打算上衙门吗？那可不成话了。"玉和道："今天当然去。"桂英道："看你好像有几句话想说又没说出来，你要说什么？"玉和笑道："没什么，我就是说，设若我回来晚了，你不用等我吃饭了。"桂英笑道："你为公事出去，我能够不等了吗？你只管去治公，这些小事用不着挂心了。"

玉和听了这番话，不能不走，于是就勉勉强强走出门去。可是一早去会朋友是不大合宜的。要找个地方消遣，听戏，看电影，都太早了，若是就这样在大街小胡同里走着，两条腿又经受不住。想来想去，只有买两份报带到公园里去看，可以消磨到十一二点钟去。而且公园这种地方，就是天天去也不会烦腻，人家看到只觉其高雅，也不会发生什么疑心。主意决定了。当日上午就在公园里消磨了半天。回得家去，桂英笑嘻嘻地由屋子里迎了出来，笑道："回来得不迟不早，刚是吃午饭的时候，你们科长司长都没有说你什么吗？"玉和道："没说什么。"桂英道："你的同事一定和你大开玩笑来着吧？"说着话，携了他的手，一同进屋子去。玉和心里想着，太太待我如此之好，我岂可以让她扫了兴致，也就凑趣道："可不是吗？他们还要来看新娘子呢。"桂英道："我就怕你今天到部里去要碰钉子，既是部里上上下下对你都很好，我也就很高兴了。"玉和笑嘻嘻地道："你也高兴吗？那就好极了。"二人说着笑着，一同吃饭。吃过了饭，玉和也不和桂英再说，擦把脸就出门去了。

有了这番虚演的故事，玉和对于丢官的话就不敢再说一个字，一日跟着一日，只是一早到公园里去看报，下午满城会朋友，这样混着有一个星期之久，不必要桂英看破，每当自己由外面回来的时候，见了桂英，脸上就是一红。出门的时候，桂英不说什么，为了向她告别说上衙门去了。这话不能不说，说出来，声音小得像蚊子一般，脸上虽不红，也觉得皮肤里面有一种极不好受的感觉。偏是在无事的时候，桂英又喜欢谈衙门的事，玉和不随着说，那是不可能；随着说，却每个字都是撒谎。自己生平是不喜欢撒谎的这种人的，到了现在，却撒谎过日子，自己对于自己也说不出来是如何难受。好容易熬到了星期日，不用得假上衙门了，算是停了一天撒谎，到了星期一早上又要开始撒谎了。这天他醒得最早，在枕上睁了两眼望了帐子顶，注视着帐子顶上的纱纹，一根一根都要看清楚出来，这算决定了主意，他自己警告自己地在想：须从今日起，我不撒谎了。要不然我又得一早上公园去坐冷板凳，坐一个星期之久了。就是下午，向城去拜访朋友，也是应当看的以及不应当看的朋友都看遍了。天天去看朋友，并没有一点儿正经事情，会不到，也不留下什么话；会到了，也不过瞎谈一阵，整天整夜地出门骗自己，回家骗新夫人，这种痛苦实在忍受不了，还是把话向夫人言明了得了。好在自己手边还有几百块钱，就是按了这种小家庭的日子去过，至少还可以过半年，在这半年以内，我总可以得着一个差事，与其终日里欺人欺己，倒不如用这种工夫去谋个位置。

如此想着，在当天吃过晚饭之后，沏了一壶茶，故意在屋子里和桂英闲谈。不过说来说去，自己总没有那种勇气。突然地把自己没有差事的话来说出。两人隔了一个桌面，玉和手扶了茶杯子做一沉吟的样子，眼望了墙上一架绣字镜框子老是出神。那绣字是西湖月老祠的那副集联，乃是"愿天下有情人都成了眷属，是前生注定事莫错过姻缘"。桂英道："你想什么心事，是想这副对联上的话吗？"玉和只管望了对联，并没有听到她说什么。过了一二分钟，忽然想到桂英是向自己说了话的，如何不理会呢？立刻掉过脸来向她问道："你说什么？我没有听见。"桂英笑道："了不得，你想什么想入迷了，我当面和你说话你都不会听见。"玉和笑道："可不是，实不相瞒，我有一件极大的心事……"他口是说着，眼睛可注视着桂英的脸上，看她怎样，桂英猛然听到他说有一件极大的心事，也不免诧异起来。玉和看那样子，这句话是不好接着向下说，立刻笑道："你吓了一跳吗？我是故作惊人之笔，其实也没有什么心事。"桂英道："我也是这样说呀，你现在是心满意足，甜蜜蜜地度着这新婚的生活了，还有什么重大的心事呢？"玉和道："我是心满意足的了，就不知道你是不是也心满意足呢？"桂英道："我有什么不心满意足呢？愁吃，愁穿？你我的精神上本来都很安慰的。在物质一方面，你在交通部拿的那一百多块钱薪水足够咱们这一家子嚼裹的。再混个一年二年的话，你差事再好一点儿，我们就有余了。"

玉和听这话，脸上虽是极力矜持着不露出什么慌张的样子来，但是他心里已经怦怦乱跳了一阵。于是站起来，倒了一杯茶喝。然后先放了茶杯，其次向桌子上吹了两口灰，才缓缓地坐了下来。打下这样一个岔，心里总算安定了。但是自己预备了一肚子话，一看这种形势，就一个字也不敢说出来，取了一根烟卷慢慢地抽着。他慢慢地抽着烟，昂了头，又入了沉思的状态中了。桂英坐在桌子那边，看到玉和那个样子，便笑道："真有点儿心事吧？究竟为了什么？你可以说出来。若是用得着我分忧解愁的话，我也可以和你分忧解愁。"玉和先向她笑了一笑，接着又道："其实没有什么心事。就是有点儿小心事，我自己足以了之，不成问题。"说着，扔下烟头，又倒下了一杯茶喝。桂英笑道："今天晚上闲下无事，我将你的心事猜上一猜吧！"玉和一想，自己的心事还是不让她猜也罢。便笑道："你到现在，还有三句话不离本行，又在唱戏说话了。"桂英道："这个习惯的确是不大好，我想法子要慢慢地改正过来。这都因为我们一班姐妹们平常都爱这样闹着玩儿，所以大家都弄成了口头禅，没有法子来改变。"玉和道："那没关系，不改也不碍事。有道是'君子不忘本'。是干什么的，到底就是干什么的，将来咱们有了儿女，你愿意把一个去学唱戏的话，我也赞成。"桂英道："唱戏？咳，我是领教多年了。有儿女宁可让他去挑葱卖菜，也别让他唱戏。唱戏唱到我这样子总算不错，你瞧我到于今，闹着什么？哪天无事，我把唱戏的苦处和你谈上一谈。"

玉和一想，她慢慢地要谈到心事了。她谈了心事，我也可以谈心事。因道："今天也无事呀。你何不就谈谈呢？"桂英道："这个谈何容易，说起来恐怕有三车子的话。"玉和道："这又不是什么急事，非一天谈完不可的，你今天先来说一段得了。"桂英手撑了桌子，托了自己半边脸，眼睛斜斜地向窗户上望着，出了一会儿神。笑道："我就说一件事吧。我们演《少奶奶的扇子》那本戏，你看了是很赞成的。全班的角儿，你觉得都很整齐吗？"玉和这倒摸不着她什么用意，便笑道："这本戏，我看过两次，果然角色很整齐。"桂英道："少奶奶家里有个老妈子，你看那个角色怎样？"玉和道："这个角色在戏里不怎么重要，我倒没有注意。"桂英点着头笑了笑道："有你这句话，我就算没有白问了。这个女仆的角儿，她叫梁小宝，今年四十岁，儿子都有十八九岁了。她是十二岁学戏，就上台当跑龙套的。那个时候她一天不过拿十几个子儿的戏份，自然是苦，可是到了现在，她快唱二十年戏，每日在台上转着，别说学戏，就是瞧着人家做戏，听着人家唱戏，也该练习了不少的本事。你猜怎么着？直到于今每天还拿不到半块钱的戏份啦，这个人总算唱了一辈子戏了，图个名呢，图个利呢？"玉和道："那也只怪她不图上进，为什么不好好地学出一点儿本事来呢？"桂英道："不知道的人都是这样说，其实她也照样地努力学戏过，无奈台上没有人提拔她，台下没有人捧她，她总红不起来，说句迷信的话，这也只好说是她的运气不好罢了，命运这样事情我是不信的，可是像梁小宝这种人，我怎能说她不是运气呢？"

玉和听了这句话，心里头就痛快极了，这岂不是和我造下一个说话的机会？便笑着点点头，叹了一口气道："你这话说得很对，由命运之说又引起了我姻缘两个字的迷信。譬如旧戏《鸿鸾禧》这出戏，一个书生在乞讨之中也得了人家的怜爱。假使我是个莫稽，你也肯嫁我吗？"桂英道："因为爱你才嫁你，管你是干什么的呢？"玉和笑道："当年我就看过你《鸿鸾禧》这出戏，仿佛你就是金玉奴，我爱极了，不料我今天就娶的是你。"桂英道："那么，你自比是莫稽了。这可比得不对，你为人用情专一，不能像他那样嫌贫爱富。"玉和故意放出笑容来，对她脸上看了一看，才道："假使我现在穷了，你是不是还爱我呢？"桂英笑道："你这叫闲着无事，无话找话说，交通部现任的老爷怎么会穷起来了？"玉和道："你以为我还是交通部的小科员吗？"

桂英听了这活，一点儿也不惊讶，却笑着看了他脸色道："我早听说你有升科长的希望，你真升了科长吗？"玉和笑着站起身来，用大步子在屋子里来回踱了几转，不曾答复出来。桂英笑道："你这个人的性情实在是特别，总是放在心里做事，不到那个时候你不发表。你说，几时升了科长？还是刚有这个消息呢？"玉和心里想着，我要说丢了官，她反而猜我升了官。这话怎么说？这话怎么说？糟糕，他心里说着糟糕两个字，口里也就冲口而出。桂英这才吃了一惊，突然站起来问道："什么事糟糕？"玉和在屋子里来回地走着，背对了夫人，不曾看了夫人的颜色，就叹了一口气道："咳，我丢了……"回过头来一看，只见桂英红了脸，有大为吃惊的样子，这话他怎敢直说呢？在丢了两字以后，把这话就自己很勉强地停止了，站着望了桂英，也只管发愣。

第十六回

伉俪情深解铃原有术

逢迎道苦托钵竟无门

白桂英看他猛然说出的那个样子，也不知道他丢了什么东西，不免只管追着向下问道："你丢了什么？你丢了什么？"玉和见这情形不妙，如何敢说是丢了差事，用手摸了胸前的口袋所在，做出很惊讶的样子道："糟了，糟了，我把箱子上的钥匙丢了。"桂英扑哧一声笑了出来道："你吓我一跳，丢了一把钥匙，这也没有什么关系，何必这样大惊小怪。"玉和道："你不知道，我有两封信锁在箱子里，等着要发出去，一时拿不出来，你说我急不急？"桂英道："也不用着急，你重写两封信就是了。"玉和笑起来道："对了，我是一时想愣了，没有想到这头上来，对了，对了，我就来写信吧。"

桂英听说他要写信，于是搬出纸笔墨砚替他放在桌上，先和他磨上了墨，然后又找了几张信纸整整齐齐地放在书桌子前面，玉和在这种情形之下，当然不能不写信，于是坐了下来拔出笔，慢慢地在砚池里周转地蘸着，两只眼睛却只管望了墙上挂的日历想心事。他望着日历，看看还是星期一，他心里就连续着得了一个感想。假使我今天不向桂英把话说破时，不成问题，这一个星期，我又得上一星期的公园，跑一星期的路，拜一星期的朋友，这都不打紧，最难堪的，便是回来，又要扯一星期的谎。他如此沉思着，桂英以为他在构思呢，便倒了一杯茶，悄悄地送到他面前。也是桂英大意，这一杯茶就放在他右手臂下。还是不愿惊动他，悄悄地放下，她又悄悄地走开了。不料玉和将笔只管蘸着，突然地将笔向砚池上搁着，身子半站起来，抬起手向桌上一拍。桌子轰通一下响，袖子又一带，哗啦一声，将茶杯带落在地下，打个粉碎。桂英看了这种情形，不由得吓了一跳，以为是他生气来着，站在他身后，呆看了许久。

还是玉和自己先醒悟过来，立刻回身向她赔了笑道："你看我，有些发糊涂了，怎么写着信发起急来了？"说着，就弯腰把打碎的杯子捡了起来，送到外面秽土堆里去，然后再回屋子来，将笔墨纸砚一齐收起，摇着头道："不写了，不写了。"桂英问道："你有什么心事，这样地神志不灵？"玉和看看桂英的脸色，持有很犹豫的神气，便笑道："不相干，我想起朋友在银钱上共往来，都是这样，借钱的时候，什么条件都肯接受，到了你和他讨钱的时候，他就推三阻四，甚至于置之不理你，从此以后，我再也不和朋友共往来了。"桂英听他所说的话，如此地圆到，当然不是生自己的气，这才放了心。玉和也怕桂英为了这个疑心，就向了她赔着笑道："这真对不住，我无心打碎了一个茶杯，让你受惊了，现在你还受惊吗？"说着，向前握了桂英的手连连摇撼了几下，做个安慰的样子。桂英笑道："我又不是三岁两岁的小孩子，一个茶杯子落在地上就会吓了这样子久。"

玉和知道夫人是不会疑心的了，这就倒了一杯茶，靠了桂英坐下，一面呷茶，一面微微地哼着西皮二黄，过了一会儿，大家把刚才的一件事差不多忘记了，玉和才敢陪着夫人就寝。可是他心里却不住地懊悔着，自己正要把一肚子苦水告诉夫人，偏偏一点儿勇气没有，就是这样含含糊糊地隐吞下去了。这样看起来，自己这一番苦衷恐怕始终没有可以宣布的时候了。如此想着，在床上翻来覆去怎样也睡不着。桂英本睡着了，被他左右翻覆地惊醒过来，就问道："玉和，你到底有些心事吧？要不然，为什么睡觉也睡不着呢？"玉和道："我哪有什么心事。不过今晚睡得早点儿，在床上糊里糊涂一想，南天地北的什么事都想到了，因之睡不着，其实没有什么心事。"桂英因他不肯说有什么心事，当然不能逼着他非说出来不可，也就含糊过去了。

到了次日，玉和依然去上衙门，按时回家。不过他的脸色总不能十分安定。又过了三日，玉和倒是上衙门出去了。到了上午十一点钟的时候，玉和有个朋友叫寇伯瑾的来拜访。桂英曾会过他两次的，就亲自出来招待。他坐下来，第一句自然问道："玉和兄不在家吗？"桂英道："他上衙门去了。十二点钟下衙门的时候，他才回来呢。"寇伯瑾道："玉和新得了差事吗？"桂英道："还是在交通部。"他听说还是在交通部，表示着很惊讶的样子道："还是到交通部去了吗？这就难得了。上次部里把他的差事撤了，我就替他抱屈，现在又调进部去，这倒也罢。"桂英听了这话，心里很有些疑惑，就强笑着道："对他在外面的事，我是不大过问的。"寇伯瑾道："在你办喜事的前一两天，他还说要想法子找一个事呢，当然就是这两天调进部去的了。"桂英含糊答应着是的，也就算了。寇伯瑾因玉和不在家，桂英又是个新娘子，不便多谈，立刻也就走了。

　　他这一来，桂英就增加了一个莫大的疑问，既不曾听到说玉和丢了差事，更也不曾听到新得了差事，刚才寇伯瑾这话从何而起，看这样子他这丢了差事的成分居多，不然，何以每回说到部里的事情就局促不安呢？本来这件事可以去追问张济才夫妇一下，可是仔细一想起来，自己闺门以内的事都不知道，反而要去问朋友，这未免是一件笑话，因之还是搁在心里。到了次日，恰是一个下雨的早上，桂英起床以后，并不惊动玉和，玉和熟睡着醒过来已经有十点钟了。他在枕头下掏出手表一看，坐起来淡笑着道："糟了，太晚了。"桂英看他脸色却并不怎样的惊慌，心里这就有了五成数。因向窗子外努着嘴道："你看看外面，雨下得这样子大，今天不必去上衙门了。衙门无非是这么一回事，我想一两次不去也没有什么关系的。"玉和打着呵欠，伸了懒腰，笑道："我就依从你的命令不出去吧。"桂英偷看着他漠不关心的神气，心中更是有些把柄。

　　由上午混到下午一点，又该上衙门了。玉和心中暗想，这样大雨，街上的车子一定是乱敲钉锤子的，要让车夫拉了满街跑着拜朋友，当然所费不少。若不拜朋友，大雨的天又到哪里去安顿身子，踌躇着，却也没有决定是出门不出门。桂英倒反而先问他道："雨还没有住呢。既然上午你没有到衙门里去，下午也就不必去了。你若是还怕不妥当的话，可以借个电话向部里打去，请朋友替你请一天假。"玉和道："既是不去，就不用打电话了。好在部里一班同事待我很好，我就是不去，他们也会替我画到的。"桂英笑着点点头，也不强迫他去打电话，于是玉和安然地在家里度过这个雨天，晚上桂英假说头晕，老早地睡着。早上醒来，玉和当然要问她的头晕好了没有？桂英却道："不曾好，若是衙门里的事情可以放得下来的话，

148

希望你今天再请一天假，陪我一天。"玉和沉吟着道："今天再请一天假吗？这个，我还说不定。"桂英躺在枕头上，却将眉来皱着。玉和立刻改口道："那可以的。我这就去打电话。"说着就走出去了。

桂英听到女仆在外面屋子里扫地，就悄悄地把她叫进来，悄悄地向她道："你到大门外去看看，王先生干什么去了。你在大门外不要响，回来偷着告诉我。"女仆虽不知道这是什么用意，但是这却有些神秘的意味。当用人的十九都喜欢探访主人秘密的，既是主人叫她去参与秘密，这更是乐于从命的。便笑着去了。过了一会儿，老妈子由外面进来，向桂英悄悄地道："王先生没有去打电话，站在胡同门口上东张西望一阵。"桂英正色道："你知道什么？这样鬼头鬼脑做什么？"女仆在隔壁屋子里听得清清楚楚。明明是太太让主人打电话去了。现在主人不打电话，自然是欺了太太，正想把这话据实报告得些奖赏，不料太太倒是一句话喝了下来。这也无话可说，只得闪开了。过了十来分钟，玉和笑着进来了，他道："我已经打过电话了，部里有好几人答应和我请假，请假是不成问题的了。"桂英只微微笑了点头，并不说什么。

到了这天晚上，桂英等女仆出去了，见玉和在靠床的椅子上坐着，自己坐在床上。玉和道："你现在没有什么不舒服了吗？"桂英笑道："压根儿我就没病，骗着你好玩儿罢了。"玉和道："你为什么冤我呢？"桂英低声笑道："我冤着你在家里好好地舒服一天，那不好吗？"玉和看她笑中带刺，似乎有什么讥笑的意思，因就向她道："你的意思很好……"把这个好字拉得极长，下面似乎有一句什么话要说出来，却慢吞吞地忍下去。桂英不由得微昂着头，叹了一口气道："老实说，到了现在你还不能十分了解我呢。"玉和做个猛烈惊疑的样子，向她问道："你这话从何说起？"桂英道："我白桂英要嫁什么人嫁不着？什么人都不嫁，单单嫁你，不就为的彼此情投意合，谁也不至于欺骗谁吗？"玉和听这话，料着是自己玩儿的把戏已经被夫人识破，不由得红了脸，把头来低着，桂英道："我既是为了爱情来嫁你，当然不管你有吃无吃，有穿无穿，你做官我坐轿，你抬轿我啃窝头，决计是没有反悔的，因为如此，不管你有差事也好，没差事也好，我待你总是一个样子的。可是你把那些贪慕虚荣的女子来看待我了……"

玉和抢着拦住道："你这是什么话？我对你是亲爱到十二万分之处，又佩服到十二万分，只是愁着没有法子报答你。"桂英点头道："你最后一句话我相信是真的。也就因为有这样一句话，所以你对我很有些困难，第一是不能露出穷相，免得我心生难受，因为不能露出穷相，所以对我不能不说谎，其实我心里未见得好受，你心里倒难受起来了，那是何苦呢？"玉和道："我有什么话骗了你吗？"说这话时，将脸色正了一正，望着桂英。那意思仍是表示着对桂英依然很诚恳。桂英道："你不是骗我，你是自己骗自己呀。我听到说，早几个月你的差事就丢了，可是到了现在，你天天还闹着上衙门。我想，你出门以后就是无缰的野马，要到处乱钻吧？出去乱钻，回来倒要正正经经地说由衙门里回来，这不是很痛苦吗？其实，我绝不是那样势利眼的人。你有差事，我和你是夫妻；你没有差事，我就和你不是夫妻？你要是早早地告诉了我，这一回喜事我就不让你这样大铺张，把一天花的钱省下来，我们留着慢慢地住家过日子，要过几个月呢。"

玉和听了这番话，心里紧张了一阵，又舒畅了一阵，衣服里面，一阵阵的汗由脊梁上透出，和小衣都黏成一处了。嘴角上闪动着，不时地露着苦笑。桂英又向他道："我的话还没说完啦。你想，我的眼睛里要是以官为重，我不嫁总长次长，也要嫁督办司令，为什么要嫁一个科员。你这样一个小小职分，和阔人比起来，不像是没有差事一样吗？所以你有差事没有差事，由我看起来，简直不成问题。"玉和听了她这样大刀阔斧地说上一段，心里是如释重负，痛快极了。但是一说破了，自己便是用话来骗了新夫人，这便是不忠实，新婚未久，就让夫人侦察出来是个骗子，这不是笑话吗？玉和想到了这里，自己是大窘之下，额头上不住地冒汗珠子。

桂英站起身来，拉了玉和的手，让他也在床上坐着，笑道："我们是贫贱夫妻，这些都不在乎的，你放心得了，你的话我也替你说了，差事没了，那是不要紧，饭总要吃的，可是差事没了，现在没有了进项，那怎么办呢，我就该说了，因为没有了进项，不能不去想法子。既是想法子，就当一心一意好好地去办，还有工夫天天说谎话假装上衙门？从今以后，你可以把为难的事对我实说了，我能帮你忙的地方一定尽力去做。你自己呢，担着一份要找事的心，就别再担一份怕让我为难的心了。你就好好地去找出路吧。"玉和听了这话，只觉一阵阵热气由丹田直冲脑门，一齐要由眼睛里冒出来，只是这样对夫人哭着未免太不像话了，因之极力地忍住了眼泪，用手紧紧捏了桂英的手，很从容地道："我真是对你不住，做出这样的事来。你不但不怪我，倒反而原谅我，我真不知道要怎样地感激你才好了。"桂英将他的手紧紧捏了两下，向他微摆着头道："你说这话，这不是知心之言了。"玉和连连点头道："你说的是，我既知道你很清楚，就应该知道你很能原谅我。我不知道你会原谅我，就不是你的知己。"桂英笑道："你也不必一味地自己埋怨自己了，反正你的心事我已经明白，多说也无味，我们就不必往下再谈了。"

玉和也是觉得越谈越无趣，她不愿谈，那就更不必往下谈了，当先被桂英说破了自己行踪，脸上自然是不好意思，现在完全说破了，倒也觉得心地洞然，因向桂英道："从明儿起，我要开始奋斗去找事情，在一个月之内，无论大小事情，我总要去抓个位置，好来安慰你。"桂英道："我们的款子，好在还可以过一年半载，你不用慌，慢慢地去找机会好了，我母亲面前，我自然会和你去遮盖，你用不着担心了。"桂英一好起来，便是无处想得不周到，玉和除了感激人家之外，真个也无话可说。这一晚，夫妻两人之感情格外见好，谈谈笑笑直到深夜。

到了次日早晨，玉和首先感到舒适的，便是高枕无忧地睡到十点多钟，方始起床，安安稳稳地吃过午饭，然后出门而去。这些日子，玉和在外面拜访朋友的时候，也是不住地托朋友找事。只是有一层，吞吞吐吐，不敢切实地求人。一来怕朋友到家里去说，二来又怕朋友通信，三来自己还不敢撒手应酬。如今好在是家庭都通过了，不妨明干的，所以见了朋友之后，只有老老实实地说差事丢了，希望朋友找一个位置。朋友当面都是说，现在没有一个机关不是闹裁员减薪，找事恐怕是不容易。背后却都讥笑着说：王玉和也是自作其孽，过得好好的，要娶个什么媳妇，娶个平常人家的姑娘倒也罢了，却又娶的是个唱戏的名角。混小差事的人，这样去干，焉有不失败之理。除了几个交厚的朋友，竟没有一个人和他表示同情的。所以王玉和在外面正式奋斗了一星期之久，所得的结果只是朋友们的冷面孔与冷笑。自己仔细想想，也未尝不知道是自己娶了白桂英的缘故，所以在外面尽管受了委屈，回家却是笑嘻嘻。桂英问起找差事的话，玉和只说朋友答应代为设法，不敢说一点儿无希望的话。但是自己曾说过了，尽一个月之内大小要找个位置。现在过了四分之一的预算期间，不但没有一点儿头绪，而且观察这一个星期得来的结果，可以决定了朋友是不肯帮忙。若只自己一个人的话，这样不见重于朋友，何必还说多话，即日打被出京也就完了，于今有了夫人，有了亲戚，自己没有差事，何以供养夫人，又何以替夫人在亲戚面前保留这个面子？如此一回想起来了，才觉得人家说家室之累这一个名词是千真万确的。

这样混到第十个日子上，打听得清楚，旧上司袁铎司长有升盐务署长的消息。去年他老太太过八十整寿，曾和他写过两部《金刚经》。不但字写得干净，而且并没有一个错字，没有一下省笔。袁司长看到很是欢喜，说是抄写的许多部《金刚经》里面，要以这两部写得最好，从此在衙门里遇着就很客气地打招呼。后来他调任到财政部去了，彼此不同衙门，所以缺少往来。现在去找他，算是一个得意的旧属，或者他不能够淡然置之。如此想着，算定了他是九点多钟上衙门的，一早八点多钟，便前去拜访。到了门房里一打听，说是我们老爷昨天晚上三点钟才睡，这个时候哪能起床？玉和看门房那个样子很是和气，倒也不难说话，便笑着问道："贵姓是？"门房道："我姓刘。"玉和道："哦，刘爷，在司长这公馆多年吧？"这刘门房本来拦房门口站着，固然是不让玉和进去，他自己却也并不要出来，这时，他却走出来一步，脸上带一点儿笑容，向他道："可不是？司长这儿常来常往的人我都认识，你以前也到我们这儿来过，现在好久不见了。"玉和道："我听说这边司长要高升啦，也许有用得着我的事情，所以我特意来见见。"刘门房道："咱们不见外的话，我老实对你说一句，这可难啦。这几天来见司长找事的简直不断，还有托人写介绍信来的，那还不算呢。"玉和道："这个我也知道，各人碰各人的运气罢了。但不知什么时候司长可以见客。"说着这话，满脸堆下笑来，然后向他微点着头道："求你多照顾照顾，将来再感谢。"刘门房道："昨天晚上开了一宿的会，司长实在是乏了，今天要他见客，恐怕不能够。明天九点钟以前，你可以来上一趟，到那个时候，我跟你言语一句。至于见得着见不着我也说不定。"玉和道："见得着见不着，那没有关系，我多跑两趟就是了。"刘门房道："你府上有电话吗？到了那个时候打个电话来问我就是了。我们只要说得来，彼此都有个关照。"玉和听说，心里可就想着，要说家里没有电话显见得局面小。要说有电话，人家要打电话去呢？这便向刘门房笑着拱拱手道："不敢这样子的费心，好在明天我也没有什么要紧的事，再来跑一趟就是了。"说着，又和刘门房道了几声劳驾，方才回去。

到了家里，桂英知道玉和今天是见袁司长去了，一进门便迎着笑问他："今天见着袁司长，有些成绩了吗？"玉和踌躇着道："约了我明天去见呢。"桂英道："阔人都是架子大的，能约你去见一面那就不错了，日子迟一二天，那倒没有什么关系。"玉和怎好说什么呢，也只好陪着夫人笑上一笑，他因为不愿撒谎欺瞒夫人，又不愿说真话让他夫人失意，所以只有笑上一笑，模模糊糊地过了此厄。到了次日，玉和又到袁铎家里去求见。还没有走进大门，那刘门房却迎了出来，赔着苦笑道："你今天又算白跑，我们司长上天津去了。"玉和听说，软了半截，找得着事找不着事，那还没有什么要紧，可是夫人问了起来，自己却何词以对？难道直说袁司长上天津去了？昨天告诉夫人袁司长约我谈话，今天袁司长偏偏上了天津，这可见得我在袁司长面前是一点儿信用没有了。他心里如此想着，神情自然就踌躇起来。刘门房看了他那种为难的情形，便道："你不是听说我们司长有升官的消息才来找他的吗？其实你别找他，他由司长升次长，就是由第三席坐到第二席去，又不是新机关，能安插什么人？我告诉你一个消息吧，从前和我们司长也同事的梅帮办，现在有外调天津海关监督的消息，这一下子可就要用人不少。你何不到他公馆里去找机会，找得着很好，找不着也不损失什么。"玉和一听，这话有理，立刻就改向梅公馆来。

到了公馆门口，一看只见提篮携盒向里面送礼的却是络绎不绝。自然门口的汽车人力车也停满了道路两边。玉和看着，不像是平常日子的情形，于是就向一个车夫打听，这宅里有什么事？汽车夫说是宅里老太太的散生日，玉和一想，这倒是个进见的机会，何不送上一份礼，然后跟着拜寿，只要他送礼簿子上看到了我的名字，也就不能不敷衍我一点儿。于是忙着回去拿钱，采办了一笔礼物，还出了两毛钱，运动房东的包车夫代为送去，一直忙到下午，自己这才到梅宅来拜寿，礼物算是收下了，到拜堂拜寿的时候，只有梅司长的少爷打一个照面，接着便有招待员引到客室里来。这客室里，人是坐得不少，但是举目一看，没有一个是认识的。而且这些人气派都非常之大，谈笑自若的，三个一群，五个一党，互相招呼，在那里说话，对于他并不理会。

玉和在许多活动的人物中，单单的一个正襟危坐着，不但自己无聊，便是让别人家看到，也要说自己是个傻子。因身边还坐着一个胡子长一点儿的人，还像是个长厚些的人物，便站起身来，笑嘻嘻地向人家问着贵姓，不料这个老人竟有几分不识抬举，随便答应了一声，我姓泰，站起身来，有别人向他打招呼，他却和别人说话去了。玉和碰了这样一个钉子，心里自是难过已极。然而看看这位老人，态度轩昂，起码也是简任以上的官吏，怎好去和人家计较什么，因之依然低头无言，沉默着坐在那里，再冷眼看那些招待员，也只挑着那大家奉承的人前去招待，对于自己眼角也不曾看上一看。刚才坐在这里，自己还只觉得无聊，坐久了，倒觉是无耻了。自己站起身来笑着想告诉一个招待员，说是要走了。然而那招待员只管在人群里忙来忙去，眼光却并不射到自己身上来，自己这又算白和人家赔了一回笑脸。只是已经站起来了，却也不好意思地再坐下去。牵了一牵马褂，到旁边屋子里去，将帽钩上的帽子取着拿在手上，站到屋中间来。他心里想着，这个时候，招待员看到客人手里拿着帽子是个要走的样子，一定前来打招呼的了。不料自己站在屋中间有五分钟之久还不曾有人理会，只得拿了帽子悄悄地走出梅宅。

这样回去，当然是一件十二分扫兴的事。不去一方面扫兴，一方面又觉得恢复了自由，倒是一件可喜的事情。忙了一下午，花了十几块钱送礼，主人翁自己都不曾见着一面，实在冤枉极了。这时天色已黑，到了吃晚饭的时间，自己且到小馆子里去吃一碗面再回家去，依着他本人的心事，本应当向桂英直说的，可是不明什么缘故，当见了桂英之后，桂英问上一句酒席怎么样，自己便会答复出来还好。这"还好"两个字，就是自己撒着谎，说是吃了酒。此外的话，她一问起来，又不能不跟着撒谎了。他口里撒谎，心里却非常地难受，自己早已决定了不再向新夫人说一句谎话的，怎么不知不觉地又跟着撒起谎来。心里惶恐还不要紧，又怕脸上的颜色不好，毕竟是让夫人把内容察看出来了。所以只和夫人说了几句，就牵扯到别一件事情上面去。他今天是懊丧极了，老早就上床去睡觉。然而他哪里睡得着？头一落枕，就在那里想着，找了两个旧上司都无缘可接近。明日应当换一个办法，找一找有能力而位分小些的人。虽不能直接向他找事，可以请他代为介绍出去，至少也可以把自己现在一番为难的情形对他说上的。这样的上司，自己有还是有一个，便是同乡李学慈，他做过一任教育次长，代理部务。同乡的人，不称他先生不称他次长，都叫他一声李学老。这也无非以为同乡的关系，不称官衔而称某老，比较得可以更亲热些。既然是可以表示亲热，当然可以用同乡的资格去找他。所以他当晚从头至尾想了一遍之后，到了次日悄悄地就来找李学老。

这个李学老遇着同乡来拜访，向来当作自己家人一样，来则必见的，自己就也毫不犹豫地专诚之至地来拜会。不料到了门口向门房一打听，门房便说次长不大舒服有好几天了，恐怕不能见客。玉和一想，李学老在同乡中是个敦厚的长者，知道他有病就常来奉看，而况又到了他大门口，怎好过门不入呢？如此地想着，立刻就转变了意思，对听差的道："我就是知道你们次长身体不大好，特来探访的。"门房听说，当然进去先报告了，然后引他进去。李学慈果然不是风寒小病，他正歪卧在床上，牵着被盖了自己的下半截。床面前放了一张茶几，上面放了药碗糖罐茶杯之类，屋子里充满了病人的空气。李学慈在床上就拱了两拱手，向玉和连连道不敢当。早有在病人屋里照料的老妈子，搬了一张凳子靠了床放下，让玉和坐着。越坐得近越看了老人家脸上血气不充足，这个样子，安慰人家之不遑，怎好在人家当面要求介绍差事，因之随便地说了几句话，不敢搅扰人家，就起身回家了。

他心里非常之苦恼，连找了三个方面，都是筹之烂熟以为有把握的，结果都是碰一鼻子灰。在北京官场找饭碗真有如此之难。这一腔苦水，自己也不敢和桂英说，只是闷在肚里，预备去想第四步的办法，等事情成功了，然后一齐告诉桂英，才可见谋事之苦。因之又忍耐了一天，预备再去找一个可以帮忙的人。不过找了三天，憋了三天气。这第四天，且不要又憋一天气。自然出去找路子，在官场里十有其九是憋气的，为了免除今天再憋气起见，只有今天不出去拜客，不出去找路子，是万无一失的。如此想着，第四天早上就一点儿事也不做，只端了几份报在家里看。他看报的时候，无意之间看到报的前端有两项启事。上面的文字是："安徽旅京同乡诸君公鉴：兹据皖垣来电，吴太岳先生，准于十五日下午，乘通车到京。吴公文章道德，望重海内，此次莅京讲学，乡梓增辉。凡我乡人，望于是日下午齐集车站，恭候文旌，以表示欢迎之至意。"下面还有其他的文字也不必看了，心里忽然灵机一动，接着想着道：这位吴先生为人是非常慈祥的，在省城念书的时候，曾请他当过学校的校长，结果他真代理了三个月。那回去欢迎他，他自己便是十大代表中之一个，今天他来了，无论为私为公都应当去欢迎他一下子。天下事是说不定的，也许借着这个机会就可以请他找一件事。十五是哪一天呢？将手上拿的报纸一看，啊哟，十五便是今天，原来打算今天休息一天的，这样子今天便又不能休息了。一个人找起事来，犹如撒了一把种子到土里去，知道哪一粒种子可以长出秧来，哪一粒种子长不出秧来？今天去欢迎吴太岳老先生是撒种子之一粒。又犹如讨饭的花子一样，知道哪家要得着饭，哪家要不着饭，上车站去欢迎人，也是去要饭的一家，有效力与否在所不计，去总是要去的了。玉和在一番考虑之后，到了下午四点钟，就穿了长袍马褂到车站去欢迎吴先生。

第十七回

一代莺花消磨七件事
满城风雨高卧二分愁

　　当玉和决定了主意之后，就按时到车站来接吴太岳。他以为这是不会有什么困难的，总可以在车站见着他，不料走到了车站，一看同乡们却一个也没有，心里想着，难道所有的同乡都不来？那么，我一个人接着了吴太岳，这人情更大，他更要领取我的人情了。这样想着，低头向站里面月台上走。转了两个弯，忽然又一转念道，慢来，同乡这样大登启事，岂有不来欢迎之理，莫非已经过了钟点了，找着车站上的标准钟一看，并没有到钟点，当然没有欢迎过，那么，这些同乡何以不来，难道报上登的那一则启事是开玩笑的吗？一个人狐疑着，猜不出所以然来，但是既然来了，不能白白地回去，且在车站上等等看。不多的时候，火车到了，自己在行人要道上站定，只管张望车上下来的人。这些人是一群一群地过去，并没有吴太岳，当然，这是自己实心信任了报上那一则启事，又算白跑一遭了，一个人怏怏地走回家去，又加上了一层不快，后来一打听，吴太岳在中途有电致同乡会，展期一天到京，等自己知道了这个消息的时候，吴太岳已经是到京一天了。这样一个与自己有渊源的人，偏是又把这欢迎的机会错过去了。

　　他连受了几番挫折，自己就很是灰心，在家里休息两天，也不曾出去会朋友。可是在第三天下午，岳母朱氏却来看女婿来了。她进门看见玉和，第一句话就问道："姑爷，衙门里公事忙呀？"玉和答应不好意思，不答应又怕露出破绽，随便地道："总是这样。"桂英听到母亲说话的声音，一直迎到院子里来，将她搀了进去。朱氏问道："这几天你公母俩都不见面，我知道玉和一定是公事忙，你为什么也不回去呢？"桂英道："我要走了，家里就没有了人，你叫我怎样离得开来。"娘儿俩说着话，走到屋子里来，玉和也就跟了进来，在一边坐着陪话，朱氏随说了几句闲话，她原是朝姑娘坐着的，这时却掉转身来向玉和坐着，因道："我今天来，一来是看看你们，二来还有一点儿小事。"说时，掉过脸来，又朝着桂英道："自从你出门子以后，家里更显得冷静了，你哥哥也说家里事没有人做，这不是办法……"桂英笑道："你不用向下说，我明白了。是不是哥哥要娶嫂子呢？这是好事呀。"朱氏道："好事不是？可是一说好事，就结了吗？"

桂英听到这里，知道下面有一段大文章。便向玉和看了一眼，那意思好像是说，有了一个难题目了，你自己斟酌答复吧。玉和心里也很是明白，微微地将下巴点了两点，表示是知道了。朱氏说的话，是一口气说下来的，姑娘姑爷面前当然用不着怎样考虑，又道："第一就是钱这件事，我没有办法，你哥哥说了，打算打一个会，请你公母俩一个上一支。"桂英以为母亲要下什么命令，硬要多少钱。现在不过很客气地商量着，要公母俩上一支会，这就不好怎样推辞。因向母亲道："哥哥要娶嫂嫂，我手足至亲，当然要帮忙。可是玉和的钱就是我的钱，我的钱就是玉和的钱，怎么我两人倒各要上一支会呢？"朱氏笑道："说虽是这样说，可是借了这个名儿，好让你夫妻二人出个双份儿。"玉和道："是多少钱一支会呢？"朱氏道："少了不够的，多了又怕邀不起来，所以我想每支会定二十块钱，你们两个人一个月拿出四十块钱来得了。玉和在交通部一个月拿一百五十块钱，这还不到零数啦。我也跟你们算了，你们又不等着钱用，先别使这个会钱，按会收利，说是四十块钱，一个月贴出三十五六块钱得了。到了最后两个会，你们才得了去。十个月之内，你们贴出三百五十六块钱，可以收回四百块钱回去，这也是一件好好的事呀。不知不觉地可以替你们聚上一笔钱了。"

玉和听了，心里不住地打算盘，将银行里存的款子通统算起来，也不过四五百块钱，每个月极力节省着过，也只好用半年，岳母出了个主意，倒要贴十个月的会，这不是要人的命吗？他踌躇了许久，才向桂英道："北京城里标会的这种事情，我可有些不懂。"朱氏道："这有什么不懂？我做头会不算，邀十个人出来，逢月摊钱，到了那日，像衙门里买东西投标一样，大家标利钱，标得利钱多的得会。比方说，桂英短钱使，想得二会，标两块钱利，那么，二会这一会你一支出十八块钱得了。你若是老不使会，到了末会，你一个钱利息也不用标，会也归你得，人家都要按份出二十块，你不是出打折的本收足数回来吗？"朱氏谈起标会，她仿佛是个老手，说着连算带比，两手闹了个不歇。玉和听了，始终装了不大明白，微笑道："这件事，我实在是外行，请你自己和姑娘接洽吧。"朱氏道："哟，你真是个书呆子，别的话你不用说了，难道你出钱也不会吗，一切你都不用管，到了上会的日子，你拿出四十块钱交给你的太太。多了钱就带回来，反正谁也不能欺负你。"朱氏说到这里，真把话说得无可转折了，玉和要说出钱也不会出，那就是不肯出钱，丈母娘岂肯放过呢？因之什么话也不说，只是笑笑。桂英知道他这一份困难，这时一定回断了母亲，大家面子都不好看，便笑道："不用说了，你要去会朋友，出去会朋友吧，让我和妈慢慢地商量吧。"玉和听了这话，犹如得了皇恩大赦一般，立刻站了起来，向朱氏连连拱了两下手道："我要出去会两个朋友……"朱氏道："今天不上衙门去吗？"桂英抢着道："去的。他去会朋友，也是为了公事。"朱氏也站起来道："既是有公事，你就别耽搁，我是自己家里人，还跟我客气什么呢？"玉和有了这话，欢天喜地地去了。

　　他为避免和丈母娘说话起见，直到吃过了晚饭的时候方才回家来，见朱氏已不在这里，就向桂英道："你看这件事怎么办，不是哑子吃黄连有苦说不出来吗？我去后，你是怎样和老太太办交涉的？"桂英道："我还能说不出钱吗？我告诉了妈，只要哥哥娶亲，我一定帮忙，两百块钱的事还用得着邀会吗？到了那个时候，我拿出来就是了。"玉和道："你倒说得好大话，两百块钱我们随便拿得出吗？"桂英道："我又不会变钱，我怎么又拿得出来呢？不过我想大福，他是想借娶亲为名，好邀一个会，弄些钱花，压根儿还没听到说媳妇家姓李，他娶个什么亲？所以我就落得向他说个大话，说是只要大福有了日子，我就拿出二百块钱来。"玉和道："他真要是定亲呢？"桂英道："我也跟你想了，你受憋也就是这一两个月，到了他定亲的时候，你一定也有了事情了。那个时候，无论怎么样，两百块钱的事还周转不过来吗？"这样一说，玉和听到肚里，昂头先想了一想，桂英道："你觉得怎么样？"玉和道："很妥当的。到了那个日子，我还找不着事，那也不是我的好事情啦。"桂英道："这不结了？"玉和自己说了这样一句壮胆子的话，心里比较地痛快一阵，其实这几个月里，是否有把握可以找到一件事？真没有把握呢。

　　他如此想着，点了一根烟卷，斜坐在靠椅上只是出神，桂英却也不来理会，打开小厨子捧出一份东西放在桌上，玉和看时，乃是三本账簿、一把算盘，还有一个小木头盒子，里面装有铜子和铜子票。她放好了，接着又把三屉桌上的笔墨也移了过来。玉和笑道："这样子，你是要算今天的账了。你到那三屉桌上去写不好吗？干吗又挪笔墨到这边来呢？"桂英道："在这儿写，就了屋子中间的亮吧，到那里去写又要亮上一盏电灯了。"玉和笑道："你真是了不得，一节省起来什么都很经济，多点一盏电灯你都舍不得。"桂英笑道："并不是我过于节省，你想，一样事情省一点儿，把省俭的十样事情归结起来，就是一笔很大的款子，现在你没有找到事情，我还是放开手来花，你怎样受得起？我常听到你们读书识字的先生谈过，什么不能开源就当节流。我这也算是节流啦。"她如此说着，在身上口袋里摸索了一阵，摸出几张字条来。她看一张，就在账簿上写上一笔，写完了，然后将算盘敲打一阵，打完了，手按桌子，昂着头想道："不对呀。我今天付出了一块八毛钱，怎么只有一块六毛钱的账呢？"玉和口里衔了烟卷，只坐在一边，遥遥地看着，这时见她如此，便笑道："二毛钱的事，为数几何？你何必还要这样地去思索呢。"桂英道："这话不是那样说，既然谈到记账，那就一毫一厘都要仔细考究起来，不能含糊过去。"说着就高声叫了一声刘妈，他们的女仆进来了，笑道："大奶奶算账啦，是有一笔账漏了，记不起来了吧？今天下午，巡警和我们要公益捐来着，临时把条子丢了，他说明天补了来，准是这一笔账没有想起吧？"桂英哦的一声笑了，这才让女仆走去，自己提起笔来在账簿上补写着。玉和道："我想不到你一个把洋钱当铜子儿使的人会过得这样的日子。"桂英道："唯其是当年把洋钱当铜子儿使，于今看到钱不容易，很悔当年孟浪，所以要把钱看得重了。"

　　玉和站了起来，突然向她作了一个揖，笑道："这真算我对不住，你一代名伶，为了我王玉和，把你那正在三月樱花的春光却消磨在这柴米油盐酱醋茶七件事里面了。"桂英连忙退后一步，让开他一揖，然后才笑着道："只要你明白，我做了就值得。我现在虽然少花几个钱，用不着天天去伺候人。从前我在台上，不哭要哭，不笑要笑，于今我要哭就哭，要笑就笑，第一件事就快活多了。从前唱了戏不算，闹到十二点钟散戏以后，

160

也许还有应酬，于今是没有的了。"玉和道："当然，现在身体上是自由得多了。"桂英道："这不结了？人生在世，第一件要的是自由，第二件才是穿衣吃饭。你不见犯了罪的人，法律只禁止他的自由，并不禁止他穿衣吃饭吗？"玉和笑道："不料你倒有这样一套议论？"桂英道："唱戏的人，人情世故什么不知道？而况我们唱的戏，一年至少有十个月是唱的时装本戏，总不外乎是社会上一些升高落下的事情。别跟人学，就是我们唱戏，自己也把自己教坏了啦。"

玉和点点头道："你这话真难得，有你这一篇话，我为你肝脑涂地还值得。"桂英笑着将笔墨账簿一齐收了起来，向他道："别这样对着灌米汤了，大家打起精神过日子就得。人家总说唱戏的女孩子不会当家的，我倒要做点儿事给人瞧瞧。就是你说的话，柴米油盐酱醋茶，打开大门来，也无非就是这七件事，这有什么难于料理的。"玉和道："原因为不难，才觉得让你去管理，那是有些不值得。"桂英道："有什么不值得？哪里缺少了银行总经理要我去当不成？"玉和笑道："我不说了。我怎么样子说，你怎么样子和我辩论，反正是你有理。"桂英笑道："这种有理，还不是你所欢迎的吗？"玉和道："当然是我所欢迎的。你瞧，若不是我欢迎的，我怎么会跟你作揖道谢呢？"桂英道："光是和我作揖道谢就算得了吗？"玉和道："你说要怎样地道谢呢？我真要道谢，怕你又要拒绝了。"桂英抿嘴一笑。在这一笑中，夫妻俩才把柴米油盐这本滥账算清，一同去安寝。

到了次日早晨。玉和在床上睁眼看时，身边已不见了桂英，枕头边倒放着一叠报纸。顺手便拿起报纸，从头至尾看了几遍。把报都看过了，却见桂英手提了个菜筐子，在窗子外边一闪。玉和起来时，见她手上拿了个白瓷碟子，盛着五个蟹壳黄烧饼进来，笑问道："洗过脸了吗？"玉和道："洗过了，茶也泡了，我喝了，不淡不酽。"桂英笑道："你觉得合适不是？这我在茶壶里放好了茶叶才走的。你喜欢吃的烧饼，我也和你带来了，此值着还是热的，赶快吃吧。"玉和笑道："这样子，你又上了一趟菜市了。我告诉你好几次了，买菜的事交给老妈子去做就得了，何必还要自己去买呢？就是让她从中落下几个小钱，那也是很有限的事。"桂英道："我倒不是怕她从中落钱，他们买的菜怎样也不会合你口味，反正我也没有什么事，出去跑一趟也不值什么。"玉和点点头，又叹了一口气道："我惭愧。"桂英拿了一个烧饼送到他手上，笑道："吃烧饼吧，别一起来就发牢骚。

161

我还要给你去做那红烧鲫鱼呢。"说着，她就把衣架上搭的一条白布围襟取了下来，在胸面前系着径自走了。

玉和一个人，在屋子里喝着茶，吃着烧饼，就伏在桌上不住地想心事。心里默念着：假使我两三个月内找不着事情，她还能这样待我吗？就算她能这样待我，好意思来享受吗？她越是这样待我，我越要去找一份职业来对付她，我若是找不着职业，我应该羞死了。他正如此沉沉地坐在屋子里想着，外面有人叫起来道："客来了，怎么瞧不见人呢？"玉和伸头一望，却见程秋云穿了一件浅灰滚黑边的软绸长旗衫进来。耳朵上吊了一副珍珠坠子摇摇摆摆的，很有风头，她穿了一双芽黄高跟皮鞋，一点儿灰痕没有，可想是坐车来的。玉和连忙笑着迎了出来道："贵客来临，欢迎欢迎。"秋云道："你们新太太呢，到哪里去了？又在屋子里头巧梳妆吧？"玉和倒有些不好意思，说她是到厨房里去了，便笑道："就来的，就来的。"只这一句话，桂英手上拿了柄炒菜的铁铲子跑了出来。秋云伸出一只雪白的手拉住了她一只空手。笑道："你现在真会当家，什么都是自己来。"玉和见她伸出来的一只手却戴了一只很大的翡翠戒指，照现在的行市而论，怕不要值二三百元？自己夫人的手上却是光光的，上面还有锅煤迹。自己心里一难为情，脸上也就红了起来。但是桂英却坦然无事地拉了秋云的手，一路走到屋子里来，还笑嘻嘻地向她道："你来得正好，在我们这里一同吃了午饭去吧。"

秋云还不曾坐下来，就先笑着向玉和道："我们这个媒做得不错吧？你看我们妹子多好，什么事都会做。"玉和笑着向她拱拱手。桂英叫了女仆来，将锅铲交给她，自己到脸盆里去洗着手，解下白围襟来，擦干净了手，又扑着身上的灰，因向秋云道："在家一点儿事也不做，未免无聊得很，所以老妈子做不好的事，干脆我就自己来。"秋云笑道："不想你花容月貌的名女伶，现在这样做起当家太太来了。我们这位王先生要怎样报答你才对呢？"玉和笑着还不曾答话，桂英抢着答道："两口子过日子，谁又当谢谁，请问你帮着张三爷，他怎样地谢你呢？"桂英说到这里时，玉和的眼光就像闪电似的，将秋云耳朵上的珍珠坠子、身上的软绸旗衫、脚底下的高跟皮鞋，由上至下看了一个够。桂英坐在一边，早看到了，心想我这样说着，一比起来，岂不是故意让他难为情？于是向玉和丢了一个眼色道："我们谈谈心，没有你的什么事，你出去吧。"玉和正觉得有些受窘，叫他出去倒是给他一线活路，向秋云道："在我这里吃了午饭去，我少陪了。"说毕，自戴了帽子走出大门来。

那秋云的包车夫，正站在大门外向门里边估量着，看到玉和出来就向他笑着请了一个安，玉和也向他点了个头，那车夫李二道："王先生，我荐个车夫给你吧。"玉和倒不便说不用车夫，闲闲地问道："你荐一个车夫给我？"李二道："是的。他是我们同乡山东人，非常之老实的。"玉和点点头道："再说吧。"李二道："你天天上衙门总是要坐车的，自己买一辆车子，不好吗？"玉和怎好和他多说，笑嘻嘻地走开了。可是自己走远了以后，心里却非常之难过。自己越着急，越是受了这些无谓的刺激。依着自己的意思，不管三七二十一，把自己的真态度揭开，就说自己没有事，大不了，也不过亲戚说我穷，说我运气不好而已，不比这样一天说假话、做假事好些吗？如此想着，低了头只管地走去，及至抬头一看，糊里糊涂地穿过了一条东西长安街，自己由两城步行到东城来了。自己心里本是极的端慌闷，借着散步的机会，解一解自己的慌闷，也未尝不是好事，于是倒也不必雇人力车子，依然步行回来。

到了家里，程秋云已经是走了，院子里两个送煤球的，将煤球筐子放在地上，只管和桂英说好话，桂英手上举了一把大秤，板了脸子，在屋檐下站着。送煤球的笑道："王太太得啦，送煤没有那样好的事，差个三斤五斤的，总是免不了的。你高高手儿吧，下次我和柜上说，让他把秤再约足一点儿得了。"桂英道："一次两次地和你说，你们总是这样，今天不补来不行。"玉和远远地看到她那一番当家的情形，觉得她真是改换了一个人，令人可敬。可是转念一想，她是如此，不都为的是我吗？又令人惭愧。自己远远地站在院子门外发愣，送煤球的回头看到，便笑道："啰，老爷来了，老爷下衙门来了。老爷办大事的人，百儿八十的，那也不算什么，差几个煤球你还计较。"说时，这两个送煤球的又到玉和面前来说好说歹，玉和笑着让他们倒煤球去了，和桂英一路走进屋来，低声笑道："你这种样子过日子，和我们乡下人过日子简直是一模一样。和我们大嫂在一处，一定是二十四分说得来。"桂英见玉和一再地夸奖她，便笑道："实在地说吧，我们做戏的时候，三百六十天天天在台上骂人，不能到了自己头上，就把这件事情忘了。"

玉和听了她这话，也觉得她是真正有一种觉悟，心中自是欢喜。因问秋云到这里来是为了什么事。桂英先是不肯说，后来才道："你的事情丢了，张济才公母俩是知道的。这两天，有人在她面前打听你究竟在交通部挣多少钱一个月，她怕这件事传到我妈耳朵里去了，特意来问问我们。"玉和淡淡一笑道："问问就问问吧，反正丑媳妇总要见公婆的。"桂英笑道："这几个月内，我们的生活又不会发生什么问题，谁看得出这个漏洞，我想还是瞒着一点儿的好。至少人家会说我的命不好，我一来就把你的事情弄丢了。"

玉和听了这话，却也是真的，只好忍耐了不说。可是表面上，从这日起心里就加添了一件心事，觉得这样的隐瞒决计不能长久的，万一让岳母知道了，这事怎么办？桂英既是不愿让她母亲知道这件事情，实在也有些不好隐瞒，一想起来真叫两头为难。然而这没有别的法子可以挽救，只有赶快地去找一件差事到手，才可以把面子遮住。因此一来，他四处钻营差事的运动却特别加紧。有一次找着一个实业的朋友，他说天津方面，公司里差一个协理，若是懂簿记，又懂英文，再有点儿实业常识，就可以担任。玉和想着，除了英文认得几个字而外，那两项全不行，不敢去。又一次遇到一个旧上司，要找一个私人秘书，只要字写得漂亮，汉文有根底就行，资格倒是不论。然而汉文有根底这句话，玉和不敢说。还有一次，电灯公司要找一个工程师，每月薪水三百元，还带分红，可是生平没有学过电气事业。总而言之一句话，找工作的机会并非没有，但是得来机会自己都不能利用。世上哪有做官这件事容易，只要认得字就可以。不用谈专门科学不必懂了，就是普通常识也赶不上时代。自己白来学些等因奉此的公事套子的，除了做官，哪一行也用不着这个。然而北京城里为了官好做，走上做官这一条路子的，至少说也有四五万人。各机关上并拢算一算，大大小小，也不过可以容纳万儿八千的，找不着差事的就多着啦。要说没有事再去找事，那是人同此心，心同此理，我会钻，人家也会钻，这事情就容易临到我头上来吗？做官可以挣容易钱，做别的什么本也可以挣容易钱，但是无论什么事却不如做官这样有面子。你无论到哪一种社会里去，你若是说做官的，就比不是做官的受欢迎，做官的人，若是没有了官职，再去改就别的职业，和人家谈起来也好像很没有面子。所以玉和尽管发愁，除了官以外的事也不想去干。

这样心里烦闷、表面慌张的生活，约莫过了一个月，依然是找不着一点儿机会。不但是找不着一点儿机会，这时，北伐的革命军已经由河南山西两方直逼北京，北京政府天天有崩溃的可能，原来在机关上谋生活的人都发起慌来，不知道何以善其后，当然是更没有找生活的机会了。不过这样一来，玉和心里倒反是踏实了些，只希望革命军快些杀到北京来，那个时候，所有北京城里的官员都没有了职业，自己也就借此倒台，说是跟着北京政府的交通部一齐完了。因之每日看到北方军队打败仗的消息登在报上，心里就很痛快。这一天报上登着，河南军队已经过了新乡，山西军队逼近石家庄，就高高兴兴地念给桂英听。桂英笑道："我也知道你那个心眼，只要革命军来了，北京城里有了变动，你就不用说谎，还在交通部有差事了。反正大家是完，不碍着你的面子，可是你还得望后想，到了那个时候你要找事就更难，我们打算怎么办呢？三个月五个月找不着事，要遮掩也就遮掩过去了。永远要找不着事的话，不但是面子事儿，衣食两个字还得发生问题呢！"

这一句话提醒了玉和不少，革命军不来，虽撒谎有事，不难找个事把谎弥补起来；革命军来了，用不着撒谎，可就更找不着事了。如此一想，又重新烦闷起来。北方的天气是不容易下连阴雨的，一下起连阴雨来，那就会格外地闷人。偏是在玉和前思后想都无路的时候，接连地下了三天大雨，满院子里都是水洼，穿了便鞋，屋子外一步也移动不得。院子外本有一株高大的槐树，在大雨停了，小雨飞着细烟丝的时候，映着屋子里阴沉沉的。凡是下细雨，大概总有风的，那风吹来树上，将树叶上的积水洒泼下来，落到水洼里，哗啦哗啦作响，令人听到，说不出有一种什么烦闷的感想。

他夫妻俩总是在三间北屋子里盘桓的，外面两间作为吃饭做事的地方，里面一间屋子作为卧室。玉和由外面屋子踱到里面屋子，由里面屋子踱到外面屋子，走来走去，只有这三间屋，非常困倦，反背了两手，只管靠了屋门，向院子里天空上望着。那雨丝卷着冷气球儿，在半空里飞舞，偶然有风吹进身边，只觉脸上冰凉一阵，桂英也是闷得无聊，拿了一件小汗褂子，坐在窗户边换纽襻儿。便对玉和道："你在家里闷得厉害，出去找个地方消遣消遣吧。"玉和道："你瞧，天上的黑云都罩到屋顶上来了，城里哪个消遣的地方也停止了，再说我也没有心思去消遣。"桂英道："到济才家里去坐坐吧。"她说着，停了针线，拿出皮鞋雨伞到外面屋子里来。

玉和看到夫人一番好意，不便拒绝，只得换了皮鞋，打着雨伞，走出门来。

北京总是那样，无风三尺土，有雨一街泥。这小胡同里，被三天的雨水一浸，土地化了，车子和人一践踏，满处都是稀化的泥浆。玉和想着，出来消遣的，就不坐车子了，靠了人家的墙，挑了硬地走。脚下走着，心里又不住地想心事，走了许久，忽然醒悟，我到哪里去，就这样一直走着吗？抬头一看，走上马路，已离天安门不远。便想着，不必去会济才了。人家过着那样快活的日子，瞧着也是心里更难受。天安门地方宽阔，到那里去看看雨景吧。于是变了方针，一直走到天安门来，这里是坚硬的石板路，雨越洗越是清洁，走到广场的中间，朝南一望，那一片花圃夹着一条御道，很有些画意。然而这里望得远了，更显出满天风雨。来南方的正阳城楼，北方的天安门城楼，都伸入阴云层里去。似乎这整个北京城都有些阴惨惨的。站了许久，似乎身上有些凉，便坐了车子回家。

桂英问道："济才不在家吧，怎么这早就回来了？"玉和将自己跑到天安门去看雨景的话说了一遍。因笑道："北京政府没有生气，连北京全城的人都没有生气了。"桂英道："你是心里不受用，无论看到什么也觉得凄惨的。"玉和也懒于辩论，靠了桌子，一手扶了头坐着。坐了有半点钟之久，打了两个呵欠。桂英道："你出去一趟连小衣都湿了，换了干衣服盖着被睡一觉吧？"玉和道："对了，只有睡觉，是愁人过阴天一个好法子。"于是桂英打了盆水，放在床面前，让他洗脚，又取了一套干净衣服让他换。玉和换好了衣服，坐在床沿上，随便地将脚伸到脚盆里去搓了两下，便觉得头重脚轻有些支持不住，他也来不及等脚布了，顺手掬起垂下的被单，将脚擦了两下，立刻倒了下去，扯着叠的棉被将身子盖了。桂英看了他这个样子，连忙倒了水，来和他将被盖好，伏在枕头边问道："你别是着了凉了吧？"玉和强笑道："没事，我不过是心里烦得很。"桂英听说他是心里烦得很，不敢再问他什么，依然坐到窗户边去做活。那窗子外的雨又大起来，风吹着，只管沙沙作响。许久许久，却听到玉和在枕上抖着念道："三分春色二分愁，更一分风雨。"桂英也没理会，不久，他又念了一遍。连二连三地只管把这句话来念着。桂英觉得这不是偶然的，就望着床上的他奇怪起来。

第十八回

频道不如归形成槁木
可怜无所好目送飞鸿

白桂英坐在一张凳子上，正自纳闷，为什么他说这种话呢？那床上的王玉和，又抖颤着声音哼起词句来道："三分春色二分愁，更一分风雨。"桂英笑道："你怎么了？颠三倒四的，只管把这几句书来念着？"玉和笑道："什么也不为，可是念了这几句书，心里就像痛快得多。"桂英将茶壶里的热茶斟了一大杯，递到他手上，就向他笑道："你在外面回来，又外面洗了脚，肚子里面还藏着寒气呢。喝了一杯热茶下去，把热气冲一冲吧。"玉和坐起来，接着茶杯，并不说什么道谢，却向桂英叹了一口气。桂英道："你为什么倒叹气？"玉和摇摇头道："我昂藏五尺之躯，倒要受你的保护，我是非常惭愧。"桂英笑道："你这也叫多此一番惭愧了。两口子谈什么保护不保护？"玉和将一杯热茶勉强地喝了一半，就将杯子递还给桂英，接着还拱了一拱手。于是一倒身子，牵了被将身子盖着，一个翻身朝里就睡着了。

原来玉和今天在天安门看雨景，吹了两口寒风，已经受着感冒，不睡倒还可以，睡倒以后，这病就来了。立刻头上昏昏沉沉的，只是不言不语，不睡不醒，人拥了大被躺着。桂英到了这时才知道他是病了，因一面替他盖被，一面轻轻地叫着他问道："玉和，你现在怎么样？"玉和卷了被头，朝里睡着，听了她叫，只是随便地哼着。桂英皱了眉头，一个人自言自语道："这真是要命。风雨交加的，正愁着日子没有法子过下去，偏是他又病了，也是我不好，他在家闷着，就让他闷着吧，又要他出去解个什么闷？准是淋了生雨，所以就病了。"她也不做活了，在床对面靠窗户的一张方凳子上坐着，只是向了床上望着发愁，这样坐了两小时之久，不曾

167

说话也不曾移动，很久很久就叹了一口闷气。

正常她这样叹气的时候，床上的玉和却翻了一个身。桂英吓了一跳，不要是自己在这里叹气，却让他听到了。又走上前和他按着被头，然后低声问道："玉和，你……"她说着话时，曾伸手去摸玉和的脸手伸进被里面时，只觉里面如火炽一般，吓得立刻将手向外一缩，话也停止住了，睁了两眼，望着玉和的脸，只管出神。于是将他的身子摇撼了几下，跟着问道："玉和，你是什么病？找个大夫来瞧瞧吧。"玉和因她是站在床面前叫的，就有些明白过来，因哼着道："没事，我不过受一点儿风寒，盖着被出一点儿汗自然就好了。"桂英手扶了被头，站在床面前，只管发了呆望着他的脸，玉和闭着眼睡觉的，睁开眼来看了一看，又复行闭上。又向她道："你别为难，好好地让我睡上一觉，我自然就好了。"桂英道："真是糟糕。"她也只能说上这四个字，便将话打住了。她在床面前站了好久，然后一挨身在床沿上坐着，伸了一只手到被里去将玉和的手握住着，问道："玉和，你觉得怎么样？我熬一碗稀饭给你喝喝吧？"玉和本来想说不要喝了，可是看到夫人这样子殷勤看护，又不能完全拒绝，拂了她的盛意，只得哼着在枕上点了几点头。

桂英明知道他是勉强答应的，可是除了这样，也没有别的法子来安慰他，于是叫着老妈子打了米去，立刻煮上稀饭，自己坐在床边的椅子上只望了床上的病人。等到稀饭熬得了的时候，玉和已经睡着了。桂英本来要打个电话给母亲，请她来了，可以和自己做主。可是母亲真来了，万一玉和漏出口风来，说是自己差事丢了，母亲不但不原谅，反会说玉和是为了穷逼出来的病，那更是要了自己面子，所以不敢去打电话。到了这时，自己心里想着，玉和的病像是如此的，究竟是不是玉和受了感冒却还不知道；假使不是感冒，是别的病症，这可耽误不得。母亲既不能告诉，不如先打一个电话给张济才，他究竟年纪大一点儿，有事可以见得到。如此想着，也不再考虑，冒着雨就到巡警阁子去打了一个电话给张济才。张济才在电话里听到她说，玉和忽然病了，烧得人事不知，倒吃了一惊，玉和哪里会有这样大的病呢，和秋云一说，秋云问是谁打来的电话，张济才说是桂英自己打的电话。秋云道："这可了不得，他家打电话都是在巡警阁子里借用，可隔着有十几户人家，这样大的雨，她自己水流水滴地来打电话，必是情形很吃紧，我们赶着去看上一趟吧。"张济才和王玉和的交情非同泛泛，听到说他在风雨交加的时候病了，怎好不去探望他一下子，因之遵了夫人的命，叫了一辆汽车，二人就赶到王家来。

这时已是电灯光亮很久了，桂英听到门外有汽车喇叭声，料着是济才夫妇来了，立刻叫女仆开门，自己迎到院子外廊檐下来，檐灯光下，照着秋云手牵了旗袍的底襟，踮着脚尖在院子里砖石上走过来，身上早已洒了不少的雨点，连忙抢上前一步，挽着秋云一只手道："真对不住，这样大的雨要你也跑来了。"秋云道："咱们是什么交情呢？再说玉和又没有什么亲戚，我总得来看看。"说着话，济才已在前走，走到玉和卧室里去。玉和足足睡了一觉，那眼神已好得多了，看到济才夫妇进来，就连连拱了两下手道："这可了不得，把二位都惊动了。"张济才见他躺在枕上，脸上红红的，虽然是有些病容，精神还好，不见得有什么重病，便走上前握了他的手，试了一试温度，点点头道："是受了一点儿感冒，不要什么紧，你好好躺着吧，可别再受凉，再要受凉也许真会闹出大病来。"桂英在一边，连连皱了几下眉毛道："二位刚才没来，他睡着都糊涂过去了，我心里一着急，就只好打电话给你二位。大风大雨的，真对不住！"济才笑道："没关系，在家过雨天，我们也是闷得厉害，走来和你两口子谈谈，也好让心里痛快痛快。"

桂英请他们坐下，忙着敬了一遍茶烟。济才望望玉和，又望望桂英，心里可就想着，这也是我不好，我要多个什么事和他二家做媒。媒是做成功了，桂英成了个过穷日子的太太，玉和成了个小灾官。望后想着，这是怎么好？他心里如此想着，就不由得夺口而出地向桂英道："别着急，事情也只有慢慢地来。"桂英不承想到前前后后的事去，济才无缘无故地安慰她一句，她这却是不知道这话的命意何在，倒反而翻了眼向济才望着。秋云坐在一边，冷眼看着济才的神气便有些明白。就插言道："你真是个老粗，把话来劝人，无头无尾地就这样对人说着，人家知道你劝的是哪一套呢？"于是掉转过脸来向桂英道："他的意思说，玉和没找着事，别着急，慢慢地等机会吧。"桂英道："这个我倒不急。现在时局这样不好，没有事的人多着啦，也不是他一个，只要人身体康康健健的就得了。"济才道："可不是，逢到这种时局，也不是哪一个人的事，现在我店里也是没有生意，只好暂时熬着吧。"

他们在这里谈到生活问题，玉和躺在床上，虽然是不置可否，可是他一句一句听到心里去，闭了眼睛，侧身躺着，很久很久的工夫却叹了一口气。秋云笑道："别谈了，人家在这里病着，不来好言好语的让他宽心，倒说这些扫兴的话，更让人家心里烦闷。"玉和这才睁开眼来，微微地摇着头道："没关系，要这样地谈谈，把心里没法对人说的话彼此谈起来，才会痛快些。"济才道："你是南方人，现在到南京政府去找事的人就多着啦。纵然北京政府倒了，你还有路子可走。就是说革命军来了，你也可以想法子。一来你年轻，这是革命政府肯用的；二来你是南方人，到南方去找事的话不比在北京找事强得多吗？"玉和听得张济才的话完全隔膜。官场中找事，原因哪里是这样子简单的？可是人家冒雨来看自己的病，真是大大人情，自己怎好说人家什么？于是在枕头上将头移挪了几下，表示是点头的样子。张济才笑道："革命军也快到北京了，到了北京，你就可以想法子了。"桂英笑道："三爷这句话算猜到了他的心眼儿里去，他天天瞧着报，心里就是这样的老念着，革命军什么时候到北京来呢？这话，我可要驳一驳了。革命党，不就是要打倒旧官僚的吗？怎么是能够用老官僚呢？我听说南方的官，现在没有总长督办了，全叫委员。这委员可就小啦，县衙门里有委员，前清小佐杂也是委员。我怎么知道呢？从前我大爷（旧京人称大伯父为大爷，二伯父为二爷，爷字音叶将字拉长作平声，与仆人称大爷二爷之爷有别）也是一个宛平县下乡催粮的委员，所以我就知道。这样看起来，革命党都是好人，把官不当一回事。咱们在北京交通部干事的人都是腐败官僚，革命党还肯用吗？"

张济才两手按了膝盖坐的，这就两手同时一拍笑起来道："我真猜不到这位王太太肚子里还有这样一部春秋。"桂英笑道："你别说我。不信，你问你们太太，她知道不知道？我们唱戏的人，这一套词儿，我们学也学烂了。"玉和在床上听着，只是皱了眉，那意思自然说是不对。张济才看见，便道："常言道，事同儿戏，事同儿戏，唱戏哪里可以比真事？革命党志气都大着啦，全是英雄好汉。没听到现在唱的军歌吗？打倒列强，打倒列强，革命成功就好了，欺侮中国的洋鬼子全要打倒，别说小日本了。这也可以说是同唱戏一样吗？"秋云瞅了他一眼道："别瞎扯了，你只知道火腿土丝该卖多少钱一份就挣钱，你也配谈革命。"玉和听他们牛头不对马嘴地谈了一阵子旧官僚和革命党，全不是那一回事，也不由得扬眉一笑，张济才不料闲话越说越远，倒把病人招笑了。这就向桂英道："玉和

170

完全是受了感冒，我瞧是不要紧的，别着急，好好地养息几天，千万别再冒风。我们走了，汽车大概还在门口等着呢。"于是他夫妻二人就告辞走了出来。张济才走到外边屋子里来了，却又踅进屋里，走到玉和床头边，低声向他耳边道："你这件事大概令兄知道了，写了一封信给我，问你的县知事发表了没有？又问听说娶了亲，这女子是什么身份？他不写信给你，为什么倒写信给我呢？我不过和你家里转转信，彼此从来没有通过信的呀。那信我不敢拿了来，怕会出什么问题，过一天你到我家里去看信吧。"说毕，也不等玉和的回话，匆匆地就走了。

玉和听了这样一个报告，比突然得了感冒还难过十分。桂英是找了人来，想和丈夫减轻病症的，这倒和丈夫格外加重了几分病症。玉和躺在床上一想，我真想不到，回到北京来以后，竟是一点儿事都找不着。要知道如此，我何必回去撒那个谎，说是打算运动县知事呢？这叫有何面目去见江东父老？如此一想，精神上增加了无限的痛苦，病又重了几分，当晚自是大烧了一宿，第二天也不见好。桂英看他这样子，怕不是一天两天的病，这就不敢瞒了母亲，就派了老妈子回去报告。

这日已是天晴了，朱氏看在姑娘的身份上，也就不能不连带着看重自己的姑爷，立刻就来探望。她问过病之后，倒劝着玉和说："你好好地养病吧，衙门里不去也罢。听说南方的军队快要到这儿来了，这儿的衙门全得换人，迟早是散，丢了事也不算什么。"玉和倒不料岳母会说出这种话来，真替自己开了一线生路，便道："我也是这样想。"桂英站在一边道："据张三爷说，革命军来了倒反是有法子可想。"朱氏道："可不是吗？以前都是这样，哪省的兵到了北京，哪省的人就抖起来了。"玉和微笑道："革命军不是那样，这回不同了。你们生长北方，指着口音稍不同的都叫南方人。哪里知道，南方有三江、两湖、两广，还多着啦，有十几省呢。革命军来了，十几省的人都抖起来了吗？"桂英向他丢了一个眼色道："不过你是有办法的。"朱氏道："现在姑爷身体不好，别谈这个，好好地养息养息身体就好了。俗语说，'留得青山在，不怕没柴烧'。我有个熟大夫，不用花钱，我把他找来瞧瞧吧。"于是她就走出门去打电话去了。

玉和拖着声音向桂英道："难得老太太有这番好心，我真是感激不尽。"桂英笑道："现在木已成舟了，她无论怎样地不满意你，到了现在也只有望你身体好好的了。因为你的身体好，我就跟着你好呀。"玉和在床

171

上点点头。他心里本以为丈母娘来了，不免要加重自己的心事，现在丈母娘除善言安慰而外，而且是十分体贴，虽是没有吃药下去，这病已经好许多了。当时，翻转一个身向里，倒是舒舒服服地睡过去了。等着他醒过来，朱氏已经将大夫请到了。大夫看看玉和的脉，说是感冒病，没有什么关系，给他开了一个发散性的药方就走了。

玉和睡了两天，出了几次大汗，过了两天，病就好得多。只是自己除身体害病而外，精神上还受有重大的刺激，就一点儿气力没有，终日昏昏，只在床上躺着。不过在这时候，却有一件事使他精神特别安慰的，就是北伐的革命军一天一天地逼近了北京，北京各机关冰消瓦解，逐日崩溃。玉和没有别事，只是早上看日报，晚上看晚报，整天在床上将报上的消息来安慰自己。他不是说革命军北伐成功了，可以庆祝做新国民了。他的意思是说，各机关倒了，北京政府也倒了。对丈母娘呢，不必说，她知道是全北京官都丢了，不管于哪一个人。对于哥哥呢，说是知县已经到手了，只是换了朝代是没有法子的事，政府发表的县知事，革命政府之下是没有用的。整个国家的国体都变动，何况一个小小县知事。哥哥虽昧于时事，一部袁王纲鉴却看得透熟，关于换朝代的事情，当然很知道，自己说是同北京政府一齐倒的，哥哥绝没有什么疑问。那么，除了花掉哥哥一千多块钱，不必交账而外，就是回家去暂度农村生活，哥哥也没话说。到了乡村以后，等外面有了机会再出来就事，不必将家眷背在肩膀上，就轻松得多了。自己越想越对，心里痛快得多。

当他在床上这样想入非非的时候，这不像香槟票中头奖那样难，革命军果然进城了，据老妈子进来说，满街都挂着蓝旗子，这就是所谓青天白日旗了。心里揣想着，街上必然是焕然一新，只是自己两条腿支持不住，不能起床，要不然，一定要到街上去看看这革命军入城以后的情形如何。桂英见他每日看过报，就有一种兴奋的样子，这就向他道："以前革命军没有进城来，你是天天着急，现在革命军进城来了，你又天天着急，你到底急些什么，哪个总司令要请你去当秘书吗？"玉和道："我又没作声，你怎么知道我在发急？"桂英道："我怎么不知道你发急呢？这两天你瘦得不像人还罢了，最难看的，就是你两道眉毛锁着，老是展不开来，这就是你心里发急的样子。"玉和道："你拿面镜子我照照看，究竟我瘦得成什么样子了。"桂英道："别胡来了，病人是不许照镜子的。"玉和道："唉，我们现在走的这步运气，也就坏得不能再坏了，还怕什么照坏运气吗？"于是也不待桂英的同意，立刻走下床来，在梳妆台上取过一面镜子，躺在床上，自己仔细照着。他一照之下，不由得就哎哟了一声，这不但是人家说瘦了，就是自己看着自己的相也几乎不认得。两只颧骨既是撑出多高，两只眼睛圈儿却又恰恰地落下去了。形容得这张脸，真个成了个蜡纸人形标本。两只眼睛，白的地方带灰色，黑的地方带黄色，一点儿神采没有。这何须说得，自然是神气完全疏散了。真不料自己一场感冒的病，竟会弄得身体消瘦以至于此。假使这场病不好，自己就这样死了，那真是自作孽。桂英呢，不妨改嫁，可怜我哥哥对我一番大希望完全成空，少不得还要到北京来替我收尸呢。

如此想着，手拿了镜子柄，自己只管对了镜子发呆。约莫有五分钟之久不曾移动一下。桂英一伸手将镜子夺了过去，皱了眉道："你老看镜子做什么？"玉和突然地叹了一口气，昂着头道："我们回去吧。"桂英听了这话，倒有些莫名其妙，便站在床面前问道："什么？回去，回到哪里去？"玉和望了她的脸道："回老家去呀。这个地方，没有钱不能过日子，哪有我们到安徽去的好？"桂英笑道："张三爷劝你到南方去找事做，你让人家猜着了，真要回南方去了。"玉和道："我要是真到南方去的话，你能跟我去吗？"桂英道："这是笑话了，为什么我不能跟你到南方去，难道你到南方去了，我一个人在北京单独过日子吗？"玉和犹豫了很久，才道："我也知道你一定跟我去的，只是我那乡下的生活恐怕你过不惯。"桂英道："你这是瞧不起人的话了，我虽是挣过钱，经过好日子，但是我也是穷家姑娘出身，粗茶淡饭，我一样地能过。再说一个人也要到什么地方说什么话，一个人没有受苦的日子，怎样望到出头的日子哩？"

玉和听她的话音，对于回家这一层，竟是一点儿留难没有，心里却十分痛快，就向桂英点着头道："既是这么着，我们就决计回去吧。"桂英道："你好好养病吧。什么也用不着去想，只要你的病好了，我们要怎样都容易。"玉和道："真的，与其在北京这样前路茫茫地干下去，不如趁早回家乡去。"桂英以为人在客中生病总是念家的，这也是无足深怪，随他念着罢了。可是这样一来，玉和愁闷着几个月没有办法的时候，也就有了办法，好像一个人生了延久的病症，今天这样治，明天那样治，只要有法子想，就拼命去想法子，后来什么法子都无效了，一心一意去办善后，倒也免除了无谓的纷扰。玉和的境遇正也陷到了这一步田地，就等于医药罔效，现在只作回家的善后的思想，却也心地坦然。

这一天，天气晴和，玉和叫老妈子搬了一张方凳子在屋檐下坐着，看到院子里绿荫荫的枣子树上垂球似的小枣子，还有微微的一丝枣花香，心里想道，北京城里住家是令人留恋的，小小的院子，一道白粉墙，两棵枣子树，几盆石榴花，就令人可爱。南方这个时候，黄梅天气未过，又该开始苦热了。正想着，只看院子门外有个人影子一闪。玉和道："谁？"那人闪了出来，穿一件暗晦的蓝竹布长衫，光着脑袋油腻腻的，拖了一头长发，他还没进门，先就笑着拱了拱手道："王先生，您好！"玉和看清了，这是和桂英拉胡琴的赵老四，便笑道："嗬，是赵四哥，好久不见。"赵老四走向前，对玉和脸上注意了一番，很惊讶地道："你消瘦得多了。我听老太太说您身体欠好，早就想来看您，今天才得来。我们姑奶奶呢。"桂英迎了出来道："赵四忙呀，久不见。"赵老四皱了眉，嘴里又吸了一口气，然后才道："别提了，革了我的命了。这样的时局，唱戏这碗饭还混得出来吗？"

女仆跟着端凳子递茶烟，他倒一一领受了，口里连道别张罗。他抽着烟卷，跟玉和对面坐着，喷出一口烟来，然后又微笑道："现在你是好了，可以大活动了。"玉和笑着露出满口牙来，却道："我病得有气无力，还会大活动吗？"赵老四道："我听说您早就盼望革命军来，现在真来了，您不应当活动吗？"玉和心想，你正你猜着一个反面，便无精打采地道："我灰心极了，不久就要回南方去。"赵老四一拍腿笑道："怎么着？我一猜，就猜到你要大活动了。其实也不一定要到南京去找事。听说南京谋事的人太多，挣的薪水还不够花。北京这大地方总会有几个机关，您不会找一个事在北京混吗？您要是在北京的话，也可以把我们携带携带。我还有两个朋友，正托着我和你想法子呢。"玉和听了这话，什么话也不说，却反过脸来向桂英微微一笑，赵老四倒不知他这一笑是何用意，也向桂英望着。桂英笑道："这一程子，他灰心得很，正要回家乡去呢。"赵老四道："王先生，你真要回南方去吗？"玉和道："在北京这样干耗着，不如回去的好。"赵老四见他们再三地说要回南方去，不像是口头言语，与自己来的目的却不甚相符，坐谈了一会儿就告辞出来。他告辞了，先不回家，却一直来见朱氏。

朱氏自桂英出嫁了，用不着拉胡琴这样的人，就不大理会赵老四。关于借钱呢，却老实推个干净。现在赵老四又来了，大概是大烟土没了。老早地就绷了脸等着他，赵老四似乎也有些自知之明，在屋檐下老早地就向她请了个安，笑道："老太太好？"朱氏站在屋子中间，随便向他点了个头。赵老四道："我顺便走这胡同里经过，特意过来看看老太太。"朱氏淡淡地道："请坐吧。"赵老四站着道："我刚才去看姑奶奶来着，你姑老爷说要回南方去呢。"朱氏道："是吗？我没有听见说过，那是怎么一回事？"赵老四笑道："姑奶奶大概知道你舍不得，所以没有肯先说。到了那个时候她还不会发表吗？可是……"说着又笑了笑道："先别问你姑奶奶，你是要问，也别说是我说的。"朱氏听了这话，犹如兜胸受了一拳，心中甚是难过，可是又不便对着赵老四立刻变脸，就淡淡地道："这话也不见得吧？"

赵老四偷眼看看朱氏的颜色，料着她已经把自己的话听到心里去了，这才慢慢地坐了下来，然后问朱氏道："老太太你瞧，现在咱们梨园行这一行简直不行了。我这两天把当都当光了，昨天拿一件小夹袄去当，再三地说，才写了两钱银子。昨儿一个晚上混了一餐，今天晚上混了一餐，钱是全没了。我的意思，想和你……"说时，咯咯地笑着。朱氏听他的话音，是知道他是借钱，便抢着道："老四，我的难处你还不知道吧？"赵老四道："我怎么不知道？我知道多着啦。我并不想和你借个十块八块，你多给我想点儿法子，借个三块钱吧。"说着，站起来又和朱氏请了一个安。朱氏道："你也把天下事看得太容易，一开口就是三块钱。"赵老四又笑道："那也不能依我的话，你就是少给块儿八毛的，我还能和你要吗？"朱氏道："你又凭什么能够愣和我要呢？"赵老四又向她请了一个安，笑道："我敢说什么呢？你只可怜可怜我就得了。"朱氏道："我现在没有活钱进来，你别这样一趟一趟地和我要钱。"说时，就沉着脸色，赵老四不是走开，只管笑嘻嘻地站在她面前，不肯走去。朱氏道："你不想想法子去，只管东借西挪过日子，也不是办法呀！"说时，在身上掏出一块钱，向桌上一抛道："你去买土抽吧。"赵老四伸手将钱抓去，又向她请了个安，然后称谢而去。

朱氏听到玉和要走，心想，这话不至于假，第一就是玉和没有了事，不能不去找出路；第二，他两口子在这里坐吃山空，也应当回家找一点儿款子来，只是姑爷到南方去，姑娘可用不着去。现在姑娘不对自己说，这里面也许有什么机关，自己也不必问去，只暗中提防一二就得了。这天晚上，大福喝得醉醺醺地回来，朱氏一见，劈面就骂道："现在是什么年头？你还有这些闲钱灌黄汤。"大福倒并不示弱，反是翻了眼向母亲道："什么年头？革命的年头！可是革命只管革命，也不能禁止我和朋友往来。"朱氏道："什么狗屁的朋友，现在外面银钱多紧，没事的三朋四友只管在酒馆里进……"大福摇着手道："你别忙骂，你猜是谁请我，是你愿意的人请我呀！"朱氏道："我愿意的，你说是谁？"大福道："是林二爷请我的。"朱氏道："林二爷儿时来的？上海到北京多远的路，他只当条小胡同走着？"大福道："人家有钱呀，为什么不走呢？"朱氏道："这样乱乱的，他赶来北京做什么？"大福道："乱乱的，连媳妇也不娶吗？"说着，一溜歪斜地走回他自己屋子里去了。

朱氏听到林子实到北京来娶媳妇，倒好像碍着她什么心事一般，就追着身后问道："我有话问你，睡觉忙什么？"大福走回房去，鞋子也不脱就向炕上躺下，口里自言自语地道："这年头儿做官哪里靠得住，今天是总司令总指挥，也许明天就是一品老百姓。只有做大生意买卖的人，一年三百六十天都是一样的。依着我的话，王家这一头亲就不该攀。你看人家现在风风光光地办起事来，多么有面子。"朱氏站在屋子中间，手扶了桌沿都听呆了，愣住了一会儿，才问道："听你的话，好像是林二爷到北京娶亲来了。娶的是哪么一家的姑娘呢？"大福道："我听说是人家一个小姐，喜事办得好极了。"朱氏道："喜事办过了吗？"大福道："就是今天，你说我是灌黄汤，我就是喝的人家的喜酒呀。他没有下我们的帖子，我今天遇着戏馆子里刘海，他告诉我的消息，我临时凑了一个份子，他一见面十分亲热，就留着我喝酒。"朱氏听了他这一番话，仔细一想，人家也该娶亲了，自己还有什么话说，叹了一口气，回房去了。

到了第三天，桂英因为玉和病好些，怕母亲挂念，自己特意跑回来向母亲报个信。闲谈了几句话，朱氏就告诉她，说林二爷到北京娶亲来了，桂英却也没有深细地追问，随便地答应着。可是当桂英也不过回家来一小时以后，只听到门外一声汽车喇叭响，接着就有人在院子里喊了一声老太太。桂英听了这声音很熟，掀着窗户帘子向外一看，只见林子实穿了长袍子短马褂，后面跟了一个穿粉红绸旗衫，烫发上扎红辫插红花的女人。只见她面孔上喜气洋洋的，就可以知道这是一位新娘子了。这是新夫妇受了人家贺，出来回谢拜客，本是常例，却不料林子实不避嫌疑，会贺到自己家里来。客既来了，绝没有躲避不见之理。朱氏早是迎了出去，在堂屋等着，林子实在门外退后一步，等新娘向了前然后挽着她的手走进门来，轻轻地告诉她道："这是白老太太。"于是就向朱氏一鞠躬。朱氏道："请坐请坐。"

桂英在里面屋子，向靠里的墙角下一闪，本想不出来见这一对新人的，不料自己一闪动，衣服角闪起风来，带了一些干灰尘到嗓子里去，不由得自己咳嗽两声。这种咳嗽声，林子实却听得很熟，一进耳鼓便知道是桂英的声音，就笑着问朱氏道："大姑奶奶也在家吧?"桂英料着是藏不了，见见也没有什么关系，于是一掀门帘走了出来，向林子实点着头道："二爷，大喜呀!"林子实笑着拱了几拱手道："多谢多谢!"那新娘子不必介绍，就向桂英一鞠躬。桂英拉了她的手道："新太太贵姓呀?"新娘微笑着低声道："贱姓赵。"桂英笑道："好姓儿，百家姓上头一姓。"说着，拉了她的手，到里边屋子里来坐，朱氏却陪着林子实在堂屋里谈话。

桂英看虽不十分俊俏，然可以说是五官端正，态度斯斯文文的，倒有几分书生意味，便笑道："你以前在哪个学堂念书?"新娘道："早年在小学里念书，如今早不翻书本子了。"桂英笑道："你和林二爷这一段恋爱史，能谈给我们听听吗? 怎么不声不响地就办喜事了。"桂英的意思，以为她和林子实的婚姻，必是父母之命、媒妁之言成功的，所以故意地问上一句。她微笑了一笑道："谈不上呀，子实和家父原是世交。"说到这里，杨妈正送了茶进来，递茶杯的时候向新娘脸上看了一看，回头向桂英笑道："挺斯文的。"桂英笑道："可不是? 和林二爷正是一对儿。"杨妈向新娘笑道："你福气，二爷人极老实的。"新娘笑道："无用的人罢了，也就只这一点，一点儿什么嗜好都没有。"正说到这里，堂屋外头林子实叫道："我们走吧。"新娘顺了这话，就站起来道："再见!"就走出屋子来，同了林子实告辞而去。桂英坐在玻璃窗子下向外面斜看着，见了那新娘的后影，却撇了一下嘴，她那意思就是说，你美什么呢? 我们王先生也是什么嗜好都没有的人，只是他运气不好，没有找着什么事情，可是她说到林二爷那没有什么嗜好的时候，嘴角翘着，眉毛一扬，那一份得意就不用提了。得意什么? 是我不要的人，你得去了。我们王先生也一点儿什么嗜好

177

都没有的。她心里如此想着，口里也就不觉得说了出来。

朱氏送了客进来，在外边堂屋里问道："你一个人在屋子里说些什么，你说谁一点儿嗜好都没有？"说着，走了进来。见桂英依然靠了窗户，眼睛向大门外望，竟发了呆，直至朱氏站在她面前，她才回过脸来。朱氏道："你一个人说些什么？"桂英叹了一口气道："刚才新娘子在我面前夸嘴，说林二爷什么嗜好都没有。其实玉和也什么嗜好都没有。可怜他在倒霉的时候，我就不能对人夸嘴。"朱氏是知道姑娘脾气的，决计不肯在人家面前示弱说是丈夫不好的，如今居然说起丈夫运气不好，一定是十分不顺心了。正要想法子追问姑娘一句话：玉和有什么运气不好？可是说也奇怪，桂英坐在那里，好端端的却垂下泪来。

第十九回

离膝去依依枯荣莫卜
回乡愁戚戚甘苦难同

　　朱氏看了她这番情形，倒有些诧异起来，看了林二爷夫妇来拜客，为什么她要哭起来，便问道："怎么了？怎么了？好好儿的，你会伤心起来了。"桂英揉着眼睛，忽然一笑道："我不是哭，这两天晚上没有睡得好，眼睛熬害了，有点儿痛。我今天不是回家来，我就到医院里瞧眼睛去了。"她虽是这样说着，朱氏明知道这不是真话，不过她自己说不是哭，不能一定说她是哭。只得笑道："我也想着，你好好的为什么哭呢？"桂英站起来道："玉和还没有完全好，出来了这久，我要回家瞧瞧去了。"

　　朱氏正还有一肚子的话想问一问姑娘，话不曾谈起，林子实夫妇就来了。现在姑娘要走，这话就搁不住，因道："我倒有句话问问你，听说玉和在南京已经有了路子，要到南京去就事，这话是真的吗？"桂英且不答复这句话，反问一声道："你怎么听得？是老四来说的吧？"朱氏被她一语道破，料着她有些证据，就不能不根本否认，因道："也不是他一个人这样说。"桂英道："大家朋友都是这样劝他，说是到南京去找事，可是他说丢不下我。"朱氏道："这可笑话了，男子汉，大丈夫，哪有为了媳妇不出去找事情的呢，你叫他只管放心，有老娘在北京招呼着你，还靠不住吗？"桂英淡淡地道："是的，我也是这样说，可是他……"朱氏道："他怎么着，要带你一块儿去吗？我养得这么大的姑娘，没有离开两个月三个月，我可舍不得。"桂英道："你别急，话早着啦，未必就走得成功。就是走得成功，还不知道什么时候走呢。"朱氏道："虽然这样说，你可得和玉和商量妥了，免得临时麻烦。"桂英在这个时候也不便和母亲多说，含糊着答应了事。为了避免母亲的啰唆起见，立刻就告辞回家了。

到了家时，玉和首先看到她眼圈儿有些红，便笑问道："你回家去，舍不得老太太，向老太太哭了吧？"桂英道："别胡说了，我们娘儿俩，两天不见面，三天就见面，有什么舍不得，我是为你的病把眼睛熬红了。"玉和听了这话，也就无话可说。桂英走进屋子里去，见桌上摆了算盘账本，还有银行里邮局里两扣存款折子。因笑道："你那几个穷钱大概又算过一趟了。"玉和收拾桌上的东西，便道："可不是吗？我算一算，只有二百多块钱的存款了，糊里糊涂的，也不知道怎么样就用了许多钱。我们要是回南的话，这些钱要留着做盘缠，可是动不得。"桂英道："你真打算走吗？可是我妈的意思只能让你一个人走。"玉和道："我一个人走，就一个人走。可是我走了，你一个人在北京住家未免太寂寞，若是让你搬回家去跟老太太一块儿过，我又怕老太太说闲话，所以我觉得你是同我一同南下的好。"桂英微笑道："这都不是紧要的话，你最不放心的大概是别有原因吧？"玉和笑着，只说了"笑话"两个字。桂英道："什么笑话，这是应有的事情。你想，我一个唱戏唱红了的女人，要认识多少男人，你若是走了……"玉和皱了眉道："桂英，你怎么说这种话？你说这种话，不怕我伤心吗？"桂英笑道："你急什么？我和你闹着玩儿的呢！我要知道你有那个心眼儿，我还肯和你说这话吗？而且我心里已经决定了，一定跟你到南方去看看。你说的话是对的，我一个人过日子，又寂寞又害怕，我要回家去住，又怕老太太说闲话。所以我非跟着你走不可。"玉和道："我想要走的话，不必迟延，越快越好，免得把那几个存款又多用了。我想这个星期就决定了走，你看好吗？"

　　桂英听了这话，当然不免心里动了一动。但是她脸上却十分镇静地道："我没有成见，你看哪一天走好，就是哪一天走。不过我应当早几天和母亲商量商量，她自然少不得又有一番留难的，可是我的意思决定了的话，她也没有法子，只好依着我的。"玉和背了两手，在屋子里踱了两个来回，没有说什么，将头摇了几摇，自言自语地道："这话恐怕不好说。"桂英坐在一边，望了他正色道："你不用狐疑，反正我决计和你一同南下就是了。"玉和叹了一口气道："事到头来不自由，我也只好走一步是一步了。"桂英道："你放心，我母亲不是那种人，没有姑娘要跟姑爷走她不放手的。到了南方，你找着事了，写一封信寄几个钱给我母亲，把她接到南方去玩儿上一趟，让她开开眼，她也很高兴的。就是她不肯来，花几个川

180

资，我回北京来跑上一趟也没有什么关系，不过损失几十块钱罢了。"

玉和见她态度如此之坚决，心里自是欢喜。他在北京本无所谓留恋，只是桂英肯走不肯走，能走不能走，这却是个无法预知的事情。现在桂英下了决心跟自己走，这就一切问题都解决了。从即日起，就收拾家事预备南下。过了三天，大致业已清楚，就和桂英商量着，过了五天就动身。到了现在，不能瞒着朱氏了，应该让桂英回去禀告母亲，有什么麻烦，早几天说起来也可以从容解决。因之桂英在这天一早起床就回娘家来。朱氏看到，就问她一早回来做什么。桂英做出很恐慌的样子，皱了眉道："昨天玉和接着南京一封快信，今天又接着南京一封电报，南京有一个朋友已经和玉和找了一个事，叫他快些去，玉和怕事情耽误了，打算几天之后就动身。"

朱氏刚刚起床不久，还在洗脸架子边洗脸，擦了满脸的胰子沫，低了头正洗着，听桂英说些什么。桂英说完了，趁忙一把将面洗完，向桂英瞪了眼道："你怎么办呢？"桂英道："我出门子不久，年纪又轻，一个人在北京住家，那怎么成呢？白天罢了，晚上我会害怕的。"朱氏道："这也没有什么难处，他走了，你不会搬回来吗？"桂英听了这话，站在屋子中间向朱氏呆呆地望着，说不出一个字，许久许久，才微笑了一笑，朱氏道："我是说真话，你笑什么？"说着，将手上的毛巾向脸盆里一扔，把水溅了满地。桂英道："我也知道您是说真话，不过我心里有我自己的主张，我一个出了门子的姑娘，丈夫走了就回家来过，就是大福不说什么，也怕别人说闲话。"朱氏洗完了脸，拿了一根烟卷抽着，喷出一口烟来，淡淡地笑道："不用说了，我明白了，你的意思，你不是要跟着玉和一块儿走吗？"

桂英站在屋子中间的，这时便退了两步，靠着床，因势就势地慢慢坐下，手上牵扯着床上的床毯子，去拍那上面的灰。朱氏道："你跟着你丈夫走，我做娘的还有什么话说，不过你没有到过南方，你跟玉和也只有这些时候，南方究竟是怎样一种情形不得而知，你冒冒失失地这样一走，我实在有些不放心。"桂英道："这也没有什么不放心，我这样大的人，还怕人家骗着我去卖了不成？"朱氏道："这样子说，你是走定了的了。"她说着，又瞪了眼向桂英望着。桂英这才抬起头来，因道："并不是走定了，您得体谅我一番苦衷。我若是不走，在北京算怎么一档子事呢？我这一次去也是看看的意思，好就多住几个月，不好我就马上回来，有什么关系？"朱氏喷出一口烟来，鼻子里哼了一声道："马上就回来，你这话告诉我的吗？"桂英道："真的，不好我就回来，你一定知道我一个人敢出门。"朱氏将手上的烟卷头向痰盂子里一丢道："我不说了，反正我怎么说，你怎么有理。你去吧，将来有不愿意的时候，可别怪我老娘没有拦你。"桂英坐在床上，又继续拍那床上的灰。朱氏道："唔，女生外相，我今天才明白。我算白养活了你一辈子。"桂英突然站起来，红着脸向她道："你也太啰唆了！"朱氏道："我倒啰唆了，好，我啰唆了，我不说了。我知道这样，我真不该……"

她只说了半句话，嗓子一哽，倒哭了起来了，桂英经母亲一闹，本来是满腔怒气，现在母亲哭起来，这倒叫她无话可说，于是呆呆地坐在床上也就垂下泪来。朱氏呜呜咽咽地哭了一阵子，就问桂英哪一天走。桂英擦着泪道："十五号走。"朱氏望了墙上挂的日历道："今天十号，那么，五天之后……"刚刚停住了眼泪，又哭了起来，娘儿俩这样一来，把刚才顶嘴顶舌的一番气愤都消下去了，桂英见母亲眼泪流得太多了，看看脸盆里的洗脸水，还有些热气。于是搓了一把毛巾，两手捧着交到她手上，微笑道："你别伤心，过几个月我就回来的。你说舍不得，我难道又舍得吗？你擦把脸。"朱氏接着手巾，擦过了脸，又把手巾递给桂英道："你也擦上一把吧，你把脸上的粉都哭湿了。"桂英果然依着母亲的话，洗了一把脸，朱氏是年老的人，家里并不预备着胭脂粉，桂英只找出了半瓶雪花膏，涂些在手心里，在脸上微抹了一层。当她洗了脸之后，还没有擦雪花膏的时候，脸上可是黄澄澄的。朱氏心想，女儿未出阁以前是水葱儿似的一个人，出阁以后却落得这种样子，成了个黄脸婆婆了。在北京尚且如此，若是离开了我，混到南方去，知道是怎样的情形，而况桂英跟玉和南下是回婆家去，虽没有婆婆管着，可有嫂嫂管着，倘若嫂嫂再要磨折她一些，她就更要吃不住，恐怕她颜色不好，还不止这个样子呢。想到了这里，又不觉流下两行眼泪来。桂英已是不敢哭了，怕是继续地哭下去会更让母亲难受，因之勉强忍住了眼泪，就对母亲道："真的，我不骗你，几个月之后，我就会回来的。"

朱氏见女儿南去之心已决，苦留不住，反而会招出女儿的恶感，倒不如不说为是，于是也收住了眼泪，叫着杨妈来告诉她道："姑奶奶要到南方去了，你到菜市上去买点儿菜回来做午饭吃吧。"杨妈站着，呆望了桂英道："大姑奶奶，真的吗?"桂英点点头，皱了眉道："我也是没有法子。"杨妈听说也是眼圈儿一红。桂英向她丢了一个眼色道："你去买菜吧，我这儿有钱。"于是在身上掏了一块钱塞到杨妈手里，又把嘴微微一努。杨妈知道不能再逗引朱氏了，接钱而去。桂英于是到厨房里去提了开水壶来，给母亲泡上一壶茶，见床上的被褥还不曾叠着，又替母亲将被褥叠好。叠完了被褥看看地上不干净，又找了一把扫帚来扫了一遍，她也不知是何缘故，和母亲认定着要走了，立刻加倍地亲热起来。虽然向来对母亲有些不满意的，于今都一笔勾销了。朱氏对于女儿决定了南下，本来是极端的不高兴，可是到了自己不能挽留以后，就只觉十二分的舍不得，姑娘愿意怎样亲热，就让姑娘怎样地亲热一下，所以朱氏也并不来拦阻她。

吃过了午饭，母女们谈谈，话越说越长，朱氏道："天不早，你索性吃了晚饭走吧。"桂英道："玉和不知道为什么我没回去，恐怕会着急的。"朱氏道："这也没有什么难处，我去打个电话把玉和找了来，我们在一块儿吃饭就是了。吃完了饭，你们一块儿回去得了。"桂英也觉得有些舍不得离开母亲，就依了她的话。一会儿玉和来了，大家备觉亲热。朱氏首先就正着脸色低声道："姑爷，你要回南京去找事情，这也是正事，我怎能拦你?只是桂英的脾气你是知道的，遇事请你原谅些。"玉和当了桂英的面，怎好受岳母这样重的话，便笑着道了"你放心"三个字。到了吃晚饭的时候，大福也回来了，大家一面吃饭，一面谈话，桂英吃完了饭，玉和也吃完了饭，玉和就接过桂英的碗一块儿去盛饭。朱氏看到笑道："倒用不着这样客气，到了南方，你遇事原谅她一点儿就是了。玉和，你究竟是在外面做事的人，你别跟她一般见识。"玉和笑道："你放心。"大福也望了桂英道："你脾气也得改改，千里迢迢的，别让妈老惦记着。"朱氏却望了玉和道："可不是，大家都是这样说，她的脾气不大好。"玉和笑道："管她脾气好不好，反正我们并没冲突过。"朱氏道："总望你们老是这样就好。"桂英见母亲老这样叮嘱着，怕引起了玉和的烦厌。吃过了饭，就叫玉和先回去，免得女仆一人在家。玉和道："我走了，回头你又要请大哥送你回去。"桂英抬起头，对自己的屋子四周看看，微笑道："我不知道什么时候再到这里来了，我陪着妈睡一晚吧。"玉和听说，自己无可非议，先走了。

到了次日下午，桂英还不见回来，玉和本打算去接，恐怕岳母那一套啰唆，只得罢了。到了临行的前两天，才母女双双地回来，大福随着在后面，还提了许多东西。朱氏一进门，四周看看，便对桂英道："我说怎么着，东西都没有清理不是？我来帮你们一点儿，不是很用得着我吗？"玉和听说，迎着岳母却道是不敢当。朱氏笑道："也没有什么不敢当，你念着丈母娘一点儿好处，到了南方去，体谅体谅我的姑娘就是了。姑爷，我要有什么对不住你的地方，你都原谅着……"没有说完，她便流下泪来。玉和道："我不是再三地说了吗？你尽管放心。"朱氏道："姑爷呢，我还有什么不放心的，就是回南方去以后，你还有大哥大嫂哇！"玉和道："我哥嫂都是老实人，不会委屈你姑娘的。再说，我回家去不久就要回南京去，和我哥嫂也住不了多久。"

朱氏走进屋来说了一大篇话，至今还不曾坐着，身子靠了桌子，只管捏了一块手绢去揉擦眼睛。玉和看着这样子也未免呆了。心想：这位岳母大人向来是要强不过的，这次却这样再三地讨饶，倒也是可怜，便道："你自己的姑娘，你自己总会知道，她是一个受人家委屈的人吗？"玉和这话虽是一种很好的解释，却是嗓音很高。桂英在隔壁屋子里收拾东西呢，听了这样说，就跑了过来，皱着眉道："你别再说了。"朱氏随身在身边一张椅子上坐下来，口里就连连地道："好，我就不说，我就不说，孩子，往后你不像在娘跟前，遇事要忍耐些才好，别尽使脾气。我养你这么大……"她说着，两行眼泪就直流下来。玉和虽是一个极能忍耐的人，看到丈母娘这样再三再四地说，也未免有些烦腻，不过看看桂英的态度，对她母亲似乎也有一些可怜而又说不出的样子，相聚就只有这一会儿，自己怎好有什么表示，因之也就无可说了。朱氏擦着眼泪，就开始和桂英检理东西，大福也不像往日那样偷懒，帮着捆网篮、捆行李，上街买零碎东西，忙个不了。

这样忙了两天，到了他们临行的那一天，天一亮，桂英起床就回娘家辞行去了。其实朱氏还在这里吃晚饭回去的，有什么要紧的话也都说过了。约莫有一小时之久，她娘儿俩匆匆忙忙又跑了回来。随后大福也来了，大的蒲包，小的纸包，两只手提满了。玉和笑道："咱们又不是外人，何必这样客气呢？"大福将左手提的一串纸包举了一举，笑道："这是老太太买的，说是桃脯梨脯香饽饽，这都是南方没有的，带回去送家里人也好。"他又将右手举了一举，笑道："我这无用的哥哥，送不起好东西，买点儿水果你们路上吃。"东西放在桌上，桂英望着，眼泪汪汪的，虽说不出什么，似乎对于这个哥哥也有许多怜惜之意似的，捡捡东西，好好的会发起愣来，叹了一口冷气。玉和知道这里面有不少的哀怨，要劝是劝不过来的。不劝呢，又怕夫人说自己不理。可是要劝呢，怎么说法，难道说别离不算一回事不成？或者说是我们并不走，这可有些心口相违。

他这样踌躇着，就站在屋子里发呆，最后他想得了一句很冠冕的话，就对桂英放出愁苦的样子来道："你别再伤心了，你这样一来，老太太更是难过。"这种话倒是让桂英听得上耳，只好忍住了眼泪不哭。不过一个人家，到了尽室搬移，东西一收拾疏空凌乱起来，就把屋子残败情形一齐显露出来，尤其是满地的残草和纸片，尘灰泼撒着到处都是，便有一种荒芜的情形，令人心里难受。玉和看到夫人在这里坐守之非计，就说三等车上的人很挤，叫桂英和老太太先上车子去占座位，让她们先走了，然后才和大福归理清楚了东西，押着行李上车站来。

到了三等车上一看，果然是人声鼎沸，空中烟雾腾腾，车板上痰水满地。朱氏娘儿俩挤在一张木椅子上坐了，桂英手上拿了一柄蒲扇，自己扇着，又带和母亲扇着，望了娘并不说话。朱氏手上拿了一支烟卷抽着，也不作声，玉和来了，倒没有了座位。安排了行李，只好站着。朱氏站起来道："姑爷，你坐着。"桂英道："你坐吧，我们在火车上要坐两天呢，还不及坐吗？"说着，站起来让玉和坐，玉和当然也不便坐着。朱氏站在玉和面前，手拉了他的袖子，放出好诚恳的样子来道："姑爷……"玉和便知道下面是那一套话，就半鞠着躬，微笑道："老太太，我这几天再三地和你说明了，你还有什么不放心的？"朱氏道："我是放心的，不过她的脾气不好，总怕她不肯改过来的，诸事你都忍耐一点了。"玉和真没法子对付这位丈母娘，说来说去总是这几句话。便笑道："这样吧，以后每逢三天就给你来一封信，这信让她自己写，她要有什么事受了委屈一定会写信告诉你的，那么我就不能不照顾着她了。"朱氏笑道："并不是我对你有什么不放心，俗言道'母子连肝'，你总懂得这句话。"桂英道："这火车里热得要命，你到车子外面去站着吧。"说时，手上的扇子还是不住地在朱氏背后摇动着，朱氏接过扇子，倒向她身上一阵乱摇。玉和道："你两个人都怕热，在车子外面谈一会儿吧，这也就快开车了。"于是桂英扶着朱氏一路走下车去。

玉和在车子里张望着，只见她娘儿在月台上挤着站在一处，亲亲热热地谈着话。玉和看看月台上的人，纷纷地向车上走，似乎开车的时候到了，抬起手表一看，已是只剩三四分钟，又便向大福道："你下去换令妹上来吧，车子快开了。"大福听说，倒是去得很快。桂英和朱氏却是迟迟地回转身来，又是迟迟地走到车子边来，玉和向桂英道："你上来吧，快开车了。"桂英并不理会玉和，却向朱氏道："妈，你别等着，先回去吧。"只这一声，两行眼泪，早就抛沙似的流将下来，朱氏本来就哭了一场，如今被桂英一引，二次地流起泪来，哽咽着道："我……还站一会儿。你先上车吧。"桂英赶快走上车子，就伏着车窗口上来说话，朱氏偏又不和她说话，倒是向车子里的玉和望着，用手揉了眼睛道："一路你都照顾着她。"玉和连连点着头示意，在人声嘈杂与纷乱的时间，呜的一声汽笛响，车子已经开了，桂英是在窗户口上只管望着，不肯缩进身子来。玉和就拉着她的衣服道："坐下吧，车子都快过永定门了。"桂英坐下来，兀自流着泪。

自这时起，桂英心里就感到一种说不出来的苦痛。在三等火车上，自己已然是受着生平未尝想到的滋味。到了长江轮船上，坐的又是统舱，又是一场难受。到了安庆，玉和私自考虑着，还是坐轿子回乡去呢，还是坐小车子回乡去呢？照着桂英娇生惯养的身体，应当让她坐轿子回去。可是自己又没有做官回来，而且还亏了哥哥一大笔款子，摆着排场回去，将来何以善其后？于是就决定了雇三乘小轿轮车回去，一乘车子坐人，两乘车子推铺盖行李。这是个五月中旬天，当空大毒太阳照着，不用提上面晒了，就是那太阳晒着水田里那一股子热气，向人身上冲了来，也极是不好受。登程的时候，桂英就听了玉和的话，只穿了一件蓝花布长衫，跟玉和二人各撑了一把雨伞遮着太阳。然而这小车子，不但不像汽车马车有那宽敞的地方可坐，而且也不像城市上的胶皮人力车，坐在上面，软绵绵地半躺半坐地让车夫拉了走。

这车子轮子在中间，两人各坐着轮罩子的一边，车把后横了一根竹棍，搭着薄被，卷了一个小卷，用麻绳扎着，捆在车架上，就是坐垫子。人要背靠竹竿上，脚撑了前面的直档，还坐得住，要不然，就会让车子颠下来的，桂英初次尝这种风味，已觉是不惯，加之这个独轮车子，是木质包着钢条，在崎岖不平的路上推转，一顿一颠，直顿得人浑身都有些肉动，头上的短头发也是颠着一抖一抖的。一手扶了车轮架子，一手又撑了那柄纸伞，实在不能忍受。本当下车来走几步路，但是自己出娘胎以来，不曾走过一步乡下路，于今突然之间走起大毒日头下的长路来，又怎能经受得？因之也只走一里多地，又坐上车子。身上流着汗，透出衣服来，在背上露出一条一条的痕迹，额头上冒着汗，在鬓发耳朵上流下来，因为手撑了伞，没有工夫去揩擦，那汗在额角上干了变成盐霜。用手一摸，整片地涂在手上。桂英在北京的时候，一块钱以下的雪花膏永远是不用，这张脸手，从来没有让它受过苦。于今脸上会擦出盐霜来，这脸手未免太吃苦了。当太阳正中的时候，撑了伞走路倒也晒不着，及至太阳偏西了，阳光是斜射过来的，坐在独轮车子上的人没有法子将伞斜撑着，只好收了伞，硬着让太阳去晒，一个半个钟头还无所谓，晒久了，只觉皮肤绷裂得生痛，还是玉和是个有经验的人，在网篮里拿出一条毛巾来，在田水沟里浸湿了，让桂英搭在头上，以便盖住了左边的脸。桂英在戏台上，曾装扮过不少回的乡下女子，乡下女子有这样一种装扮却是做梦也不曾想到的事，本当不搭，无如脸晒得难过，只好依着他。

小车子在乡下大路上走了大半天，太阳还在西边山顶上，有二三尺高，桂英觉得实在有些支持不住了，走到一个乡镇上就停住了安歇。一打听时，这里到安庆还只有五十里路，这五十里路如何这样难走？在北京的时候，坐了汽车到西山去玩儿，不是一会儿工夫就到了吗？他们投歇的一家店，外边有四根枯树，撑了一个焦枯的松枝棚，上面盘了些倭瓜藤，下面摆了两张烧遍了火眼儿的桌子，桌面上的灰大概永久没有洗刷过，很厚的一层黑泥。车子到了棚底停住，玉和就引桂英在桌子边一条板凳上坐下。桂英皱了眉道："别的都罢了，我一身让汗腌了，得先洗个澡。"玉和笑道："乡下可不像北京天津的旅馆，到洗澡房里一放水就得。人家灶上瓦罐子里，哪有那些个热水？洗脸大概可以凑付，回头再叫店老板烧水洗澡吧。"于是叫着店老板打水来。

店老板倒是十分巴结，立刻送了脸盆手巾来。桂英一看，是一口黑木盆，所谓盆，只是一个形，一个圆东西，外面圈了一道篾箍。那都罢了，这上面搭了一条灰黑色的布片，两头不用挑花，自然地成了小穗子，原来是那布片麻花儿了。倒是有大半盆的水，水上漂着一层浮油，一股汗腥早随了热气直冲鼻子，桂英不觉哇的一声，打了一个恶心，玉和知道她的意思，赶快叫车夫将它拿开，自己在网篮里取出搪瓷盆毛手巾来，到人家外面一道小河里舀了清水来，桂英洗了一把冷水脸，这才心里痛快一点儿，玉和知道她领教这饭店了，叫店老板洗净瓦壶，在泥炉子光上烧一壶水，自己取出自带的茶壶，泡茶她喝。

一会儿店老板送上饭来，一只粗瓷碗装了一碗苋菜，一只碗装了白水煮王瓜片，一只瓦碗装了咸菜，那咸菜是豇豆王瓜萝卜，都呈焦黑色，尤其是那萝卜，虽是像个圆的，然而样子是化了，阵阵的臭气冲天。店老板送了碗筷，就放在油腻的桌上，桂英咬着牙，摇了两摇头，玉和又到网篮里取出牙筷来，把省城里带来的咸鱼火腿罐头也摆出来。桂英不敢将筷子放下，看看饭倒是白的，就把筷子插在饭里。玉和不敢作声，低头自去吃饭，桂英扶起筷子夹了一点儿苋菜尝着，一点儿味都没有。因向玉和问道："我们家就过的是这种日子吗？"玉和苦笑着道："当然比这干净些。"桂英听他这话，料着是比这高明不多，心里这就有些后悔，不该夸口祸福同当，冒昧地和玉和回来。自己以为乡下日子难过，不料却是苦到这样。但是还没有到家呢，究竟也不知道是怎样，若是这个样子，我一定马上就出来。玉和说不能同甘苦，也只好由他了。她心里如此想着，不由得紧锁了双眉，只吃大半碗饭就不吃了，玉和只知道菜不好，她吃不下去，却不会想到她愁了以后的苦日子难过。依然不敢作声，自吃了两碗饭，忙着叫店老板烧水她洗澡。桂英想到洗澡盆也未必干净似面盆，倒拦住了。

坐在这棚下，眼看着天色昏黑，星光遍野，晚风由水田上吹来倒有些清芬之气，水田里蛤蟆水虫开始着奏它们的夜间歌曲，不到三十分钟，丁零哗啦之声闹成一片。那庄上树木也慢慢不见了，只有些模糊的黑影，但是两三星萤火变成数十星萤火，越来越多，黑野火光四溅，比天上的星还多，有些萤火虫就飘然在身边飞过，并不避人。手偶然一抬，一只萤火虫就飞在手上。她看了这种景致，心想乡下倒也有味，然而她刚刚有点儿好感时，那大蚊子出来了，哄哄乱叫，向人周身猛扑。打个呵欠，蚊子就钻进口来，自己只好乱吐着痰。上风头有人乘凉，也怕蚊子，却带着制造肥料，带熏蚊子，在那里烧青草和牛粪，气味触人。桂英忽然叹了一口气道："这种生活，我是做梦也想不到的，我尝几天尽够了。"玉和听说，心里为之一动，无以解答，只好淡淡一笑。然而这一笑，却笑出问题来了。

第二十回

举目尽非亲且餐粗粝
捧心原是病频梦家山

　　玉和在那松枝棚子下乘凉，也不时地偷看桂英的颜色，这时见她望了黑野，怔怔如有所失，料着她心里又在想到了什么，就悄悄地走了过来。轻轻地拍着她肩膀道："你今天坐小车子累了吧？应该进去休息休息了。"桂英道："外面很凉快，再坐一会儿吧。"玉和道："不过这里蚊子太多。"桂英笑道："那要什么紧呢？据我想，你府上的蚊子不会更少似这里吧？从今以后，天天是要让蚊子咬的了，就此练习练习也好。"

　　玉和听了她这话，知道是一种负气的口气，待要驳她一两句，又有些不忍，不驳呢，绝没有赞成她这种话的道理，站在她身边倒愣住了。桂英回过头一看，见他还在身后，也是不能再有什么话说，却叹了一口气。玉和手搭在她的肩膀上轻轻地道："桂英，你心里有了什么感触吗？我同你说，我们现在回家是依靠兄嫂来了，虽然家产兄弟是平半分，但我是哥哥一手抚养大的，而且我最近又用了哥哥一千块钱，在家庭一方面说已经是够沾光了。当然，乡村的生活怎样可以比得上北京城里？不过我们回家来总是一个短局，周年半载，我有了事就要出去的，对于家里的事都请你忍耐些。"桂英道："这个我何必要你嘱咐，我自然知道，我要是不能忍耐，我还不跟你回来呢。"玉和站在她身后又顿了一顿，才笑着道："那么，你刚才为什么说那样一句气话呢？"桂英道："我也就只说这一句，从此以后什么我都不说了。"说毕，她又叹了一口气。玉和搬了一条凳子，也靠了她身边坐下。

　　二人默然在星光下晚风里坐着。约莫有十分钟之久，桂英伸了一个懒腰站起来道："我们去睡吧，明天还要回家拜见哥嫂呢。"于是玉和在前，

189

将她引到了饭店里去。这中间一所屋子，一边是灶，一边算是店堂，黄土墙上挂了一个一尺长的竹架子，架子上放了一个洋铁扁盒子，盒子上伸出一个细管，长约二寸，刚好塞进一根灯草，于是就在这细管子上点着，算是油灯。灯火上放出尺来高的煤油黑焰头，在半空里打旋转。玉和在灶头上拿来这般同样的一个竹架子，在墙上就了一就，引出火来，再拿着在前面引导。走进一间屋子里，有一架竹床，上面撑了黑成措布也似的一床夏布帐子，屋子里除了一桌而外，并没有别的陈设，倒是床头边放了一只带提柄的尿桶，走进屋来，便令人有两种感触：一种是打成球的蚊子向人脸上乱扑，又一种就是陈尿臊味。桂英皱了眉头子道："我们就在这屋子里住吗？"玉和顿了一顿道："乡下的饭店都是这个样子的。"桂英道："就是这里吧，你叫店老板来，把尿桶拿出去就是了。"玉和也觉得她是有些委屈，就依她的话代店老板做了。桂英看到了，又不愿意，逼着他去洗了一回手，这晚实在无法子度过，闭着眼睛，钻进帐子，糊里糊涂地就睡了。

到了次日清晨，马马虎虎地吃了一餐早饭，依然坐着小车上道。虽然越到家门那风景越好，然而桂英心里只惦记着见了哥嫂怎样说话，见了乡下人怎样应付，自己都是这样地私忖着，不曾去观看风景。在半下午的时候到了家门口子，玉和首先下车，在前面走着。桂英看到丈夫下车了，也就跟着下车来。玉和这次回家，虽是坐车子的，但是一行有三乘车子，后面还跟着一个外方打扮的女子，乡下人一样的新奇，也蜂拥着到面前观看。玉和是个丢官回家的人，当然见人要格外客气些，所以看见人到面前，不必人家说话先就打着招呼。桂英虽是在北京城里广结广交，什么大人物也见过，但是对于这些乡下人，看他们穿的那些衣服、放出来的那种举动，都觉不堪之至。和他们说话，他们未必是懂，而且自己到了这种地方来，身上的打扮、口里的话音，都是和这些人两样的，便不作声，已经引着大家注意，何必多给他们一此注意的材料。因之自己倒反成了个傻子，只是跟在玉和身后走路，一点儿响声不发出来。

乡下人到了城里来，向来是胆怯怯的。然而你只有一两个城里人走到乡下去时，乡下人一样地笑嘻嘻地看城里人，和你开玩笑。尤其是那些乡下孩子们，在小路上抄上大路来迎面观看，等人过去，立刻就议论起来，有的道："你看这女人什么样子？大脚没有头发。穿了长衣服，男不男，女不女。"有的道："这个洋打扮，上次张家带一个女人回家，不也是这样子的吗?"有的道:"张家带来的女人头发没有这样子长。鞋子都是黑布做的,她不是。"桂英听了这话,心里真有些不高兴,这些乡下人少见多怪,还当面批评人,心里气不过,却将那些小孩子恨死命地瞪了一眼。玉和也知道桂英不顺眼,就和她并排走着,指指点点,告诉她一些乡下情形。

说着话时,已经到了大门口,田氏正提了一只木桶到塘里来提水,一眼看到兄弟带了一个女人、三辆小车一直向家里走来,这就不必怎样思索,一下子就可以猜出这是带着新弟妇回家了。老远地就放下水桶,昂了头在塘岸下叫道:"那不是二兄弟回家来了吗?"玉和取下头上的草帽,和她一鞠躬道:"嫂嫂,我又回来了。"田氏提着一桶水由塘岸下迎上来,笑道:"你怎么事先也不写一封信就回家了?"玉和连忙回转身来对桂英道:"这是我们嫂嫂。"桂英看到玉和对嫂嫂都是这样恭敬,自己怎好怠慢,就向田氏一鞠躬。田氏将桂英周身上下,闪电也似的看了一遍,笑道:"很好的,可不是人家信上说着那样的人呢。"玉和觉得嫂嫂这话有些毛病,初见面就是这样一句话,恐怕曾给予桂英一种不良的感想,连忙抢着问道:"大哥在家吗?"田氏道:"你哥哥刚才从田坂上回来,我这不是提水他去洗脚吗?"她说着,一手撑了腰,一手提那水桶,三脚两步地抢着走进一个黄土门去。

桂英料着这就是自己家里了。这里是一带黄土矮墙,墙上覆着稻草,一连开了几个窄小的门。他们这大门的左边,是一个草盖的牛栏,稻草屑和牛粪闹了遍地。右边是一片菜园,菜园前头一个茅厕,只用几根木棍子夹了一片破篾席略事遮盖。虽然这门口七八棵大柳树,掩映着一塘清水,风景很好,可是大门左右夹着这两样东西,实在不堪得很。走进大门,经过了一个窄小的穿堂,折过了两间屋子,玉和却把她引到有灶的厨房里来。玉成赤了双脚,坐在矮桌边一张凳子上,靠了桌上抽旱烟袋。田氏走进门道:"快来吧,玉和带了新娘子回来了。"桂英老早看到一个中年以上的人,光着漆黑的上身,穿一条老蓝布裤子,高高地卷上了大腿窝,腰上系着灰黑的腰力硬,倒是挂了一个黑布荷包。头上还留了一截鸭屁股式的短发,盖着后脑勺子。她心里立刻想着,这就是哥哥了。玉和这样温文儒雅的人,倒有这样一对兄嫂。当玉和介绍着这是哥哥之后,说不得了也是向着他一鞠躬。玉成和田氏也是一样的感想,觉得桂英这种装饰虽和乡下人不同,自己是到过省城的,这在省城里总算是很朴素的人物了。便点着头道："远路回来，辛苦了，歇息着吧。"

玉和这时到外面去照料行李，就剩着桂英和哥嫂说话。桂英仔细看这位嫂嫂穿一件泛黄色的白布褂子，上面至少有一打补丁。下身的蓝裤子，和哥哥的料子一样，蓝里透白，浆洗的程度自然大可以想见。下面恰是三寸金莲的小脚，灰袜子黑鞋，那脚背上拱起一个鹅头包，卷了一大捆红带子。她头上蓬着一把头发，绾了一个鸡心小髻，耳朵上一副大圈耳环，有铜子样大，那尖削的黄脸上汗珠直滴。这一份乡下妇人的丑怪，又是平生扮戏所不曾梦想到的。她心里在这里瞻仰乡下人，可是乡下人也一样地要瞻仰她。这时，消息已传遍了全村，玉和由北京带了一个女戏子回来了。张家老奶奶、李家小姑娘、赵家大嫂子，络绎不绝地轰动了一大群乡下妇女，拥到玉成的厨房里来。小女孩子们不敢进来，在房门外指指点点倒也罢了。唯有那年老些的，自居见识多，就一路喊进来道："王师娘，听说你们家由北京来了一位新嫂子吗？那是真命天子脚下生长的人啦，我们要看看。"田氏对于这一层似乎也有些光荣似的，就笑道："请进来看吧，也没有什么好。"这些乡下奶奶进来了，牵牵桂英的衣服，摸摸桂英的袜子，把她当了一个活宝展玩。桂英当着哥嫂，不便拒绝这些人参观，又不胜这些人的包围；大窘之下，也不知经过了多少时候，玉和进来了，操着家乡话和大家道歉，说是："她不大懂家乡话，对答不周，不要见怪。现在我们要收拾房间，请改天再来吧。"这才算替桂英解了围。大家笑着走了。

一会儿，田氏煮着饭到灶下去烧火。桂英坐在一边和玉成闲话。玉和由外边提了行李进来，就同她丢了一个眼色道："你可以学学了，把那篮子里的菜切一切。"玉成摇了手道："不必了。她新回家来，什么也不知道你叫她做什么呢？还是你带她去收拾屋子吧。"这时天就黑了。于是玉和带着桂英，由厨房一个窄门里进去。这里有一间房，四周都是黄土墙。有个钉了木棍子不能开动的死窗户，正对着夹道开了，只透些空气，并无别用。屋顶有两块玻璃瓦，由那里放进一些亮光来。虽是白天，屋子里也是黑沉沉的，而且最不堪入目的便是那靠黄土墙的所在，高的矮的，围了许多簸席子，里面屯着稻谷。这个样子，屋子里并没有摆什么陈设的余地，更谈不上原来有什么陈设的了。桂英悄悄地向玉和道："我们就在这屋子睡吗？"玉和放出苦笑来道："乡下人家的屋子大半都是这种情形的。"桂英觉得这几天以来，每谈到乡下情形困苦的时候，玉和必是如此解释，乡下情形都是这样的。他那意思，以为不只是我们这样苦，乡下人大家都苦。他如此说着，忘怀了我们是由北京来的，为什么就要跟着乡下人一样来受这种苦呢？若是在北京的话，一定要把这话说了出来，跟玉和评上一评理，可是到了这乡下来，除了玉和没有第二个亲人，若是把玉和再得罪了，自己变成了一个孤鬼，那如何使得？只得向他哦了一声道："乡下都是这样的。"只有这七个字，也就不能再说别的什么了。

玉和肩了一捆行李进来，就向正面一张漆黑的木架床上一放，这床并不是黑漆的，不过因年代久远，白木成了黑木，床上是否雕花，这已没有法子可以看见，却是高高地堆了尺来厚的稻茎。因坐在床上，用手拨弄了稻草窸窣作响，然后坐在草捆上微笑道："到乡下来，别的罢了，只有这种东西在乡下是富足的。"玉和笑道："其实乡下也不全是这样富足，我们这里山清水秀，倒是大可以留恋的。"桂英听了这话，也不置可否，只将嘴向玉和微微一撇。玉和自然是什么话也不敢多说，只是收拾屋子而已。

过了一会儿，玉和已经把屋子收拾清楚了，就带着桂英到厨房里来吃饭。桂英看那张矮桌上，有一个大瓦盘子装了北瓜，一只粗瓷蓝花碗装了一大碗苋菜，又是一只旧瓦碗装了一大碗臭咸菜，四方堆着四大碗黄米饭，热气腾腾地上升，闻着了却也有些香味；玉成还是很客气，向她笑着道："你们在路上辛苦了，吃饭吧。"说着，他首先坐下来。玉和望着她打了一个招呼道："你坐下吃饭吧。"说着，他也就坐下吃饭。桂英在一路之上，已经尝过了乡下这种无油无盐的菜蔬的那种滋味了，不曾下箸，自己已先自发愁。现在看到桌上这一桌菜，北瓜是黄澄澄的，苋菜是青郁郁的，不曾变着一点儿色，这也不必提，准是没有什么油盐作料下锅的，所以还保持了那原状。勉强扶起了筷子扒了两口白饭，夹着北瓜方块，吃了一口，那北瓜虽无什么鲜味，倒是甜津津的，这下饭却没有什么关系，只得硬吃了两块。那碗臭腌菜自己不敢过问的，只有这一碗青苋菜可以算下饭的东西，自己就继续地吃着，明明吃到嘴里去是一点儿味都没有，然而倘使将没有味的情形表示出来，又怕哥嫂看到不愿意，只好勉强地连菜带饭，不分咸淡，糊里糊涂囫囵吞了下去。一碗饭，也不知道经过了多少时候，居然就吃下去了。当然，不用得再添，于是轻轻地就把筷子碗放下去了。玉和是知道桂英的食量的，怎么着一餐也可以吃两碗饭，现在到了家里，每餐都只好吃一碗饭，为什么突然减少一半呢？照说，在路上操作过劳了，是要多吃一些饭的，而桂英不但不加多，反而减少起来，这可以见得乡下的饭菜实在不合口胃。然而不合口胃，又有什么法子呢？玉和看了桂英一下，也不敢说什么，玉成却望了她道："怎么？只吃一碗饭吗？"桂英笑着点了一点头道："我本来是饭量小。"如此说着，玉成也有些相信，因为他知道城里人的饭量向来是不大的。

吃完了饭，桂英就溜进了屋子里去。这时，天色已经昏黑，抬头看看，只有屋顶上那一块明瓦是白的。那蚊子虽然比在半路上饭店里好些，然而却也其声嗡嗡，周围全是蚊子阵，自己没有扇子，只将两手在空中拂着。本来可以走出屋子去躲开蚊子来的，但是这村子上的妇女把自己当一桩新稀罕儿看，实在有些讨厌。玉和究竟是猜得出她心事的，就拿了一根蚊烟和一盏煤油灯进来，灯就是在饭店里看到的那种东西，蚊烟倒有三四尺长，粗如酒杯，点了起来，就在地面上一个窟窿里，为了这烟头厉害，蚊子果然少得多，但是那一种烟里含的砒霜木屑气味却也实在令人难受。玉和见她侧了身子坐在床上，便道："你怎么不到外面去坐坐？"桂英先叹了一口气，接着又微笑道："以前是你的日子难过，现在开始着是我的日子难过了。"玉和笑道："大丈夫能屈能伸，这算什么？再说一个人，总应该过过农村生活，过了农村生活以后，他才知道艰难，以后过着什么苦日子也能过了。"桂英道："你的意思是说我不知道艰难，不会过苦日子吗？"玉和还想解释这句话，无如外面有了哥哥说话的声音，不敢多言，自行走了。

桂英理想中的家乡，一定是和住西山旅馆那样舒服。不料到了家乡，竟是这样的不堪，既然来了，现在不能马上回去，只有暂时忍耐一些再说的了。这晚她不声不响地含着两包眼泪睡觉了。到了次日清早醒过来，睁开眼睛，首先所看到的就是屋顶上两块通亮的明瓦。自己正想着，天亮了，乡下人起来得早的，再睡一会儿就起来吧。她还不曾把这个念头转完，只听到外面锅铲相碰之声，接着又有人说话，床上先是没有了玉和，大概全家人都起来了。赶忙穿好衣服，走到家人集合的厨房里，只见灶上的锅缝里，热气腾腾地只管向外喷了出来。嫂子田氏在灶门口烧火呢。她见桂英出来了，由灶门边伸出头来笑道："睡够了吗？饭都好了，城里人总是爱睡早觉的。"桂英听了这话音，分明是嫂子俏皮自己的话，怎好说什么呢？便笑道："城里人哪有乡下人起来得早呢？"她勉强说出这句话来，脸上也就红了，自己赶忙着洗过手脸，跟随大家吃饭。当然，这一餐

194

饭依然还是昨日所尝的那些菜蔬，昨日已经饿了一天，今天若是厌憎菜蔬的话，只有再饿一餐的了。在没有法子之下，自己还是勉强地跟着吃，今天这一餐早饭比昨天好得多，居然在一碗饭之外，淘了一些萝卜菜汤，又吃了小半碗了。

这一餐早饭，她算是吃下去了，但是到了吃午饭的时候，又吃不下了。这里的乡下人始终保持着那种老规矩。为了盛菜盛饭的便利起见，就是厨房里摆一张桌子，占有半边厨房，就在这里做餐室。桂英在未吃饭之先，端了一把黄竹矮椅子坐在桌子一边，现在虽然吃饭了，她坐在那竹椅上依然是懒得动。但是全家都在这里吃饭的时候，自己一个人单单地不动，这又有些不像话说。所以只得皱起了两道眉毛。两只手只管捧了自己的心口，玉和看到，连忙问道："你今天好像有些不大舒服的样子，莫要是有病吧？"桂英道："可不是吗？我那心口痛的老毛病现在又复发了。"田氏望了她，不觉哟了一声道："这样一大点儿年纪，就有这样不好的老毛病，那还了得吗？"桂英见嫂嫂相信她是害病，索性两手捧了胸口皱眉不语。不过她对于他人疑她是病不是病，没有关系，然而却好借了这个题目可以不吃饭。因之悄悄地回到屋子里去，靠了床坐着，一手托了头，一手就抚摸着胸口，皱着眉毛一语不发。

玉和走了进来，轻轻地问道："你怎么了？"说着话，走近她的身边。桂英勉强舒展着眉毛，微笑道："没有什么，只是心里烦闷得很。"玉和停一会儿，才掏起她一只手来轻轻抚摸了几下，然后微微地笑道："这个样子，我看你家乡的生活有些过不来，还是回北京去吧。"桂英正了脸色道："我心里现在难过到一万分，你还要拿我开心。"玉和这样一句很平坦的话，却不料闹得桂英发出这样大的脾气。站在她面前，不觉是发了愣，他不作声，桂英也不作声，屋子里转是寂然。许久，玉和一个人自言自语地道："早知如此，悔不当初呢。"桂英听说，立刻站了起来，望了他的脸道："怎么是早知如此，悔不当初呢？"玉和立刻又转了笑容，按住了她的肩膀，让她坐下去，微微地笑道："我不过是一句闲话，你不要多心。"桂英道："你说得这样子明白，我问你一个所以然，怎么倒说什么多心呢？"玉和低声赔着笑道："你身体不大好。你不要这样，忍耐些吧？"桂英倒在床上，一个翻身向里睡着去了。玉和想说什么吧，恐怕更惹起她的误会。不说什么吧，她这样生气的样子，并不用一句话去安慰，又怕她更要挑眼，于是站在屋子中间呆了。

桂英在这个时候，只觉有二十四分的烦恼。玉和对人虽是十分温存体贴，到了今日也看不出他的好处来，反觉得他是城府很深，故意把人引到火坑边来。因为如此想着，就不愿意去理会他，只是面朝里去假睡。当她假睡的时候，闭上了眼睛，就会想到家乡这种日子，前路茫茫，无法可过。再又回想到在北京唱戏的生活，那是多么享受，自己却偏不满意，发了疯似的终日只想嫁丈夫。一嫁了丈夫，因为不能唱戏，自己的能力失效了，倒反要来做一个寄生虫，这寄生虫做得她也罢了，于今只是到乡下来，向着那向来看不起的庄稼人讨一碗饭吃，越想越懊悔，心里如火焚一般，倒真个像是生了病。心里只管想着北京，倒好像真在北京一样，糊里糊涂地自己就走到了戏台子后台，大家正扮着戏，演的一出描写农村生活的新戏，叫《到民间去》。说农村好极了。一个扮农夫的女孩子走到她面前，向她笑着问道："白老板，你是在乡下住过的，你看我扮得像吗？"桂英笑道："你们这出戏就不像，你以为乡下日子好过呢，说起来那是造孽，我一辈子不愿到乡下去了，你们还唱这种戏劝人到乡下去。"那后台管事红着脸走了过来道："你不唱戏了，别在这里扫别人的兴致，这是有名的戏曲大家编的戏，会没有你知道得多。"桂英似乎对这后台管事还有些害怕，糊里糊涂地又扮了个村妇在台上唱戏，台底下的人似乎看自己扮村妇扮得很像，噼噼啪啪鼓起掌来。可是睁眼一看，依然睡在床上，不过是梦中到了家里罢了。嫂子田氏在厨房里劈木柴片啪嗒啪嗒的声音，穿了几重墙屋送将过来，这就是梦里所听到的拍掌声了。揉揉眼睛，坐了起来，心里可就想着，这就是我的不对，嫂子这样不分日夜地劳苦工作，我倒是躺在床上静等饭吃，兄嫂就是不说话，自己也有些不好意思。因之将冷手巾擦了一把脸，牵牵衣服，然后走到厨房里来。

田氏果然坐在门槛上，手拿了斧子柴片，在阶沿石上砍着，两袖高卷，头发散着，披在脸上，汗珠子直管由额角上滴将下来。她两手高举了斧子，兀自对着面前一块大木柴砍了下去。桂英笑道："嫂嫂的力气真是不小。"田氏回过头来，才看到了她，因道："你不是病了吗？又起来做什么？"桂英道："嫂子在这里做事，我怎好躺着呢？"田氏斧子落下去，啪的一声，将一根粗圆的木柴砍成两半，笑道："你也干得动这个吗？"桂英微笑了一笑。田氏道："我听说你在北京是唱戏的，这话是真吗？我对你哥哥说那一定是谣言。我们现实虽然做庄稼，可是书香人家，玉和也不是那样胡闹的人。我现在看你倒也知道一些艰难苦楚。闲言说得好，婊子无情，戏子无义……"桂英听到这里，不由得脸色一变，红里透青，就勉强笑道："做那种事的有坏人，做那种事的也有好人，这怎么可以一概而论？北京城里唱戏的人多着呢。"说完这句话，自己又走回房来。心里可就想着，固然是乡下人不会说话，出口就伤人，但是她还不相信我是戏子。假使她要知道我是个戏子，那要怎样看不起我呢？

如此想着，在万分为难之中又加上了好几分为难。这天晚上，连晚饭也托病不吃，就睡觉了，白天那样足睡一阵，到了晚上如何睡得着？因之躺在枕头上胡思乱想，想来想去，无非是想着北京。玉和睡到了半夜里，听到桂英突然说起来道："我不回北京怎么办？再要在南方乡下住个周年半载，我的命会没有了。"玉和就摇着她道："你怎么了？你怎么了？"桂英惊醒来道："你说什么？"玉和道："我要问你说什么呢？你倒问我说什么？"桂英这才明白了，因道："我说梦话来着吧？我梦见回北京上医院治病去了，我妈只问我回去做什么呢。"玉和道："你不用为难，过一些时候，我送你回去就是了。不过我欠了我哥哥一千多块钱，一点儿什么事情没有办给他们看，我自己也说不过去，你让我把事情交代清楚了，一两个月之后，我出去找事，带你一块儿走就是了。"桂英道："那由你吧，你不走，我一个人也是要走的。不过我回来两天就觉心口疼得要命。我等得了两个月等不了两个月，可还是个问题呢。"说毕，一个翻身又向里睡了。

桂英因一夜没有睡稳，醒来时，又晚了一点儿。静静地听着，厨房里有些筷子碗响。这就听到玉成道："现在木已成舟，也没有什么话说了。可是你知道我们是个务农的人家，你迟早是要回家来过日子的，你怎么会娶一个戏子做家眷？"又听到田氏道："我呢，倒没有什么可说的，可是她娇生惯养惯了，要吃好的穿好的，还要睡到饭熟不起来，就怕乡下人说闲话，说我们家门风不好。我们这种人家，怎容得下这些野草闲花呢？"玉和道："她实在是出门受累了，有些心口痛，所以不能做事。她在北京的时候，住家过日子倒是很在行。"田氏道："老二，做嫂子的暂放一个屁，她要是在乡下住三个月不逃走，我就不姓这个田了。"这一句话说着是特别的重，桂英躺在床上，听得清清楚楚，不觉心里一动，她立刻想着，她必须在乡下再住三个月了。

第二十一回

革面却繁华衣衫尽换
健身安贫贱井臼同操

佛家将酒色财气当作四戒。我们猛然听到这个气字，觉得于人生无甚大碍，其实这个气字也就坏事最大。一个人为出一口气，往往可以闹得全国骚然，不用说是就个人而言了。白桂英听她嫂嫂的话，料着自己不会在乡下住三个月。她就想着：你究竟为什么那样看我不起？我怎样也在乡下熬过三个月去，反正是比讨饭强吧！一个人落了难，王孙公子结果去讨饭，那也有的啊！她如此想着，把那急于要回北京去的念头就完全取消。自己也不害病了，立刻就走下床来。

玉和在外面听到屋子里有响动，知道是桂英下床来了，立刻跑进屋子来，低声向她笑道："你身体不好，何必勉强起来呢？"桂英摇着头道："也没有什么不好，我自出娘胎以来，就吃好的穿好的，没有尝过一点儿痛苦，这未免太享福了。我现在要来尝尝艰难苦楚，下半辈子再要有福享时，也就可以知道享福的人是什么滋味了。"她这样说话的时候，脸可是红红的。玉和一想：新近回家，不要在兄嫂面前露出失和的样子，还是忍耐一些吧。只得低声笑道："你别急，反正住个十天半月我们再走就是了。"桂英道："你不要给我这种宽心丸吃，我是不走的了。我也是个有志气的女子，能够让不见天日的乡下人把我料定了吗？"玉和知道嫂子的话让她听见了，这就不敢再说什么。

桂英走到厨房里来，洗过了一把脸，饭已经吃过了，不想再吃，捡出玉和同自己的几件衣服，就在厨房后面院子里洗将起来。到了吃中饭的时候，田氏打了米来洗，桂英就问道："嫂嫂，做什么菜？让我来吧。"田氏笑道："我们乡下做菜，可不烧什么口味，你不会搁油盐，替我烧烧火就是了。"桂英不料第一次毛遂自荐就碰了个钉子。心想：我就是做不出什么好菜，何至于油盐都不会搁？不过她既说了，自己不会搁，她一定会搁，且看看她是怎样的搁法。于是依了她的话，且到灶门口去烧火。这里是乡下，都烧的是茅草，茅草火固然是好旺，但是一烘即熄，一把茅草烧不了五分钟，因之烧火的人必须在灶门口坐着。这灶门口并无一张凳子，只是半片破石磨，坐了下去，虽是冰凉一阵，然而硬邦邦的，比起在北京坐的沙发椅子来另有一番天地了。她在身边的茅草堆上抽出一束茅草来，扭了一扭，擦了一根火柴燃着，送到灶里头去。她心里却想着：到乡下来，别的不会，烧火总是一学便会的了。这个日子，天气还正热着，初坐到灶边去还无所谓，直待烧过半餐饭时，自己一张面孔烤得如喝醉了酒一般。侧了向左边坐，右边脸烤得难过，侧了向右边坐，左边脸又烤得难过。背上的汗把小褂子湿透了，额角上的汗珠子也是不住地向下滴。自己以为烧火的事最容易，嫂嫂给了一件轻便的事来做，这才知道烧火是一件最苦的工作。

心里正如此想着，手就很随便地去抽茅草，不料大意地一抽，却抽了一束刺在掌心里。自己两手将茅草一卷，三四个刺头刺入肉里，赶快拔去了刺，已是扎得掌心里鲜血直流。哎哟了一声，在袋里掏出一块手绢来擦，无如血来得很涌，简直擦不干净。这里没有止血药粉，又没有橡皮膏，想起还带了一些擦脸粉回来，便起身要去找粉。田氏在灶上看到，问道："让刺扎了吗？那不要紧，在隔壁灶里抓些冷灰按上就是了。"桂英也没有作声，就撮了一把冷灰将血眼儿堵住。她想着：别看嫂子是乡下人，倒会将难题目给人家做，我倒要研究研究她的菜是怎样做法。这时，田氏将砧板放在灶上，切了一大堆王瓜片，倒是省事，用刀摸着一推，王瓜片全下了锅，不见她放盐，也不见她放油。待王瓜煮得快熟了，才抓了一撮盐放到锅里去，再到菜都熟了，然后才到个橱子里拿出一个瓦钵子来。把瓦钵子中淡黄色的猪油，挖了一个缺口。她将锅铲子角挖起了指头大的一块猪油，然后在锅的上半截，很快地画了两个圈圈。那猪油经着热气，就变成了液体，沿着锅流到菜汤里去。田氏更不怠慢，立刻将锅里的王瓜一顿拌动，就盛到碗里来了。桂英这才明白，原来乡下人做菜，就是这样的做法，这有什么难呢？怪不得这菜不好吃，不过白水熬王瓜罢了。

在她长了一番见识之后，这一餐饭算是做成功了。就在这时，玉成已经回来，他上身打着赤膊，将一件褂子披在身上，只把领子上的纽扣扣住，套在脖子上。他手上举着一把锄头，向门角落里一放，接着就去解他的纽扣。他一回头，看见桂英身上，还穿了花纱的旗衫，便笑道："白妹，你没有短衣服吗？在乡下住家过日子，只图个便利，用不着穿得这样斯文一脉吧。"桂英笑道："我没有什么短衣服，有也破旧得不像样子。"玉成道："破旧要什么紧？缝缝补补，洗洗浆浆，就是一件好衣服。"桂英觉得自己说得有理的事情，由乡下人看来也是没理的，这还好说什么？只有不作声而已。

吃过了饭，桂英不声不响地打开了箱子，翻了一件垫箱子的短衣服在身上穿着。然而这又有了问题了。她在北京的时候，穿的是短脚裤子、长筒袜子，于今脱了长衣服，田氏看到，她先笑了，向玉和道："我们白妹倒好像一个庄稼人，裤脚子短过了膝盖，和你大哥插田的时候光着两条大腿一样。"桂英听了这话，自己低头一看，觉得也实在不雅，只得脱了短褂子，又把长衣穿上。当日就悄悄地拿出两块钱来，交给了玉和让他在乡镇上买了两丈多老布回来，自裁自缝，不分昼夜地赶着做了两套小裤褂，立刻穿了起来。布鞋线袜，依了玉和的话，在北京就换好的，脚上是不用再换了。这只几天的工夫，桂英由上顺下一换，简直成了两个人了。

在她自己看起来，这总算是二十四分地将就着家庭，兄嫂不应该再有什么话说的了。然而就在这上面，又引起了嫂嫂田氏的疑心，她私下对玉成道："我看玉和的老婆，在北京的时候，决计不是好人。若是好人，哪有粗布衣服都不预备一件的呢？玉和这样一个老实人，讨这样一个戏子回来，实在不对。现在乡下人，还不知道她的出身，不过说我们庄稼人不该娶一个城里人罢了，若是大家都知道了她是一个戏子，那可败坏了我们的门风。我曾仔细想了想，上次玉和回来带了一笔钱出去，哪里是捐官？一定就是讨老婆。他那些钱恐怕都花在这女戏子身上了。"玉成道："你不要胡说，我兄弟不是这种人。"田氏将声音提高一点儿道："什么不是那种人？既是好人，为什么倒娶一个戏子做女人呢？"这句话却是洞中窍要，说得玉成无话可以答复，便道："好汉不论出身低，只要她以后好好地过日子，也就不必追问她以前的事了。"田氏道："哼，那不行，你兄弟带了家里一笔现款出去，并没有弄个什么名儿回来，有一天我总要和他算算这一笔账。"

她这几句话声音既高，桂英在自己屋子里赶着做衣服，句句都听得清清楚楚，心想：兄长究竟不失为一个好人，还肯替兄弟媳妇遮盖。可是说句良心话，玉和在家里拿去的那一笔现款，正是用在自己头上呀。乡下的日子是这样的苦，玉和在乡下居然搬出上千的现洋去，那实在是破天荒的事情，如果让兄嫂查出钱花在自己头上，那恐怕有一番重大的交涉。自己为了顾全丈夫起见，应当格外朴素起来，让嫂嫂知道自己很能吃苦，并不是个不好出身的女子，那么，玉和拿去的这一笔钱，就不能说起花在我的头上了。她有了这个意思，紧紧地记在心里，所有箱子里的绸缎衣服一齐收了起来，在乡下绝不打算再穿了。在北京临动身的时候，也还带有七八种化妆品，如雪花膏香粉之类，现在也用不着了。因为脸上不出汗、手上不沾灰的人，这才用得着化妆品。现在若是梳妆打扮起来，第一是兄嫂要说闲话，第二是同村子里的人看到，又要当一种新闻去传说，第三便是每天要到厨房烧三回火，化了妆，一会儿就失却了效用，倒不如不打扮的省事，而且乡村里的女人都是不打扮的人，一个人打扮，不但博不到人家说声美丽，结果还让人家说声妖精，这又何必。于是除留着两块洗手肥皂在外面应用而外，其余的化妆品一齐都锁到箱子里去了。

七月里的天气，正自酷热着，桂英身上穿着老布长袖褂子，又穿了一件长脚管老布裤子，再要加上洗衣煮饭，没有一天不是湿汗透背。玉和看到，心里很不过意，特意自己到县里去一趟，买了两匹夏布来，私下找裁缝做好了，带回来，就说是由北京桂英的娘家寄来的。然而照着乡下的规矩，没有生儿女的妇人不能露出两个乳峰来。穿夏布褂子，里面得加一件小背心。再说这种粗夏布，穿在嫩皮肤上，又像有许多软刺，只管扎人。桂英穿了一天，实在受不了，还是穿她的老布褂子。玉和非常地不过意，但是表面上可不敢表示出来。因为哥哥做庄稼，嫂嫂当家，自己在家里只吃一碗安乐饭，难道连自己的女人也要吃一碗安乐饭不成？至于用话去安慰桂英呢，也是不敢，因为不谈起日子苦，却也含含糊糊地过去了；谈起苦来，桂英就要发牢骚了。

王家在这乡下总算是个富农，照一般普通情形而论，也不算苦。他们的伙食总是这样：早上是一餐硬粥，中午是饭，晚上是剩饭剩粥，或者吃麦粉糊，或者吃麦粉疙瘩。白天两餐，是家里现成的米，不费事，若到吃大麦糊的时候，就要用家里的手磨子将麦粉磨出来。磨子放在架上，是用一个丁字磨砻担子拉着推着，小脚女人们，可以一个人远坐磨担子前方拉动，一个人坐在磨子边下麦。桂英初到家乡来，看着农具，什么也是有趣的，总喜欢跟着嫂嫂在一处弄弄。初两三次和嫂嫂一同磨磨子，有个远房的十岁的侄女儿招弟，把她在隔壁找来下磨，到了四五回头上，嫂子不客气了，就叫桂英下磨。下磨的方法，是怀里抱一筐子大麦，当磨子眼儿转到面前的时候，就抓一把麦下去。看起来是很容易，然而那磨手上有担子钩着的丁字直柱，随了眼儿转过去，放下麦去，缩手稍慢，就要让直柱子打上一下。若是预先伸手过去，麦子又放不到磨眼儿里头。为了这个，每次忙得手忙脚乱，心惊肉跳，浑身是汗。田氏看到，却是笑了个不亦乐乎。桂英觉得自己什么都能说会懂的人，到了乡下来，却不如一个十岁的女孩子，这却可耻了。不过下磨子下不来，扶了磨担磨麦总是会的，于是和田氏掉着，田氏下麦，自己下磨。

约有半个月之久，是王玉成的散生日，田氏煮了一大碗挂面，煎两个鸡蛋在里面，给了玉成一个人当中饭，算是庆祝的意思。这天晚上，却做了一锅糯米粑，全家来吃。糯米粑的做法，是用清水将糯米浸透了，再磨成了浆，然后用布滤过，成了粘粉，才开始做粑。这有七八天了，每天下午一小时的磨都是桂英的事，现在磨糯米，当然她还是继续着来磨了。田氏端了一大盆水浸糯米放在磨架子上，笑道："白妹，磨糯米，不像磨大小麦，让我来吧。"桂英笑道："天天磨惯了，倒也不在乎了。"田氏微笑着，却也不再说什么。桂英拉动磨子来，田氏用一个铁瓢，舀着水米向磨眼儿里放。呵呵，这磨子比往日要重一倍有余。将横担向前一推时，还没有什么费劲；向怀里一拉的时候，这就费劲大了。只将磨子拉了七八个转转，已是面红耳赤，不住地喘气。田氏笑道："磨磨子，是大麦最轻，无论磨什么，都当着磨大麦一样，哪里行呢？白妹，你磨不动，就不要勉强了。"桂英听说，真个就不再勉强，手扶了横担子只管喘气，向田氏微笑。田氏道："你就把小招弟叫来，让她来下米，我们两个人来磨。"

桂英真的不敢争那份硬气，就笑着去找小招弟。招弟虽住在隔壁，但是由玉成家里过去有一门可通。桂英掀起一片大衣襟，揩着额角上的汗珠子，穿过了厨房门口一个穿堂，再过一个有垂杨柳树的小院子，就是招弟家了。她走到这里，只见玉和穿着短汗衫短裤子，光了双脚，踏了一双没有后跟的鞋子，坐在一张矮竹凳上，在那里慢慢地清理钓鱼竿，脚边放了

202

一只瓦罐子，装着鱼食。他看见桂英脸红红的，便问道："你这是怎么了？"桂英笑道："原来磨糯米重得很。"玉和道："你也去找救兵吗？我和你去磨磨吧。"桂英笑道："你这个斯文劲儿，也磨得动吗？"玉和道："你都磨得动，难道我还磨不动吗？到了家里来，现在就剩我是个闲人，我也怪寂寞的。"他说着话，就起身向磨房里走。桂英觉得有了自己丈夫去打替工，就比找别人好得多，也就跟玉和一路回来。

凡是庄稼人有一碗饭吃的，他家里必定有一间米房，地上扫得干干净净的，预备在这里砻稻筛米，米落到地上就可以扫起来，因之磨子筛子等物都在这米房里。由这米房里过去，便是仓房。玉和一走到这里，就想起上次回来，哥哥在仓房地窖里取现洋的那一件事。自己骗着嫂子，可以做县知事老爷。县知事在哪里？回到米房里来磨糯米来了。就如此想着，走进屋子里，就不由得脸上一阵发热。田氏见他脸上红红的，以为他不好意思代老婆来磨磨，便笑道："当年我做新娘子的时候，你哥哥也常是和我打替工的，现在轮到你夫妻二人头上来了。"玉和搭讪着看看磨架子，又将磨砻担子摇撼了两下，笑道："也许我不行呢。"说着，就开始磨起来。

玉和究竟是生长农家的，虽然是多年不做重工作了，然而像磨这小磨子的事情还能为之。他站在屋子中间，将磨子拉得飞动起来。桂英坐在一边，只是含着微笑。田氏坐在磨子边，将铁勺子舀着米水，向磨子眼儿里一下一下地倒了下去，口里就闲闲地谈着道："白妹，北京城里也有磨子吗？"桂英摇摇头道："没有这些东西。"田氏道："那么，要吃一点儿粑呀，粽呀，面食呀，怎么办呢？"桂英道："店里都有现成的，拿钱去买就是了。"田氏道："店里也要磨、也要舂的呀！"玉和拉着磨砻担子，只管气吁吁地喘着气笑道："都是买现成的呀，譬方说卖粽子的店，他们到米店里去买江米，到杂货店里去买竹箬，自己只费一点儿手续，将粽子包好煮熟就是了。哪像我们乡下，先要把糯稻舂成米，还要到山上去摘竹箬呢。"说着，气喘得更厉害，就停住不说了。田氏笑道："这样说，街城里真是便当，什么东西都可以拿钱去买，自己不用费心费力。白妹，你过惯了北京那样便当的日子，我们乡下这样穷苦的日子，你还过得来吗？"桂英道："嫂子，你不看我过得很好，我有什么过不来的？"田氏笑道："你们在北京城里天天总买些鱼肉吃吧？乡下人不逢三节和插田，是不会弄荤菜的。"桂英道："住家过日子的人，就是在街城里，也不能天天顿顿吃辈。"田氏道："不过也看什么人吧，听说白妹在街城里，日子是过得很好的。你自己还会挣钱呢。"

这几句话说得桂英心里一动，玉和心里也是一动，两个人都说不出话来。桂英顿了一顿，她就想着，自己唱戏的事情兄嫂反正是都知道得很清楚的，瞒着也无益，于是向田氏点了一点头道："是的，我在北京的时候，一个月稍微能挣几个钱。"田氏将钵子里的水米拨弄了一回子，闲闲地问道："有多少钱呢？"玉和怕说多了，嫂子会疑心的，就随便地答道："也不过一百来块钱。"他这样说着，实实在在地已经给桂英每个月挣的包银打了一个对折，以为这已经是少得可观了。说着，又开始磨起来。田氏将铁勺子随便地舀着水米，一下一下向磨子眼儿里送下去，眼望了磨子道："是一个月一百多呢，是一年一百多呢？"玉和道："是一个月一百多。"田氏一拍手道："那还了得，一个月那么些个钱，你是怎么的用法呢？"桂英道："也并不是我用，我还要拿出钱来养家。"田氏道："无论怎么地养家，一个月也用不了那么些个钱，就是我们在乡下过一年，也不会用过一百块钱的。不用说了，那自然穿的是绫罗绸缎，吃的是炖鱼炖肉，你到家乡来，忽然过着这样穷苦的日子也过得惯吗？"她口里如此说着时，两只眼睛就不免注视着桂英的脸，表示着一种诧异的神气。玉和将磨子拉了好几转，田氏还不曾将米放了下去，玉和道："嫂子，你想着什么啦？"田氏这才摇着头微微一笑道："我真有些不相信，一个人挣了那么些个钱，还能到乡下来过日子啦。一月一百多，一年一千多，十年一万多，那还了得？白妹，你又为什么不想挣钱，要出阁呢？"

桂英心想，若是告诉她许多原因，她未必能了解，便笑道："做了女人，迟早总是要出阁的，那有什么法子呢？"这一个不甚可解的答案，倒让田氏若有所悟，就不向下追问了。但是这样一来，却让她长了一番大见识。一个女人在城市里可以挣到一百多块钱一个月的，但是挣钱的事究竟还不能够大似嫁人，所以女子到了相当的年龄，为了嫁人，钱也可以不挣的。但是桂英既看过钱的，玉和要拿出多少钱来才能够将她的身子买到手呢？这样看起来，恐怕玉和拿钱出去捐官已经捐到官了，只是做官挣来的钱都花到桂英头上去罢了。她如此想着，就觉得桂英的身世含有一种极大的秘密，非把她的秘密完全探出来不可。不过有一点考虑，就是自己虽负着一个能干人的名称，但是和城里聪明女子斗起智来，恐怕还是斗人不过。为了这个，自己常是在米房里磨麦磨米的时候，和桂英闲谈，在闲谈里面，去探讨桂英的秘密。桂英心里可就暗笑着，假使你玩儿着圈套我都不识，那也未免太笨了。因之她在闲谈中总是表示着，既然嫁了玉和，就当跟着玉和一块儿吃苦。过去的繁华日子决计不想。田氏问到她在北京的事情，她总是就那乡下人意料中的事去说，因之田氏也就无法可以侦察她。可是桂英情愿吃苦的这一句话说出来，田氏就又有了新的计划了。

　　一天晚上吃饭，乃是苋菜加小麦粉煮的菜糊，这糊里面搁几个盐花，让苋菜略有一点儿咸味，因之桌上还有一大碗杂拌式的咸菜拿来下饭。这样的麦粉糊，吃一餐两餐，换一换乡下风味却无所谓，现在可是吃了一餐又吃一餐，这可嫌着乏味。桂英用筷子挑着麦糊慢慢地咀嚼着。田氏笑道："吃这样的东西，白妹有点儿吃不惯吧？"桂英道："那有什么吃不惯，人都是一样的嘴，哥哥嫂嫂吃得惯，自然我也吃得惯。"田氏觉着是个机会了，就向桂英道："大家都在这里，我要把话来说明。我们家没有几多重事，无非各做各的针线，各洗各的衣服，除了想吃些杂粮，舂大碓磨大磨的事，都用不得做，无非是每天抬两桶水浇浇菜园里的菜。这几天白妹来做都是挑重的干。以后无论什么事，我们妯娌两个人平分就是了。"桂英还不曾答话，玉和听着心里却跳上了两下，像她这样花朵儿似的人，怎好正式来做农家妇的重事。不过嫂子公开地说了，两个人平分着干，这又有什么可说的呢？在他不能作声的时候，桂英也就无话可说。

　　恰是说过这话的第二日，赶上了大晴天，玉成因为种了几丘田早稻，快成熟了，忙着满田野去看水。玉和也为了写好许多封信，亲自送到县城里去发，来回有四十里路，家里只剩田氏和桂英。田氏道："白妹，今天你不用洗衣服了。你哥哥做出来有几斗米，他没有工夫舂，我们两人来舂一舂吧。"桂英却还没尝过舂碓的风味，就慷然地答应了。他家碓臼，安在大门外的左侧，对了门口一口方塘、几株垂柳，景致是很好的。田氏扛了一大筐糙米，向石臼里一倒，笑道："我也有两个月没有上碓床，不是你帮着我，我还不敢动手呢。"说着话，她已经走上碓床去。这碓床是一辆小车样的大东西，中间的车轮子换了一根粗木柱，柱的那头有一截大圆石滚，脚踏在木柱上一踩，那石头抬起来向下一舂，又像公园里活跳床，很有个趣味。碓床由后向前斜下去的，前面有个扶手架子，人可以扶着站定。田氏道："你的气力小，站在后面吧。"她一脚踏在床架上，一脚踏在碓柱上，笑嘻嘻地脚按了两按，那碓石昂起了几下。

桂英看着轻飘不难，也一脚跨上碓床去。她另一只脚刚向春柱上一踩，那春柱在床架缝里落下去一二尺，人当然跟着向下一沉。桂英猛不提防几乎摔了一个筋斗，哎哟一声，两手拽住田氏的衣服。这一个不提防还未曾了结，第二个不提防又跟着来了，就是木柱的那一头再向上一抬，在脚后跟上弹了一下，弹得人又向上一耸。田氏笑道："你不懂这个。你好好地扶着我，我们两只脚一同向下一踏，人不要动。"桂英笑道："我现在明白了，跟你一下一下地春吧。"于是她顺着田氏的势子向下春着。她觉得身子站得挺高的，身子虚飘飘的，有些心惊肉跳，摇摇头道："来不得，来不得，我站到前面去扶着木架子吧。"田氏笑着和她调了一调位子。她两手扶了架子，有了经验了，一下一下地春着。她以为这种工作是很轻便的，做做也无所谓，可是春不到一二百脚的时候，周身发热，气喘个不了，她这才知道这种工作，需要全身努力之处，比磨磨子还要厉害。然而自己已经上了这碓床了，绝不能半途而废，让嫂嫂去见笑，因此虽然是浑身发热，吃力异常，依然拼死命挣扎着。她先是两手扶在木架上的，到后来就整个身子靠在木架上了。

好容易把这几斗米春完了。她伏在木架上简直不能动，伏在木架上，看着那柳下的清风吹着塘水，起了粼粼的皱纹，几只白毛的鸭子漂浮在绿水上，将嘴插到翅膀里去，在那里打盹，心里就想着，我一个人还不如这鸭子舒服，未免言之惭愧了。田氏春完了米，却不管她的事，将石臼里面的米铲了起来，扛着走了。桂英足足在碓床上伏有一个小时之久，才站立起来，慢慢地走回房去。偏是田氏还有余勇可贾，将一只干净的粪桶，插了一把长柄木勺在里面，提到院子中间，笑着道："白妹，你累了吗？累就索性累一下，我们抬着水，把菜浇浇，浇完了菜，我们好洗个澡。"桂英听着，走出房来一看，嫂嫂已经拿了一根竹子扁担在手，当然也是不容推辞的了。少年人总是好胜的，立刻就答道："好的，我们去吧。"于是同嫂嫂抬着空桶，向菜园里来。

这个菜园外，有一口土井，井上一棵冬青树，终年是罩着这片地绿荫荫的。桂英每到井边，就有一种感想，觉得这里空气十分阴惨惨，不愿向这地方来。现在太阳西下，暮色苍茫，这冬青树井边更是不堪了。田氏和她将桶歇在井边，将带来的一只小木桶放下井里去汲水。她汲了两小桶起来，倒在大桶里，还只有一半的样子。她毫不客气地就将小桶和绳索交给桂英道："你来吧。"可怜，桂英今天春了两小时的碓，已经是精疲力竭，走路都走不动，哪里还能做事。这一只小桶上的绳子，约有四五丈长，放桶下井去，摆了几摆，舀满了一小桶水，向上拉时，却非常之重。两脚分开，站在井口，弯了腰，咬着牙，两手拉着绳子，提起桶来。可是自己越觉得重，这水的重量仿佛也就真个向上增加。将绳子拉到一半时，身体摆了几摆，实在拉动不了。然而不把这水汲起来，嫂子可会笑死了。不管什么，只管向上拉着，把桶拉到井口，一手提了绳子，正要腾出一只手来去拿桶，不料一只手的气力更是不行。水桶将人向井里一拉，人站立不定，就向井里栽了下去。

第二十二回

奇货可居双身释重负
百喙莫辩千里报谰言

乡村里的井总是不十分大的，那井口的直径不过一尺有余。这样大的井口，一个人横着躺下，想要落到井里去，当然是不能够。所以桂英被水桶坠着身子向下落的时候，两只手一叉，已叉住了井口，差不多是盖在井口上，田氏在后面看到，早是三脚两步地飞奔向前，将她挽扶了起来。因向她道："你这是怎么了？可吓了我一大跳呀！"桂英红着脸笑道："踏着青苔，让它滑了我一跤，没有关系。"她说着这话，看见稻场上有个滚稻的大石辘轳，一蹲身子坐在上面，就向田氏道："嫂子，你叫玉和来帮着你吧。"田氏见她两只手操在肚子上，皱了双眉，便侧了身子向她问道："白妹，你是怎么了？不要是肚子痛吧？"桂英两手依然按着肚子，却微微地点了两点头。田氏笑道："你不要是有了喜了吧？"若是有了喜，这样跌一下子，那可是不当玩儿的。桂英皱着双眉，将眼睛也半闭着喘着气道："没有什么。"田氏正着脸色道："你要是有了喜，可得实说。万一闪动一下，也好找个医生来看看。"说到这里，四顾无人，就低声向着桂英耳朵里叽咕了几句。桂英眉头一舒，微笑着道："统共也不过两个月那样。"田氏一拍手道："那还了得，准是无疑，这怎么办呢？若是有点儿不好，可真叫人悔不转来。你早怎不对我说，早要知道，我就不能让你做这些重事了。你可走得动，让我来挽你回去吧。"桂英站起来道："快别那样，让别人看见，那是笑话了。"田氏道："这是什么笑话？这是人生大事呀！"

桂英因为到了乡下来，一举一动都惹着乡下人注意，若是让嫂嫂挽了回家去，又是让人注意的事。只管走得快快的，离开了田氏，走回家来，桂英一溜进了房，玉成提了一桶温热水放在阶檐下，人坐在凳子上，两只脚隔着桶梁插到水桶里去，头望了天空，口里哼着黄梅调，非常之得意。庄稼人没有什么事是快乐的，只有每日工作回来，提了热水来洗脚的时候，这是最快乐的一件事，因为这就可以完全休息，直等到明天日出才用得着做事呢。正在玉成这样得意之时，见她妯娌两个匆匆回来，而且桂英的脸色不大好看。这就觉得有些奇怪。田氏在后，就向她问道："跑什么？怎么了？怎么了？"田氏走到玉成身边，正着颜色低声道："了不得，我们二弟妹，她有喜了。"于是将刚才的事说了一遍。

这王玉成是乡下一个富农，日出而作，日入而息，别无所求，只有两件事他还未曾满足。第一是他没有儿子，没有女儿，自己年过四十，恐怕是无望了，不得已而思其次，便想得一个侄儿。第二是自己无功名之分，但愿兄弟得个一官半职，合了世代相传的教训，荣宗耀祖。玉和既是花了钱没有捐得知县回来却也罢了。现在听说二弟妹有孕，这是天字第一号的喜事。将一双湿淋淋的脚由水桶里抽了出来，站在地上瞪了眼向田氏问道："这话是真吗？"田氏道："若说是我有了孕，那是我骗了你。现在说人家有喜，怎么会假呢？我也犯不上说那种假话呀！"玉成道："你赶紧到她屋子里去看看，我到吴先生家里去，给她找一包安胎散来。"说着，就走出去了。

他夫妻二人，自这时忙起，内外两面跑，把晚饭也忘了做。玉和那天正钓了一筐子鱼回来，到大门口就喊道："饭煮了没有，我有了晚饭菜了。"玉成正在厨房里煎安胎散，迎了出来，轻声喝道："不要叫，白妹睡了。"玉和以为哥哥是俏皮话，便道："胡闹了，怎么睡得这样早？"玉成道："你才胡闹呢，说起来读书、识字，什么事你都知道，自己女人有了双身子，也不给我们一个信。倒眼睁睁地让她舂碓磨磨，做那些重事。"玉和见哥哥正正经经地说话，而且声音又很平和，倒不像是俏皮话，便从从容容地在天井里放下了鱼篓子钓竿，走进厨房来道："我不知道哇！"田氏正点了两根蚊香向桂英房子里送，笑道："刚才真吓了我一跳，现在她说肚子不痛了，大概安定了。"玉成在竹橱里取出一只饭碗，先放在鼻子尖上嗅上了两嗅，然后在悬绳上取下白布手巾，将碗擦了几擦，就把炉子上放的药罐端起，向碗里倒了药汤，两手端着，交给田氏道："你端了进去，亲眼看着她喝了下去，安定了，那也得喝。"于是田氏就笑嘻嘻捧着碗进去了。

玉和站在一边，看得呆了。哥嫂固然是望得儿子，然而兄弟添儿子，他们也喜欢得会到这种样子，这可是出乎意料以外的事。可是为了这一点，倒触动了他一点儿灵机，心想，桂英娇生惯养的，实在是做不动乡下这些粗笨事情，现在哥嫂既是怕她动胎，正好借了这个机会，让她少做一些事情，于是笑向玉成道："她为人是不大喜欢说话的，对我也是这样。我也问过她的，她也不肯承认，一直等到今天春了大碓才发现了。"玉成坐在矮凳上，正抽着旱烟袋呢，便道："这是你嫂嫂不好，她一个由城市里来的人，哪里能做这些重事，从明天起这些事都不要她做了。以前她没有回来，家里也不会搁下了什么事呀。"玉和听了这话，心中大喜，可是正着脸色道："日子还早着哩，难道家里就养着这样一个闲人吗？"玉成手扶了旱烟袋，塞在右嘴角边吧嗒吧嗒，眼望了兄弟，抽了两口烟，这才抽出旱烟袋来，将烟嘴子点着他道："难道你没有听到过胎教一说吗？我们就是办不到目不视恶色、耳不听淫声那一层，也不能让孕妇受累，出什么毛病。"玉和笑道："想一点儿不受累，哪里能够呢？比方我现在到外面去，就有了事……"玉成不等他说完，便抢着道："假使你在外面有事，在孩子没有出世以前，你也不能带着她走。不要说一路之上，轮船火车，那种震动是孕妇受不了，就是家里这一截旱道，由乡下到省城里，坐轿子也好，坐小车子也好，都颠簸得非常之厉害，怎样经受得住呢？再说你年轻，什么都不懂，你也不会伺候一个双身子的人。这些将来的话你不必说，进去看看她吧。"

玉和走进房来，田氏便走了出去。只见桂英躺在床上，高高地枕了枕头，屋子里的蚊烟点着，烧得雾气腾腾的。那盏小煤油灯在烟雾里放出淡黄的火焰来，照着屋子凄惨惨的，倒好像真是一间病人的屋子。桂英面向里睡着，只有一头毛蓬蓬的头发朝外，身上穿的一件老大布裆子，掀起了大半边，向外露着白背脊。玉和一伸手，正待要去和她牵衣服，桂英一个翻身，面孔朝外，就将手一掀，拨开他的手来，轻轻喝道："不要闹。"玉和看她的脸色，白中透红，和平常人无二，就轻声问道："你到底怎么了，真个动了胎吗？"桂英眯了眼睛望着他道："哪有这样一回事呢？劳你驾，

210

你帮我一个忙，把我两只腿给我捶一捶，酸痛酸痛，说不出来有一种什么样子的难受。"玉和道："那准是舂碓舂累了。"说着，挨了床沿坐了，捏着拳头，轻轻在她腿上捶着。桂英闭下眼睛，轻轻地哎哟着。玉和笑道："你是有了两个月吧？何妨实说呢？你不知道，哥哥现在是昼夜望有后辈出世，你若是有了，那比我做了官回来，他还要快活，自然要加倍小心地来保护着你。他已经对嫂嫂说了，以后家里的事全不用得你做，这不是很好的事吗？"桂英半开着眼道："这样说，我有一年懒可以躲了。"玉和不捶腿了。两手摇着她的身体道："你说没有这一回事，到底还是有这一回事呀？可是天下事，有一利必有一弊，哥哥说，在你没有生产以前不让你出门。"桂英道："只要我不做重事，我就在乡下多住几个月，那倒也无所谓。"玉和道："你翻转身去，我给你捶一捶那边的腿。"桂英皱了眉道："我累死了，实在懒得动。"玉和笑道："啊哟，翻身都懒翻得，累到有这步田地了吗？"外面的玉成就高声接嘴道："玉和，你随她去吧，不要吵闹她了。"玉和向桂英微笑着，点了点低声道："如何如何？"桂英也就微笑着。

这样一来，桂英得了一个救星，从次日起就不用做事。而且呕吐，烦闷，想吃酸物，种种怀胎的象征，也就慢慢地暴露出来。桂英回来的时候，屋子窗户外面有一棵枫树，浓绿的树叶子变着了黄色，由黄色变成了红色。红色的叶子，后来也不见成了光树枝，光树枝上堆着了白雪。桂英的肚皮也就顶着出了怀，一望而知的是个孕妇了。至于玉和呢？他的卧室里一张书桌上，放着南京北京上海广州各处朋友寄来的回信。把信上紧要的言语摘录出来，无非是："俟有机会，再来奉告。""现在无可设法。""爱莫能助，为之奈何。""万勿率尔命驾，以致空劳往返。"这样的信堆满在面前，增加了他无限的烦闷，在夏季秋季，可以出去钓钓鱼，山上找找草菰子，来消磨时间。冬天只有到村子口上，一个教读的先生那里去下象棋。有人问起他来几时出门他就向桂英身上推，说是等她生产了以后再走。其实在暗中呢，桂英希望他得一个机会好到外面去，找个产科医院来分娩，自己的身体也可以保障安全些。然而玉和每次接到外面朋友寄来的回信，总是唉声叹气，自己一肚子苦水，也就只好闷着，不敢说出来了。不过最近两个月来，兄嫂的态度慢慢地有些变化。虽然不必要桂英做什么重事，见了面时，颜色总是淡淡的，每每在桂英背后有一种议论，等着桂英到了当面就不说话了，玉和心里暗猜着，这必定是议论着我夫妻两个人不做事，只在家里吃闲饭。然而这是事实，有什么法子呢？这也就只好装着麻糊，只当不知道了。

这个时候，村子里的那位教书先生已经散了年学了。玉和为着在家里坐立不安，依然是终日在这乡学里去消磨时光，好在先生已经散了学，在这里混着，并不耽误事情。这位教乡学的先生叫王佐才，为了他那个名字，他增加了无上的感慨。因为举停科了，他学了满肚皮四书五经的学问无处发泄，于今只好在乡下教一堂蒙馆。这个乡下教蒙馆的，彼此自取了一个诨号，乃是教"门板"的，犹之大教授们说是吃粉笔的。门板云者，系形容乡下蒙童如门板一般不受教训，无法攻入。所以王佐才先生不能得天下英才而教育之，也就不算了一乐也。他转念到不为良相，便为良医，于是买了一些《本草纲目》《陈修园三十六种》这一类的书，在授课之余加以研究。放了年假之后，除了看看医书而外，便是和乡里几个先生们谈天说地斗斗纸牌，下下象棋。这个散了学的乡学，倒成了个俱乐部，天天宾客满堂。

玉和有一次上县城去了一次，头一天去，第二天就回来，回来无事，依然是到这个门板俱乐部来。这个时候，天色已近黄昏，屋子里点上灯，掩了门，有好几个人在里面说话。有一个人道："差一脚，打不起来，若是玉和在这里，这就可以凑成功了。"又一个人道："他上县去有什么事？"王佐才道："他一半个月老是上县一次的，或是寄信给朋友，或是收信回来，他急于要出去就事，乡下这种日子他怎样过得来呢？"有一个人道："对了，第一就是他的女人不能受这种苦，听说春了一回碓病了两个月，真是贵人贵命。这样的女人，不知道玉和怎样弄到手的？"又一个道："听说玉和在北京做官，挣得上万块钱，都只为讨个女人，把钱全花光了。钱花光了不要紧，官也丢了。好像王三公子嫖玉堂春，见面银子三百两。你说这样的阔公子，他还不嫁吗？玉和要找事，恐怕是不能够了。他这次回家，听说是革职永不叙用，再要出去找事恐怕是不行了。"王佐才就很长地叹了一口气道："后世必有以女色亡其国者。"玉和听了这些话，气得身上不住地抖颤，站在门外，一寸路也移动不得，站了许久的时候，只觉晚上的西北风阵阵地向后脑勺子里吹了来。心想，站在这里有什么意思，于是掉转身躯向家里走。他心里可就想着，这些话若让兄嫂知道了，那是一种什么感想？怪不得这两个月以来，兄嫂对我夫妻是如此不客气，原来外面传言我成了个王金龙了。这种事情，却是无法去和兄嫂解释，若是任其传言，并不解释，说我成了个败家子，那也无所谓，然而把桂英形容成了个妓女，这种话传到她耳朵里去了，她岂不会活活气死吗？

当晚凭空添了一种心事，走回家去时，脸上的颜色就不大好看。桂英以为他到县城里，必定又没有接着什么好消息，所以不高兴，在这几月以来，这是平常的事，也就不必去过问他了。可是玉和对于夫人虽力守秘密，然而对于家庭乡党却处处留心，因为处处留心，就越是把乡人一种不屑的心理看了出来。到了阴历年边下，玉和奉了兄长的命令出来收账，到深夜回来。家中因桂英身体疲倦睡觉了，嫂子在烧火炒年货。外面的大门，大概是因为在柴堆上拖柴捆进去匆忙之间，不曾关闭。自己将门关上，悄悄地走进去，心里想着，他们做事太大意了，要吓他一吓，于是不声不响地溜到厨房里来。却听得田氏道："弄这样一个女人进门来，真是家门的不幸，我们祖传几代，哪有一个不字给人家说，于今弄这样一个女人进门，把几代的清白都糟蹋了。我早就听见人家说过，唱戏的人家不许做官不许上谱，这样一来，将来我们家里人也要弄得不能做官不许上谱了。她回家来的时候，我就问你，这人到底怎么？你说她卖嘴不卖身，唱戏现在也是很文明的事，人家都看得起的。又说家丑不可外传，叫我不要说，我信了你的话，把她当个文明人，对外面也就不说一个字。你看，现在村子里村子外，哪一个不把我们家这一件事当作了新闻去谈，走出大门去，真让人家指通背梁脊呢。"接着，就听到玉成叹了一口气答道："这件事办到了现在，早是木已成舟，说也是无益。再过两个月看看，她若是添下一个男孩子，也算和我王家传宗接后了。"田氏道："若是生下一个女孩呢？"玉成道："让他们远走高飞好了，玉和本来和她就很好的，而且生了儿女以后，我们还能逼着玉和休妻不成？"

玉和听了这些话，不但心中乱跳，而且浑身上下都抖颤着，自己在门外呆站了许久，心想：原来兄嫂对于我们的态度都是这样的，这个样子，乡下如何能住？自己第一次来家，还打算着在乡下过田园生活，于今看起来，事实上绝不让我这样安乐的了。兄嫂的意思既是如此，也不必去和他们分辩，心里知道就是了。于是依然悄悄地走出来开了大门，就在大门外叫道："啊哟，我们家，怎么忘了关大门呢？年三十夜，正是出歹人的时候，不要让歹人进来。"这一句话把玉成夫妇惊起，就是一阵乱。玉成手上找了一根枣树棍，叫田氏掌着灯火，房屋前后找了一个遍，所幸并无什么损失。在灯下向玉和盘查了一遍账目，各自安寝。

然而玉和心里有事，哪里睡得安稳？他想着，最近并无同乡的人由北京回来，自己在北京做的事怎会传到兄嫂耳朵里去？必定是北京有回信来，将事告诉兄长了。只要是有信，这来源就好查。知道外面来的信，兄长的习惯都是完全保留着的，信却放在哥哥放账簿的一只木柜子里。今天说不得了，要做一回贼，偷开那柜子来查一查。于是暗中摸索着，走到玉成当书房又当账房的那间屋子里去。然后在身上掏出烛头火柴，点着了，在黄土墙缝里仔细寻找。记得有一次，玉成把钥匙塞到墙眼儿里去的，总可以找得着。找了许久，却摸着有一块墙砖是摇撼着的，用力一捏，却把那块砖抽动，墙上现出一个窟窿来。这里面正有几把钥匙，于是把柜子打开，将一束信件里面，凡是写着由北平寄来的都抽出来检查一番。他将插烛的泥烛台放在柜子沿上，又将长衫脱下来挂在窗户纸上，挡住了烛光，然后蹲着伏在柜子上，将北平的信一封一封来读着。果然，在其间找出严端甫的几封信，少不得在这里面批评了自己几句，总是说自己习于浮荡，可为一叹。后来查出一封信，是答复玉成的，这却是一个老大的证据了。那信上说：

玉成世兄阁下：

　　前接手书，垂询玉和姻事一节，愚为事外之人，本不应置答。且兄言，白女回乡以后，尚能安居，则以前之事，尤可付诸既往不咎之列。但兄谓乡人啧有烦言，不能不知其底细，则为府上世代清白起见，愚亦不妨略举所知，傥或有所匡救。查此女确系北京女伶，负有微名，北京旧习，对伶人极不重视。年来虽有不同，但达官贵人狎伶之事，犹为不免，俗习相沿既久，自不能一旦改革，至对于女伶，更不免玩物视之！虽有束身自好之女伶，但积习迫人，亦无可如何！白女在伶人时代，愚不知其详细情形，但闻初欲适汪督办为小星，后不知如何舍富贵而图贫贱，竟与玉和成其姻好。当此事将成之际，愚曾招玉和一谈，加以劝正。而玉和少年盛气，颇令愚不堪，愚遂不欲再过问矣。玉和在燕，初果有小积蓄，自娶白女后，成立家室，当然不无花费。以前是否涉足歌场，有千金买笑之事，愚实不知，愚偌大年纪，实不愿揭人阴私，更伤兄手足和气，然明知不问，坐视府上受人指摘，亦无以对令尊于九泉。故愚对此，立言甚难，不足为外人道也。然而天下无不是的父母，世间最难得者兄弟，尚望善为处置可耳。特此奉复，并祝冬安。

愚严端甫手启

　　玉和拿了这封信，拿在手上出神了一会儿，心里想着：这事的关键在此了。乡下人没有新闻，遇着外面来的信件，只要有经手的机会，就要拆开来偷看，看了不算，还要辗转告诉人。新闻是越传说越失真，越失真越加装点的，那么，自己这一段艳闻现在传遍了乡间。当然就是这样一个原因了。严端甫为了做媒不成，至今对我不满，哥哥写信去向他问消息，这不是问个对着吗？他是蹲在地上看信的，不知不觉地自己已是坐在地上。索性将背向后靠了墙坐着。偶然一抬头，看到蜡烛只剩了一小截屁股，这才赶着将一切东西恢复原状，依然摸索着走回房去。

　　桂英睡觉向来是很灵警的，玉和摸索着出去的时候她就醒了，这时他摸了回来，轻轻地上床安睡，她焉有不知之理，就低声问道："你这是怎么了？你闹什么玩意儿？"玉和叹了一口气道："将来我再告诉你。"桂英道："你的形迹可疑，你干什么了？非得告诉我不可，你若不告诉我，我就要在你兄嫂面前当面质问你了。"玉和道："呀，不料你也这样地逼我。老实告诉你，北京有人写信来给我哥哥，说我的坏话，我特意偷着将信翻出来看个究竟。"桂英道："信上提到了我的事吗？"玉和顿了一顿，才道："顺笔带上两句总是不免的，但是对你没有什么坏话。我久在家里，就是兄嫂会容纳我，乡下人也会讥笑我，说我是个无用的人，在外面混了若干

215

年，结果还是回家来吃一碗老米饭。我过了年决计带你出去，也免得你在乡下过这种苦日子。"桂英道："你还要考量考量吧。外面一点儿活动的法子没有，我们才跑回家来。若勉强地跑出去，再想回来是更难为情，当然是不可能的。假如找不到安身立命之所，你打算怎么办？"玉和道："此话难说，只好走一步是一步了。我觉得挨饿不要紧，受冻也不要紧，只有这环境的不合作让人一刻也停留不得。"

桂英看他这几天在外面收账，已经忙得不得了，再让他心里不舒服，内外夹攻真会逼出病来，于是将被头向上牵了一牵，在玉和肩膀上塞了两塞，将玉和的手捏了两下，低声道："夜深了，睡吧。"玉和虽是一肚皮牢骚，然而爱情这样宽慰着，心里也就得着安慰，转过身来，替桂英也塞了一塞被头，就安睡了。然而他表面如此，心里依然是十分难过，次日天色一亮就起床了。桂英一宿未睡，天亮了，反睡到饭熟不醒。吃饭的时候，玉和一看桌上，是一大瓦碗白水煮萝卜片、一碗椒末炒风萝卜丁子、一碗腌菜，腌菜里面，有一大部分是萝卜。自从入秋以来，几乎每餐都是萝卜，桂英怀孕的人，把这东西吃多了，已经是不必吃，只要闻到萝卜气味就不免要吐出黄水来。现在桌上完全是萝卜，桂英起来，除了吃白饭，还有什么法子？因就向田氏撒一个谎道："你弟妹身上又不大舒服，昨晚还烧了一夜，她不起来吃早饭了。"田氏觉得一个孕妇，身上疲倦不舒服，这总是难免的事，也就不去追问。然而当大家扶起筷子碗来的时候，桂英却是由屋子里走出来了。田氏道："你不是身子不舒服吗？就不要勉强起来了。"桂英笑道："我没有病呀！这些时候总是这样累得不得了，所以爬不起来。"田氏看了玉和一眼，就向桂英道："起来了就好，快来吃饭吧。"桂英早看到桌上是一矮桌子萝卜，便摇摇头道："饭我倒是不想吃。"田氏笑道："我想起来了，你怕吃萝卜的，今天撞巧三碗菜都是萝卜，你双身子的人饭总是要吃的，不吃这个，你到后面菜园里去撷上一点儿青菜叶子来煮着吃吧。"桂英听着，以为是嫂嫂的好意，笑道："不忙，等你们吃完了饭，我一个人从从容容地来弄好了。"

田氏夹了一大叉子萝卜片放在饭头上，将筷子在饭头上插了几下，向玉和瞟了一眼道："我们老二原来是个老实人，现在也让白妹教得刁滑起来了。白妹分明是怕吃萝卜，倒要说起害病。玉和为了白妹，名也不求了，利也不求了，就图的是这一点。"桂英听了这话，已经觉得是够挖苦的了，那玉和已经知道兄嫂对于自己的态度，便淡淡地笑道："嫂嫂，你不要听外面那些闲言闲语，人家造我们的谣言，都是想闹得我们兄弟不和的，我们何必去信他呢？我为什么不求名，不求利？这些话，我长一百张嘴出来也是分辩不出来的，我已经下了决心，过了年我就出门去了。我们究竟是一种什么人，等着将来的事实来证明吧。"他说着，把脸都涨红起来。田氏也板了脸道："我说这样一句笑话，你为什么就发急？"桂英恐怕叔嫂会吵起来，连忙上前劝解着道："说笑话要什么紧？嫂子不必理他。"玉和将筷子碗放下，走回自己屋子里去，在屋子里叫道："我不分辩了，将来用事实来证明吧。"田氏也道："好，我望后看你的吧。"叔嫂两个这几句话大有赌赛的意味，可是王玉和这骑虎之势似乎更进一步了。

第二十三回

无限伤心偎炉度长夜
不堪回首含泪看新春

　　这天王玉和言语之间已是和嫂嫂田氏冲突了。当天坐在屋子里床上一人生着闷气，无论如何也不肯走出屋子来，把一个白桂英累得无话可说，只是在哥嫂两边十二分地用好言语来安慰。整整忙了一天，才把哥嫂两人安顿妥当了，回得房来，就埋怨着道："你无论怎么着，也不该和哥哥嫂嫂起冲突。一百步，我们已经走了九十九步了，就剩着这一步，我们还走不过去吗？"玉和自吃早饭以后就在床沿上坐着，直到吃过了午饭也不曾出门，依然还在床上靠了床栏杆坐着，一手撑了头，一手在大腿上搓着，只管沉沉地去想心思。桂英立在一边呆望着他，只管出了神，一句话也不说。久而久之，还是玉和看不过意，低声问她道："你何必呆呆站在这里。出去吧，让我一个人在屋子静一静心吧。"桂英脚步移了几尺路，复又走了回来，低声向玉和道："我看你这情形，在家里也是忍耐不住，过了年你一个先出门去也好。可是你既然要出门去，在家里不过稍住几天的事，也犯不上和兄嫂们生气。"玉和那手撑了头，依然是说不出什么话来，许久许久才道："我若是走了，你怎么办呢？"桂英道："这一点儿问题没有，这七八个月以来，我什么大罪都受了，不过还差一两个月的事，怎么样熬着，我也熬过去了。现在所剩下来的也不过三个月。凭我这一副穷命，大概两三个月，我还不至于死，你放心出门去奋斗得了。"玉和听了这话，他还是不作声，许久许久，才道："我想想，我又不能走了。你临产的时候，有我在家里，多少还帮助你一点儿，和你做三分主，我要走了，只剩你一个孤鬼，你又该想着伤心了。唉，事到如今，我也没有了法子，陪着你再熬上三个月吧。"

他们二人如此商量，恰好他那多心的嫂嫂在门外边窗子底下听了一个够。她虽不说些什么，然而她紧贴了墙脚站着，周身上下都筛糠也似的抖。直听到玉和夫妻把这篇话谈过又谈了些别的话了，她才挨了墙摸索索地走开，然而她的心里已经是恼恨到二十分了，她摸到自己屋子里去，坐在床沿上，两手扯了夏布蚊帐只管揉搓着，咬了牙道："恨死我了，恨死我了！"一个人自言自语地说着。两行眼泪向下一拖，竟哭了起来。一会儿，玉成由外面回来，看到妇人这种形状，料着就是为了兄弟的事情。自己一向是为兄弟护短的，以为兄弟虽然有一些错处，他是个有希望的人，给他分解分解，不要真和家庭弄决裂了。可是这半年以来，只管陆续地发现玉和的短处，不但是护不胜护，而且那种短处自己也很有几分相信，所以田氏现在和兄弟生气，在面子上他不便帮了田氏说兄弟，但是在暗中想着，田氏这个办法是对的。若再不给玉和一点儿颜色看，乡下人也就未免太容易欺侮了。

因为如此，田氏在这里哭着，玉成只当是不知道，并不过问。在屋子里找出一瓦罐烟丝来，装了一旱烟袋，然后吸了两口，在屋子四周看上一遍，现出他那无聊的样子来。搭讪着咳嗽了两声，移着脚就打算走出来。田氏道："你走到哪里去？你兄弟重言重语地说上了我一段，就这样算了不成？"说着，把脸子板了起来。玉成吸了两口烟，皱了眉道："忍耐些吧！马上就过年了。"田氏道："过年了，我就该忍耐些吗？你怎么不叫他忍耐些呢？我告诉你，我们要分家，你不分家，我就回娘家去过年，让你们兄弟两人去过年吧。"说时，两行眼泪由脸上纷纷流了下来。玉成口里衔了旱烟袋，站着向田氏呆望了。田氏掀起一片衣襟，擦着脸上的眼泪，一句话也说不出来。田氏撇了嘴道："你装什么呆？你今天要给我一个决断，你不给我决断，你莫想出我的房门，我要和你拼命。"玉成吸着烟道："你何至于闹到这种样子？他过了年恐怕是会走了。"田氏鼻子里哼了一声，冷笑道："你还打算他过了年就走吗？他要在家里伺候美人过月子呢。一个男子汉，那样没出息，官也不要做，事情也不要干，只想在家里看守着女人，这样的人我眼里看不惯，你让他在家里，我就走开，事情就是这个样子办，理与不理听凭于你。"她说了这话，倒索性两手抱了大腿，偏着头望了玉成，一言不发。

玉成看着，怕田氏叫了起来，让玉和听到，有些难为情。便两手捧了旱烟袋，向她微微拱着手道："得啦，有什么事情都过了年再说，我让他夫妻两口子走开得了。说到分家，我也没有什么不可以。只是这件事，不是关起门来起国号，可以我们自己料理的，总还要请两个房族长来说说。现在家家要过年，分了家的弟兄，也要凑到一处来过年的，这个时候我们找房族长来分家，那不是笑话吗？"田氏道："有什么笑话？我一不做贼，二不当娼，三不唱……"玉成听到这里，也不等到她把这句话说完，立刻掉转身来就向外面走。田氏叫道："你不要走，我的话还没有说完呢。"玉成走了回来，站在房门口，望了田氏不作声。田氏道："你一到了外面走，三朋四友，南天北地，什么话你都会说。现在我和你说正经话，你就像得了哑症一样。"玉成轻轻地喝道："我给你面子，你不要不懂好歹，我要翻起脸来，龙王爷出来，我也要扳掉它两只角。"田氏道："你说话为什么这样子凶？"玉成两脚在地上一顿，两手啪的一声打了一下手掌道："我就是这样凶，你把我怎么样？"

　　田氏还不曾说什么呢，却听到玉和在外面叫起嫂嫂来，二人只得把话停止了。玉和站在房门口，向里面探头看了一看，然后微笑道："哥哥嫂嫂，不要为了兄弟的事倒伤了和气。我已经和她说好了，过了年我夫妻两口就走。"田氏道："并非我做嫂子的不能容你，实在是家里日子太苦，怕你夫妻过活不下来。"玉和道："过呢，也没有什么不能过。只是她的脾气不大好，不会伺候兄嫂，所以没有人缘，让她跟我出去得了。"玉成夫妻，当然都是赞成这句话的。但是兄弟自己真个说出来要出去，面子拘定了，倒是不能不说两句光亮一点儿的话，田氏便道："二兄弟，不是做嫂子的要在你面前做什么空头人情，不过我有话也得说明白，我是个直性子人，不愿受人家的委屈，一有话就要说出来，但是反过来说，我也不愿人家受我的委屈。现时正在年边下，大家都赶着回家来团聚，怎么你倒要向外边跑呢？"田氏说这话时，不但哭得眼泪汪汪的那副形容改变过来了，就是带着三分煞气的形容也没有了。女人家只要不生气，再说出两句客气话来，自然就有几分以柔克刚的意味在其中。玉和本来有几句俏皮的话要对嫂嫂说一说的，现在看到嫂嫂这种样子，心里那份要说的话也就不便说了出来。自己就转着弯道："我要说出去，也并不是马上要走，是等这个年过去了再说。"这样说着，叔嫂二人算是各各都让了步，这一篇话就毋庸向下再说了。玉和说了这话，缓缓地一步一步向后退着，就走开了。

这已是阴历腊月二十八，转眼一过就到了年三十夜，王氏兄弟二人忙着结束各处账目，关于闹意气的这一层也就来不及计较了。三十晚晌，玉成因为今年家里过年多了两口人，商得了田氏的同意，把饭菜格外做得丰盛些。天色晚了，家里做好了猪头三牲，连着香烛，一托盘子托了，送到祖先堂上来。玉和说："桂英初次回来，家乡风俗也让她看看，让她在后面跟着。"到了祖先堂上，玉和替哥哥接过托盘，放在供案上，桂英一看，中间一个大猪头，上面贴一个大红纸元宝，右边一只大鲤鱼，身上贴了一朵纸剪芙蓉花，所谓富贵有余。左边一只大公鸡，四只红筷子夹住了，鸡嘴里松柏枝。另有是三杯茶三杯酒，还有一碟子豆腐，一只大碗栽了一棵青菜。桂英看了，心里倒有些纳罕，为什么供祖先还要青菜豆腐呢？这时，玉和点着蜡烛燃了香，玉成却三跪九叩首地朝祖先磕头。玉和是将脸子绷得紧紧的，一点儿笑容也没有，将手敲着供案上的铁磬，当的一下，又当的一下，和玉成的头相应和。而且玉成穿了短短的大袖蓝布棉袍子，外罩青布棉马褂，头上戴着大红丝线顶子的瓜皮小帽，两个袖比着高举过顶一个揖，然后磕上一个头。桂英看了这个样子，忍不住好笑，可又不敢笑。玉成磕头过去了，玉和也是照样而行。桂英看在眼里，心里可就想着，莫要说他们是个庄稼人家，他们还是执着前清那一派的老古套。这样的家庭怎样安插得下我一个唱戏的女人？祭过了祖先，大家回厅上去吃年饭。这桌上除了鸡鱼肉之外，还有两大碗挂面、两大碗豆腐、两大碗糯米小粑、两大碗青菜，其实堆满了一桌子的菜，也不过是城里人吃的粗食罢了。原来这鸡碗里两只鸡腿，已经截下来了，留着新正客来了待客，煮挂面做点心，鱼呢却是不许动的，正因为鱼是要余的。所以满桌子的菜，仅仅只有一碗肉是可以吃的。桂英自出世以来，哪里过活过这样凄凉简陋的三十晚，两眼眶眶泪只好向肚子里落了去，勉强把这一餐年夜饭吃过去了。

　　到了深夜，村子里人三三两两地聚拢在一处，有的斗纸牌，有的掷骰子，虽是有人来约玉和去加入战局，但是因为玉和不赌钱的，他也就谢绝了不去参加。找了几个大干柴蔸子，在墙角上糠池子里烧着。乡下人不烧火盆，用七八层黄土砖，围了一个墙角，那就算是炉子，大概由三十晚上烧起，可以烧到正月初四五里去。先是烧树根，然后将稻糠掩盖起来，火半天不会熄灭，可以暖屋子，可以烧茶，可以煨酒。这时，玉和将糠池烧起后，兄弟两人各端了一把椅子，坐在池子边偎炉闲话。到了半夜里，玉成将一只大瓦壶，煨了一大壶麦烧酒，将糯米粑青菜豆腐用一只瓦钵子装着，加上了一些剩肉汤，在放糠灰里烧将起来。恰是桂英心中有事睡不着觉，也来了。玉和看到她就向她点了几点头道："你也到这里来坐坐，回得家乡来，过过这烤老糠火的生活。"玉成左手拿了酒杯子，右手提起了糠灰里煨的瓦酒壶，斟上了一满杯，先抿上了一口，然后点了两点头。

桂英搬了个凳子，靠着糠池子坐下，两手伸到火焰上烘了两烘，笑道："乡下这种年三十夜，倒也有个味儿。"玉成笑道："你觉得乡下的年也很是有味的吗？"桂英道："这一个地方的人调到那一个地方去总觉得是有个玩意儿的。比如说供祖先的时候，还要供上两样青菜豆腐，这就是北方风俗没有的事情。"玉成道："这个你有什么不懂，这就叫过青菜豆腐年。我们由祖先到子孙都过的是青菜豆腐年，过年就有青菜豆腐，这也无非叫我们不要忘了庄稼人本色的意思。"桂英只要玉成提到了乡下过穷苦日子，她就没有了办法，怕的是玉成从反面着想，就会说到自己在北京过的日子未免过于奢华，就站起身来笑道："我过年向来是不守夜的，你们兄弟两个喝酒吧，我走了。"说毕，掉转身就走了。

玉成吃年夜饭的时候就有几分酒兴，到了现在，这酒兴还不曾去，再喝上这几杯煨热的热酒，更觉得兴致勃勃的。于是叹了一口气道："像二弟妹这个样子也就很可怜，一说到过乡下日子她就提心吊胆。"玉和微叹了一口气道："可不是？本来这全乡下的人都看她不起，以为她的出身有问题。其实好汉不论出身低，纵然出身不好，她现在公公正正，可很会过勤快日子，漫说她以前并没有做什么坏人，就是做了什么坏人，难道还不许她改过自新吗？"他说着这话，可板住了他的脸子。玉成喝了一口酒，将手按住了他的肩膀，摇了两摇头道："玉和你不能怪我呀，我总是这样说，家丑不可外传的。但是这一件事，也不知怎样阴差阳错地就会传到许多乡下人的耳朵里去。我早就知道了，因为不便跟你说，所以都闷在心里。"玉和将一根圆的木柴棍拨弄着糠池里的热灰，很不在意地堆叠着在灰上写上"人言可畏"四个字。玉成说上了一大套，他却没有说一句话。玉成斟满了那杯酒，将杯子递到他手，很和缓地道："玉和，你喝一口吧。做哥哥的没有什么对你不住。乡下人造出这些风言风语来，这是没有法子的事。"说时，将一双筷子也递到他手上。玉和一手拿了筷子，一手端了酒杯子，两眼只望糠中间一个燃烧着的木片，不住地抽出火苗来。

玉成见他老不作声，便道："你老不作声，还生着我的气吗？"玉和两眼望了糠火，许久许久，才叹了一口气道："事情是我做错了，既害人又害己，然而我有什么法子呢？"说着，抿了一口酒，将筷子伸到瓦罐子里去拨弄了许久，才夹了一丝丝青菜到嘴里来咀嚼。玉成道："你这话说得我倒有些不懂了，你怎么会害了人呢？"玉和道："哥哥，你有所不知，桂英在北方的时候，无论她卖艺也好，不卖艺也好，平平安安地吃一碗饭总是不会错的。现在她到乡下来，在我们家看是上等日子，在她看来，可就把苦受够了。她要是心中不服，埋怨我几句呢，那也好些，可是她受尽了各种的苦，也不说我一句坏话，我心里更是难受。"他说时，眼睛定了神，望着手上拿的这个酒杯子，许久许久，又低了头道："哥哥，你待我都很好，我……我实在对你不住。我……"说到这个我字，眼泪水几乎就要滚将出来。

玉成默然了许久，才道："我也知道你心里很难受的。但是你要知道我对家事总是极力忍耐，倘使我不忍耐的话，你嫂嫂早吵起来了。乡下妇人知道什么，只要她知道的事一齐会说了出来的，到了那个时候，恐怕二弟妹面子上会不好看，所以我的意思，倒不如把家分了，你夫妻二人自烧自煮，自立门户，你嫂子就是多事也管不了分家弟兄的事。田呢，你可以找人种……"说到这里，声音低了一低，道："就是那地窖里的洋钱，除了你上次拿去捐官的数目而外，还有千把块钱，平半分，你还可以得四五百块钱，拿到外面再去过日子吧，家乡呢，我倒是不敢留住你。因为乡下人的眼光不同，白妹在家一天，他们就要当着新闻传说一天，而且乡下这种日子，白妹实在也未必能过，倒不如出去的好。我以前想，白妹若是添了个男孩子呢，留着在家里，我也可以热闹一点儿，不过据现在的情形看起来，恐怕连孩子长大了……"

玉和放下杯筷，突然站起来，执着玉成的手道："哥哥，我决计走，家不必分了，钱我也不要，我已经得了哥哥不少的帮助，还分些什么呢？我很知道，我在乡下一天，哥嫂总要受着人家的讥笑一天，我走开了，你们就干了一身汗。"玉成道："你以为我是催你出门去吗？"玉和道："不是哥哥催我出门去，也不是乡下人催我出门去，只是这乡下传下来千百年的老风俗逼着我不能不出门，到了现在，我知道旧礼教杀人这一句话不是假的了。"玉成到了此时，无话可说，接过了杯筷，坐在糠池子边，只管喝酒，吃热锅里的菜。这个时候，玉和心里固然是难受，玉成心里也未尝不难受。

兄弟二人只管闷闷不乐地坐着，不觉喔喔喔，远远送来两声鸡叫。糠池子里烧的柴棍渐渐变成了红炭，不过一息息火苗在那里抽着，也像人一样的精疲力倦了。玉成道："一大壶酒，不知不觉都喝完了，大概有些醉，我们睡觉去吧。"玉和答应着好，可没有动身。只有玉成一个人走了。他靠着墙，望着糠池子蒙眬着两眼，手上拿着一只长柄火钳，只管在糠灰上涂着字，表示着那充分无聊的意思，一个人慢慢地昏沉睡了过去。也不知道经过了多少时候，忽然有人摇撼着自己的身体，睁眼看时，却是桂英顶了一个大肚皮站在身边，他扶了玉和的肩膀道："大正月初一的你怎么坐在这里打盹?"玉和睁眼看时，天色已经大亮。桂英穿了一件大襟蓝布短棉袄，衣摆都撑将起来，头发是多时不剪了，从脑上是垂下来一丛长长的头发，虽然脸上今天淡抹了一些粉，然而并未抹胭脂，这很不足以掩盖她脸上的憔悴。桂英道："你为什么老望着我?"玉和握着她的手道："我想你自出娘胎以来，不曾经过这样的正月初一吧?"桂英道："你上床去休息一会儿吧。不要说这些废话了。"玉和道："这不是废话，去年年冬，我们无论对哪个问题都是这样说，以待来年吧。现在是到了那个来年的了，我们怎么办呢? 我想着了这一点，无论做什么事，我都觉得不顺心。"桂英听了他这话，不管三七二十一，拉了玉和一只手就跑，玉和怕是让兄嫂看到了有许多不方便，就只好跟着她一块儿回房去。

他一觉大睡，直睡到下午两三点钟方始起床，桂英是不知道乡下规矩的，以为他熬了一夜未睡，让他休息休息也好。殊不知道这件事又得罪了嫂嫂，在吃午饭的时候，田氏很不在意地问道："玉和还没有起来吗?"桂英道："他天亮以后才去睡的。"田氏笑道："到底做了官的人，情形有些不同，正月初一也不出来拜年。家无常礼，我们做哥嫂的那倒是不要紧。但是村子里有许许多多尊长老辈，若不去和他们拜个年，恐怕人家会说我们不懂礼吧?"桂英不便怎样反驳，因道："我不该劝他睡就好了。他倒是说过的，上午还要给哥哥嫂嫂拜年呢。不料他一上床，就睡着很熟的，醒不过来。"田氏点着头哦了一声。只凭她这一声哦着，桂英就知道嫂嫂的心里是怎样不满意了。这时玉和醒了过来，桂英皱了眉道："你擦把脸，赶快去给哥哥嫂嫂拜个年吧。"玉和道："哎哟，我忘了这件事情了，嫂嫂说了什么话了吗？"桂英道："说是没有说什么，不过提到这件事上来罢了。"玉和道："果然不妥，多年不过家，在家的时候又不和哥嫂拜年，倒以为是存心这样的呢。这时候拜年恐怕也不恭敬，这没有什么法子，只好装病再睡。"他本来下了床要出房门了，现在索性就再上床去，二次睡觉，一直睡到晚上点上灯亮方才醒了，本打算不起床的，然而一天不吃饭，肚子未免有些饿，只得下床来，偷偷地漱洗一番。桂英泡了一壶茶送到床边的茶几上，烘了几块糯米粑给他做晚饭，桂英低声笑道："大正月初一的，你就装病，我有些不赞成。"玉和笑道："假使不看人家的颜色，平平安安地过着，我倒愿意常常害些小病。"桂英听着他的话很是可怜，本打算叹一口气，恐怕这又会勾起玉和肚子里的牢骚来，只是微微笑了一笑。

这一道难关，在表面上是让玉和逃过来了。但是田氏没有受他新年这一拜，心里非常之不高兴，以为玉和瞧她不起，有心赖了这个年不拜，把恨玉和的心事又加上了一倍。把三朝过了，田氏嘴里就啰里啰唆地说是做官的人，眼睛眶子大，乡下人受不住他一个揖的。玉和听说，只得装不知道，在这种情形之下，玉和本来是要走的，但是自过旧历年而后，桂英闹着胎气，不是肿脚肿手，就是闷烦呕吐，终日昏昏地想睡。玉和想到自己若是走了，丢她一个人在家里，就是要茶要水也有些不方便。只好逢人就说，在外面的事情已经找妥了，只要小孩产生下地立刻就走。这种话传到田氏耳朵里去了，她倒觉得比玉和自己说来的还要可信，啰唆的程度也比较地好些。玉和为了避免冲突起见，当田氏说话的时候，他就走出门去。

田氏啰唆的时候多，玉和就在外面的时候更多。桂英在家里呢，就更显着寂寞。她这卧室的后方有一带窄小的廊檐，廊檐外有一片长院，种了有二三百根竹子。桂英在最无聊的时候，便是端了一把竹椅子坐在廊檐下，看这一丛竹子的青翠之色。到了二月，江南春暖，竹子里面长的三株杏花都开了。烈日之下，墙里深翠的竹子、墙外淡绿的杨柳，和这淡红的杏花互相映掩起来，越衬托得这春色如画。桂英想到在北平的时候，虽然春色没有这样的早，但是每到了开杏花的时候，自己总要和几个男朋友，坐了汽车，到西郊去游玩一番。就是不出城去，只要这天没有戏，穿着细瘦的春衣、光亮的丝袜子，在中央公园柏树林子里平正的路上，绕着几个圈子，再来今雨轩喝点儿饮料，看看栏杆外成片的牡丹芍药，这真是西方

225

极乐世界了。当时过了这种快活日子，并不觉得有什么好处，如今要想再过这种日子，却不知要等待何时了。现在自己顶了一个大肚皮，穿着一件短的蓝布褂子、青布大脚裤，衣服果然不好，人的形象也变得不成样子。在去年此时，心里幻想着：嫁了王玉和，应当怎样去成双作对度这烂漫的青春。结果，是吃尽了苦，受尽了气，在这黄土墙的矮屋子里来看春光。女子们总喜欢嫁做官的人，一来名气好，二来可以发财，其实天下最无用的人就是做官的，除不做官，什么事情也不能干。假如说，玉和有几斤力气，可以种庄稼，自己帮着嫂嫂做家里的事，玉和帮着哥哥在田垄上做事，那样子办，我想哥嫂就是不满意我，也没有什么坏话可说的了吧？记得和我们编戏的那个张先生，常常要编些提倡农村生活的话到戏词里去，那也只好在台上说着，让台下的人多鼓两下掌罢了。城市里吃肥鱼大肉、走三步路还要坐洋车的人，到乡下来做什么？给乡下人提尿壶乡下人还嫌他是个痨病鬼呢。我倒不嫌乡下生活，只恨我一斤力气没有，不配做乡下人罢了。我也不要唱什么高调，还是回到城市里去，驾轻就熟地想些办法，不过唱戏这件事我决不干了，女人唱戏就是卖脸子，我有了丈夫有了儿子，还去卖脸子不成？

她一个人坐在这矮屋檐下，由现在的生活回想到从前，由从前的生活又顾到将来，一坐就坐上两三个小时，不知道走开，只是沉沉地想着，想得久了，肚子有些饿了，很想吃两块牛乳饼干。但是，这乡下买块豆腐干还要跑三里路，哪里有牛乳饼干？抬头看到杏花，觉得口里无味，心里烦闷，能找几个酸的水果吃吃也好。然而乡下是终年不见醋面，又哪里有酸水果吃？想这样没有，想那样也没有，越是没有，心里越想。做孕妇的人，想吃哪样东西，就恨不得立刻到手的，桂英却是想一百样一样也没有。想吃酸的实在想得难受，心里忽然想入非非起来。杏子既然是酸的，杏花当然也是酸的，何不摘两朵花吃着试试看，她自己宽解自己，觉得这个办法是很对的。于是起身走到杏树底下，攀了一枝杏花在手，摘了两朵，连萼带瓣塞到嘴里去咀嚼，咀嚼的结果只是苦涩，并没有什么酸味。一回又想我白桂英出了半辈子风头，不想如今害胎，却来生吃杏花瓣，口里不酸心里酸起来，立刻两眼泪水汪汪的，要流了出来。

恰是玉和见她久坐在屋檐下不曾进去，大概又坐着想心事，于是悄悄地走了来，又想劝解一番。在房门里便看到她手攀一枝杏花，两眼含着两包眼泪，好像是要哭的样子。这就向她微笑道："你看到红花绿叶的新春，又想家了。"桂英这才省悟过来，放下手上的杏花，勉强笑道："我想家做什么？想也是白想呀。"玉和回头看看并没有人，便低声道："你不用悲伤，自从三十晚上我和哥哥谈了一次心之后，我说了不分家产，嫂嫂已经对你放松了一把。她现在对我叽叽咕咕，无非是想我快走，怕我变心的意思。只要我们肯走，盘缠钱大概不成问题。我现在三餐饭，至多在家吃两餐，其余总是在外面东混一餐，西混一餐，都为的是躲开她。你固然是痛苦，你要知道我更痛苦，一个多月了，她还记着正月初一我没有跟她拜年，到如今还不和我说话呢！我进进出出，看她那副冷脸子，不都是为了你没有生产不敢走动吗？你若是原谅我……"玉和说到这里，嗓子硬着说不下去，他几乎也要哭出来。一丛杏花之下，站着这样一对少年苦恼夫妻，这杏花真也就不幸了。

第二十四回

生女不留人川资暗赠
求官还作客京市空来

玉和夫妇对花垂泣的这一幕惨剧，恰是耽误时候太多了。田氏见他二人在屋子里许久没有出来，疑心着又在说家庭什么闲话，因之悄悄地走到厨房外的院子里听他们说些什么。那边的院子和这边的院子，只隔一道黄土墙，玉和夫妇说些什么，可以说听得清清楚楚。她听玉和说，为了躲开自己，饭都不能在家里吃，这未免在背后说得过分一点儿，家产是玉成由父母手上承继下来的，把家产守住，把家事振兴起来，也是玉成的力量。就是玉和由家里念书，转到省里念书，由省里念书，转到北京去念书，也是玉成一力支持的。而且去年玉和捐知县做，还在家里拿了一笔款子走呢。这样说起来，家庭对于玉和是什么钱都花了，何在乎这两餐饭？

当时田氏想着自己一方面的理由，恨不得打通了那道黄土墙，跳了过来，敲玉和夫妻两个嘴巴，她心里如此想着，做是不曾实做。然而她一只手扶了黄土墙，撑住了自己的身体，几乎气昏了过去，后来听到玉和说："得了，你还忍耐一些时候吧。这乡下人以至我家里人都看你不起，不但我要奋斗，你也应当奋斗，我们做出一番世界来给他们看看。那个时候，我们煮了大锅的白米饭，大锅的红烧肉，让他们去解馋解馋，我们也当拿大拇指头当扇子摇呢。"田氏听了这话，只气得三魂出窍，身体如坠在馒头蒸笼里一般，周身的汗毛孔里，随着热汗一齐冒出气来。她呆站了许久，回身走到厨房里去，气愤不过，拿起一只瓦碗就要向地面上掷了下去。然而她将那只瓦碗刚刚举得有脑袋那样高，她第二个感想接着发生起来，自己怎好打碎自己的东西呢？瓦碗还要值六个铜板一只呢！于是轻轻地放下了那只瓦碗，在水缸脚下捡起一只破葫芦瓢，用脚竭力一踩，踩了个粉碎，踩得粉碎还不算，用脚在那碎片上还连连地踏了几脚。口里咬着牙道："恨死我了，恨死我了。"

玉成由外面屋子走了进来喊着道："你这是怎么了？你这是怎么了？"田氏看到丈夫走了进来，索性在葫芦瓢碎片上连连踩了几脚，然后向旁边矮凳子上架腿坐着，板了脸道："你问我吗？我不知道，你去问问你的兄弟和弟媳妇就知道了。"玉成道："你又和他们吵什么？玉和他很自谅，已经和我说了，不分家，也不要什么，孩子出世了，他就走。"田氏道："孩子出世他就走吗？我也知道，他想着我们没有儿女，他要是生了儿子，可以跟王家传宗接后，我们就会留住他不让走了。"玉成道："你以为他们爱过这乡下的日子吗？"田氏道："乡下日子是不爱过，乡下田地，他们也不爱要吗？他们把儿子承继过来了再走也不迟呀。可是我下了一百二十个决心了。就是他们添了儿子，我也不要，他是年也不跟我拜，瞧我不起，养出儿子来，就会看得起我吗？他要走趁早，我是一点儿也没有什么舍不得。"玉成道："你有这话放在心里就得了，何必还要一定叫将出来呢？"田氏索性提高嗓子叫起来道："我要叫，我爱叫，难道我还怕他们不成。"

她这样叫着，又让玉和在屋子里听到了，夫妻两个对看了一下，玉和低声道："这个日子，我们怎样地向下过？"桂英和他对看了一眼，没有说什么。玉和也不敢在桂英临盆在即的时候，又和嫂嫂争吵什么，悄悄地溜出了大门就这样走了。他猜想得却是不错，在这天下午，桂英已经发动了。桂英是个初生，肚子一经难受，就愁眉苦脸地忍耐不住。玉成夫妇恰也是不曾经过这种事的，跟着也就叫嚷起来。这一下子，真把合家闹得马仰人翻，连村子里所有几位年老些的妇人都找了来了。大家见了玉成，都说他要添侄子了，这就好了，添了侄子，就像养了儿子一样了。玉成在最近一两个月来，对于玉和生儿子一层本来就看得很淡了，到了现在，孩子快落地，又说又出来，心里又有一种什么痛快之处？口里衔住了一管旱烟袋，只嘻嘻地见了人笑着。大家闹了一天一晚，孩子算是出世了，然而并不是大家所希望的传宗接后的人物，却是一位千金小姐。孩子一下地，玉成听到产妇房里的人说是个换糯米粑吃的，他心里就冷了一半。在屋子里陪伴产妇的人，也就悄悄地走了一半。

桂英看到，心中又好气又好笑，不料乡下人重男轻女，一至于此，难道你们就不是女人吗？这倒也好，我们痛痛快快地走开，免得哥嫂有什么留恋。随着也就听到有人在外面屋子里跟嫂嫂道喜。田氏道："道什么喜？不过是个丫头罢了。我们王家还不缺少黄毛丫头呀。有什么了不得，就是长大成人了，也不过跟她的娘一样罢了。"桂英本想接住嘴，要说田氏两声，转念一想：自己也犯不上跟他们这种愚蠢的乡妇一般见识，自己生产后，没有人来看护，自己还得看护自己呢。因之在床上发了两声冷笑也就算了。因为田氏的态度既然很冷淡，玉成虽是很自慰的，又看到了下一代人，却不敢有什么铺张。玉和夫妇现在是寸步都留心着兄嫂的态度，兄嫂都不高兴，哪里又敢有什么表示？所以三朝不曾有什么举动，满月也不会有什么举动。而且在这一个月之中，田氏和玉成说不好几回笑话。她笑道："你不用发愁了。将来你没有饭吃的时候，可以去靠你的侄女，她会唱戏挣钱来养活你的。"玉和每次听着，不过是气得满脸通红，却也没有别的话可说。桂英听到了这种话，每次都咬牙切齿地要和田氏争吵几句。可是到了后来，总是自己忍耐住了。心想：嫂嫂虽然厉害，哥哥总还算不错，至少是个肯培植兄弟的人。乡下的钱有如此的艰难，上次玉和回来，还带了一千块钱出去。不是这一千块钱，自己嫁玉和也嫁不成功的。这件事，直到于今，嫂嫂还不知道清楚，可见哥哥对玉和总不算坏，为了报答哥哥的恩惠起见，对于嫂嫂也就只好让步一些的了。桂英如此想着，想到将要走的人了，何必临走还落个恶名，索性就忍耐了。

　　好容易熬到了四十天头上，夫妻二人不声不响地把铺盖行李完全收拾妥当了。然后趁着大家同桌吃晚饭的时候，玉和就正色向哥哥道："哥哥，我们明天走了。"玉成突然听到说兄弟要走倒怔了一怔，许久才问了一声道："你要走，盘缠钱有了吗？"玉和道："这个不成问题。"玉成道："你打算到哪里去呢？"玉和道："争名者于朝，争利者于市，现在南京是国都，我先到南京去碰碰看。若是在南京碰得到机会，当然就住下来；若是在南京碰不到机会，我还是到北京去，究竟那里人眼熟些。"玉成道："谈到外面的事情，我当然是不知道，不过说一走去就有事，我想没有那样容易的事。设若出去，住上两三个月，那比平常住家还要贵上三四倍的。你手上预备得有这些钱吗？"玉和被他如此一问，却有些不好回答，默然了一会儿，才道："那也只好再看吧。"说到这里，玉成也就不说什么了。吃过了晚饭，弟兄闲谈了几句，玉成打了两个呵欠，表示着要睡的样子。玉和道："有什么话明天早上再说吧。我明天也要吃了早饭再走。"玉成点头说也好，他径自进房睡觉去了。

田氏见丈夫对兄弟冷冷的，心中倒是很高兴，进得房来，见玉成睡在床上，蜷曲着身体，是个睡得很熟的样子，于是走上前，用手推着他的身体道："喂，你醒醒，我有话和你说。"说时，两只手乱摇着玉成的身体，玉成突然坐起来问道："什么事？什么事？发了疯了吗？"田氏低声道："叫什么？我问你的话啦。玉和没有盘缠，你打算……"玉成不等她说完道："这事我不管。"只说了这五个字，他就把身子一倒，躺下去了。田氏再要问他的话时，他已是一个翻身，脸朝里睡着。田氏心里想着，这就好极了，他还以为我是来和他兄弟讲情呢。她如此想着，也就安然入睡。

其实玉成和她相较，正相处在反面，虽然入睡，却不睡熟。等到田氏睡着了，他翻了一个身，口里咿唔了一阵，一个人自言自语地道："吹了灯了，时候不早了吗？嗐，真是倒霉，半夜里要起来上茅坑。"他如此说着，田氏也没有答声，于是他就摸索着下床了，在床垫褥下面摸到了火柴，擦着将灯点上了。点了灯之后，坐在床沿上抽了几口旱烟，田氏并没有动作，大概真是睡着了。他就拿了灯走进仓房，把窗户都关闭好了，然后转到挖有地窖的屋子里，悄悄地用手刨开了砖土，发现了那半坛子现洋钱。他战战兢兢地，将手抓了几把洋钱放在地上，数足了二百元。依然用砖土将窖口封好，出去拿了一小口袋米、一瓢冷水来，把这二百元都放在米口袋里，一点儿也不响。再含了冷水不断地喷在地上，用脚将浮土都填踩平正了，再在稻屯子里搬出几簸箕稻来，向湿土上堆。眼看一点儿痕迹都没有了，于是将这米口袋提着，放在自己账房的账柜子里去，将门锁好，再回房上去睡觉。田氏在床上做梦，正梦到玉成拿了一根竹竿子，指着玉和骂道："你这个不长进的东西，我以为你在外面做官，荣宗耀祖。你倒在外面讨个女戏子回来，败坏我王家的门风，你跟我快滚吧，这家产都是我的，你想拿去一个铜钱也不行。"她做了这样甜蜜的梦，嘴角上就还不断地作那甜蜜的微笑，玉成将灯放在桌上，看到她面朝外，嘴角上老是笑着闪动，倒吓了一大跳。及至仔细观看，她实在是睡着了，这才放下一条心，上床睡觉。

不到天亮，玉成就醒了，睁了眼睛，只在床上躺着。一直挨到天亮，听到玉和夫妻已经在说话了，这才重手重脚地下床。田氏也醒了，睁开眼睛，第一句话就问道："他们今天真走吗？"玉成道："我哪里知道？他们真是要走的话，想我拿一个钱出来也不行。"田氏坐不起来，向他正色道："那一个虽是戏子，这一个总是你的兄弟，你一点儿东西不给他们，恐怕他们真气了，倒要分家不肯走。你就随便花三五块钱，那也不要紧。"玉成道："不行，要钱一个也没有。我已经给他们预备好了，量了五升糯米，让他们带到路上去打杂。我做哥哥的人不是绝情，要这样教训教训他，让他知道做人不容易。"说着，他就走出屋子来了。急急忙忙地，到账房里将那口袋糯米提在手上，觉得里面是沉甸甸的，向玉和门口走来。玉和放出苦笑来，向玉成道："东西预备好了，我已定好了韩老小的车子，马上就动身。"玉成将这只米口袋递给玉和，握住他的手，让他颠上两颠，向他丢了一个眼色，然后放重声音道："我这回不能帮助你的盘缠，你自己出去想法子吧，乡下银钱艰难你是知道的，加之我过年没有收到账，一切都周转不过来。这五升糯米，你带到路上去打尖。虽然不过是五升糯米，在我看来，足值二百块洋钱，这是什么话，你去想一想吧。"玉和拿着米口袋，是那样重甸甸的，哥哥又那样说着，他还有什么不明白的，心里一动，眼泪又几乎要流出来。因点头道："哥哥，你说的话我都明白了。这半年以来，你为了我，名誉上受了很大的损失了。"玉成本想和他多说两句话，回头看了看，怕是田氏出来了，只和他点了一点头，径自走了开去。

　　玉和将口袋提到屋子里去，伸手在里面一摸，就摸到冰凉的一截洋钱。正想把话告诉桂英，田氏就跟着走来了。她站在房门外道："白妹，你们今天真要走吗？"桂英笑道："半年多在家里让嫂嫂受累不少，我们不能出去砍一捆柴，又不能挑一担水，早一天出去，早一天替哥哥嫂嫂轻一天累。"田氏手扶了门，目光灼灼地望着玉和屋子里的铺盖行李。玉和怕嫂嫂看出什么形迹来了，只把背来朝着房门，不住地去收拾网篮，田氏看了许久也看不出什么动静来，这才道："你们出去可以找个好事情，留你们在家里也是没用。但是你早两天告诉我也好，我也可以和你们孩子做两件小衣服带了去，多少尽一尽我做姆娘的心。"桂英笑道："这就累了姆娘一个够了，还要劳动你吗？我们这回出去，挣钱不挣钱那是不敢说，不过我跟玉和都这样想着，非和哥嫂争回一口气来不可。"她说这话时，脸上就有些红的样子，田氏一想，假使再和她谈下去，恐怕她会由说俏皮话说得争吵起来的，因道："那就很好，我代替你们祈告菩萨，大小一路平安

232

吧。"她说过这话，径自走了。玉和低声向桂英道："你到最后，算是给了她一个反抗了。"桂英微笑着，鼻子里哼了一声。

今天算是田氏大发仁慈，一句闲话没说，自去做了早饭，让玉和夫妇来吃，玉和虽觉得嫂嫂至今未曾理他，心想，也犯不上和这种妇人一般见识。吃过了饭，笑嘻嘻地对她说："嫂嫂我们走了啊！"田氏笑道："好哇，你升官发财回家来，我们老远地去接你啦。"桂英同玉成同时都向她望着，玉和却是笑而受之，一点儿没有作声。他忙着将东西搬上了小车子，避开了田氏的话锋，带着一妻一女，跟了一辆小车子就上道了，他走出村子的时候，遇到了村子人时，向他们告辞，人家都是这样说："好啊，这回出门去，升官发财回来哟！"这些平常应酬的话，在玉和听到，都成了一种恶毒的刺激语，心里就想着：他们对我都是这个样子说法，假使我不升官发财呢，我就不回来了吗？

他心里憋住了这样一口闷气，离开了家乡。到了安庆旅舍里，才由那只米口袋里把洋钱掏出来，数了一数，可不是二百元吗？桂英叹了一口气道："你哥哥真好，可是把这钱收了，更加重了我们一层负担，假使你不做官，你不发财，你哥哥这一重恩惠怎样地去报答呢？"玉和道："这一层关系就不能想，想起了，我是一天都不能过呢。"桂英道："所以一个人，总不要受人家的恩惠，除了做忘恩负义的人而外，这恩惠背在身上，比背了一身债还要难过的呢，不过你也不必发愁，我已认定了吃苦耐劳，家庭方面是什么都不成问题的，凭你这样一个人，难道在外面找一个混饭吃的职业都没有吗？"玉和受了夫人这种安慰，心中自是坦然一些。在安庆没有什么耽搁，找了几个旧同学，谈谈各人最近情形，有的赋闲，有的不过在中小学里当教员，生活都很艰难。谈起来，反羡慕玉和能在南京北京这些大地方跑。玉和的出路都有人羡慕，他还有什么法子可向旁人说的呢。

过了两天，搭了轮船到南京，先在下关一个小客栈里把桂英母女安顿了，然后自己一人进城去，分别找朋友去。这里要找的朋友：第一个就是林司长，他在北平的时候不过是一个科员而已。他见机而作，首先服从三民主义，在十七年之春就到南京来了。后来因为熟手的关系以及亲戚的携带，就在部里当了科长，由科长又升到司长，始终是走着红运。当年在北京交通部同事的时候，彼此是很相投，于今来找他，当然是不算过分。好在是在安徽的时候，曾和他通过两次信，他的公馆当然是知道的。自己一头高兴，坐了人力车子直奔林司长家。这人力车夫，他要抄直路，并不肯顺着新修的马路弯了走，只拣小巷子里跑着。这车子既没有软的靠背，又是在鹅卵石面的路上颠簸了走，转过了七八条巷子时，已经是颠得周身骨软皮酥，背上和车后靠的木板摩擦了个够，恐怕是破了皮。本待下来走，无奈又不认得南京的路，只好坐在上面忍耐坐着。尤其不堪的，每条巷子里，都有一个公共厕所，这已经是下午三四点钟了，到了人家倒马桶的时候，隔两家的门口就有女仆们在那里洗刷着，一路臭得不得了。好容易熬着到了目的地，那脸色自然也是难看极了。自己定了一定神，方才向前敲门。这里一道围墙，里面一块草地，夹栽着花木，簇拥出一座新式的小洋楼。楼前石阶下，正停着一辆很漂亮的汽车，不必猜，这一定是林司长由外面回来了。于是在身上拿出一张名片来。交给了门房，让他上去回话。那门房见他带了满脸风尘之气，而且脸色不定，猜想不到他是什么人，老实不客气就回了他一声司长不在家。玉和虽明知道他是假话，然而不能一定说林司长在家，只得问了一句林司长什么时候在家，怏怏地走了。这样一来，第一个指望的门路算是断了。有个老上司蔡局长，且去找一找他试试看。于是向路上的警察打听着路径，向蔡局长家里走来。

这蔡局长家里，正和林司长相处在反对的地位，这里是个纯粹的江南旧式房子。一字石库门楼敞开着两扇黑大门，进门来，天井里黑沉沉的，地砖上满涂着绿色的苔藓，上面一个过厅，只有两根柱子，什么东西也没有。屋子既然阴湿，又没有人，倒让人说不出一种什么感想。他站了一会儿，那门房悄悄地开着，才出来一个听差。玉和为了免除再碰钉子，就先向那听差声明，自己是由家乡来的，路过南京，特意来看蔡局长。听差向他周身上下打量了一番，觉着或不是假话，于是将这名片递着送了进去。这位蔡局长倒是没有什么官排场，立刻就请。这样一间堂屋，带了两间房的屋子，直穿过了三进，眼看后面还不知有多少进。走至这里，听差却向旁边一个小院落里引了去。这院子里高高地搭着一架蔷薇花和一丛芭蕉，再加上些大大小小的盆景，满院子里倒也绿荫荫的。上面一所大花厅，陈设得颇是精致，一个五十上下的人，捧了一管水烟袋架了腿在椅子上坐着。

这位老先生正是蔡局长，他看见了玉和，捧了水烟袋，就迎到门边来，将手拱了两拱，笑道："玉和兄，久违了，请坐。"玉和走进花厅来，见这位先生还带了不少的官僚味儿，心里就这样想着，南京这种地方，对于这种人，却依然还是需要。蔡局长和他寒暄了几句，就问道："你既是回家乡去了，那就很好，为什么又要出来再上北平去？"玉和皱了两皱眉道："我又不会做庄稼，在家乡坐吃山空，那也不是办法。"蔡局长架了腿，呼了几口水烟，这才道："北京现在的情形，我不知道怎么样，若以南京的情形而论，来找差事的人真的是满坑满谷，我家里现在就住着两个候差事的人。在四个月以前，他们所找的人就答应了给他们设法，有了这两句话，他们以为总可以等些机会，就借住在我家里静静地候着，一直候过四个月，至今并无消息，你说南京找事，难也不难？"玉和还没有把自己心里的话说出一个字，人家就先说了一阵南京找事是如何的不容易，老老实实地只当是来探访蔡局长的，其余就不必谈了。坐了一会儿，玉和告辞而去。走上街来，天色已经昏黑，糊里糊涂地不觉撞上了一条马路，正要打听，向哪里去搭下关的公共汽车，恰好有辆破烂的汽车由身边经过，车夫见他在马路上徘徊着，由车子里伸出一只手来向他乱招着道："到下关去吗？上来上来。"玉和还踌躇着，不知道要多少价钱，未敢贸然上车，那车子索性停了，跳下一个车夫来，伸着两个指头道："只要二角钱，你还不愿意去吗？"玉和被他拉上车，在人的腿缝里塞进一个三腿的矮圆凳子，于是插了身子坐上去。这车子开起来，轰轰咚咚响着，倒有些火车的意味。颠簸到了下关，又挤得浑身是汗。到了旅馆里，只见桂英伏在一张桌上打盹。她一抬头见了玉和，埋怨着道："你怎么去这一天才回来。"玉和道："你不知道，由下关进城去，犹如旅行了一回一般，实在路远。"因之大致地把今天的事说了一遍。

桂英道："原来是这样的不方便，你瞧。"她先指着那假铁床上的灰黑帐子，又指着四周红漆的板壁，涂了许多的黑灰，行李杂乱堆中，陈设着一只缺了大半边口的痰盂，还有一只马桶。再指着电线上的尘灰，发出昏黄色的小电灯，微笑道："南京的旅馆，就是这个样子吗？"玉和道："当然有好的，但是我们住得起吗？"桂英道："明天你进城不进城呢？"玉和道："我打算还到城里去碰碰机会看。明天我在城里找家小旅馆，一同进城去吧。"桂英道："不是我说句扫兴的话，我看不必了。听说在南京找事不着的人，比当年在北京找事不着的人，还要多三四倍。人家有路子有荐信的人都没有办法，凭我们来自田间的人就会有机会吗？"玉和道："明知道是难，但是我们是出来干什么的？不管有机会没机会，我不能不去一碰。"桂英听了玉和这话，不能再拦阻了，也只得由他。但是玉和因为桂英对于住这小旅馆充分的不高兴，第二日搬进城去，就找了中等旅馆住下，虽然不能十分完备，却也阳光充足，器具干净。这房子的定价本来是很贵的，因为玉和跟账房说明了是长住的，于是账房答应打个折头，然而连房饭在内，每个月也要七八十元哩。

玉和是为了安慰桂英起见，虽在客中，一切都让她享受一点儿。买了两部言情小说，留着她在旅馆里消遣，自己却出去分途找朋友设法。可是他拜访朋友的结果十个之中，却有六个叫穷的，不叫穷的也是对他说："南京找事不容易，有一个小机关，招考两名书记，薪水不过是十五元，然而去投考的却有八百多人，结果所取的两个，一个是大学毕业生，一个是最漂亮的少女，请问南京找事难也不难？"玉和听了这些话，想到谋生之不易，自己也不知如何是好。不过每次经过电影院的时候，总看到悬着客满的牌子，下午六点钟以后，经过夫子庙，酒馆门口的车辆堆排着塞了路，这岂是社会不景气、市民无出路的象征？因此想着朋友的话，或许是推托之词，自己总不肯马上离开南京。所以不能离开南京的原因，就是有几个知己的朋友，告诉他说：某部长要更换，一定是某甲上台，他上了台，可以安插一部分人下去。或者有人说：某乙要外调某省主席，这是大家极熟的人，当然可以跟了他去。这一类的消息，在找事或想他就的朋友口中不住地报告出来。玉和听了这种消息，自己就兴奋一下子，然而一天两天，这样传说下去，那个消息始终是不能证实。时间匆匆地过了三个星期，除了房饭钱之外，每日零用也要一元以上。玉成的二百块现洋，已经是去了一半有余，若再住下去，恐怕连北上的火车费都会没有了。玉和对于南京原抱有一种希望而来，失望之后，慢慢地加以恐慌。到了现在，恐慌也是枉然，失望也是枉然，只是决定了不了了之眼望穷途之到来，等临了绝地再谋生机而已。

第二十五回

铩羽空回托足嗟无地
埋名可隐伤心愧有家

　　王玉和这种恐慌的环境，白桂英早就知道是个不了之局。只因玉和下了最大的决心要到南京来谋事，若麻麻糊糊地就走了，玉和不会死心的，所以放在心里隐忍未发。这一天，玉和又在外面找脚路，扑了空回来，垂头丧气地走进了屋子，揭着帽子，向桌上一盖，叹了一口气。桂英微笑道："我知道你又该发牢骚了。"玉和坐下忽然一笑道："不，我今天打听得三条社会新闻来了，告诉你听听。第一条，就是在北平游艺园唱戏的，白玉霜那个小孩子，你不是说她的扮相很好吗？她在南京当歌女了，红得不得了。让一个民众机关的主任看上了，请她停止唱戏，把她荐到机关里去当一名书记改名晁进行，薪水一百二十元，这主任却暗里津贴她夫马费一百八十元，凑成三百之数。这位歌女根本知道主任不怀好意，三天倒有两天请假。第二条，是我在北平的一个邻居，我眼瞧他拿旗子在大学堂门口闹风潮，终年不上学的一个大学生，于今当了次长。和他一同捣乱的几个人都做了高等顾问，有的在天津，有的还在北平，每月干拿四五百块钱的薪水。第三条新闻就惨了，是个日本留学生，回来在某部当技工，现在除了军界，日本留学生是不吃香的，他在部里常有被裁的可能，最近又要开刀了，他吓不过，跳塘淹死了。这样看起来，在南京找事实在不易，我死了这条心了。"

　　桂英笑道："那么，我去当歌女吧，凭我在台上这多年的经验，改成清唱，总没有什么不行。"玉和红了脸道："若果歌女真是靠卖艺混饭吃的话，我倒没有什么不赞成。"桂英笑道："你先别着急，我是和你闹着玩儿的，何至于落到那步田地呢？你的同学有会闹风潮的没有？假如有的话，不愁不是一位次长。他要得了次长，你也不愁不是一位顾问。"玉和道："别说笑话了，捡捡东西吧，今天是来不及走了，我们明天过江北上吧。到了北平去，多少可以找点儿路子，怎么着也比在南京住旅馆好些。"桂英鼻子里哼了一声道："唔，你也该走了，你若是不走，那只有当难民坐免费火车北上了。"二人谈了一阵子，简直是越说越感慨。桂英本想问他一声，回了北平住在哪儿呢？怕是这一问，又逼得他无话可说，只好让他自己发表。

到了次日，捡起了行李，过江北上。这一次在火车上，与上次南下不同。上次南下，玉和心里是落实的，反正是回家乡去吃老米饭，桂英是一切不知道，糊里糊涂地跟着他走。这次北上，可是前路茫茫，不知道何处是归宿之所。然而不北上呢，几乎是中国之大，都没有地方可以立足。好在三等车子上总是纷纷扰扰的，而且两个人又带着一个孩子，把两天的行程就这样混过去了。到了北平，在正阳门一下车，首先射进眼帘的就是正阳门的五层高楼。那城门口上的行人车马，依然是如鱼穿梭一般。玉和心里这就想着，北平还是北平，我王玉和可不是原来的王玉和了。

夫妻二人一阵忙乱，出得车站来，也没有什么可考虑的，雇了人力车一直就向桂英的娘家来。敲大门，是大福出来开门，一见之后，啊哟了一声。叫着向屋里跑道："妈，大妹回来了。"朱氏正在和面做午饭，两手团了一个粉团团，笑嘻嘻地跑了出来，哟了一声道："这是我的小外孙吗？"百忙中将一团粉塞到桂英手上，两手在怀里接小毛孩子来，将头靠着脸亲了一下。于是她一人在先，带着男女行李一齐走了进来。朱氏欢天喜地的样子，向大福道："赶快去买些猪肉来，家里撑面是来不及了，到面馆里去叫两斤面来吃吧。你这傻大舅，又见了一代人，也该欢欢喜喜啦。"大福见母亲如此欢喜，也就笑着出去了。玉和心想：这真是猜想不到的事情，丈母娘见面之后却会这样的高兴。这倒让他心里落下了一块石头。在他们回来的前三天里，朱氏始终都是表示欢喜的态度。将桂英原住的房让给他夫妻住了。知道玉和不惯吃面食的，逐餐都煮着大米饭，预备一两样可口的菜。她还说桂英带孩子不能料理家事。这时，杨妈是早辞掉了，还要去雇个老妈子来和桂英抱抱孩子。桂英是知道的，箱子里仅仅只有三四十块钱了。假使搬出去的话，怎样子俭省一个月也维持不过去，把这钱留在母亲家里凑付着还能过些时，还雇用什么老妈子呢？因就向朱氏道：

"不必了，一两个月的毛孩子很容易对付的，将来再说吧。"朱氏以为她是不愿意搅扰娘家，这也就只好由她过了几天再说的了。

到了晚上，桂英偷偷地将这些话告诉了玉和，玉和道："我看岳老太太的样子，好像疑心我们这回由南方来，带了不少的钱来，以为像上次一样，还要租房子住家呢。我想老太太对我们的态度总算不错，不如把话对她实说了，就说现在暂在这里住些时候，等我找到了事再搬出去。我们两口子每月贴她老人家二十块钱。"桂英微笑道："你知道你箱子里还有多少钱？"玉和道："我也知道没有多少钱，可是不这样和老太太说一句，我们怎好意思住下来？我想老太太不会好意思收我们的钱的。我们这样说着，不过是盖盖面子罢了。"桂英沉吟了许久，叹上一口气道："那也只好这样说说看。但愿你早些地找着事情，我们搬了出去住。"玉和道："事到于今，我们也就再迟不得了，早一天和老太太说了，早一天心里舒服些，我还没有会到济才，今晚上我去和他谈谈，看看可有办法。趁此机会，你就去和老太太有意无意地交代一下，你看好不好？"桂英道："再说吧，倒是你找张济才谈谈是正经。"玉和心里本也就毫无主张，经桂英一度赞成，他也就觉得找张济才是不可缓的事情，戴上帽子就出门去了。

桂英坐在屋子里，出了一会儿神，见那个女孩子在床上睡得很熟，于是找了一支烟卷在嘴里衔着，从从容容地走到朱氏屋子里来。朱氏站在桌子边，正在裁小孩儿的毛衫衣。桂英道："妈，这儿有取灯吗？"她口里说着，看到桌上有一盒火柴，就拿起来划着，点上了烟卷。朱氏道："小孩子睡了吗？你怎么把她一个人放在屋子里？"桂英道："她睡得很熟，不会醒的。又要姥姥给她做许多衣服。"朱氏道："我也不知道你在南方干些什么？小孩子衣服也没有预备一点儿。"桂英挨了桌边的椅子坐下，没有答复这个问题。朱氏道："玉和呢？晚上还出去拜客啦？"桂英道："他忙着要找事，事情没有到手，心里总是不能安帖的。"朱氏道："这倒也是实话。多了一个小孩子，要多许多的事情，哪里不要用钱，你们什么事都得俭省一点儿，不能像以前那样过一天是一天地胡来了。"朱氏说着话，已经把小衣服裁好，先用线组了四周，两只眼睛都注意在手上。桂英偷看了她母亲的颜色，觉得态度很和缓，并没有严重的意味，于是衔了烟卷，慢慢地喷着，像是不大留心的样子，闲谈着道："玉和倒也说过，现在有了孩子，不像以前，遇事都要省俭。本来打算这两天就要找房子搬家。可是转念想着，不知将来就事的地方是在东城，或是在西城，是在北平，或者是在别的地方，所以就只好等上一等。"

朱氏已经将小衣服拿在手上，低了头两手只管去缝了边缝，口里可就答道："这孩子怎么说这种话。你在家里住个十天八天的，难道我还算你们的饭钱不成？你这还要声明什么。"桂英笑道："可不就是要算饭钱吗？玉和说：北平现在机关少了，不能说随便地就找得着事，他打算把事情找妥了才搬，现在呢，他想每个月贴你二十块钱的伙食费。我觉得他这话太孩子气了，可是他说了，我又不能不把话对你说明。"朱氏听了这话，不由得将手上的针线停着，望了桂英道："玉和是真话呢，是说着玩儿呢？"桂英看到母亲脸上那样注意的样子，就笑道："他这样对我说着。我知道他是真话是玩笑呢？"朱氏道："你是我姑娘，回娘家住个周年半载那是常事，姑爷就是到岳丈家里住些时，这也算不了什么，贴钱不贴钱都谈不到。但是住在我这里，怎么也是个凑付劲儿，那不是天长地久的办法。再说找事碰机会也没有准日子，若是三个月五个月的，我是不要紧，恐怕大福他会啰唆的。"

桂英听母亲这话，分明是不同意。本来二十块钱，管大小三口的用费当然是少一点儿，但是自己和娘家挣上十年的钱，家产全是我的，我回来吃周年半载又算什么？于是红了脸道："大概总不至于闹到那样久吧？明天我就叫玉和来找房，你别着急。"朱氏刚刚做了几针活，于是放下活来，又向她望着道："姑娘，你怎么还是这样的脾气。我是和大家着想才这样说，凭我怎么样子不合人，你是我肚子里出来的，我还会多余你吗？"桂英道："找事哪有准啦！我也并没有说你什么，我也是和大家着想，让他出去找房的好。"朱氏道："我说的话，我是承认的。玉和回来了，就把我这话跟他评评，我想他也不能说我说错了。你想，你那个脾气，玉和那样顾面子，加上大福他那份小气，这能够合拢在一处吗？你那意思我也知道，无非是说有了我在一处，可以和你照应照应小孩子，难道你们刚从家里出来，住家过日子的钱都没有带上一些吗？"桂英听到了这一层，却不敢夸张，因道："玉和以为北平有的是朋友，钱总可以想法子。"朱氏道："你们家不是乡下一个财主吗？怎么出门盘缠也不带足呢？"桂英道："盘缠带得是不少，只因为在南京运动差事，日子耽误得久了，把钱全花光了。"朱氏脸上带了些淡笑，因点点头道："我这就明白了。"

桂英听了母亲这种冷语，犹如心窝里挨上了一尖刀。也不和母亲说第二句话，气愤愤地就跑回房去了。她心里想着：自己亲生的娘，都不肯借一席之地让自己托足，这又何况他人，等玉和回来，和他想个周全些的办法，还是离开这里为妙。如此想着，她就一人坐在房里抽烟，静等玉和回来。到了十二点多钟，外面有打门声，料是玉和回来了，就亲自走到外面来开门，玉和同着她一路进来，因问道："怎么你还没有睡？"说时，在电灯下看桂英的脸色，见她眼眶下还有泪痕。低声道："你等门等久了，对不住，老太太说了什么闲话吗？"桂英道："我不等门怎么办？还打算别人给你姑老爷来开门吗？"玉和看这样子，知道她受了委屈，自己虽然也是一肚皮牢骚，这却不敢再提起一个字。因微笑道："以后我回来早些就是了。"桂英道："听你这话，你倒打算在这里住上周年半载哩？"

玉和不敢说什么了，脱了长衣，叠好了被褥，在床里边放下尿片油布，将毛孩子悄悄轻轻地移到床里边去，桂英看他这可怜的样子又不忍再说他了，便把今晚上和母亲说的话从头至尾对玉和说了。因道："这个样子，你想这里还能住下去吗？"玉和道："你说的这话果然不错。但是这两天在外面和朋友接洽的结果，我知道现时在北平找事比以前还要难上十倍。我们若是搬了出去住，那更觉得困难。我今天和张济才谈了两个钟头，他也说，我暂时不宜组织家庭，免得又增加了负担。不过你一定要搬出去，我也不反对，就算当当，也可以维持一个月两个月的。"

桂英默然了许久才问道："难道一点儿机会都没有吗？"玉和道："北平现在成了文化区域了，连河北省政府都有搬到保定去的消息。做官的路子这里就越来越小了。"桂英道："这就难了。南京那么些机关，说是没有机会。北平是混事的老地方，又没有机会，做官不是太难了吗？"玉和道："做官实在不难，而且比任何事件都容易，只是因为容易了，大家都要做官，弄得全国的机关都天天满座。我和济才商量着，非改行没有饭吃。但是叫我改做哪一行呢？做工不行，做庄稼也不行，做生意买卖也不行。假使我自始就不读书，跟了哥哥做庄稼，天天卖力气，天天吃饭睡觉，哪有这些个烦恼。我若是会编戏，我一定现身说法，编上一本劝人不要犯官迷的戏。要知道做官发财的人不少，可是做官落得讨饭无路的人也不少。人家只看到做官的坐汽车住洋楼，就没有看到做官的吊颈跳河。"桂英皱了眉道："你有工夫说这些废话。"玉和道："你不晓得，人到穷途废话多，没法子发泄胸中这口闷气。"桂英道："这样子说，九九八十一，我们只好厚着脸在这里赖着不走了。"玉和道："你是在娘家，有什么厚脸不厚脸，所难堪的只有我。"桂英想了许久，眉毛一动，微笑低声道："说不得了，说到无赖，我们就只好无赖了。明天早上，我索性唱起花脸来，说是要我走，我偏不走，这幢房是我挣的钱买的，我要收回来自己住，这样一来，他们一定会软下来。你在这里，我不好说话，你一早就出去，我打好了江山，你来住就是了。"玉和道："计倒是一条好计，不过不是我们所应当干的事。"桂英道："事到如今，说不得了，我们只好这样办。睡吧，不必再谈了，免得泄露了天机。"玉和对于夫人这种计策，虽感到心里有些不安，然而势成骑虎，也不得不照计而行。

到了次日早上，玉和早些起来，漱洗完了就走出家来。不过这样早的天气，市民大部分没有起来，现在到哪里去也不方便。这不由得他前尘影事兜上心来，记得上次假说到部办公的时候，早上老跑到中央公园去坐着看报，现在大可旧梦重温一下。于是一点儿也不踌躇，就到中央公园来。这次到了公园，可有些与前次不同，居然碰到一个很好的机会。当他走进大门的时候，却见走廊的红柱上横悬了一幅白布，上面大书特书地写了一行字，乃是全国徒步旅行团在水榭展览成绩，欢迎参观。玉和一想：这倒是一件消磨时间的好办法，于是向水榭走了来。大概这个徒步旅行团足以轰动一时，所以向水榭去参观的人却是络绎不绝于途。玉和走到了水榭门口，早就听到里面噼噼啪啪一阵鼓掌之声。走进去看时，正面屋子里有人在那里演讲，围上了一大群人。左右两边屋子，门口贴有字条，上写"成绩展览室"几个字。走进左边的屋，四壁悬着大大小小的照片，那照片上有的是风景，有的是古迹，有的是人物写真，所摄来的影片都是平常游历家所不到的地方。看了之后，足以引起人的兴趣。再到右边去，却是些矿物和生物的标本，又有些各地的土产，在上面都标明出自何地。在看过这些成绩之后，不但是有兴趣，而且觉得中国随处都是宝藏，令人兴奋起来，也要跟着他们旅行去才好，看完了这两个展览室，再进到正面屋子里，那讲台上又换了一个人在那里演讲了。

那个人约莫三十上下年纪，穿了蓝布短衣，满面风尘的样子，一望而知是旅行团里的人。他正说着："现在中国人，动不动就到国外去考察，却忘了在国内考察更要紧，比喻一个旧家庭打算更新一下，到新人的家庭

242

去参观参观，以便做个标准，这是好的。但是对于自己的家庭：卧室如何？厨房如何？水井如何？却一概不知道，这便是学得了人家的样子，也不会知道自己家里应当从何处改革起。一个子弟，不知道家里有多少财产，不知道家里有多少人口，倒要去考察别人家的事情，那不是一桩笑话吗？所以我们这个旅行团，不求到国外去，却要到国里头来。我们在国里发现了从来没有见着的东西以后，我们非常之高兴，觉得这不亚于到纽约去看高大楼房，到巴黎去赏鉴肉感的艺术。还有两层好处，第一，是用不着一万八千的川资，我们这班人，差不多都是不带一个钱做盘缠的；第二，是无论到什么地方，都说的是中国话，纵然不懂，写出字来别人总是认得的。这话说回来了，既然如此容易，何以没有什么人肯旅行呢？这就是在中国旅行是一件痛苦的旅行，越是向内地走，越是饮食起居和物质文明相差很远，不过我们觉得内地旅行的乐趣也就是这一点。现在我们还要继续地旅行，而且分组地把旅行团扩大起来，往各处去，有忠实的同志加入我们的团体，我们是十分欢迎的。"说着，他就拿起一大卷印刷传单向人头上飞着撒了下来。

玉和接了一张，拿到一边去看。那传单上写的是：

双手入世界寻出黄金窟

有高尚志趣的同胞们：你不愿意做一个健强的国民吗？你不愿意找出一条生路吗？你不愿意替暮气沉沉的中国找出一线生机吗？你不愿把中国的宝藏、东方的文化，介绍到世界上去吗？你如果愿意的话，加入我们的全国徒步旅行团，便是向这条路上走！我们的旅行团，现在已有八组，包罗着科学文学各种人才，分工合作，你愿意走路，可以加入这八组。我们在河套，有大片的荒地在开垦，创办农业和畜牧两大实业，你若是愿做固定的工作，可以加入我们的农场。中国有许多的黄金窟，期待着我们去发掘，贡献国家，同志们来呀！

在这传单后面，还有一行小字，尤其是动人，乃是：

加入我们的团体的条件，很是简单，只要你受过高中以上的教育，无须你带一个钱川资，也无须什么人介绍，只要你自己有这种学识与体魄，认定了前来吃苦，那就行了。

　　玉和两手捧了这张传单，一面看着，一面向外走，走到一棵树下，靠着树干呆呆地站定。心里想着：这不是我一条很好的路子吗？说别的事我不行，若论走路吃苦耐劳这可是我的拿手，我不如加入他们这一个团体吧，据他后面所列举的条件说，我是完全都符合，我不如就到水榭里面去和他们接洽吧。做一个旅行的人，我就是并没有什么成就，至少也可以不受社会上的藐视，精神总可以痛快一下。而且我去报名，也不用真名实姓，随便捏造一个名字就行。从此以后，叫社会上的人永远忘了玉和。有一天我真的挖到了黄金窟，再把王玉和的名字来恢复着。这足以让那些"近视眼"的人惊异一下子，也可以知道我不是可以小视的人了。我决计去，我决计去！

　　他如此想着，就要向水榭里面走。但是他转念一想，这件事难道无须乎和桂英商量一下子吗？桂英和我总是患难夫妻，我岂能丢开了她，隐姓埋名不知所之吗？我就是走，也应当和她说明，不能隐姓埋名连她也瞒了。主意想定了，就不向水榭里面走。在公园里混到了半上午，方始回家去，当他走的时候，他心里又想着，我果然走了，桂英生活问题如何解决？就算她是个有作为的女子，生活是不成问题的，难道我生的那小孩子也要连累她不成吗？不知道这个旅行团收女性不收？如果收女性的话，我可以带了她一路去。可是她还有个虫豸一般的小孩子呢，怎叫她抱了这样一个小毛孩子也就徒步旅行吗？这未免笑话了。他慢慢地走着，慢慢地将事情从头来想着，越想这事情是越不能干，当他走到自己家门口的时候，想到了最后，简直是勇气毫无，就悄悄地走回卧室里来。

　　当他走进屋子的时候，只见桂英口里衔了一支烟卷，两手抱了一只大腿，侧了身子在那里坐着，很像是在生气的样子。玉和取下了帽子，向她微笑了一笑，在她对面慢慢地坐下望着她。桂英将嘴向房门口一努，意思是叫他放下门帘子来。玉和起身放下了门帘子，桂英就有笑容了，她低声道："我们的那条计已经走通了，他们挽留我们了。"玉和道："你和他们大动干戈吵了一顿吗？"桂英道："用不着大动干戈，只要我说出几句硬话，他们就受不了。老实一句话，只要你能够真心和我合作，我怎么着，也要带了这个毛孩子同你去奋斗。"

玉和在中央公园里闷着的那个哑谜，这时越发地不敢说出来，只管点了头，诚恳地说："假如不是你，我早五湖四海乱跑乱钻了。你想：一个人两肩扛一口，无论走到什么地方去，还会混不到两餐饭吃吗？"说着，长叹一口气。桂英正色道："你真有离开北平之必要，你只管去，我在北平总可以自己解决自己的问题。"玉和道："我若是知道哪个地方有很好的事情，可就认准了方向去就事，把你母女放在北平当然不成问题。然而我要出门去，可是完全撞木钟就不能走了。因为前途的安危完全是不知道的，万一有个问题叫你们怎么办呢？这个还得进一步说，不但不能乱跑，我就是现在要死的话，也得咬了牙，挣住了这条苦命，和你们一同死呢。"桂英笑道："你又发牢骚了。谁叫你好好儿的要讨什么媳妇，假使你不讨媳妇，没有这个脚踢不开的穷家，天涯海角你只管走，谁也不能来牵扯你的了。"玉和两手按了膝盖，昂着头，长长地叹了一口气道："伤哉贫也，生无以为家，死无以为墓……"桂英给他在桌上拿了帽子戴在头上，又在身上一掏，掏出一张一元钞票和几张铜子票，向玉和手里一塞道："别在家闷得发慌了，出去玩玩儿吧。我们这里的事还没有完全了结呢。"说着，两手将玉和连推带送把他送了出门来。

玉和走上了大街，也不知向哪儿是好，中央公园今天已经是去过一趟的了，不欲再去，这次回北平，就没有到过北海。不如到那里去散步一番吧。于是雇了车到了北海来。这是初春的天气，北方还是很凉，树上刚刚有些嫩绿的叶子，北海的游人很少，也一人沿着湖水的东岸在大树林子外面走，四顾无人，远望一片白水，直达对面的五龙亭，那水浪却打着岸上，啪啪有声。这种无人处的水浪声，越是能添加人心上的怅惘。心里想着：真的，我就死都死不得呀！一了百了，又奈我何呢？想到这里，恨不得纵身就向水里一跳。

第二十六回

一饭艰难王郎原自愧
十年薄幸冯妇竟重来

王玉和在北海东岸游着，愧恨交并，想到前路茫茫，没有什么大希望，看到一汪湖水，恨不得就立刻向水里一跳。可是这是他第一个感想，接着他第二个感想就跟了上来，假使我真个跳了下去，十分钟之后，我妻白桂英，她就是个少年寡妇了，我那个出世不到三个月的女孩就是孤儿了。桂英便算是可以再去嫁人，然而我那孩子已是无父之儿，叫她这一生怎么办？永久是做人家的孩子，人家爱打便打，爱骂便骂，爱蹂躏便蹂躏，那是害了她。为了我的孩子，我要留下这双眼睛来看看她，我不能死，我要奋斗。玉和想到这里，他已经是不打算死。接着他第三个感想又跟了来，我现在最觉得不快的，不过就是丈母娘有些势利眼，凭良心说，她对我还没有什么事过不去。就算过不去，旧式妇人的见地，我计较它做什么？古人像苏秦、朱买臣这些人都是被妇人轻视过的，他们又何尝不是坦然受之，到了后来，他们有了权威了，妇人们居然地屈服在他权威之下。这样看起来，一个人受了人的藐视，正不必灰心，还应当去努力奋斗。唯其能忍耐才能奋斗，能奋斗才有出这口恶气的希望。如其不然，一死了之，那不是要饮恨千古吗？我想穿了，暂时不去和旧式妇人们计较，为了我的爱妻，为了我的娇儿，我得去努力奋斗。

玉和是越想越彻悟，到了最后，他便改了一个方向去想，要如何地奋斗了。这不要紧，跟丈母娘去磕头也可以，跟丈母娘去赔小心也可以，有一天你来求教于我的时候，我就可以报一笔仇了。玉和自己一个人发愁，一个人劝解着，到了最后，他由颓废而来，倒变着了兴奋回去。到家之后，见桂英手上抱了孩子在喝乳，桌上摆了一本抄本儿戏词，他有意无意地眼睛对了上面看着。玉和偷眼看她脸上还有些红红的，也许自己去后，她和母亲又曾口角了，自己为了顾全各方面，也就只好装着麻糊，只当是不知道。

桂英见他悄悄地走进房来，悄悄地取下帽子挂在衣钩上，那种小心翼翼的神气，大概唯恐是搅扰了自己，便抱着小孩子站起来向他笑道："你是到北海去了吗？"玉和本想说今天几乎是不能和你见面了，转念一想：这句话说不得，说了出来，桂英会发生恐慌的。因就向她改口道："今天我是排除了万斛愁肠，痛痛快快地在北海里面玩儿了一周。"桂英笑着低声道："你是不是为歇脚的地方已经有了办法了。"玉和顿了一顿，笑着点头道："是的，是的！"桂英却叹了一口气道："英雄末路，就落到这一步田地。"玉和笑道："你也别把我太高比了，我是很有自知之明的。说走到了末路，我倒也承认。若说我是英雄，我可没有那样厚的脸来承认。"桂英道："这话不然，事在人为罢了。假使大福现在做了总指挥总司令，你至少可以闹个什么？"玉和道："难道说有长字号的人就是英雄吗？"桂英一时失言，倒挽不转来，就笑道："我已经抬了一天的杠，不和你再抬杠了。"话说到这里，玉和也就不便跟着向下说。可是他心里想着，女人的虚荣心总是有的，桂英抛却了一切虚荣，肯嫁我这样一个小官僚，正是把什么事情都看破。可是到了现在，听她的口音，她依然未忘情于英雄和阔人，自己假使要挣一口气，而且有以安慰桂英，就算做不到英雄，也当去做一个二三等阔人，才可以对得住她。但是自己现在这样的环境，想办到那种地步大概是不可能吧？

玉和想到了这里，把刚才回家来的那一番豪兴又扫除干净。总之，他在一日之间老是这样，时而兴奋，时而颓废，心绪总不能固定着朝准哪个方向。可是自这天起，朱氏对于他们一家三口在这里寄住，虽不敢说什么，却总不能有什么笑容朝着人，尤其是大家在一桌吃饭的时候，玉和夫妻两个，朱氏娘儿两个，四个人都低了头吃饭，谁也不同谁说话。玉和自己仔细一想，究竟是个客人，餐餐板住了面孔来吃人家的饭，未免有些不好意思，因之在无甚可说的当中，也就无话找话地找出话来说。朱氏总要顾全些姑爷的面子，也就跟着敷衍几句。大福向来是说话粗鲁的，偶然说上一两句话，却也很有令人不能忍耐之处，桂英恐怕吃饭的时候吵了起来，会给予玉和一种难堪，因之当大福说得不对的时候，就不免狠狠地瞪大福一眼。于是大福怕她发脾气不作声，玉和怕朱氏护着儿子不敢作声，朱氏也怕姑娘要跟着算旧账，也不敢作声，所以玉和尽管敷衍着说话，可是结果还是闹得不欢而散。

有一日吃午饭的时候，朱氏所预备的饭菜是比平常更坏，乃是买了几斤本地黑切面，用白水煮好了，大一碗小一碗地放在桌上。桌上有三个碟子，一碟子豆芽菜、一碟子甜酱，两只小碗盛了些酱油醋，此外便是一碟子盐水疙瘩丝儿，桌上放了几个蒜瓣。朱氏叉了一夹豆芽，挑了一些甜酱放到了面碗里，加了一些酱油醋，稀里呼噜就捧了一碗面吃将起来。桂英知道玉和是能吃苦的人，伙食虽然粗糙些，这倒也无所谓，但是家中的伙食，自从唱成了红角以来，并没有吃得这样的苦过。今天既然吃的是黑面，而且面里连素油也不曾有一点儿，恐怕是母亲故意如此做作的。玉和坐到桌子边，照着丈母娘的样子正要如法炮制，桂英走到桌子边，并没有坐下，悄悄地站了许久，然后向玉和板着脸道：“你别吃了，我请你吃小馆子去。”玉和还不曾领会到她的意思，将筷子挑着碗里的面条只管去和弄。桂英道：“你难道没有吃过这种黑面条吗？我说请你吃小馆子，你怎么不理我？”玉和笑道：“吃得好好的，为什么要到外面去吃小馆子？”桂英道：“我不爱这种洋车夫吃的饭，要去吃好的，叫你去陪我一陪，还有什么不行吗？”

大福正坐在她对面的所在，右手拿筷子拌着面条，左手拿了一片蒜瓣放在嘴里咬得吃。淡淡地笑道：“你们去吃馆子，也可以带我一个吧？”桂英鼻子里哼了一声，冷笑道：“你吃我的还吃少了吗？你不用得说什么俏皮话，你摸良心想想，你现在住的房子是哪里来的？你现在坐的凳子是哪里来的？你现在……”朱氏放下了面碗，将筷子向面里一插，然后两手相抱，望着她道：“桂英，你这是什么缘故？动不动就跟着我们娘儿俩算旧账。不错，你是挣钱给我们花过了，我们不能说是天上掉下馅饼来养活着我们的。可是现在你们没有挣钱，带着两三口子在这里吃饭住房，也就可以慢慢地捞本回去了。”桂英道：“当然要捞本，是我挣来的钱，我为什么不要弄回去呢？”朱氏道：“捞回去，你只管捞回去，可是你把我吃穷了怎么办，我知道，你是嫌我今天这一顿饭做得不好，所以说上许多闲话，老实说，我办的伙食就只能办到这种样子，你要吃好的，等你两口子挣了钱再说。我自己说不定还要活个二十年三十年的，我不能现在花光了，等着到老来受苦。"桂英道:"据你这个样子说,我们非在这里吃过三年五载不可。"朱氏道:"这个我哪里知道?你们自己打算吧。反正坐吃山空,谁也受不了。"桂英道:"你别算定了我们是吃饭的,玉和只要肯舍面子,大概到外面去找个小书记当当,那还真不费事。就是我,大概愿上台的话,至少还可以唱五年戏。我们再干五年,以后学了乖了,真不用得再求人呢。"朱氏淡笑道:"姑奶奶,你不要说那种大话了。长江后浪推前浪,现在在台上走红的又是一班人了。"桂英道:"这个样子说,我大概是上不了台。"朱氏道:"你不信我的话,你出去打听打听。"大福坐在一边吃面,不住地微笑。

抬了许久的杠,他们怎么说桂英都不会真生气。只是朱氏说她上不了台,大福又在一边藐视着,这可给予了桂英一种莫大的侮辱,她瞪大了眼大声道:"我不相信,我倒霉了,连戏都不会唱了,我倒要试试瞧。"说着,将玉和手上的筷子劈手抢了过来,瞪了眼道:"叫你不要吃不要吃,你还是要吃,你哪这样不开眼?你跟我抱孩子,我去雇车。"说着,她掉转身来就走了。玉和慢慢地站起身道:"唉,一点儿小事,何必生这么大的气呢?"他虽然是这么的说着,然而已经跟在后面同桂英走了。走到屋子里,低声向她道:"你这是何必?"桂英道:"你这个人如何无用到这种地步,一点儿志气都没有吗?你受得了这个气,我受不了这个气。"见她打开箱子,揣了些钱在身上口袋里,抱了孩子就走。玉和到了这个时候,劝也来不及,说也无可说,只得跟在后面一路出大门,在附近小馆子里吃饭。玉和在种种方面观察,她大有再登舞台的意思。说到唱,自己并不反对。只是一个做丈夫的不能养活妻子,还要她牺牲色相掉过头来养活丈夫,不但心里惭愧,而且面子上也很是难看。所以同着桂英在小馆子里吃饭的时候,却是一个字也不敢提。

桂英倒是毫不介意,从从容容地把一顿饭吃完了。然后向玉和道:"你不用为难,无论闹到什么地步,我们夫妻的感情是不会破裂的。我也不一定就上台唱戏,能够在唱戏这条路上找个不出面的法子混饭吃,那是更好。万一就是上台去,好在我用的是白桂英的名字,与你王玉和无关。你现在即刻找不到事,一家三口子,老在我娘家吃饭,那总不是办法。何况他们的颜色又是非常之难看的。我现在去和秋云商量商量看,你去不去?"玉和踌躇了许久,才道:"我对于这个又不懂,我去做什么?不过表示着我对你的行动完全同意的，我可以写封信让你带给张济才去。"桂英一想，他或者是面子上有些磨不开，便点点头道："那也好。"

于是玉和向伙计要了笔砚，就将一张白纸随便写了几行道：

济才我兄惠鉴：

　　前日遣访，所示教弟忍耐一节，无任感佩。唯五尺之躯，拥携妻孥，依人伴食，是何人格，而堪为此？况岳家亦非富有，内弟更浅学识，终日听指桑骂槐之声，做奴颜婢膝之容，弟纵可忍受，桂英恐将焦躁而死矣。昔谢道韫嫁王凝之，谓天壤之间，乃有王郎，桂英爱我，原无此语，然我自视，实令桂英有天壤王郎之憾也。今日午饭，又受不堪言喻之气，桂英为将来计，绝离开岳家，另谋生活，拟与嫂夫人面商一切，借作南针，弟方寸已乱，诸事听桂英自决矣。如有请贤伉俪之处，尚乞为最后之援手，至祷至盼。即叩日安

　　　　　　　　　　　　　　　　　　　弟玉和顿首

玉和写一句，桂英站在身后念一句。将信看完了摇摇头道："你写得这样文绉绉的，你不知道张济才认不了三个大字吗？"玉和将笔一放道："啊啊，我错了。我只觉得肚子里有一肚牢骚，就尽量地抖起文来，没想到收信的人是个光眼瞎子，我来重写一张吧。"桂英道："不必了，你写信给他，本来就是这么一回事，白话也是秋云念给他听，文言也是秋云念给他听，就是文言也没有关系。"玉和道："我这封文言信，秋云看得懂吗？"桂英道："你不要藐视她，她肚子里很有货呢。"玉和叹了一口气道："一朵鲜花插在狗屎上。"桂英道："谁不愿意嫁个肚子里有货的，可是肚子里有货的总未免将女子当玩物。"玉和本来还想申辩两句，转念一想：今天她已经够不高兴的了，怎么还可以拿话去驳她？于是笑道："这就叫负心多是读书人。"桂英道："你别多心，我不是说你。"玉和道："你要说我负心，为什么嫁我呢？这一层我是很明了的。你这就去吧，你什么时候回家？我一个人是不好回家去的。"桂英道："你晚上回家好了，我和秋云恐怕要畅谈一番呢。"玉和道："那么，我多谢了。"他借了这一句玩笑的话，

就站起来，点着头出门去了。

他当真依了桂英的话，直混到晚间才回家。回家之先还打了一个电话给张济才家，问明了桂英确是回家去了，这才回自家来。进门之后，一声也不响，直接就走到卧室里去。进房就看见桂英斜躺在床上，口里念念有词，一个人在那里温戏。桂英见他进房，就笑脸相迎，因道："你在哪里吃的晚饭？"玉和道："我在面馆里吃了一碗面。"桂英道："吃一碗面就够饱的吗？"玉和还不曾答话，桂英就打开玻璃橱，取出一盒乳油鸡蛋糕放在桌上，又倒了一杯茶，也放在桌子边。玉和见夫人突然地客气起来，倒有些奇怪。然而桂英是个久于舞台生活的人，刻画人情，什么不知道？见玉和有些惊慌的样子，如何看不出来，便笑道："你觉得我今天有些亲热过分吗？"玉和微笑道："我倒没有这种感想。"桂英点头道："是的，我今天要格外地和你赔小心。所以要格外赔小心的缘故，就因为我将来的出路是你不愿意的，假如我是你的话，我们两人互相调换一下，你若是像我这样办，我也是不愿意的。因为如此，所以我情不自禁地，我要和你赔小心来。"

玉和听她说这一套话，知道唱戏的事已经成为定局了，心里也说不出来有一种什么痛苦之处，于是笑着坐下来，端起茶喝了两口，然后向桂英道："你的话我倒有些不懂，我们要做的事不是事先已经商量好了的吗？还有什么可以说的？"桂英笑道："你不要硬着头皮子说强话，其实你心里很难受呢，我还有什么不知道的吗？可是我要去唱戏的话，虽然你心里难受，只要我凭着良心做出事来对得住你，尽管社会上不原谅，自己心里总还是坦然的。若是一点儿事不干，就这样厚着脸皮在人家家里蹭饭吃，那是面子上和心里两下难过。所以我觉得我们顺了这一条路走，还是比较的平坦一些。"玉和心里想着：自己并没有说什么，桂英倒解释了这样一大套，再要说两句，她更不知如何是好了。自己不能维持夫人的生活，怎好禁止夫人去自谋生活。玉和走向前，握住她的手道："你放心，我决不能那样不懂事，拦住你的出路。你没有嫁我以前，你就是有骨干的女子。现在我们的感情非常之好，你还能够抛弃了我不成？我很放心的，你若是要把话来敷衍我，倒反而显着夫妻之间有什么不合作的地方了。"桂英道："你说这话，我倒对你很惭愧。不是你对我有什么不好，倒是我不能了解你了。"玉和用手拍着她的肩膀道："不必说了，越说倒越显着我们感情生

251

疏。"桂英这才无话可说，向他微微地笑了。

不过夫妻之间自存了这一份的客气，各人心中都有些不痛快只是如何不痛快，却又说不出来。因之在这晚以后，桂英虽然是露出要重登舞台的口风来，却还不曾把怎样登台、怎样搭班，仔细说了出来。然而朱氏知道桂英要唱戏了，态度比以前好得多，吃饭也不是餐餐吃黑面，有时吃白面，有时也吃大米。大福不但不说俏皮话，而且不时地向着桂英献殷勤，一会儿问着，要不要叫赵老四吊嗓？一会儿又问着，戏衣有当了的，要不要赎出来？桂英只是随便答应，不曾给他一种切实的话，暗中却同玉和道："你看怎么样？我一提到唱戏，他们大家都起了劲了。所以为了顾全各方面，我这个戏还是不能不唱。"玉和道："这何待你说，我已经是看得很明了的了。"桂英心里想着，我无论说着什么，玉和总觉得有个势所必然的样子，究竟不知道他是一种好的感想呢，还是一种坏的感想。现在也不能去断定，不过事实在这里摆着，假使我不唱戏，他也并没有其他的办法来渡过这个难关。那么，我出来唱戏，他不应该口是心非的，有什么不满。桂英想到了这种地方，心里自然是又坦然一些。

说着这句话的第三天，出了问题了。玉和是个关心政局的人，不能不看报。可是叫他花一块多钱一月，叫他订一份大报，他又没有这种力量，所以只将一个大子一份的小报每月买两份看。北平市的小报，与上海汉口只谈风月的小报大不相同，它简直是一张大报的缩小物，大报所有的新闻这上面也应有尽有。玉和每日早上起来，别的事可以不问，这两份小报却是不能不看。而北平小报，还有一种特殊的情形，就是新闻的反面，通俗小说的戏评比大报要多，看报的人，足可以消遣。玉和每在看过紧要新闻之外，就不免拿起报来看后幅的小玩意儿。当他看到戏评栏里，就有一行大字题目，将他大大地震动一下，那题目乃是欢迎白桂英重现色相。题目下署的是"攀桂旧客"四个字的名字。玉和也不知是何缘故，他心里对于这个名字起了莫大的反应，立刻脸上一红。不过脸上虽是红了，他心里依然竭力地镇静着，还是捧了报坐在一张靠椅上看。那一段文字如下：

予宦海劳人，风尘下士，有季子之多愁，复长卿之善病。每感无聊，辄听歌以消遣，偶然有兴，还把笔而评章。梨园子弟，不少良朋，北国莺花，亦多腻友。其间如白伶桂英者，最所欣赏，时为颠倒。

玉和看到这里，不由得一阵怒火涌上心头。恨不得使劲一下，把这张报撕个粉碎。转念一想：以前北平有一种消闲录的报纸，专谈嫖娼捧角，投稿家里面，几个呱呱叫的角色，就作的是这一路的文字。他们并不管事实怎么样，提起笔来就要这样写，这有他们什么法子呢？于是就继续地照着向下看。

金樽檀板，有口皆碑，豪竹哀丝，无日不听。自信为该伶之周郎，几名列同座之白党，而乃十年尘梦，博得薄幸之名，三载豪情，竟断凄凉之瑟。琵琶别抱，鱼雁都沉，相思有泪，问讯无由，鸣呼噫嘻，何以堪文？今者：得友人之确言，闻令娘之实信。刘郎可寻前度，冯妇竟约重来，红氍毹上，仍现女儿之身，桂子香时，重谱霓裳之曲。仆也钟情如旧，愿洗薄幸之名。卿乎留约未忘，应偿相思之债。

玉和两手捧了一张小报，那小报抖得瑟瑟作声。他也不知是何缘故，伸手在桌上一拍道："放他的狗屁！"桂英坐在床沿上，正低了头同小孩子缝小毛衣，心里连连跳上几阵，昂了头问他道："你这是怎么了？"玉和红了脸，摇着头道："真是岂有此理，太岂有此理了！"说着，又连连将手在桌上拍了几下。桂英怔了一怔道："你在报上瞧见什么了？"玉和将报塞到她手上道："你瞧，这简直是整个地侮辱你我的人格，我非把这家报馆告一状不可！"桂英不知道报上登着什么消息，暂不敢答复玉和话的，只好接过报纸来看着。把那一篇是四六而非四六的文字看了一遍，自己究不能完全懂这上面究竟说些什么。玉和气得手脚冰冷，本来不想说什么的。可是桂英的前尘影事究竟是些什么，自己也不知道，不妨详细地解释她听听，看她的态度怎么样。如此想着，就接过报来道："我本来不愿说，可是我要不说的话，倒把你憋在闷葫芦里，人同此心，我想你听了也是很生气的。"于是念一句解一句，把信的全文念给桂英听。她听完了先是有气的样子，然后微微一笑道："这种不要脸的人有的是，理他做什么？我们在台上唱戏的时候，那班混账小子在台底下叫好，什么话都叫得出来，我

253

们在台上也不过心里骂他们两句，别的还有什么法子？"玉和道："在台底下怪声叫好，那也不过一时一地的事，他现在把这话形之于文字，普遍地介绍到社会上去，你想我们还成了什么人。我也知道捧角的文字总不会有什么好话的，可是他这篇文字并不是捧角，乃是占我们的便宜，这个我如何可以忍受？"

桂英坐在床上，默然了许久，才正色道："玉和，你一定信任得过，我在捧角家里面，我是看不起一个人的。他那文字上说着十年薄幸，那全是胡说。你想我总共多大岁数，怎么也不能够唱有十年的戏，他怎么就捧过我十年呢？"玉和道："做文章的人总是撒谎的，尤其是作四六文章的人，讲个上下句相对，全篇文章里也许找不出一句真话。"桂英道："这不结了？你还有什么看不过去的。"玉和道："果然是有那些事呢，我倒不生气了。就因为他这篇文章全是捏造谣言，所以我心里很气。而且'冯妇'两个字他就根本没有懂得。一个人原是做坏事的，洗手不干了，忽然又干了起来，这叫作'冯妇'。他既然欢迎你登舞台，那自然是表示好感，为什么倒说你是'冯妇'呢？"桂英笑道："你既然说了他完全是撒谎，又说了他狗屁不通，这一篇文章当然就是不值一笑的东西，你何必还生什么气呢？"桂英口里说着这话，顺手就把那张报抢了过来，连连撕成十几块，揉成了个字团向桌子下面一丢。玉和笑道："我看了都气得要死，你倒毫不在乎，这可见得做女戏子的人是受人家侮辱惯了的。"桂英听了这话，不觉得脸上一红，因道："这也不但是女戏子受了人家的侮辱。有冤无处申的女子，那多得很呢。"

桂英说完了这句话，她也觉得有些强词夺理，立刻就走到床边去把孩子抱了起来，同孩子换尿布。孩子正闹了满身的屎尿。桂英忙着和孩子揩抹屎尿，就来不及和玉和辩论了。可是在玉和心里，总觉得这一件事很重要，就是这样马马虎虎了事，于心未甘。极端的愤恨之余，无可发泄，也就只好掏出烟卷盒子来，取出一支烟卷来慢慢地抽着，昂了头只管想着心事。桂英虽是在收拾孩子，却不住地将眼睛去偷看玉和，看他在做什么。见他一手撑在桌上托了头，一手夹了烟卷，很不留意地放在嘴里抽着，似乎还在想那报上的话。正待说一句不必去想哩，只见玉和一弯腰，却又伸手到桌子下去，要把那字纸团拿了起来。桂英看到，不免深深地叹了一口气，可又叹出无限的苦恼来。

第二十七回

喜怒总无因心藏隐痛
声容浑不似弦托悲音

王玉和一弯腰，正伸了手要去捡桌子下面那个报纸团。听了桂英发叹，就伸直腰来，不去捡那纸团了。因望了她问道："你为什么叹气？"桂英皱了眉道："做一个人很难，我不唱戏吧，是物质上受痛苦；我去唱戏吧，是精神上受痛苦。我不去唱戏吧，母亲不容我；我去唱戏吧，丈夫不容我。"玉和正色道："你这是什么话？自从你提到唱戏以来，我没有说过一个不字，你怎么说是我不容你。"桂英道："你当我是个傻子呢，连你的颜色我都看不出来啦。你这几天总好像是心里有一种隐痛说不出来似的。那不就是为了我要去唱戏的这一个问题吗？不用说别的，只瞧你对于这一段报纸老是放心不下就可以明白。我不是对你说了吗？一个唱戏的女人，极容易遇到这种捧角文字的，最好是不去睬它，越理会越会引出麻烦来。"玉和道："你的意思我也明白了，若是有人写信给你，叫我不要看，我一定就不看。现在人家把这种文字登在报上，本来就是公开的，也不知道有几千人看几万人看，为什么单独不让我看呢？"桂英红了脸道："这样说，你简直是不谅解我，这不难死人吗？"说到了这里，嗓子一硬，就哭了起来。玉和当然也有气，虽然觉得夫人受了一点儿委屈，也不肯马上就去安慰她，隔了桌子坐着，却在身上取出烟卷，一个人只管抽着。

桂英不哭则已，一哭之后，备觉伤心，两手伏在桌上，头枕了手臂，只管去哭。玉和凝住了神，自己只管是抽烟，本待上前安慰两句，也不知道是何缘故，仿佛又有些不服气，所以在他这种犹豫的态度中始终不曾上前去。一个女子当了男子的面哭泣，那总是急于要男子去安慰的。若是恩爱夫妻，那更不消说。现在桂英哭着，心里总觉马上玉和就会来安慰的。

许久的时间见玉和默然无言，这分明是他生了气，不受自己的驾驭了，而且也就是她的计策失败，伤心之余又加上一层羞愧，这哭声更大了。玉和心想：你这样大声哭着，岂不是有意告诉你家里人吗？如此一想，他也是心里很气，越气就也越不爱来理桂英。倒是他心里所猜得对了，桂英这种哭声，乃是无异告诉家里人。朱氏三脚两步地跑了进来，问道："这是怎么了？这是怎么了？"桂英本想直说，一念在母亲面前，不可露出夫妻不合作的态度来，因之，只把头伏在桌上，将大声收住，却用了小声来哭。

玉和也是同桂英一样的心理，不愿在岳母面前露了裂痕，站起来笑道："不相干的一点儿小事。"朱氏道："既是不相干的一点儿小事，为什么这样子伤心？"玉和伸手到桌子底下，把那个报纸团子捡了起来，展开来向她笑道："这报上登了一段不相干的捧角文字，言语未免轻薄了一点儿，她想着还没有唱戏呢就受人家这样的侮辱，所以她哭了。"朱氏向玉和脸上看看，又向桂英看看，便道："这不是笑话？一个唱戏的人为什么怕人家捧角，越有人捧越好呀！"她接过那张报纸，两手一撕，捏成了纸团，依然扔到桌子下面去。这几句话，在朱氏说着，乃是实话，可是在玉和听着就非常刺耳，"越有人捧越好"，这是什么话？难道一个做女戏子的人，应该就受男子们蹂躏吗？她做娘的人可以让女儿去受人的玩弄，我做丈夫的人可不能让媳妇去受人家的侮辱。他心里如此想着，脸上的颜色就板得一点儿笑容没有，将脸偏到一边去，不去看朱氏的态度。朱氏初听玉和说是为了报上一段文字，倒也有些相信，后来一看桂英哭得那般伤心，似乎不是这样一个简单的问题。再看玉和脸上是那样的难看，分明他也是生了气，由报上那段文字看起，再推到其他的事情上去，恐怕这件事与桂英出来唱戏的这件事有关。看到玉和掏出来的那盒烟卷放在桌子上，她拿起来抽了一根，在桌子对面一张椅子上坐了，这娘儿三个正坐成了一个"品"字形。玉和在抽烟，朱氏也在抽烟，桂英却伏在桌子上，不抬头也不说话。这屋子里寂然了，一点儿声音也没有。却见那个小毛孩子，在小被褥里露出一张白胖的嫩脸来。她也是紧闭了双眼，睡了一个酣。

朱氏既然来了，绝不能就这样不声不响地走开，她使劲一阵，把那截烟头抽完了，将烟头扔在地上，用脚践踏着，然后向玉和似乎带了一点儿笑容的样子，问道："你为什么也是噘了嘴，莫不是你两口子有什么口角了吧？"玉和淡淡地笑道："没有没有，好好儿的口角些什么？"朱氏道：

"你两口子总还有些别的事情吧?"玉和道:"没有别的事情,无非就是这段报的问题,其实我并不把这件事放在心上。"朱氏道:"你不把这事放在心上,我想桂英也不会把这件事放在心上吧。这是什么原因呢?好好的哭上这样一场?"桂英觉得话说到这里,再要装麻糊,那就有些不行了。于是抬起头,在胁下抽出手绢来揉擦了自己的眼睛,然后放出很平和的样子来,向朱氏道:"没有什么事,不过我想着到了现在,还要出来唱戏,未免伤心得很。"朱氏道:"你这叫爱伤心了。咱们原是梨园行,还干梨园行,有什么伤心?又不是拿了棍子碗,挨了家讨去。"桂英道:"是呀,我这样想转过来了。一想转过来之后,我也就不伤心了。"朱氏看这情形,一定是两口子吵了嘴,但是玉和不肯说,桂英也就不肯说,这倒让人摸不着头脑,但要追究,怕惹出是非来,若不追究,又放心不下,这就默然坐了许久,然后叹了一口气道:"你们年纪轻轻的时候,不好好过着恩爱夫妻的日子,将来到了中年以后,回想现在的日子糊里糊涂地错过了,那就怪可惜的了。人不到中年是不会知道的,我说这话,你们爱信不信。"

玉和看了那段报纸,好好的无名火起。怒气不知由何而来,现在仔细想想,报上那段文字与桂英何尤?而况桂英自从嫁过来以后,任劳任怨,绝没有一点儿二心,那很可以相信的,绝不会和旧时的哪一个顾客有什么勾结,人家无故地要加她一矢,这叫她有什么法子可想呢?倒是老丈母娘的话不错,少年时代恩爱夫妻的岁月糊里糊涂地过去,将来会可惜的。真的,彼此总算是圆满的婚姻,现在困于物质,正当奋斗起来,找一条生路,怎好自己彼此发生裂痕?他一转念之间,态度就完全软化了,因向朱氏道:"没有什么,你去吧,我去劝劝她就是了。"朱氏看玉和那样子,很像是要向姑娘赔礼,自己在这里,他夫妻俩多少会有些不便的。于是向桂英道:"你还得乳孩子呢,自己也别作践自己的身体。"桂英低了头坐在那原地方,却没有作声。朱氏一看这情形,姑娘也不会怎样的大闹脾气,叹了一声就走了。

玉和也不说什么,将脸盆拿出去,舀了一盆水来,湿着手巾,拧了一把,两手交给桂英。她觉得玉和又没有说什么重话,不能人家递了手巾来都不接着,只得接过擦了一把眼睛。玉和等她手放下来,就接过手巾去,又要来拧第二把。桂英立刻抢上前,向脸盆里按住了手巾道:"你这是做什么?难道还和我赔小心吗?那岂不是笑话?"玉和向她微笑着,也没有作声，自提了茶壶到厨房里去，沏了一壶茶来，然后斟了一杯，放在桌上，看桂英已经洗完了脸，就在玻璃橱里取了一盒雪花膏，放在她手边茶几上，跟着了又取了长柄黑牙梳横搁在雪花膏盒子上。桂英不能不笑了，向他瞅了一眼，笑起来道："你这做什么？倒成了我身边一个大脚老妈了。"玉和道："这无所谓，你有伺候我的时候，我也有伺候你的时候。我想你心里今天一定是十分的不痛快，依我说，你不如到济才那里去和秋云谈谈吧。"桂英心里正有许多话要去和秋云说，只是看玉和的态度，他一提到唱戏，玉和就十分地难受。秋云是赞成自己唱戏的，若到济才那里去，恐怕玉和联想到唱戏的问题上去又是不快，因之不敢谈到。现在既是玉和提起来了，就可以趁机去上一趟。便道："我们两个人一块儿去，不好吗？"玉和迟疑了一会儿，叹一口气道："也应有泪流知己，只觉无颜对俗人。"桂英虽不能完全明了他所说诗句的意思，料着他是不大好意思见人，也就不说了。等着孩子醒了，换了一件衣服，就抱着孩子到济才家里去了。

玉和一个人坐在屋子里，情不自禁地又把桌子底下那个报纸团捡了起来，展开了放在桌上，这张报已经被朱氏撕成了三块，恰好就是在捧桂英的那段戏评所在分开来的。他把房门先关上，然后将这三张碎报并合了缝，伏在桌子上，把这段戏评从头至尾又看了一遍。屋子里虽是无人，而脸上阵阵发热，自会害起羞来。他瞪了一双大眼，一把将碎报抓起，向地下用力一掷，并捏了拳头在桌上一拍，自言自语地道："这小子欺我太甚！"于是两手环抱在胸前，靠了桌子，对地上这三张碎报只管发愣。他一个人这样地站着，也不知有多少时候，但是可以知道这屋子里静寂极了，因为手上戴的那个手表环抱在胸前，那机轮的摇摆声，竟是唧轧唧轧，响着听到很清楚。他由静生慧：不觉想起了一件事，今天不该让桂英到张济才那里去，设若她把今天的事和盘托出，未免于自己的面子难看。然而人已去了，有什么法子呢？除非是她还没有提到这件事，自己赶了去还可以阻止她谈到。自己原是不好意思去见张济才夫妇的。其实要托重济才夫妇的事还多得很，难道这样躲一个将军不见面就能了事吗？和济才又不是泛泛的朋友，将话对他们实说了也没有关系。想到这里，于是将地上的碎报纸捡了起来，再捏成个纸团，塞到木橱底下去，戴上帽子，打开房门，就向外面走。

朱氏自桂英去后，本想在背地里问一问玉和，他们究竟为了什么哭着又笑着。及至她走到房门口来的时候，玉和却把门关上了。朱氏这倒有些奇怪，青天白日为什么关上房门？莫不是睡了觉了。在门外正犹豫着，却听到玉和拍桌子大骂，"这小子欺我太甚"。谁欺侮了他了？让他关起门来发狠。如此一来，心里更是奇怪。这时玉和开了房门就向外走，朱氏就禁不住要问了。因道："姑爷，你怎么啦？你两口子今天成了个大傻子了，喜欢一阵子，又闹上一阵子。"玉和已经走到了院子里了。听到岳母一问，回转头来笑道："我们这叫着欢喜冤家。"朱氏见他脸上有笑容，又不像生气似的，真是莫名其妙，因道："你到哪里去，也上张济才家吗？"玉和随便地答应一声，就走着出门了。

　　玉和走了不多大一会儿，赵老四耳朵上夹了半截烟卷头，手上提了一只蓝布胡琴袋，在黄黝的脸上带了笑容，一溜歪走到屋子里，斜提着胡琴向朱氏请了一个安。朱氏道："你是来和我们大姑奶奶吊嗓子来了吗？"赵老四道："可不是？昨天白老板给我一个信，叫我来吊嗓，又说没有准时间，这可叫我为着难，还是一早就来呢，还是到了亮上电灯才来呢？"朱氏道："不能吧？她叫你来，怎么不约定一个准时间？"赵老四道："我也是这样说，我想这个时候来总没有错。头一次当面约定了，以后就好办了。"朱氏道："他两口子都到张济才家去了。有话你到张家去找她。"赵老四在耳朵上取下那半截烟卷头放在嘴里抿着，转了身子，四处去找火柴，脸上却带了一些微笑。朱氏道："你笑什么？难道张济才那里还是去不得的地方吗？"赵老四道："不是这样说，我看姑奶奶唱戏有些回避姑老爷的样子，大概是要等他出门去了才能够吊嗓子。"朱氏笑道："没有的话。我们梨园行，卖艺是本分，公明正道的事，谁也不用瞒着。姑老爷现在没有做官。做了官的人，还同咱们一行拜把子呢。"赵老四见朱氏说得如此冠冕，因道："张家我也是熟极了的地方，那么，我就到张家去走一趟吧。"他始终是没有找着火柴，他也落得将烟卷在嘴里多衔上一会儿，就这样抿了嘴唇上的烟卷，高高兴兴地向张济才家来。

　　当他走到张家的时候，早听到上边客厅里有一片嬉笑之声，他站在院子里，就咳嗽了两声然后叫道："张三爷在家啦。"张济才隔了玻璃窗子，就向他招了两招手道："进来吧，这儿没有外人。"赵老四进去看时，玉和夫妇可不是在这里吗？桂英正侧了身子坐着，在乳孩子呢，解开了怀，没有抬起头来。玉和看到有人提了胡琴进来，脸上似乎有些不以为然的样子，于是向他笑着点头道："久违了，以后我们太太的事还得请你多帮忙，你真热心，还追到这个地方来和她吊嗓子啦。"赵老四不料一见面就碰上一个钉子。照着平时的脾气说，无故受人家这样的侮辱一定要反驳两句过去。不过照现在的情形看起来，桂英一定是要唱戏的，自己还指望着桂英吃饭呢，怎好得罪她的丈夫？便笑道："我倒不知道王太太在这儿，今天是来看张太太的，张太太高兴，老早就说让我带了胡琴来消遣一段。"他说着话时，站在屋子中间，可没有落座，眼望了秋云，希望她说一句话来圆这个谎。

秋云坐在靠门的一张软椅上，手上拿了一张小报，正在有意无意地看着，她似乎想避开赵老四进门来的这一度风波，却还不可得。现在赵老四正式提到了她，她怎好闪避？就两手将报按住双膝上，用极快的速度转着眼光，将屋子里人看了一遍，然后向赵老四微笑道："你还记得这一件事啦，隔了多少日子了啰，抽烟卷吧。"说着，将茶几上的一只烟卷筒子用力一推。赵老四嘴里衔着的那支烟卷，不知何时又夹到耳朵缝里去了。他于是将胡琴袋挂在木椅的靠背上，取了烟卷抽着，在最外的一张椅子上坐下。玉和笑道："赵四哥……"下面的话还没有说呢，赵老四将身子一欠道："好说，您客气。"玉和接着笑道："咱们以后得合作啦，不必客气行吗？我们刚才商议着啦，我们太太决计再上台。我们太太说，我还要混差事啦，她要是在北京唱戏的话好像不合适。打算先到天津去唱三月两月的再回北京来，假如有人问起来，算上次离开北平，就是唱戏去了，压根儿没有歇着，其实我不赞成那样。天津到北京，多么一点儿路，干什么事人不知道。"桂英这才抬起头来，向赵老四道："老四，他和你闹着玩儿，你别信他。因为北平戏馆子里人都够了，何必加上我一个？田宝三他打算分一班人到天津去，正差着几个人呢，所以我愿到天津去。"

赵老四听他两口子所说的这些话理由都不充足。可是他两口子都说是上天津去唱，这大概是真的，便凑趣道："到天津去我很是赞成，像咱们这样的戏本天津很少见，准可以卖钱，我也多年没有出门，到天津去玩儿一趟，那也很不坏。"话说到这里，大家都无所隐讳了，张济才倒给玉和打着圆场，笑道："王先生这次回北平来，本来有一种事情要办，也是不凑巧，等他到了北平，那个和他合伙的朋友又到南方去了。大概再有两三个月，那个朋友也就回来了。在这两三个月以内青黄不接，经济不免有点儿恐慌，所以王太太暂时出来唱两三个月。"赵老四又凑着趣道："是呀，在家里闲着也是白闲着，自己有那项艺术，出来消遣两三个月，白捡一笔钱，为什么不干呢？"玉和明知道这些话都是极无聊的，但是说说无聊的话，也究竟可以挽回一些面子来，这又何乐而不为，听了这话时，勉强放出笑容，不住地偷眼去看桂英。桂英怀里的孩子已经睡着了，她拉着秋云一阵，一同把孩子送到后面院子里去睡觉，然后才同回来。玉和道："你为什么那样不怕费事，把孩子还送到后面去呢？"桂英向他微笑着道："我要吊吊嗓子试试看呢，怕吵了孩子。"玉和听了这话，也就默然。

秋云向张济才丢了一个眼色，然后走回房去，张济才会意，随着也就跟到屋子里来。秋云低声道："桂英她要试一试玉和的心事究竟怎么样呢。玉和若是不高兴的话，她就死了这条心，不唱戏了。若是玉和对她吊嗓子并不怎样为难，她就决计到天津去唱戏，为的是避开北平一班老捧客，这话，你也可以有意无意地和玉和谈谈。"张济才笑道："桂英这孩子，用心真是周到，我说玉和遇到这样的媳妇死也可以闭眼。"秋云道："真的吗？那就让我也去唱戏吧。"张济才连连摇着手道："咱们别抬杠。"说着，他就走出屋子来了。只见桂英脸上红红的，虽是勉强放出笑容来，但是她那双眼珠，那放出了一种呆涩的样子，好像有些害怕的神气。

赵老四嘴角斜衔了一支烟卷，态度却是坦然，将腿架起，胡琴放在腿上，合尺合尺，先试了两下弦子，抿住了烟卷，向桂英问道："先来个什么？"他的头微微地偏着，那神气十足。桂英笑道："我要是上台的话，当然先把老戏打泡，不是女《起解》就是《玉堂春》。我是要连身段儿一块儿来，连唱带做，一口气把一出戏试完。"赵老四道："那么着，你就唱《起解》吧。《起解》只要一个崇公道当配角，我总去得了。"桂英道："好吧，就试试，从头里来。"说着，她向后退了几步，把那三张沙发椅子背后当了上场门。赵老四叫着苏三走动，立刻就拉起摇板来。桂英走着台步出来，口里就唱着道："听说是……"赵老四突然将胡琴拉弓一夹，笑道："哟，我的姑奶奶，你怎么唱得这么样子高？以下怎样子唱呢？"桂英笑道："我倒是不想唱得这样子高，可是一张口就唱大发了。"赵老四道："重来重来！"桂英这回留心了，压低了嗓子唱道："听说是叫苏三我心惊胆战，吓得我……"她唱到这里，身子真个有些抖颤不住地用眼睛去偷看玉和的态度。玉和斜躺在一张沙发上，昂了头在那里抽烟，却不大理会桂英唱戏的这些动作。赵老四听桂英唱的摇板，不住地起着波浪。心里想着，唱到心惊胆战，声音也哆嗦起来，这是哪一家的派头？我们这位姑奶奶大概是在南方学来的。可是这样的唱法，我弦子是怎样地托呢？

正在这样想着呢，桂英却忘了词，突然停止了。赵老四道："哟，怎么又不唱了？"桂英红了脸笑道："我忘词啦。"赵老四道："怎么《起解》的词你都忘了呢？下面是'战兢兢，不敢上前'。"桂英道："我也是这样子说，可是心里想着，上面是心惊胆战，下面怎么又会是战兢兢不敢向前呢？"赵老四笑道："原词儿就是这样呀，你要改也得先就想好了词，临时怎么来得及？"桂英连唱两回都有些不对，这里虽是没有多人，却也在面子上有些磨不下来，那脸就更红了。秋云也知道不是忘词，也不是唱不来，只因玉和在这里，她虽是冒着险要试一试玉和的态度，可是究竟没有那种勇气，所以在进退不是的时候就慌了架子了。因向桂英道："你是念着孩子在后面怕会醒了吧？不要紧，我叫老妈子正看住了她呢。"桂英笑道："我倒不是惦记着她，大概是歇久了日子不唱有些生疏。好在我们这儿又没有外人，一回唱不好唱两回，两回唱不好就唱三回，那有什么要紧？"她说时，将眼珠又不住地向玉和看着，玉和心里实在也是难过，这个时候，叫他反用话来安慰别人却也是办不到。于是昂了头不住地去抽烟卷。

桂英看他虽没有什么好感，却也没有什么恶感，料着唱下去也就没有多大关系，于是第三次又站到沙发椅子后面去，还是从"听说是叫苏三"唱起，这回头两句摇板算是唱过来了。照着她行路的地位说，她由椅子背后，转到椅子前去。到了第三句，"没奈何我只得把礼来见"，这应该转着一个圈儿，将脸朝了正面那张沙发，道一个万福，再唱"崇老伯呼唤我所为哪般？"这时，去崇公道的那个角儿是赵老四，赵老四已是坐到靠门的那张椅子上去啦，桂英若是向正面沙发椅子行礼，便是远远地将背对了赵老四。她心里一机灵，不朝着沙发椅子行礼，却直奔赵老四那儿去。赵老四笑着打了个哈哈，停着胡琴，站了起来道："这是使不得，哪有冲着台底下叫崇老伯的呢？"这一说，满屋子里的人哄堂大笑起来了。玉和虽是没有什么快感，有了这样的趣事，也就禁不住哈哈大笑起来。桂英一想，这真不成话说，于是跑到沙发椅子上坐着，将头枕了椅子靠背，也咯咯地笑了起来。

秋云笑道："真糟，越来越不是那么一回事。我说你先别做身段，把戏词温一温就得了。"赵老四道："对了，身段不打紧，锣鼓一响，唱熟了的人自然会上规矩。我说你还是把那段反二黄唱上一唱吧。"秋云道："对了，桂英是这段反调唱得最好，好久没有听唱过，今天你高兴，何不就来上一段呢？"桂英也觉得两三次唱都没有唱好，这次再不唱得好好地弄回一些面子来，让赵老四说了出去，那真成了笑话了。于是自己起身，倒了一杯茶来喝着，笑道："这一段反调再要是唱不好的话，我就不唱戏了。"这回她下了决心，将脸掉过去唱着。胡琴一拉，她就欲重张口。然而这反二黄的胡琴声，又引起了她一种莫大的印象在脑筋里。记得和林子实告别，曾唱过一段喜调，又唱过一段悲调，假使当年嫁了林子实，自己何至于受这些痛苦？就是玉和他不娶我，也许现在还在做官，这真是两下都走错了路。她如此想着时，胡琴的过门已经拉完了，赵老四道："姑奶奶，你倒是唱不唱呢？"桂英这才醒悟过来，把张口的所在耽误过去了，因道："我怕这项又忘词了，所以先默着想了一想，你拉过门吧。"桂英一横心，不想了，随着胡琴唱了起来。这回她脸背着人，再没有去管玉和是何种态度，总算唱平正了。只是她唱的时候，嗓子里依然不住地哆嗦着。反二黄本来是凄凉的调子，加上桂英心上有事，唱得就格外凄凉婉转，动人极了。她唱完了，回过脸来，秋云道："果然唱得不错。可是有一层，你嗓子好像有些哆嗦，你是成心这样呢，还是无意的？"桂英道："是吗？我嗓子哆嗦来着吗？"玉和插嘴笑道："有一点儿，大概你心里有些害怕吧？"桂英道："这是笑话，我唱了这些年的戏，上弦子来还会害怕呢？"秋云在一旁听到，心里可就想着，可不是害怕，不过怕的是丈夫不高兴，并不是怕上弦子。

赵老四叫秋云沉吟着，倒误会了，因问道："张太太也来一段吧，你消遣什么？"秋云看到桂英唱戏，对于玉和总有些害怕的样子，那么，自己唱戏恐怕张济才也未必高兴，这就向他道："咱们两个合唱一段，你看好吗？"张济才唱戏向来受夫人的指摘，说是全不是那一回事。今天难得夫人如此高兴，倒叫自己陪着夫人唱，不由得笑了起来道："好哇，有什么不好？咱们唱什么？唱《骂殿》吧。"秋云笑道："我从来不和你配戏，一配戏就骂奸贼骂了起来，那也不好。"张济才见夫人如此体贴，更高兴了，搔着头皮道："那就让我唱几句大花脸吧。咱们会唱《别姬》。"秋云道："怪丧气地做那个楚霸王，咱们合唱《梅龙镇》得了。"张济才乐得张开了他那张阔嘴，笑道："好，就是那么办，就是那么办。"于是赵老四掉转身来，和张济才夫妇拉起弦子来。玉和撑了头向二人看着，心里这就想着：同是一样地娶坤伶做媳妇，张济才就那样快活，我就这样受罪，这绝不是我们夫妻之间有了什么隔阂，就为着少了几个钱罢了。谁能说，爱情是不需要金钱的？他心里所思，外面就不免也跟着表现出来，于是咳的一声，叹出一口气来，那撑了头的手也就放下来，在沙发上拍了一下。这让大家都吃惊了。

第二十八回

情敌难忘借杯浇块垒
醉乡堪老酣睡是生涯

在座的几个人这时都正高兴着，玉和突然地叹出一口气来，大家都有些愕然了。就是赵老四拉着胡琴也听见了，他觉得也是奇怪，猛然地将胡琴停住，却向了玉和望着。玉和见大家都向他愣着，才醒悟过来，便笑道："没有什么关系。我看到济才会唱戏，我想着有些惭愧。"张济才道："这倒怪了，我会唱戏，你会惭愧，咱们也想抢这两位老板的生意吗？"玉和道："不是那个意思，我想你们两口子多快乐，我这两口子多别扭，同是一个人，苦乐这样不均，总而言之，还不是有本事无本事之别吗？所以我就跟着叹了一声了。"他说着这话，张济才就无话可说的了，因笑道："你又要发牢骚。"

桂英本来一手搭在椅子背上托住了自己的头，微偏着眼睛看济才夫妇唱戏。现在玉和说出这种话来，济才听了不要紧，若让赵老四把这话传了开去，却于自己的面子大有关系，便正色道："你为什么老说这样的话？你不过二十多岁的人，由南混到北，大小衙门都办过事。谈旧学你很不错，谈科学常识你也尽够了。就因为政局变化了，歇了几个月没就事，这算什么？为了政局没有事的人，全国不下上十万哩，那都是没有本事的人吗？以后别这样发牢骚了，让人听去了是一桩笑话。"桂英说话时，那双眼睛不免在赵老四身上看了好几次。赵老四恰是注意到了，心想着我们这白老板是个有心眼儿的人，她听了王先生的话，那双眼睛只管望着我，瞧她这意思怕我说什么啦。便站起来笑道："王先生真客气，您都要这样说，我们靠了一把胡琴到处找老板，吃一饱，穿一身，这不算人了。哈哈。"他一面说着，一面在大腿上提起了胡琴袋，将胡琴套上，笑向张济才道：

265

"改日见吧，我还有个地方要去呢。"

秋云看玉和那个样子简直不是心事，若是继续地谈了下去，更会看玉和发牢骚了，便向济才道："你和王先生出去喝两盅吧，和他解个闷儿。"张济才对于夫人的命令真是圣旨一般，立刻揣了钱就和玉和出门。赵老四听说是喝酒去，也想蹭两杯酒喝，慢慢腾腾地走着，和张王二人一同走出大门来。走了不多远，有一个三十多数的男子由人力车上下来，正要向一个人家去敲门。那赵老四看到，却丢了张王二人，抢上前去叫道："林二爷，几时回北平来的？"他笑着答道："回来两个礼拜了，你现时在什么地方就事？"赵老四道："闲着啦，二爷给我们想点儿路子吧。"他二人说着话，已经站在一处，看张济才脸上的颜色却有些不自然，他道："咱们走这边吧。"这里正是一个横胡同，张济才拉着玉和就走向这边来。这"林二爷"三个字，压到玉和耳朵里来有好些个熟，这不就是桂英从前一个好朋友吗？看他那样子，很想和济才点个头，因济才偏过脸去，所以中止了，此其一也。其二呢，张济才见了他，心上大为不安，而且拉着自己避开来走，这不是为了我的嫌疑，为着什么？玉和仔细一想，这不成问题，必是这个关系无疑。他不想便罢，一想之后，竟也是在身上一阵阵冒着热汗。跟在张济才身后，糊里糊涂的，却不知道转了几个弯，走了几段路。张济才笑道："我们就是这里吧。"玉和抬头一看，这才知道到了酒馆门口了，笑道："我真要扰你两盅吗？"张济才道："你都到了酒馆门口，难道我还能冤你。你这样说了，我倒要大大地请你一番哩。"说着，他走进酒馆子里去，一迭连声地就叫找雅座，玉和看他高兴的样子似乎有些勉强做出来的，这也都看在眼里。

且不作声，二人要了酒菜，隔了一只桌子角坐着。张济才提起酒壶来，向玉和杯子里斟上了一杯笑道："老弟，喝，今朝有酒今朝醉，别发牢骚。"玉和用杯子接了酒，点了点头道："多谢，我们就这样吃着，不等赵老四吗？"张济才道："这小子蹭吃蹭喝，我最讨厌这种人了。别理他。"说着，扶起筷子来，将筷子头连连在菜碟子里点了几点，只管叫吃。玉和吃是吃，可是也不能停止问话，笑道："大概他又贴上那位林二爷了。"张济才很愕然的样子，手捏了酒杯子，待喝不喝地望了玉和道："你认得他吗？"玉和很自然地吃酒，筷子挑着碟子里的菜，微微地笑道："我怎么不认识他？他不是与我有点儿关系吗？"张济才低了声笑道："你可别瞎说，他和你会有什么关系?"玉和端起杯子来,将里面大半杯玫瑰酒一饮而尽,笑道:"我们是三角恋爱。"

张济才真不料他会说出这样的话来。先看了他一眼,见他脸色自若,便笑道:"就算三角恋爱,他也是个失败的人啦,你还惦记着他?"玉和道:"我才不惦记他呢,你瞧我提过他一次吗?大概你和他很熟吧?"张济才道:"以前听戏常在戏馆子里会到,点头之交罢了。"玉和笑道:"桂英上了台,他又可以去捧角了。"张济才道:"他事情很忙,又娶了家眷,相处得也很好,他不会像以前那样爱听戏了。"玉和道:"桂英和他总也算是一个朋友,朋友重上舞台,捧捧场,这也是应尽的义务。"张济才道:"我就决定了你们太太不会请他来捧场?"玉和笑道:"这个,我倒无所谓,登了台唱戏总是要人捧的。"张济才默然了,他继续地喝了两口酒,又吃了几筷子菜,然后向玉和笑道:"你们太太那天拿了你一封信到我家来,提到了唱戏的事情。我当时真不好说什么。我赞成吧,恐怕你心里难受,不赞成吧,你们到了这个节骨眼上,除了这么办也没有再好的法子。由十二点来,她谈到三点才走,我们也解决不下来这件事情。"

玉和听了这话,不由心里动了一下。那天桂英到张家来,自己不好意思陪伴了来,到了晚上先打一个电话给张家,只听说早回去了,却没有说几时走的,到家和桂英谈起,她却是很晚回家。张家到林子实家,只隔一条胡同,不要是那天也像今天一样,她在路上遇到了林二爷了吧?心里如此想时,便是一阵红热飞上了脸腮。好在自己正喝着酒呢,纵然有些红,这也可以说是酒色,不必去遮掩了。这就笑道:"我们自己,事到临头也是拿不定主意,那天桂英不但是到你们这里来请教,也去问过别人家去请教过的呢?"张济才道:"我想,她也一定会去找别人的,别人都怎么说呢?大概都是劝她上台的多吧。要不,她不能把这件事决定了。"玉和道:"其实也用不着向人去请教,没有饭吃,肚子会叫你去这样办了。"张济才道:"那天我也和她出了两个主意,第一呢,就是你两口子住在岳家,先别搬出来,总还要王白两家合起来做事。当日你太太不唱戏了,以为行头没有用处,全交给了你们外老太太,于今知道这东西值钱了,可是你要是不跟外老太太合作的话,她未必肯把行头全给你们吧?第二呢,你太太当年唱戏,北京地面熟人太多,还是给人打招呼呢,不打招呼呢?我劝她先到天津去唱。今天这两层办法她全赞成了。"玉和端起杯子来,放在嘴唇边碰了两下，微微抿了一口，又停了一会儿，才放下酒杯子来，叹了一口气道："既然是让她出来唱戏，我还挣什么硬气？要什么面子？凡事都由她去做主了。"

张济才看他这个样子，也是觉得可怜，便向他杯子里斟上了一杯酒，笑道："咱们先喝酒，别说这些了。"他放下酒壶，将酒杯立刻举了高过鼻尖，向玉和望了道："喝，一醉解千愁。"玉和也就跟着举起杯子来，笑道："我也想破了，喝！"他端起杯子来就一口喝干，而且向张济才照了一照杯。张济才向来就贪两口酒，今天又是和玉和解闷来着，更不能随便了事，因之二人吃一壶添一壶的，二人差不多喝过了一斤多酒，还是玉和觉得脸上狂热得难受，就向济才道："酒够了，别喝得太醉了回去撒酒疯。"张济才手按了酒杯笑道："你既然说酒够了，咱们不是外人，我也不勉强你再喝，可是……"说着哈哈一笑道，"别管怎么着，你可不能撒酒疯。我是请你出来解解闷儿的，结果倒弄成我挑唆是非出来了。"玉和觉得自己的身体有些晃动，两手按住了桌沿，只觉两只脚虚飘飘的，好像自己是站在棉絮上，四周都是摇动的，自己有倒下去的可能。于是手扶了桌子又坐下来，摇了两摇头，笑道："糟了，我醉了。"张济才也是向来没有看到过玉和喝过这些酒，他说醉了，不会是假话，这便笑道："这可是我的不是，怎么老灌酒你喝，这样吧，你别吃饭，叫伙计们切盘水果来吃。"玉和手扶了桌沿坐着，没有作声，定了神，微闭了眼睛。停了一会儿，慢慢地站了起来道："这都不用了，叫一辆车子拉我回去睡觉吧。"张济才心想：这可糟了，是我不该劝他的酒，把他灌醉了。笑道："你真醉了，别在车子上栽了下来，雇辆汽车送你回去吧。"他于是叫伙计打电话叫了一辆汽车来，自会了酒钱，亲自同车送玉和回家。

他们到白家时，桂英还没有回来，张济才少不得将玉和送了进去，就对朱氏说："并没有什么关系，只是二人谈得高兴，他多喝了两盅。"朱氏对于这位姑爷就是那么一回事，喝醉了回来，那是太高兴了，回来了，让他躺着也就完了，也只泛泛地和张济才道了声劳驾。张济才料着这位岳老太太对于这位姑爷不会怎样的留意，也不敢多坐，立刻坐了汽车回家把桂英送来。当她回家进房时，玉和鞋子也未曾脱，和衣躺在床上。满屋子都是酒气，床面前放了一个痰盂子，里里外外全是呕吐的脏东西。桂英叫了两声玉和，他紧闭了双眼在床上躺着，却未曾答应，桂英连忙将毛孩子放在摇篮里，舀了一盆温水来，拧了一把毛巾，替玉和擦了一把脸，然后将痰盂子捧出去倒了，把地扫了，点了两根安息香放在小花瓶子里。这才坐到床面前，将玉和的额角和手心都摸了一遍，觉得他并没有什么烧热，实在是喝醉了，这就放了心。

玉和这一场大睡，却睡的时间不少，直到吃过晚饭以后才翻了一个身，那时，桂英要招呼着醉人，也要看着小孩子，手上拿来一本书，靠了床栏杆坐着看。一只脚伸在摇篮的推轮上，将摇篮待推不推的，正把手上的小说书看得入味，却听到玉和口里呻唔了一阵，忽然叫起来道："什么林二爷林三爷，不过是捧角的罢了。他别撞着我！"说毕，翻了一个身又睡着了。桂英猛听到他说出这句话，便以为他醒过来了。及至他又翻了个身时，便不说什么了，连忙推着他的身体问道："你说什么？"玉和睡得正熟，却未曾答应。桂英两手按在床褥上，望着玉和的脸不由得发了呆，心里这就想着：他何以忽然提到了林子实，莫非今天喝酒的时候，张济才和他提到林子实来着吗？自己和林子实早是恩断义绝，毫无来往，济才为什么提到他？为了唱戏这个问题，夫妻之间正不免发生了一点儿裂痕，再要有人加上两句闲话挑动彼此的是非，那将来的感情就不可以形容，势非决裂不可。这样看起来，自己还是不唱戏吧，没有饭吃事小，丧失夫妻的感情事大，等他醒过来，我就这样斩钉截铁地给他说明白着就是了。

桂英是这样地想着，两手撑住了床，望了玉和的脸只管发呆。正在这时，却听到大福在院子里叫起来道："大姑奶奶在家吗？"桂英听他的声音来得是那样猛烈，一定有什么要紧的事，立刻跑出屋子来，向他问道："叫我……"这一句话还不曾问完，却看到桌子上放了一个大包袱。包袱不曾包得完全，在包袱缝里露出一只花衣裳的襟角来，这分明是戏衣，却不知他从何处得来的。便问道："这是戏衣，哪里来的？"大福道："是你的行头呀。过年的时候，债逼得很紧，一刻儿外面挪不动钱，我想家里放着你那些行头，放着也是白放着，不如把它当了，挪出几个钱来。因为这样，所以拿出去一共当了一百多块钱。你说要唱戏了，我不知道是真是假，所以麻麻糊糊的，就没有敢作声，这两天听到你说唱戏的话，一天比一天见真，我想这行头实在不能再耽搁了，只得跑到外面去，东拉西扯凑了一百多块钱，把你的戏衣全取出来了。你瞧我做事怎么样，总算对得住你吧？"桂英倒不料他不声不响地却花了这一笔下去。听他说的话看他的情形，这事却不会假，因向大福道："这行头你是取出来了，你现在要我拿出这笔钱来，我可拿不出来。"大福道："只要你唱戏，还怕你还不出这一笔钱来吗？"桂英听了这话，自己未免愣住了，许久的时候才向他点了一个头道："那么，倒要多谢你的好意了。"大福看到桂英淡淡的样子，以为是不高兴他把戏衣当去了，这就笑道："你别不高兴，所有当去了的行头现在都赎出来了，你要唱戏，反正误不了你的事也就得了。"桂英微笑着，也没有把这话加可否。大福不知道桂英是何用意，背着包袱进去了。

桂英依然走回房来，坐在床面前，因为小孩子哇哇地哭着，这却把玉和惊醒过来了。他睁眼一看，屋子里电灯亮着，这就向桂英道："了不得，我这一场觉睡的时候不少，天都黑了。"桂英微笑道："对不住，孩子把你吵醒了。"玉和揉着眼睛，踏了鞋子下床，就拖了洗脸架上的手巾头擦了两把嘴，微笑道："到了这般时候，我还不该起来吗？"桂英一面和他说话，一面哄着孩子在怀里吃乳。笑道："你也是饿醒了。"玉和伸了一个懒腰，坐在对面椅子上，头靠了墙，微笑道："我还没有醒过来呢。"说着又打两个呵欠道："你好久没有给孩子乳吃吗？我睡过去了，是一切都不知道。"桂英道："我看你醉得这个样子，也不知道为了什么。自己也像醉了一样，只管向你呆呆地看着。"玉和笑道："和张三爷三言两语地说得高兴了，不觉就多喝了两杯。其实也不是怎的的大醉，只怪我的酒量小，太禁不起事罢了。"桂英默然着，用手摸摸孩子的头发，又扶起小孩子的小手在鼻子尖上闻闻。这时，她的脸当然是看着小孩子，就不朝着玉和了。许久，她就低了头问道："张三爷请你吃饭的时候，和你说了一些什么事情来着？"玉和道："并没说些什么。"桂英道："难道你两个人，吃了个不抬头，就没有说一句什么话吗？"玉和道："说是说了一些闲话，东一句西一句，说得一点儿次序没有，过了身我也就忘了。"桂英道"提到了我唱戏的这件事上来没有？"玉和道："他不是怕我发牢骚，要我去喝酒解闷的吗？哪还能够提到你唱戏的事？"桂英道："真的，一个字都没有提到吗？"她说着这话，把头低下去，牵起小孩子的手在鼻子上闻着。玉和道："既然不愿意提到这件事，当然就一个字也不提。"桂英明知玉和济才那一番谈话，不但是会提到唱戏这个问题，恐怕一定提到了林子实。要不然，他睡梦里何以会说到什么林二爷林三爷哩？桂英心里想着，自然也就是不住地低头去想着。

玉和向她看了许久，已经知道她心中那一番为难的样子来了。便道："事到于今，你不必三心二意，预备去唱戏就是了，关于这一点，我决计不反对，你放心就是了。"桂英道："真是的，现在我也闹得势成骑虎，不唱戏也不行了。你总可以知道，戏馆子里那个田宝三，他来找了我好几趟。你看大福，他也把当的许多行头也赎出来了。假使我不唱戏，他们都得和我捣麻烦。所以有些事，我也径自去筹划着，并没有来告诉你的原因……"玉和笑道："我很明白，用不着你来解释，其实你告诉我，那也是白告诉，对于唱戏的事我是完全不懂。"桂英听着玉和的话音，简直是毫不介意，就是看他的颜色也好像很坦然的，似乎不是作伪的，梦里的话也只好不去追究了。在玉和这面，他又有他的一番思想，听得桂英说，有些事她已经筹划过了，那么，那天到济才家所剩余的工夫，一定也是到别处去筹划唱戏的事，她虽然不会公开说出来，事情是可想而知。无非筹划取行头，要人在打泡的日子捧场，假使她是到天津去唱戏的话，必定是找人写介绍信。一个唱戏的人，这都是免不了的行动，假使自己要干涉她的话，她只好不唱戏了。

玉和既然如此想着，他也就只好一横心，一切不管。假使桂英一个月能挣几百块钱，那就忍耐着周年半载后等手边有了现款，再作计较。于是他就决定了态度，只是笑嘻嘻地对了桂英掩盖他那不愿意和难为情。这天晚上，随便谈了一些话也就算了。到了次日，还不曾吃午饭，桂英就说要去找一找田宝三，自己到天津去唱戏，是不是能叫座可没有把握，总得叫他大大地鼓吹。玉和听说，也没有置可否。一会儿工夫，朱氏却把桂英叫去咕唩了许久。玉和一想：这明明是避着我的事了。桂英走后，他又想起，那天她初次到济才家商量这事，三点钟就走了，然而她却是一整天都在外边，还有几个钟头，究竟是干什么去了？她有了唱戏的思想，就有了唱戏的活动，为了金钱，为了衣食，这是没有法子去过问的了。就是那个林二爷……嗐，不必想了，玉和一人坐在屋子里想的时候，竟会叹出了一口气，想到昨日喝酒，昏昏沉沉地睡过了一天，也不发愁，也不着急，那多么好，酒真是一样解闷的东西。于是伸手在身上掏了一掏，约莫见四五吊铜子票，这且不要白过了今天，还去买一点儿酒来喝吧。于是拿了一只盛果子露的小瓶子走到街口上去，买了二十个铜子的白干，四个铜子的大花生，一路拿了回来，到了房里，将白干倒在茶杯子里，花生堆在桌子上，剥几个花生，便喝一口酒。大清早地起来，没有吃一点儿东西下肚去，倒喝上一肚子空心酒，因之满腔子热烘烘的，却有些不大好受。看看杯子里还有一口酒，咕嘟一声将酒喝了下去，回头看到身后便是床，向后一转，倒上床去就睡了下来。床面前的茶几上，正放着两份小报，于是将枕头叠得高高的，两手捧了一份小报，一行一行地看着。但是自己心里有些忐忑不定，眼睛看着报上的字，也是像整群的蚂蚁簇拥着一处一样，不但是看不出来报上所说的是什么，看得久了，眼睛反而是昏花起来，于是放下报，闭上眼睛养神。

这一养神，人就睡了过来，直到下午三点方才醒过来。醒过来之后，却见桂英正换长衣，似乎刚由外面回来呢。桂英看他翻一个身，睁了双眼，便道："这可了不得，茶杯里，茶碟子里，全闹得酒气熏天，椅子上，地板上，全是花生壳，你这是怎么了？"玉和两手撑着床，慢慢地坐了起来，笑着向满屋子里看了一下，便笑道："真对不住，我一个人在家里无聊得很，喝着喝着就不觉睡了。不要紧，扫地是我的事，由我来打扫干净吧。"他说着话，脚伸下床来，就踏了鞋，满屋子去寻找。桂英两手搀了他，让他依然在椅子上坐下，笑道："笑话了，你弄脏了屋子归你扫，我弄脏了屋子归我扫，若是第三个人进得屋子来，把屋子弄脏了，那该归谁扫？"玉和道："从此以后，你是挣钱的人了。"桂英道："快别说这话，难道我挣钱就该罚你在家里做这些事不成？"玉和笑道："不是那样说，你出去做事，回来又要你做事，我心上也有些过不去。"桂英笑道："无论怎样苦，反正也比在乡下的时候，春碓推磨强得多呀。"

说到了这里，玉和一笑，他就无可说的了。偶然一看桌上的钟，却是三点多了，心想：这一觉睡着时候不少，一餐午饭就是这样地睡掉了。提起来，大福为人未免可恶，知道我在家里，为什么不叫起我来吃午饭？这样想着，坐在床上只管低了头望着地板。桂英却是不声不响地已经把屋子收拾干净，她因忙着一阵，仿佛身上出了一些汗。看到洗脸架上还有一盆干净水，于是卷了两只袖子，两手扯下手巾，按到水盆里去，两只眼睛可就只管向架子上一方镜子里面看着，玉和见她镜子里的面孔，未免尖削了一点儿，因之眼眶子大了起来，两个颧骨也微微拱起。因之叹了一口气道："为谁憔悴为谁容？"这一句话，在一部新编的戏词里却是用过，桂英很明白他的意思，向着镜子里点头道："你借着文章发牢骚，有时我也懂

272

得的。你问这话，难道不明白我都是为着谁吗？"玉和笑道："我怎么不明白？我正是为你这样叹着气。"桂英道："不然，这一句话，应当在你待我不好的时候我反问着你，怎么倒要你来问我呢？老实说，我早已就有后悔的心事了，觉得不该要唱戏，可是到了现在，车成马就，全退不回来了。"玉和摇着手道："快不要说这话，你要说这话，倒好像我有什么从中拦阻的意思似的，那不是有心让你进退两难吗？"桂英听了他这话，虽然还想说什么，然而观察他的意思，已经是十分委曲求全，心里头也就不忍再说了。玉和也将冷手巾擦了一把脸，又倒了一杯凉茶漱了口，对着镜子牵牵衣领，微笑道："睡觉睡大发了，把午饭耽误了，我出去吃个小馆儿去。"桂英道："你身上带着有钱吗？"玉和也不曾答应她的话，已经是走将出去了。

玉和一路走着，一路心里默想着大福和岳母都可恶，明知道我没有吃饭在家里躺着，他们并不叫我吃饭。桂英去唱戏也好，她挣来的钱是可以让我听便使用的，至少每天吃两餐饭是不致受气的了。至于心里所放不下的一切事情，那总是男子多疑。请问有几个女人能够像她那样和丈夫同甘苦呢？不要去想那些了，还是上街找点儿东西吃。人到了这个时候，只有自己安慰自己。心里想着，已经到了街口，顺步走进一家小饭馆，本来想吃碗炒饭也就算了。刚一落座，伙计送上杯筷来，顺便问道："喝酒吗？"玉和道："也好，四两白干，炒一碟牛肉丝。"一会儿酒菜摆上来，玉和一个人坐在一间小雅座里，又慢慢地想着心事，觉得这个社会，只有金钱是好东西，没有钱便有天大的本事也要受人家的气。好，我还是让媳妇去唱戏，她有了钱，我自然有办法，别的何必去管。他如此想着就不住地斟酒喝，不知不觉之间，把四两白干喝了个干净。宿酒未醒，又加上了新酒，心里更是昏沉沉的了。这样一来，倒不敢吃饭，下了碗馄饨吃，便回家去。也不知桂英抱着孩子到哪里去了，房子里静悄悄的，正好睡觉。于是摸上床去又睡了。

这一天，只两顿酒两场睡，便混了过去。到了次日上午，他回想过来，这倒是个办法，长日迢迢，只有在醉中度过去为妙。到了吃午饭的时候，也不告诉别个，自己便悄悄地买了一茶杯白干回来，拿到桌上来喝。朱氏见玉和两三天都喝得醉醺醺的，倒有些奇怪，便问道："怎么啦？姑爷，这两天你倒喝上了。"桂英正坐在玉和的对面，心里这就想着：我且看你是怎样地答复？玉和不慌不忙，端起杯子来抿了一口酒，却笑道："我这是喝药，不是喝酒。我有个朋友是当大夫的，他说我寒气重，让我常喝酒呢。"朱氏道："四月天气了，还会有什么寒气？"玉和也不加以辩正，只管微笑着喝下去。等他酒喝足了，桌上菜也光了，大家也下桌了。玉和倒不在乎，盛了一碗饭，将各碗里的残汤剩汁都倒在饭里，也不用菜，连汤带饭一口气就吃完了。

桂英在一旁看到，心里很是不过意，走回房来，又见他枕头叠得高高的，在床上睡了。这就向床上问道："你这是做什么？天天喝醉了就来睡。"玉和微笑道："大长天日子，一点儿事没有，怎混得过去？喝几两酒，床上一躺，花钱不多，足够舒服的了。有两句现成的诗，只要改一个字我就用着了。我是醉里乾坤大，壶中日月长。从这天起，假使每顿给我四两白干，一包大花生，就是这样到死我也不想别的了。"桂英明知道他是发牢骚的话，可是自己却不能用什么话去安慰他，只好向他笑一笑了事。而且这几天，桂英天天都要出去接洽登台的事情，关于家里的情形也不能一一去过问，玉和既是喝了酒就大睡一场，这分明是他对外事也是概不过问，让他在家里清静几天也好，等自己登台以后，再来劝劝他也就是了。这样一连三四日，玉和都是喝了酒便在家里睡觉，并没有出大门一步。桂英回得家来，只和他说些闲话，并不把接洽着唱戏的事去告诉玉和。这并不是有什么心事要瞒住了玉和，这是她想着，对于唱戏这个问题他是不愿意听的，将不愿意的事强迫他听，那不是一件痛苦的事吗？她如此想着，自然以为是对的。可是，这件事在玉和却又更引着以为痛苦了。

第二十九回

宴客避良人强为欢笑
开门迎伧父故作痴聋

　　王玉和只见桂英一天一天地忙碌起来，却不会见她把忙碌事情吐露出一个字来，心里倒很是奇怪。照说，对于夫人一切的行动自己都不会去干涉，那么，自己的夫人呢，也就不应该将外面的事瞒着不说出来。她既是不肯把外面的事来告诉着，当然，这里面恐怕也就有不可告人之隐。在这个环境之中，实在无法来自己排遣，不得已，那就还是陆续去过醉乡生活吧。如此想着，他就把日子分着四份，早上起来是喝茶看报，这样一来，就把时间混到吃午饭了。午饭一顿酒，喝完了睡午觉。醒过来之后，在胡同里遛两个弯。回家来，再喝些酒等晚饭。晚饭之后，带了几分醉意，就到那三等影院里去看那一毛钱的电影。桂英也有些看出来，觉得他是存心如此来消磨时间的。可是自己在这个时候，绝对没有法子来打退堂鼓说是不唱戏了，既是不能说，那也只好由他，等着自己上了台，把这阵子应酬忙过去了，再和他开谈判吧。

　　她存了这一番心，所以对于玉和始终没有什么表示。看看自己登台的日子越来越近了，这一天下午，她买了一罐牛乳回来，另外还有一个喂牛乳的瓶子，一齐交给朱氏，把小孩子也抱到朱氏屋子里去，然后梳了头发，抹了胭脂粉，又换了一件极时髦的衣服，先在屋子里打了两个转身，见玉和好好地躺在床上看书，这就是没有什么问题了。于是靠了桌子站定，斟了一杯茶慢慢地喝着，喝完了，将茶杯慢慢地放下，将眼睛微微地向床上瞟着，看玉和有什么表示没有。玉和一手弯过来，枕了自己的脑袋，一手卷着一本书，抵在眼睛面前。对于床面前站的这个人，并不理会。桂英见他丝毫不介意，又缓缓地倒了杯茶喝，两手扶着桌子想了半

275

天，才道："玉和，你身上有零钱花吗？"玉和道："我身上还有三毛钱，喝酒看电影的钱都有了，我没有什么事，你有事只管出去吧。"桂英又想了一想，笑道："我大概晚上八九点钟也就回来了。"玉和何尝问她几时回来，她自己说九点钟就回来，大概还以为那时候是很早呢。心里如此想着，就微笑了一笑。桂英倒以为他是一番好意，就点着头道："那么，我走了。你要吃什么东西？我给你买着带回来。"玉和笑着点点头道："多谢你，我什么也不要。"桂英不愿再和他说什么了。第一个原因，就是怕引着他发什么牢骚。现在趁他心平气和的当儿，大可以走，要不然又绊住脚了。

桂英心里转着念头，在门口找了一辆相熟的人力车就坐了上去，这车子一直拉到北京有名的一家大馆子门前，然后停下了。桂英走进店门来，就向站在门口的伙计问道："林二爷已经来了吗？"两三个伙计站着向她一鞠躬道："早来了，你请吧。"桂英走在楼梯上，伙计早在楼梯下叫道："五号！"桂英只走到门帘子边，林子实就自掀着门帘走了出来，向她点着头笑道："我猜着白老板还有一会儿就来，怎么倒来得这样子早？"桂英道："我自己请客，我怎好不早来？"说着话，走了进来，林子实先就在烟盒子里取出一支烟卷，双手递到桂英手上，笑说一声抽烟，接着又倒了一杯茶，两手捧着放到桌子边上，向桂英一点头道："白老板请喝茶吧。"桂英笑道："林二爷，这可不对，我是主人，您是我请来陪客的，怎么倒要您来招待我呢？"林子实笑道："这有什么关系，我们是老朋友，我虽不是摩登人物，漂亮话总是会说的，我们老早就是很好的朋友。到了现在这年头，男女社交公开，我们更是可以不分界限，反过来说，今天就是白老板这样招待我，我也不会怎样推辞的。"桂英擦了火柴，正坐在桌子横头抽烟卷，手撑了下巴颏昂头看了墙上悬的一副篆字对联只管出神。脸子上可就一阵一阵地红了起来。

林子实也站在一边抽着烟呢，看了桂英那种情形，十分地不安，他虽是没有说什么，然而自己第二个感想就跟着来了，大概是自己的话说得太老实，冲犯了白老板吧？本来人家是有了丈夫有了女儿的妇人了，怎好说人家是朋友？想到这里，自己脸上也就一红，于是向桂英捧着拳头作了两个揖，笑道："这都是我的不对，我怎能够翻出陈账来说话呢？"桂英这就不看那篆字对联了，手指头夹了烟卷，在烟缸上弹了两弹灰，眼睛可就望了林子实道："林二爷多什么心，以为我怪你不该说是朋友这句话吗？这可奇了，不是朋友，我们今天在这里相会，那为了什么？不是朋友，你又凭什么帮我请客？"林子实被她如此一驳，却驳得无话可说。不过自己很知道的，桂英那一种不高兴而又难为情的样子，正是为了自己说着老朋友那一番话。于是自己倒了一杯茶坐着喝。

这个雅座里，一面是一张圆桌子，乃是摆酒席的。一面是一张大餐桌子，摆了茶烟瓜子碟，是客人来了，先休息的所在。桂英原是坐在大餐桌子的横头，当了主席。现在林子实觉得以远远趁开为妙，也就坐在大餐桌子边横头。他第一个感想：很以为这种办法是对的，远远地离开人家，就算是避嫌疑了。然而他刚刚坐下，和桂英面对面地坐着，第二个感想又来了：桂英坐的是主席，自己坐的也是主席，这倒成了吃西餐，男主人女主人那种坐法如何使得？他心里想着，人正在这儿为难呢，不料桂英的感觉比他更是锐敏，已经挪到横头边首席上坐了。林子实到了这时，自己挪位置是不好，不挪位置也不好，心里很是难过。白桂英嗑着白瓜子，也没有话说，雅座里倒是寂然。林子实觉得这样不是办法，便想了话来说道："这些客大概在家里还没有动身呢。"桂英道："那么，打电话去催一催了。"林子实道："我已经开过条子，交给伙计打电话去了。"桂英道："既是如此，我们就等着吧。我是没有事，就是怕耽误了林二爷的事。"林子实道："其实我也没有什么事。"林子实找出一个题目来说了几句话，说到这里，又感觉得无话可说了。由面前碟里子，抓了一把瓜子放在桌子上，自己依然伸到碟子里去抓起瓜子来吃。桂英嗑了一阵瓜子，又点了一根烟卷来抽着。这样说来，彼此还是没有脱离着这无聊的境地。

桂英心里想着，这有点儿显着窘，反正是要人家出来捧场，反正自己是要拉拢的。既然要唱戏，当然就按着戏子联络人的办法前进，还顾忌什么？如此想着，喷了一口烟出来，又倒了一杯茶喝，这就向林子实道："林二爷，您别以为我现在是人家的太太，就不把以前待我的那番交情拿出来。要是我做了太太，您还把我当个好朋友，那才见得你以前和我交朋友没有什么假意。"林子实连连地拱着手道："言重言重！"他除了说"言重"这两个字而外，也没有别的什么话说。桂英说完了这句话之后，她的态度立刻就变了，于是拿了一支烟卷，笑嘻嘻地就送到林子实面前。向他道："您抽烟卷吧，现在我要开始做起主人翁来了。"她见林子实嘴里衔着烟卷，就拿了一盒火柴在手上，擦了一根，要和人家点上烟卷。林子实说了一声不敢当，不肯去就火。桂英两个指头钳了一根火柴，总不肯收回。一直等这根火柴烧完了，再取一根擦着，复送到林子实面前来。林子实怎能够再拒绝，只得将嘴上衔的烟伸了出去。接着了人家的火，然后弯了腰向着她道谢。桂英笑道："你别道谢，我不过劳着您的驾，试验试验，我懂不懂招待。请你宽宽马褂。"林子实倒以为她真是要练习练习，就把马褂纽扣解了下来。只等他纽扣一解，桂英立刻站在他身后，两手代脱了下来就要向衣架上挂去。

就在这个时候，恰好是有个人在门外喊道："这屋子里是白老板请客吗？"桂英正想答应一句是的，那门帘子一掀，已经有一个青年人钻了进来。他身穿一件绿绸夹长衫，外罩青色团花毛葛马褂，头上戴了乌纱印寿字花的圆形瓜皮小帽，上面还顶着一个小小的红丝线疙瘩。这人的面孔虽然很白，然而两只眼睛的下面可有两道青纹。加上两只肩膀向上扛起，越发形容得出这人是个贫血的衣裳架子。林子实道："我来介绍介绍，这是柴仰韩八爷……"柴仰韩却不待林子实说了出来，两手抱着收回起来了的一柄折扇，向她连连拱了几下手道："白老板，我是久仰的了，咱们倒短见。"白桂英在北平社会上很有一番经历，久在娱乐场上周旋的人当然是不能不认识。这柴八爷是个富商之子，除了一切男女声色之好，他和常人一样都不能避免而外，还有奉送照相和骑大象两种嗜好。他家里在暹罗买了一对大象来，夏天还罢了，冬天把象关在一间装热气管而又带游泳池的屋子里。这该要多少钱耗费？他不论见着什么人，或者到什么新鲜地方去，都欢喜照相。而且他和谁照相，就把那相片子洗个十张八张送人。他自从照相以来，也不过三五年，都在一家照相馆里冲洗，那底片的号码已经是超过了五万号，这数目岂不可以令人惊异一下？一个有这样特殊嗜好的人，闻名而未相逢的人，一见之下当然少不了有一番注意的了。

桂英自也少不了有这一番好奇的心事，向柴八爷脸上看着，然后微笑着点头道："这就是柴八爷，久仰久仰。"柴仰韩拱拱手道："白老板的戏，一年前我们是常听，真好。"桂英一面说着话，一面替林子实挂衣服。回头看时，柴八爷却也在脱马褂。她心里一机灵，待贵客要平等，立刻就走过来和柴仰韩挂马褂。就在这时又进来两个人，一个是穿浅灰西装的，一个是穿蓝色湖绸长衫的，都是三十上下的人，取下帽子来，这不用提，完全是头发光滑得可以照人的。桂英一想，和别人脱过马褂，当然，和这两位先生不应当置之不理，也应当接过帽子来代挂一下，于是迎向前和二人点头道："未请教过，两位贵姓？"那穿西装的笑道："白老板是贵人多忘事。我在汪督办手下当过秘书，同席不止一次。"桂英哦了一声笑道："哦，我记起来了，您是张子超秘书。"张子超伸了手，拍着穿蓝长衫那人的肩膀，笑道："这位就是边永安二爷。他票青衣，上起场来准不在白老板以下。"边二爷笑道："开什么玩笑？新见面的朋友，就是这样闹着玩儿。"桂英伸着两手，已经把他两人手上的帽子接了过来，微笑道："没关系，一回见，二回就熟啦。以后还要请各位多捧场。"于是挂好了帽子，赶紧敬茶敬烟，接着又来了四位客人，大概不是小官僚就是大富商，都是有钱与有闲阶级。桂英一一招待入座，然后就摆起席来。

今天所请的客都是林子实的熟人，他知道张子超在天津市政府有势力，许多地方可以帮桂英的忙。柴仰韩在平津有大字号，一花两三千块钱不在乎，只是要图一个热闹而已。所以他让张柴二位在上面首二席上坐着，其他的客只好让他们纷扰一阵，自己去各占一席。林子实本人，这就说不得了，自然是坐在主人的旁边，当一个准主人。那位柴八爷对于酒菜只不过略吃了一些，这因为他家中厨子做的菜也许比这好些。他燃了一支烟卷，只是和桌上的人谈东说西。那个边二爷，说着一口道地的旗族京话，表现出他是个皇帝后代来。他笑道："在北京城里住惯了，哪儿也不愿意去。可是偶然出一趟小门儿，逛那个十天半月回来，可真有趣。白老板在天津露（读作漏）的时候，也许我到天津卫去玩儿几个一趟。"桂英笑道："那敢情好。请您多捧场。"边二爷道："到天津去，就您自个儿去吗？"桂英笑道："我算老江湖啦，出门哪还用得着人带。"边二爷笑道："你们先生也放心吗？他总得跟了去才对。"

桂英不像别个女戏子，不肯说自己有丈夫。可是人家提到了她的丈夫，她心里就很难受，尤其是林子实在当面的时候，她总怕人家心里想着：你丈夫养活你不了，你也只好出来再卖唱吧？所以有丈夫尽管是不瞒人，有了丈夫还出来唱戏，她实在不好意思。这时边二爷一问，不由她不红起脸来，就笑道："这解放的个年头，夫妻们应该分工合作，我去做工挣钱，他有什么不放心的？譬方说吧，丈夫出门去挣钱，做太太的在家里，能够说不放心吗？"边二爷点着头道："这话是对的，不过太太出去找事，总不像老爷出去找事。太太出去找事容易让老爷听了不高兴。"他这两句笑话，何尝不正道着桂英的毛病。不但是找事是丈夫不高兴，就是偶然请一次客丈夫也不高兴。自己在这里笑着说着，他可在家里愁着躺着呢。于是向边二爷道："您说得也是，可是各人的环境不同。"

林子实是知道桂英的心事，立刻高举了杯子道："咱们先喝这一大杯，且不说别的。"他这个酒杯子举了起来，可不曾放下，这让全席的人不得不跟了他一块儿举杯子喝酒。那张子超似乎带了三分酒意，乜斜着眼向桂英道："今天白老板赐酒给我们喝，我们应当感谢。可是主人翁劝酒，自己全不动手，都是林二爷代表，我不敢挑剔说这是不恭敬，仿佛有点儿美中不足似的。"桂英心里想着，事到于今，索性一不做二不休，荤不荤素不素的，那算什么意思？于是突然地站了起来，手上按了酒壶，望着大家道："好，我来敬各位一杯。可是有话在先，我不会喝酒，我只能用一杯，陪大家喝一杯。"张子超软着脖子，偏了头笑道："这可太便宜了呀！你想，你一杯酒拼一桌子七八杯酒，那是什么算法呢？"桂英道："我觉得我这个算法很公正。诸位是一杯酒下肚，我也是一杯酒下肚，大家都是一杯酒下肚子去，这不是很平等的事情吗？"柴八爷拿着手上的折扇招了两招，便笑道："大家不要闹，张先生说的有张先生的理，白老板也说的有白老板的理，这样对峙下去，什么时候才能解决这个问题呢？我倒想得了一个主意，酒呢，大家还是喝一杯，不过我们虽没有吃亏，白老板可占了大便宜。为了让大家满意起见，我主张白老板把她的拿手好戏唱一段，让我们大家洗耳恭听一番。我想这种办法，在白老板并不为难，当然可以答应。在我们呢，可以自自在在地听着白老板唱上一段，那比在戏馆子里坐头排还强得多。"大家听说，也不问桂英是答应不答应，噼噼啪啪早拍起手来。

桂英心里想了一想，眉毛一扬，笑道："好的，我就唱上一段。可是我要说明，什么我也不拿手。诸位爱听哪一段，只管说出来，说了我就唱。"张子超手扶着面前一只玻璃杯子，五个指头，上起下落地打着玻璃响，笑道："白老板一给面子，就太给面子了。漫说我们不知道白老板是哪一出戏拿手，就算是知道，我们凭什么资格可以指定了白老板唱。您自己肯唱出来的，那一定就拿手。"座中有人道："谁会拉弦子呢？"林子实道："白老板自己就很好。"大家一听，又鼓起掌声来。桂英手提了酒壶走到各人面前，都斟上了一杯，然后走回自己的位子来，在椅子边站定也斟了一杯，向大家举着杯子道："我今天请诸位前来，不敢说是做什么人情，不过借这个机会认识认识，做个朋友。以后我上台了，请诸位念在朋友关系上给我多捧场。诸位觉得我这话并非交浅言深，就请干上一杯。"说着，先拿起酒杯子来一饮而尽，然后反过来杯子口向大家照着杯。张子超陪着她，首先把酒喝了，也对照着杯子，在场的人，看了这个样子，无论会饮不会饮，也都把酒喝干了。桂英等大家喝完了，然后才放下酒杯子来，向大家点了一个头道："谢谢。"

她再也不说第二句话，回头看到壁上挂了一把胡琴，一伸手就把胡琴取到手里，然后坐到旁边一张椅子上去，先拉了个短过门。这就拉着胡琴，张开大嘴唱道："父是英雄儿好汉。"只是一声，惹得在座的人全体哄堂大笑起来。原来她唱的是连环套戏里的窦二敦。她也不理会众人，拉着胡琴把这段黑头戏唱完了，然后放下胡琴也是一阵哈哈大笑。索性捧了两手，高举过头，向大家作揖笑道："没有什么可听的，让大家听了，笑上一笑罢了。"男子所调戏女子，总挑那温柔婉转的人去玩弄，若是浪漫一些的女子，男子们视为神秘难得的事情，一切都平常了，这就用不着怎样地迷恋。而况女子把一切事情看得平常了，也许她反而要来戏弄男子。所以桂英的态度一狂放起来，在座的人，也就把调戏的程度认为到了顶格，不再向下胡调了。桂英一看这些人已入圈套，就放开手段来和大家说笑。这一餐宴会，上半截自己很是苦闷，下半截却也舒服一阵子。

宴席吃完，果然是九点多钟，与桂英的预算相符合，边永安二爷他临走的时候，屋子里只有主人和林子实了。他笑向桂英道："今天这一餐酒席吃得痛快之至。白老板登台，我一定捧场。别的能力没有，我一定包三个厢，包过一礼拜。老林，你瞧怎么样？这够朋友吗？"林子实连连点头道："好的好的，我这儿先替白老板道谢了。"边永安："不用谢，交朋友吗。除了这个，我还得托朋友在报上捧场呢。明天瞧报吧。"说着，他笑嘻嘻地走了。林子实等客走尽了，才叫伙计开账来，掏出三十元钞票来付酒账。桂英看到，很是过意不去，只说多谢破钞，林子实道："一个人在社会上交朋友做什么？不就为了有急事来相助吗？你先请回去吧，太晚了，家里……家里毛孩子饿了，可等着乳吃呢。"桂英听了这话，心里又不免难过一阵，然而事实逼人，也只有含混地过去了。当时向林子实道谢一番，不敢再事耽误，匆匆地就坐了人力车子回家去。

她到家以后，走到房门边，就伸头到门帘子里面来看了一看。见玉和伏在桌子上已经睡着，手臂外正还放着一本书呢。桂英悄悄地进房来，把衣服换了，又由朱氏屋子里把毛孩抱了来，这才叫道："喂，老这样睡着不醒，不上床去躺一躺吗？"玉和依然酣睡，却是不会醒。桂英抱着孩子，连连碰了他几下，叫道："醒醒！这儿怎么好睡？"玉和嘴里唔了一阵，然后伸着懒腰抬起头来，向桂英问道："什么时候了？"桂英道；"才九点多钟，我回来半天了。"玉和揉了一揉眼睛道："我本来打算出去看电影的，吃过了晚饭，一混就是八点三刻，看电影已经是来不及。因之找了一本书看看，也不知道怎么着就睡起来了。"桂英一想，这话简直就不能向下说。他八点三刻还在看书，九点钟也许是醒的，自己说早就回来了，这个谎有些撒不过去。于是笑道："晚上没有喝酒吗？"玉和道："喝酒的，若是不喝酒，会坐在这里都睡着了吗？"桂英笑道："我也喝酒的。你瞧，我脸上不是这样红。"桂英以为说了这句之后，就可以把今天的事略微告诉他一点儿。不料他并不怎样地向下追问，淡淡地答应了一声："你在外面也喝了酒。"他说这话时，已经走到床面前去，牵好褥子，展开铺盖，放好枕头，缓缓地解开衣服纽扣，径自上床睡了。桂英看到这个样子，料着肚子里有话也是不能向下说，只好不声不响地就也悄悄地跟着睡了下去。

　　到了次日起来，自己还是仿佛做了一件不好的事对玉和不住似的，脸上却不住地泛着红晕，不敢正面向着玉和谈话。玉和倒是什么也不介意，清早起来，照样地洗脸喝茶，照样地看报。直到吃午饭的时候，桂英不曾见玉和问过一句话，似乎昨晚瞒着他请客的事，他竟是一点儿也不知道。这就心里坦然了，提心吊胆的一个难关总算逃了过来了。今天玉和没有喝酒，吃过饭之后，舀水洗了一把脸，而且将梳子梳了两梳头发，摸得光光的，又找了一件崭新而又绝无皱纹的长夹袄穿着。自己刚把新长衣穿上，对了镜子一照，忽然有什么感觉似的，又把新衣服脱下，将那件穿着在床上打滚的旧夹袄依然穿起来，梳光了的头发还用手在头上拨弄了一会儿，把头发弄乱来。帽子也不戴，就踢踏踢踏有一脚无一脚地向门外走着。

　　到了门口，两只手正把大门向里拉着，只见一个穿绿绸长夹袄、戴红顶帽子的人，由一辆油光黑亮的包车上走了下来。他在门外站着，向门里不住地张望着。玉和见了他那一脸浮滑的样子，早就是不高兴。那人看玉和穿的衣服很是不高明，而且垂头丧气，也不像是个有作有为的人，毫不介意地就问他道："这是白桂英家里吗？"这句话问得未免太唐突了。无论是怎样一个解放的人，遇到如此一个油滑的男子，指名爱妻的姓名来问话，当不能丝毫无所动于衷，而况桂英这个时候，很忙着在交际，大概鱼龙混杂什么朋友都有。今天这个人贸然而来，提名道姓地问着，怎能叫人好受？先向那人瞪了一眼。那人似乎也感到自己问话太冒失了，就笑道："我叫边永安，昨晚上我们还和白老板在一处吃饭的。这里有两张报，都有我替白老板捧场的消息，我特意送着她来看看。"玉和听了这一篇话，真个无名火高三千丈，恨不得走上前去捶他两下。可是转念一想，这又何苦。他说昨天还和桂英在一块儿吃饭的，今天又送着捧场的消息前来，不能毫无原因，也许就是桂英约着他来的，这也只好不说什么了。他顷刻之间转了几个念头，当然脸上也就变了几回颜色，而且也没有什么话向边永安说。

边永安一看他精神不振，衣服破旧，绝不是什么高明的角色。像桂英这样唱红了的人，当然家里可以用两个仆役，这也许是桂英跟包的，也许是桂英当差的，和这种人有什么可以客气的。便问道："我问你话啦，你怎么老不答应？究竟白老板在家不在家呢？"玉和见他情形，又转到夜郎自大的那条路上去了。心里想着：我要说明了来历，恐怕这门口没有你站脚的地方，不由得微笑着道："对不住，我耳朵有点儿聋，是说什么？我没有听清楚。"边永安叹了一口气道："这真叫活倒霉，说了半天的话，算是和壁子说了。"因又大声道："我是边二爷，问你白老板在家没有？"玉和笑着点点头道："这算我听明白了，在家不在家我说不上。你敲门问吧。"他虽这样说着把话推辞了，然而边永安这样大的声音说话，门里边已是听清楚了，大福早已赶了出来迎门。他偏认得边二爷是个有钱的人，老远地就是一揖，笑道："原来是边二爷，稀客稀客！"玉和听了这话，头也不回径自走了。

第三十回

归去已柔肠何曾奋斗
别来空忍泪终冒嫌疑

　　王玉和他不是一个傻子，这样的油滑少年前来探访他的太太，他倒可以置之不顾？然而他也想着，要干涉，怎么地去干涉呢？不许桂英接近这些油头滑脑的青年，那就是拒绝她去受人家捧。没有人家捧，这戏还唱得成功吗？可是这话又说回来了，唱戏也不见得完全要捧，有些人也是将真本事去挣来的钱。桂英已经是头二等角色了，把她的名字挂了牌子出去，自然有人来听她的戏，又何必要这些油头滑脑的人来捧场呢？他一路走着，一路这样沉沉地想。虽然他的脚步走得是十分的小，然而已走到了胡同口上了。到了这里，他不由得不回转头来向岳家门口看看，究竟是怎么一回事。那大门口除停下了一辆光亮的人力包车而外，却是别无所有。这要说是有什么可疑，也未免太神经过敏了。这个姓边的当然知道白桂英已经嫁人，当然知道她丈夫和她同住在一处。他知道这些，还大模大样地来探访桂英，真可以说是目中无人。他怔怔地望了自己的大门口，很想就冲回去，看看那人究竟在家里说些什么。但是他的脚步仅仅一移，第二个感想又跟着来了。家里还有大福，还有岳母，他们都要出来招待客的，那还有什么不可对人言的交涉哩？这时冲了回去，徒然是叫桂英手足无所措，那又何苦来呢？还是绕一个弯再回去吧。我就是不满意于桂英这种态度，那也不要紧，等人走了，我慢慢地和她办交涉就是了，在这一会儿工夫我又何必去和她计较什么呢？

　　他如此自宽自解的时候，已经离开了胡同口很远。他又继续地想着，有人说了，结婚为人生之坟墓。这样看起来真是不错。在未结婚以前，自己是个多自由的身体？要到什么地方去就到什么地方去，要吃什么要穿什么，一切都可以自主。仅仅是每日到衙门里去枯坐几个小时的时候稍微受一点儿拘束罢了。唉，这也是我要讨女伶的结果。假使我以前听了严端甫的话，不和桂英结婚，也许不会受这些痛苦。若说结婚是为了爱情，爱情是重于一切的，我算没有做错。然而我和桂英的爱情有些动摇了。我固然有许多地方不放心她，她似乎也有许多地方要瞒着我，爱情原是重于一切，结果是爱情受了一切事情的支配了。果然，像严端甫对我那些教训实在是太腐化了。可是截长取短，他的话也有一部分可以容纳的地方。可惜我意气用事，竟把人家的话完全抹杀了。记得他说过这样一句话：牡丹花是不应当栽在篱笆下的。于今看来，此话岂不果然？像白桂英这种娇艳的名花，在家里应该住着高楼大厦，出门来应当坐着汽车。可是我这般一个穷措大，哪里有呢？无已，只好把纯洁的爱情来当高楼大厦，只好把诚恳的保护来当汽车。可是最低的限度，窝头是要吃的，破屋子一间要住的。然而在你没有本领去换窝头和破屋的时候，爱情当不了窝头，爱情也当不了破屋，于是只好把爱情牺牲了。这样看起来，爱情是高于一切的吗？

玉和走着路，老是糊里糊涂地想着，也不知道走了多少路。猛然一抬头已将走上大街了。自己突然地惊异着，我并没有什么预定的计划，我只管这样走，打算到哪里去呢？有了。我不是想起了严端甫吗？我何不去找一找他。虽然他对我不满，在他寄给我哥哥的信上看起来，他倒是有一句说一句，而且不伤忠厚。这样的人，除了说他思想落伍，说到处人接物总还是个忠厚长者。我不妨找他谈谈，也许有机会他可以帮我一个忙。如此想着，就向本邑的会馆里来。

这位严老先生可算是个老住会馆的。这天正在屋子里写几封来往信，玉和叫了声"老伯"，一掀门帘子走了进来了。这却不由他不大为吃惊一下，两手取下眼镜，捧着袖子，连忙和玉和作了两个揖道："啊哟，幸会幸会，请坐请坐！"他弯了腰，支着手，请玉和坐下。他在原位子掉过脸来，向玉和望着坐下，手摸了胡子，稍点了两点头道："很好，世兄还有工夫来看看我。"于是敬了一支烟卷，又将暖壶里的茶斟上一杯，送到茶几上去。他见玉和还是很客气的神气，就向他道："曾接到令兄的信，说起世兄带了家眷回平了。令兄难得呀，他虽是个乡下人，见识倒是很开展的，对于世兄以往的事并不介怀。去年和我通过两封信，打听世兄在北平的情形，你想，我在世交上，是说好呢，不说好呢？我也只好含糊着回了

285

两封信。后在他的来信上，知道世兄在乡下不能安居，他送了你的川资让你出来。最近他又来信，说你在南京无法找事，只得回到北平来，要我照顾。他又曾提到花了一千多元钱的运动费，和你找了一个知事头衔，问知事可否有希望，若是没有希望叫我劝你小就也好。"玉和不觉红了脸道："运动县知事的那件事是家兄误会了，现在是什么时代？还许有这种事实发现吗？"严端甫手里摸了胡子，不住地向玉和全身打量，然后他就微笑道："大概你贤伉俪回到北平来还是很困苦的，现时打算怎样往下办呢？"

玉和踌躇了一会儿，心里想着，这个样子，这个老头子也许可以帮一点儿忙，于是把现时寄居在岳母家里遭人家的白眼，以及自己想走开，妻女又发生问题的话，说了一遍。把桂英重要登台的这一节却隐了不说。严端甫点点下颏，又微昂着头想了一想道："仿佛在哪家报上看见过，说是今正又要重出来登台了，这话是真的吗？"玉和道："她因为生计很难，有这个意思，不过为顾全各方面，这事还没有决定。"严端甫取了一支烟卷抽着，喷出几口烟来，最后他就淡笑道："据我想，这年头什么也不能大似吃饭，若是现时没有别的较妥善的法子，暂时上台唱些时候也没有什么关系。只是……只是……能不能改一改名字上台呢？因为世兄自己当然也是要出来做事的，恐怕和你前途有些影响。我们分明知道唱戏是一种职业，可是你要到什么机关里去就事，若是有人挑眼，说你家中是吃戏饭的，恐怕就不好办了。你总不能有了夫人出来唱戏，就不用得找事了吧？"这几句话说得玉和无言可对。严端甫笑道："说起青年人这些奋斗的话来，我倒是赞成。你们贤伉俪也算能奋斗的，只可惜你们奋斗得不彻底。你别瞧我老古板，天天看报，这些新名词哪里不装进一半句的到肚子里去。我用老古套的话说你，你大概不服，我用新名词来批评一下吧。你们是既要和环境宣战，又要和环境妥协。这好比无故和仇人宣战，打到半中间，泄了气，就当上俘虏了。你说我这话对是不对？"玉和真不料这个倔老头子，会说出这样针针见血的话来，心中大为感动之下，将手一拍茶几道："老先生，你这些话不错，我得根据了你的话继续去奋斗，我不和环境妥协了。"严端甫摇摇手道："老弟台，你别嚷，这也不是一时的事。你还得好好地考量一下，再为定夺吧。"玉和沉思了一阵，点点头道："老先生批评我的话是对的。以后有事请教的话，就请老先生这样直说。"严端甫见他已经佩服自己了，大为得意，留着他在会馆里吃过了饭以后方才放走。

玉和受了这一种兴奋，已不是来的时候那样垂头丧气。觉得人穷到此，就再牺牲一下也就无所谓。自己从今日起不再喝酒了，另外去找生路，只要找着了生路，桂英唱戏不唱戏这个问题那就太好解决了。如此想着，热血重新沸腾起来，就急于要回去看看那边二爷走了没有。他告辞出来，又是那样的不凑巧，遇着那位曾一度进过媒妁，牵丝未成的马芸姑了。她正由大街上回来，手里提一篮子菜蔬跟在一个男子之后。那男子穿的衣服真比自己还要破旧，然而却笑嘻嘻的，肩上背了一小口袋米，在芸姑面前走。芸姑在身后笑道："在门口歇一会儿再进去吧，脸上红红地走了进去，回头我父亲又要说我们省那几个车钱，省得没有意思了。"那人笑道："要什么紧？咱们是贫贱夫妻呀！"玉和真不敢再向下听了，低了头，匆匆忙忙地就走了开去。

　　他在回家的路上想着：我若是娶了那位马小姐，何至于闹到现在这般情形？我回去和桂英说，我们也搬到会馆里来住，我哪怕是去拉人力车，我们必须继续地奋斗，决不能够在岳母家里过那寄生虫生活。他如此想着，觉得理由很充足的，于是一吃跑回家去，预备就和桂英来谈判。当他到家以后，却听得朱氏在正中屋子里道："田宝三这回待咱们不错，居然肯出八百块钱的包银。就算生意不好，打个对折，一个月也闹个四百块钱，除了各种开销，怎么着一个月也可得二百多块钱。有这些个钱，每月的嚼裹就够了。"玉和慢慢地走到屋子里去，却见桂英母女衔着烟卷，分坐在椅子上谈话，而且两个人脸上都是笑嘻嘻的。这个样子，就不必去怎样地打听，知道她们是十分欢喜了。本来吗，在纸面上，每月可收入八百元，这个数目真是太大了。就是以每月实收三四百元而论，这比现在分文未进要差到哪里去呢？这就怪不得她母女二人笑嘻嘻了。

　　玉和走了进来，桂英先就迎着他笑道："你到哪里去了这半天？我正等待你商量呢。"玉和故意怔怔地望了她道："找我商量什么？"桂英笑道："组班的田宝三来了，许了我八百块钱一个月的包银。后天我就动身到天津去，孩子我也带着，已经雇好了乳妈了。在北平这一班听戏的臭捧角家实在也是缠人得厉害，今天那个边二还跑来了。我要是到天津去唱戏，就可以躲开他们了。你能不能跟着我到天津去玩玩儿呢？"玉和摇摇头道："以前是老爷上任带着太太，于今是太太上任带着老爷，这个有些不妙吧？"桂英红了脸道："这有什么不妙？并不是我到外面去挣钱，要你在家

287

里守家，不过是借机会要你去玩儿一趟罢了。"玉和心里想着：刚是有了收入的数目就打算玩儿了。自己的话，也许使太太难堪一点儿，便笑道："我和你闹着玩儿呢。这两天，我在北平有点儿事情要接洽。过两天我自然会去。"朱氏因为孩子在她屋子里哭着，匆匆地走了，桂英就低声笑道："我告诉你一个消息，今天我私自和田宝三办了一点儿小交涉，和他借了一百块钱的秘密债，我分五十给你零用。"她说话时，已经在身上掏出一卷钞票来，向玉和手上一塞。玉和见她说给钱就塞过来，大概也是急于表示好感的意思。照说，太太未免小视人了，可是人家笑嘻嘻地送着钱来巴结人，还能对人表示恶意不成？也就只好微微地一笑，将钞票在手上捏住了。他要说什么时，朱氏已经抱小孩子出来，当然无甚可说的了。

自这时起，桂英是更忙了。玉和打算阻止她不要去唱戏的话，也就不知所云地自然消沉下去。本来，在自己被金钱势力支配之下的时候，能把有钱的事情向外推了去吗？那没有别的什么，依然是去受饥寒的逼迫，去受社会上的笑骂。我在岳母家里已经住了这些日子了，她纵然藐视我，总是我的岳母，丢脸还不曾丢到外边去。像桂英这样好的收入，何妨让她唱几个月，以便挣起一千八百，把生活问题解决了呢？因为他如此地存着念头，也就只是终日看了桂英忙进忙出，并没有什么话可说。

到了动身的这日，在屋子里桂英私下向他笑道："真的，过了几天，你到天津去玩儿一趟，你看好不好？我们结婚以来并没有一天离开过，你没有别我出门去，我倒和你的孩子走了。"玉和笑道："这要什么紧？又不是一千八百里的路程。早上动身，上午就到了。"桂英将门帘子放了下来，回转身，两手握了玉和的两只手，眼睛注视着他的脸，用很柔和而又诚恳的声音，向他道："王和，你能原谅我吗？"玉和道："你怎么会说出这种话来呢？你叫我原谅你，我倒有些莫名其妙，有什么事你需要我原谅呢？"桂英将头靠在玉和的怀里，抬起眼皮来望着他道："你是装傻呢，还是真不知道？我离开了你去唱戏，能够不要你原谅吗？"玉和一手搂了她肩膀，一手抚摸着她的头发，也用了很诚恳的声音来答道："你若是为了这件事来求我的原谅，你说了出来，不是更让我难受吗？我做丈夫的，不能和你解决生活问题，倒要你自己出来自食其力，我就万分不安啦。我不要求你原谅，怎么倒要你要求我原谅呢？"桂英道："虽然如此，可是女子自食其力，以至于唱戏，这和别的职业可有些不同。"玉和道："有什么不同？总是一种职业。"桂英于是将两只手抱住了他的颈脖子，正对了他的脸，点点头道："你所说的这些话都是壮我胆子的，我很了解，你是真爱我呀，委屈你了。"

他们夫妻二人在屋子里唧唧哝哝，那位岳老太太，可在外面屋子里为了难。到了临走了，什么事这样子亲密，不要是不肯走了吧？于是在外面咳嗽了两三回，加重声音和新雇的乳妈说着话。然而门帘子里面，唧唧哝哝的尽管是唧唧哝哝，一概都不理会。朱氏只得放重了声音，问道："大姑娘，你的东西都捡好了吗？"桂英这才离开了玉和的怀抱，对着镜子理着头发，口里就向朱氏道："东西已预备好了，上车还有一个多钟点呢，忙什么？"朱氏这才掀开一角门帘子张望了一下，然后走了进来。她向玉和道："姑爷，你送她上车吗？"桂英对着玉和望着，似乎有话却不能说出来。玉和道："请你送一送吧。她馆子里前台后台的人，和她同走的大概不少，我一概不认识。你去了，还可以拜托熟人照顾照顾。"桂英笑道："对了，还是老太太送一送吧。过几天，反正他也到天津去的。"玉和看见桌上有一盒烟卷，他自取了一支烟，找到了火柴，点着烟抽了。对于这个问题，他竟是没有工夫来答复。

正在这时，大福在外面叫道："田宝三打了电话来了，我到对过米行去接的电话。他说，他先上车了，我们这就去吧。宁可让人等车开，车子可不等人的。"朱氏道："那么，你去叫一辆汽车，让我们马上就去吧。"玉和拿了一根烟卷抽着，一手撑了桌子，只看了他们一家人去忙乱。看桂英将屋子里的行李零碎一样一样地向外搬着，并不作声，只是歇了几分钟就向外面喷出一口烟来。桂英将东西都搬到外面屋子里去了，然后笑着向玉和道："我们真的要走了。"玉和笑着站了起来道："那么，我得送送你。"桂英道："车子还没有来呢。"说着，她眉毛一扬，似乎想起了一件什么事，于是一掀门帘子出去，把小毛孩子抱了进来。她笑道："孩子来辞行了，爸爸抱着亲热一会儿吧。"玉和将烟头丢了，接过孩子来抱着，见她那苹果也似的小脸，配着两个漆黑的小圆眼珠，真是玉雪可念，不由得低下头去，在小孩子颊上连连亲了两下。可是他同时心里又想着：这样好的孩子，让她跟了母亲飘零去，我这个做父亲的人也未免太不能负责了。他如此想着，一阵心酸，眼眶子里两泡热泪几乎要落了出来。他极力地将眼泪忍住了，依然把小毛孩子递给桂英抱了，他笑道："多费你心了，在这几天，我并不能帮你的忙。"

桂英抱着孩子，待要说什么时，只听到大门口呜呜的一阵汽车响。她猛然地愣住了。大福道："车子叫到了，东西都往车子上搬吗？"朱氏道："那是自然，不搬还要你叫车子来做什么？"有这几句话，才嚷着把桂英惊醒过来。她向玉和笑道："我们再见了。"玉和也就向她微笑着，点了两点头，跟着说一声"再见"。大家走到外边客堂里来，只见大福忙着，满头是汗，将行李一件一件地向外搬着，非常之高兴。玉和淡淡地笑道："真是人逢喜事精神爽，你瞧他这一份忙劲儿。"桂英觉得这话里有话，然而自己有什么可说的呢？也只好那样陪着他一笑。

在匆忙和心里混乱的时间，东西都已经搬着出来了。朱氏叫乳妈抱过了小孩子，便在前面走。桂英明知道到天津去并不是出什么远门，谈不上离别两个字，但是也不明白是何缘故，心里头却十分地忐忑不安。她不时地向玉和望着，有时四目相射，她却向玉和淡淡地一笑。玉和自己也是一肚子的委屈，一句话说不出来，除了干笑着，也是没有什么话可说。这时桂英也顾不得有人在面前了。先和玉和笑了一笑，然后执着玉和的手道："我一到天津就写信给你，今天晚上你可以到张三爷家里去坐坐，也许我打一个长途电话给你。"玉和笑道："那不是让人家笑话？总共几个钟头没有见面，忙着就打起电话来。"桂英道："我也有别的事要和秋云说，电话我一定打的。"玉和道："你放心去工作吧。我把事情料理清楚了，一定到天津来。咱们光明的路正在后头呢。"说着，用手拍了桂英两下肩膀。桂英也是不能有什么可说的了，怔怔地走出了大门，只见朱氏和乳妈都已坐上了汽车。大福手扶了车门静等了她上车呢。桂英回头看时，玉和站在门洞子里却不肯出来。原来桂英重登舞台了，街坊得了这个信都出来看她上车，男男女女站满了好几家大门口。她很原谅玉和这个时候的立场，不再和他告别，上得车子来，遥遥地和他点了两个头，这车子就开走了。

到了火车上，有戏馆子里许多同事，大家见面便是一阵哄笑，把桂英心里那一层愁云就拨了开去。桂英坐的是二等车，和她坐着同等级车子的只有四五个人，火车一开了，坐三等车的人都跑上三等车子上去了，这二等车里立刻就沉静起来。桂英坐着靠了窗户的一个座位，向窗子外面望着。手靠了前面的茶几，撑着自己的下巴颏呆呆地出神。窗子里男男女女的坐客，窗子外的村庄树木，她一切都不曾看到，心里只是想着：我忽然地抛开了丈夫，丈夫做什么感想呢？丈夫做什么感想呢？她心里只管转着这一个念头，有时候想丈夫伤心起来，自己深怕两行眼泪会流了出来，立刻就闭着眼睛，只当睡觉，把这两行眼泪终于是忍耐回去了。在迷迷糊糊的状态中，车子就到了天津。好在同路有田宝三，所有各人的大小件行李，他都代为安顿着，而且天津戏馆子里也早得了信，知道北平有一班人来，已经有好些人到车站上来接。桂英在大家忙乱的当中，跟着下了车。

她刚刚一上天桥，只见林子实手里扬着帽子，笑嘻嘻地迎了上来道："倒是准时候到了，很好很好。"桂英道："林二爷真到天津来了？"林子实见她手上提着小皮箱，一伸手就要来接过去。桂英本待让他接了过去，一回头看到乳妈抱着孩子跟在身后，这就将手一缩道："你不必客气。"林子实似乎也有些醒悟过来，就笑着问道："王先生没有来吗？"桂英道："他今天没有来，过了两三天也就来了。"林子实道："寓所已经定了吗？"桂英道："我们戏馆子里赁了房子，大家都在一处，我们另外有两三个人打算住在交通旅馆。"林子实一拍手笑道："好极了，我也住在交通旅馆。"桂英听说，很觉得是不凑巧，心里想着，万一玉和两三天之后他来了，林子实又没走，那不会发生很大的误会吗？可是她脸上依然向着林子实笑道："那倒是巧得很。"大福手里提了一个大网篮，由人后面挤上前来，大声笑着嚷道："林二爷来接我们来了，真是不敢当。"林子实道："大老板也住在交通旅馆吗？"大福道："不，我们住在戏馆子赁的房子里。"他如此一嚷，惹得走路的人都望了桂英。有些人偷偷地互相告诉道："那是白桂英，她也到天津来了。"

桂英一下车，就让人家看到和捧角家同路走着，心里十分地懊丧。出得车站来，正好田宝三在前面走，她抢上前两步，拉着他的手道："我不能住交通旅馆，我今天先上国民饭店了。劳驾，我的东西跟我送过去。"回头看到林子实跟了上来，就向他点着头笑道："我变更计划了，要搬到国民饭店去。"林子实如何不明白，点着头笑道："那也好，有事请你打电话过来，我今天晚上大概是不出门的。"桂英笑着点点头，就坐上了饭店接客的汽车。她带了乳妈孩子到了国民饭店，在三层楼上开了一间小房间住下了。她心里想，总算我抹得下面子，立刻调到这里来住，要不然这嫌疑就犯大了。然而这种手腕，也只有对付林子实这种老实人才不妨事，若是别一个，也许为这点儿事情要翻脸。她洗过脸，喝了茶，坐在一张软椅上正要休息一会儿，茶房却送进一张字条来。桂英接着看时，上面写道：

> 您也住在这儿，欢迎得很，我们备了酒席，在房间里为您洗尘，在座有李子琴三爷、鲍又安五爷、魏文彬先生，务必赏光。我们是二楼十二号，请您七点钟来。
>
> 柴八、边二同约

桂英拿了这张字条在手，半晌作声不得。原来田宝三早就和她说过，到天津去有几个人不能不联络，都是天津地面上有势力的人，可得罪不得。现在这张字条上，所开的三个人就完全在内，这怎么办？自己原是要避嫌疑，偏偏又遇到了这最惹嫌疑的一班人，这事叫人真为难了。看着手表已经是六点钟了，这可没有第二条脱身之计。再说同住在一个旅馆里，能够关上房门不去赴人家的约会？想来想去，自己是没有了主意，就打了个电话去问林子实。林子实说，正约着他，他马上就来。不到十五分钟他果然来了。桂英招待了一阵，就皱了眉道："二爷，你瞧，这事怎么办？我是最怕应酬，偏偏遇到了应酬。不瞒你说，我们那位王先生性子是很古怪的，我也不愿……"林子实抢着向她摇了两摇手道："不能那样说，人是要走到哪里就做到哪里的。您在天津唱戏，能得罪这一方的太岁吗？唱戏不成那还是小，也许闯下什么乱子来呢。您只管放开手来，自己把自己也当一位大爷看待。你请我吃我就吃，你请我喝我就喝，到处都给人家一个大方，反正有势力的人也不能像老虎一样吃人呢。再说，今天还有我在场，多少我可以和你帮一点儿忙。"桂英本来是坐着的，这时突然地站了起来，一挺脖子道："好，我就去，请二爷先走，一会儿我就来。"林子实走到了房门口，拱拱手，还叮嘱着桂英一定要去，然后才走了。

桂英靠了桌子站定着，心想：唱戏这件事果然是不能干，现在还没有上台就要陪了大爷们吃酒，他们哪里是为我洗尘，不过是拿我开开心罢了。这话不能说穿，若是说穿了，叫人家做丈夫的能撒手让他太太去交际并不加以过问吗？她想到这里，不由得脸上一阵阵地红着。那乳妈见这位主母为了人家请吃饭，却是这样的为难，倒有些莫名其妙，便笑道："太太，人家请吃饭，那也是好事，您为什么倒有些发愁的样子呢？"桂英叹了一口气道："咳，你哪里知道。"说到这里，她也就不敢说什么。她在屋子里稍微静坐了一会儿，突然地就站了起来，将手提箱子打开，取出梳篦粉镜，梳洗打扮了一会儿，换了一件衣服，就下二楼到十二号房间里来。

　　这是一所两间打通的屋子，一方面放了平常的家具，一方面摆了圆桌靠椅，桌上铺着雪白而有红花边的桌布，上面放了四个冷荤、四个水果碟子，每一个位子上放着高的玻璃杯子、低的大酒杯子。席的下面放着两个高酒瓶子、两把锡壶。这个样子，当然是要大闹一顿。那方面却是七八个人坐着躺着正在说话，看到桂英推门而入，于是乎一阵哈哈大笑起来，只听说欢迎欢迎。

第三十一回

言所难宣癫狂半夕醉
势在必走决绝一封书

过了三小时以后，那张圆桌子是堆满了残肴剩酒，屋子里还拉着那不成断落的胡琴。桂英满脸红红的，蓬着头发，歪斜着衣襟，推门走了出来。那门里却伸出一只男人的手来把她的衣服拖住，桂英极力地剥开那手，笑道："真对不住，我要回屋子去看看我的孩子了。"她一掉转身，就飞跑上楼来了。其实她不是要看孩子，无如酒喝得过多，心里作酸，只管要呕吐。若是在人家屋子里吐出来了未免失仪，所以赶快地跑回自己屋子来，坐在沙发上，紧对着痰盂哇啦哇啦就大吐一阵，把那个在屋子里打盹的乳妈，却吓得目瞪口呆，动作不得。桂英吐过了这一阵，心里觉得好过些，可是脑筋依然昏沉沉的，因之衣服也不更换，喝了一口凉茶，漱漱嘴，就倒在床上睡了。

她酒醉之后，脑筋只图着休息，哪里有什么记忆力。她说着今天晚响，给玉和打长途电话的这一件事那就全忘记了。玉和呢？他虽告诉了桂英不必打电话，然而他一来挂念孩子，二来又怕桂英心里难受，吃过了晚饭就到张济才家去等桂英的长途电话，一直等到十二点多钟，并不见来，心里就这样想着：也许是长途电话线给人占住了，也许是桂英有事分不开身来，这个电话迟早是会打来的。可是这样夜深，人家也该安歇了，自己老是在这里等着电话，倒搅扰得人家夫妻不能睡觉，自己也于心不安，只得说了一声改天会，自己就告辞了。十二点多钟才走，自己又没有坐车子，有一步没一步走到家里来，当然是有一点多钟了。砰砰砰地打了许久的门才把朱氏惊醒。这时，朱氏虽已用了一个女仆，可是佣工的人大概都贪睡，明明听到有人敲门，她也只当是不知道。所以玉和敲门的结果，却是把朱氏惊醒过来了。朱氏不曾开门，在屋子里就嘟囔着出来了。她道："做亲戚的人，在亲戚家里，遇事总要自己自谅，吃人家、喝人家的，还是要这样深更半夜地回来。若是我在姑爷家里住着也是这个样子，姑爷姑奶奶会愿意吗？"

她后段这一大截话，玉和在外面听得清清楚楚。然而自己寄食在岳母家里乃是事实，有什么可以辩论的？何况自己这样夜深回来，还要岳母开门呢。她开了门，自己走进去，倒不必人家说，自己首先向朱氏笑道："又吵着您不能睡觉，我实在也回来得晚一点儿，可是今天有点儿特别的情形，我在张三爷家里等你姑奶奶的电话呢。"朱氏咕噜着一阵关上了门，向屋子里走着，口里就随便地问道："她在电话里说了些什么？"玉和道："因为没有电话来，我才候到十二点多钟的。要不然我早回来了。"朱氏道："本来嘛，这就不应该打什么电话。今天上午才走，今天晚上就要通电话，夫妻们感情好不好也不在乎这上面。"她说着话，已经进卧室去了。

玉和想着这真可怪，我专程去等桂英的电话，倒等出一番不好来了。自己摸索着走进了自己的屋子，漆漆黑的，又没有灯光。摸了半天将电灯机钮摸着了，可是转来转去，有四五次之多，电灯不曾亮，这也只好摸索着睡了。到了次早起来一看，原来是没有了电灯泡。当然，这必是岳母故意为难，将电灯泡摘了。若是去问岳母的话，必又是惹她发上一顿牢骚，小事就忍耐些吧。他如此想着也就没有作声。心想，桂英在这里，岳母有三分怯她姑娘，太难堪的事大概做不出来。现在姑娘不在这里，她爱怎么样摆脸子就怎么样摆脸子，没人敢驳回她。我若是和她顶撞几句，那就更好，必是把我逼起走了。低首下心在这里住着，这太不是办法。今天混一天，桂英没有电话来也有信来，看她是怎样地说，我还是跟着她到天津去暂住些时吧。玉和把前后的事想了一个透彻，也就安之若素地和往日一样地过着。可是他预期今天有信来的那个念头却有点儿不准，到了下午五点钟还不曾见到邮差到门。在家里候着，实在也有些心烦，这还是到济才家去坐坐，可以借着谈话解解苦闷。也许桂英就在这个时候有了长途电话来，知道了她到了天津以后的情形，自己就好做一番打算了。

他一路低头想着，只管向前走去，忽然有人迎面叫道："这不是王先生吗？"玉和抬头一看，却是不认得。看她穿了一件竹布长衫，两腮却涂着很厚的粉渍，头上的短发梳得光而又滑。看那样子，分明也是个女戏子，却是面生。她笑道："王先生，你不认识我吗？我和你们太太在一个班子里唱戏。"玉和只好糊里糊涂哦了一声道："对不住，我记性不好，都不认得了。她可是上天津去了。"她笑道："我也是刚下车，由天津回来拿东西，明天一早要赶去。"玉和道："瞧见我们太太吗？"她道："今天早上我到国民饭店去的。她昨晚上有人请她喝酒，她喝醉了。"玉和道："她不是住在交通饭店吗？"她道："不，她一个人搬在国民饭店住。你是到张济才家里去吧。我也是由那里来，他不在家。"玉和苦笑着摇了两摇头，说一声再见就向前走了。一直把所走的这条胡同走完，才想起已把张家走过了。心里这样想着：刚才这位姑娘已经到济才家去了，若是会着秋云的话恐怕已完全告诉了她，仔细想着，却是于自己的面子攸关，不必去见他们了。这个样子，桂英也未必有长途电话回来的。自己长叹了两口气，就溜到大酒缸（北平市出沽零碗酒者，以大酒缸二或三，半埋土中，上覆以盖，宛如大圆桌，置酒具与下酒物于其上，此项小酒店俗称为大酒缸）去喝了一顿酒。原来想到天津去的意思，这时又完全冷了下来了。

这天晚上回家虽没有一点钟，可是朱氏已经安歇了。今晚算是女仆开的门。他抢进门来，取下帽子，向她深深地鞠了一个躬，卷着舌头道："老太我对你不起，今天喝了两杯酒，又……又……"说着，向女仆身上一倒，黑暗中两个人都摔倒了。女仆嚷道："我的姑老爷，你是怎么喝得醉成这个样子？这一下子真把我摔得不轻。"他们这样一闹，还是把朱氏吵醒了。她手上捧了一截烛头，走到大门口只见玉和一件灰色哔叽长衫满身都沾遍了是土，帽子已经是不见了，头发蓬着满头，全洒上了土；脸上手上，都像染了黑漆一般。虽是站在门边，然而身子还是不住地来回晃荡着。朱氏瞪了眼望着他，在昏黄的烛光中，他却是也看不见。女仆口里不住地叽咕着，关住门，她自走开。玉和弯了腰拍着手，又拍腿，哈哈大笑。他指着女仆的后身道："你瞧，她滚上了那一身土成了泥人了。"朱氏喝道："少说鬼话吧。自己醉得像泥人一样，倒还指着别人背后笑。"说时，一只手当了扇子，在鼻子尖上连扇了几下道："好好的一个人，忽然地贪杯好饮，闹到这一步田地。你瞧，这股子酒味，真是熏人。"玉和也不理会她的话，在她手上夺过半截烛头，就向自己屋子里走去。口里卷着舌头，走着道："今朝有酒今朝醉，谁也别管谁的闲事。她在天津喝醉了，我在……嗬！这洋烛头也会欺负我，刚要进房，它那儿灭了，真是时衰鬼弄人。别忙，有一天我抖起来了，你们全都逃不过我手里去。把电灯泡摘了要什么紧？我摸着进房去。"朱氏站在院子里，看到玉和走了进去，只管发愣。许久，才叹了一口气道："这是哪儿说起？他吃了个熏天烂醉回来，指桑骂槐把我们倒骂上一阵。难道说做丈母娘的，供你吃，供你住，反而供养坏了吗？别吵了街坊邻居，今天我暂时忍耐一宿，明天再和你算账，好小子。"朱氏说着这话，也是高一脚低一脚地走回卧室去了。

到了次日，玉和直睡到十一点多钟方始起床。虽然是起来了，然而脑筋还是昏沉沉的。自己对于昨天的事有些记得。这也不敢再惊动人，自端了脸盆，到水缸里去舀了一盆冷水来洗脸，为着是头上让冷水冰冰，精神好清醒一些。洗过了脸，自己沏了一杯茶，坐在屋子里看小报。只听得朱氏带着笑声，在房门外问道："姑老爷，您起来啦？"玉和心想：岳母大人今天如何这样的客气？待一抬头看时，却见朱氏板了面孔进来，有点儿异乎平常，这就站起身来笑道："昨日不该喝了几杯闷酒，醉着回来了，今天差一点儿爬不起来。"朱氏道："昨晚上你喝醉了酒，可是说出来的言语一句也不是酒话。"玉和有什么可说的呢，只好是微微笑笑。朱氏索性走进屋子来了，身上掏出烟卷盒子来取了一支烟卷，点着慢慢地抽了。只看她两个指头夹在烟卷的中间，放在右嘴角上，用劲吸着一口烟，然后呼呼地呼了出来。只在这一点上，也可以看得出来，她有些失常态了。玉和料着是昨晚上闹酒得罪了她，今天她要兴问罪之师了。这也不敢惹她，也不敢躲开她，两手捧起了一张小报来看。

朱氏喷过了半支烟，就冷笑一声道："以前我以为我们姑奶奶不唱戏，不定要干些什么大红大绿的事情出来，到于今还不是出台去卖脸子。"玉和这就觉得言中有刺，但是她说的也就是事实，又奈她何？于是并不作声，只管去看书。朱氏又道："哼，自由？平权？什么鬼话？要是照着古礼行事，凡事都要娘老子出头，何至于闹到今日这种样子？"这话差不多已经说明了，是不该嫁王玉和。他实在忍耐不住了，这就向朱氏道："老太太，你这些话是说着我呀！我们结成这门子亲的时候，虽然说是我和桂英自己办的婚姻，可是也经过了你们同意。到现在还没有多少日子呢，你就不承认吗？"朱氏一拍胸道："不错，当时我是承认过的，可是你一家大小三口都跑到我这里吃着住着，我可是想不到的事。"

玉和放下书来，两手按住，红了脸道："老太太，你冷言冷语的，总说我住在你家，吃了你的饭，可是这不是我的意思，是你姑娘说了，这房子是她挣钱买的，这家也是她挣钱安顿的，她回来吃两个月那不算过分。"朱氏冷笑道："我没有瞧见过。男子汉大丈夫，养不了妻室儿女，还要说强话。就算我姑奶奶该回来吃，难道你也该回来吃的吗？"玉和听了这些话，只气得浑身抖颤，默然了一会儿。然后微微地笑着走上前来，向朱氏深深地作了三个揖，笑道："老太太，对不住，算我失言了。您说得对，男子汉大丈夫，哪有靠了媳妇吃岳家之理？今天还在府上借地方安歇一宿，明天一早我就离开北平。"朱氏微笑道："我知道，你是要到天津去。"玉和站在屋子中间，望了朱氏那种瞧不起人的样子，恨不得由胸膛里喷出一口热血来喷到她脸上去。于是手抬着肩膀笑了一笑道："老太太，你真说得一点儿也不错，我原是打算到天津去看看夫人孩子的；可是我这个人的脾气也是非常倔强的，既是你猜我非去不可，我目前就不去了。"朱氏站起身来，一拍衣服就向外走，睬也不睬玉和一眼。

玉和站在屋子中间，实在是气极了，抬起手来，在自己头顶心里连连打了几个爆栗，自己跳了脚道："难道我这个人就这样的无用，让妇人女子这样地看不起我。"自己心里这时虽然是怒气如焚，可是自己的身体却是软瘫了，哪里站立得住，于是向床上一倒就躺下来了。到了吃午饭的时候，那女仆却来问他，吃午饭不吃？自己并没有吃什么东西，为什么不吃午饭呢？这种明知故问的问话，那也就是有心损人了。这倒无所用其客气，就一挥手道："我不吃饭，回头我出去吃。"女仆去了，玉和掩上了房门，将箱子打开时，点了一点自己的衣物，数一数桂英留给自己的钱，约莫还有三十多元，这要拿去做一笔川资那是足够用的了。一叠箱子上，还有自己一只手提的小藤箱子，是初上北平来用的。后来嫌它粗糙，就没有用过了。这里面大概可以装上十件单夹衣服，携带倒也方便。至于粗糙两字，现在倒是最适宜的了。他想到了这里，就不由得对了那藤箱子微微笑了一阵。到了这时，他的意思完全是决定了。也不去惊动别人，揣了一些零钱，到外面去吃了一餐饭，又买了一只网篮，装了许多出门人应用的物件回来。一直到了晚间，电灯泡没有也就算了，自点了两支白烛，将预备好的信纸信封一齐拿出，就在桌上写起信来。也不知道他今天的才思何以那么的奋发，写了一张，又写一张，不到一点钟，就写了四张信纸，那信道：

桂英贤妻：

　　我们现在分别了。我们是真正地经过了纯洁的恋爱，彼此心满意足，你不慕虚荣，我不分界限，然后结为夫妇的。这样成功的夫妇，不但我们自己为了自己爱情，要永久维持，不让它破裂，就是社会上，如果要维持我们做一对模范情人的话，也应该来维持着我们这个家庭。唯其如此，所以一年以来，受尽了辛苦，受尽了压迫，然而我总不肯说一句分别的话。可是到了现在，终于把分别两个字说出来了。

　　以前，我很自私，以为我之受压迫是社会的罪过，换句话说，我们夫妇的结合，若是不能维持到永久，那也是社会所压迫的。于今看起来，这话有些不然。假使我不想做官，能够自食其力，那就做庄稼人也好，做工人也好，甚至于和你一样，能上台喝几句戏也好，我就可以自组家庭，不必去倚赖人了。然而我恰是不能，只有合了北方人所说的话，坐在家里静等天上掉下馅饼来，哪有那么容易的事？我之失败，不是应该吗？果然，现在你有了职业了。但是，在这样过渡时代，女子职业，究竟难于提到高尚纯洁那上面去，这不是女子不成，无奈社会的恶势力不容你走过去，何况你唱旧戏，完全是供有钱老爷们的消遣事业，有什么不被人侮辱和压迫之理？而且我听得你到天津的第一晚，就让人将酒把你灌醉了，以后不更可知吗？你这种职业已经是很难堪的，再叫我靠着你为生，做你的寄生虫，我心里过得去吗？我们要维持爱情到底，要希望将来组织一个不发愁不受人压迫的家庭，我们只有再去奋斗。我自然是要去找一种职业，就是你这种卖脸子讲应酬的职业，也非抛掉不可！所以我在忍无可忍之下，逼得我下了极大的决心，要暂时离开了你去另找出路。假使我有了办法，你愿意处理家事也好，你愿意再找职业也好，那都容易得多，因为有了基础了。

　　可是，理想是理想，事实是事实，奋斗的人只能说求着精神上一种慰快，不能说事实上就算成功。所以我这次分开你去找出路，那是很渺茫的。假使不能有什么成绩，我就不回来了。你我知道足以身了的，我很放心。对不住，只是这个女孩子恐怕要连累你了。我若是能回来，至多不过三年吧。她还小呢，你总可以抚养她。若是到了三年以后，不但是她，就是你，我也不愿你再等我了，你就另找良缘吧。桂英，我说出这种话来，我知道你一定是十分伤心的，可是事实逼着我们走到了这步境地，我有什么法子呢？你若是真爱我，一定顾全我的人格。顾全我的人格，一定要赞成我去另找出路。不然，我只图着朝夕聚首，就这样受委屈一辈子吗？

别了，桂英，我解放了我自己，也解放了你，你好好地努力吧。最后，我还是要声明那一句话，假使我三年之后还不回来，也许我已经不在人世了，你还是去另找良缘吧。你若是知道我怎样地爱你，一定知道这句话，是出于诚意的。别了，桂英，再见了！

玉和留言

玉和写这封信时，写半张，看半张，写一张，看一张，一直把四张信纸看完，又从头至尾将全信再看一遍。一只手撑了头，一只手拿了笔，对着这四张信纸出了一会儿神，觉得自己所要说的言语绝对不止这些。可是要在字里行间，逐句地补充意思吧，恐怕字行的空当，完全填满了，也是说不完。于是把这信纸搁下，拿起一张白纸又重新地写起来，写了一张纸，还只发了一阵牢骚，不能不走的原因却是未曾提到。看看桌上摆的两个烛头已经所剩无多，想要写出若干张信来，却怕是不可能，自己明天一早起来就走，今天晚上还得收拾行李呢。老是写着这一封信做什么？

他如此想着，把新写的这张信三把两把撕扯得粉碎，就趁着烛光把自己放衣服的箱子来打开。这时，忽然门外咳的一声，似乎有人在那里惊异着了，情不自禁地问了一声谁。外面这就有人答道："我本来也不愿多你的事。可是我刚才看到你把一张字纸扯碎了，立刻又来开箱子，这好像你有什么重大的心事似的。玉和，你生气只管生气，闹别扭只管闹别扭，我们做亲戚的可没有待错你。"说着话，朱氏披了一件青布大褂，一面扣着纽扣走了进来了。她进来之后，脸上带着十分惊恐的样子，由桌上的纸笔墨砚，看到玉和打开的箱子里去。由那箱子里，又看到玉和的身上，两只眼珠直射到他身上不动。玉和微笑着道："老太，你怎么了？"朱氏道："这样夜深，你不睡觉。你一个人在屋子里写着又忙着，你可别胡闹来坑我。"

玉和听说，倒不由得拍着大腿，哈哈大笑起来。因道："老太太，你以为我受了气要寻短见吗？老实告诉你，天下唯有最聪明的人才肯自杀，也只有最笨的人才肯自杀，因为聪明人是想定了，生死毫不足为奇。笨人是想不开，以为死了什么问题就完了。没有办法对付人的时候，用这个办法就把谁也对付过去了。可是我既不是聪明人，也不怎样的笨，叫我自杀那我是不干的。我是连夜写一封信给你姑娘，告诉她我要去找事了，不定几个月回来，叫她别惦记我，并没有什么事情，您着什么急？"朱氏向他脸上依然呆呆地望着，沉吟着道："找事呢，那自然是好事。可是我看你这样子，急急忙忙的，好像有很大的心事，不见得就像你说的那样自在吧？"玉和道："心事总是有的，也没有什么了不得的心事，无非是儿女常情罢了。你想，我现在抛妻别子要出去找饭碗，而且说走就走，连要见一面的工夫都没有，我心里有个不难受的吗？"

朱氏见他口里说着话，可是在大衣箱里，将单衣服一件一件从从容容地向藤箱子里捡了进去。箱子里有桂英的一张半身相片，也向藤箱子里放了下去，这个样子却是真有出门的意思在内，便道："你打算到哪里去呢？有机会可找吗？"玉和道："我有一个朋友，在汉口市政府下面当局长，我想去找一找他。"朱氏道："真的吗？以前你怎么没有提到过？"玉和道："我提起来做什么？若是去不成，岂不又是一场笑话吗？"朱氏没说话，走出去了。玉和也不理会她是干什么去了。不一会儿的工夫，她却拿了一个电灯泡来，向挂灯线上插好，口里道："有盏灯，亮一点儿，你捡东西也方便些。"玉和笑着道了一声劳驾，依然捡东西。朱氏道："到汉口去，是平汉铁路的火车呀。你弄的有免票吗？"玉和笑道："川资倒是挺足的，那用不着。"朱氏道："你的朋友，他做了局长，那总可以和你安插一个位置的，他有信给你吗？"玉和微笑了一笑道："倒是有信的，这倒请您不用替我发愁，我一个人，两肩扛一口，到哪里去也饿不死的。"朱氏一开口，就碰姑爷的钉子，心里有话也不敢说了。坐着看玉和将一只手提箱子捡好，才问一句道："你明天什么时候上火车？"玉和道："大概是上午十一点多吧？您请去安歇，有话我们再细谈吧。"朱氏见姑爷的态度还不十分激昂，夜已深了，有话明天说也好，于是笑道："你也睡吧。"玉和笑着将岳母送到堂屋里，然后才回房去。

　　朱氏睡在床上，心里想着：看玉和那个样子，预备下许多衣服，倒不像是到天津去。他走远点儿也好，免得桂英不能放开胆子来唱戏。不是我天天叽咕着，他哪里肯走？他心里对我自然是不痛快，可是也顾不得许多了。她如此想着，当天晚上倒睡了一夜安适的觉。次晨起来就问女仆道："姑爷起来了吗？"女仆道："提了一个篮子、一只藤箱子，早走啦。"朱氏倒怔了一怔，问道："他说了什么吗？"女仆道："是姑爷叫起我来关门的。我一出来，他就上车了。"朱氏道："车子拉到什么地方去，你知道吗？"女仆道："听到车夫说，有一点钟准可以拉到西直门，误不了事。"朱氏道："这可奇了，到西直门？是上张家口的火车呀，他不是到汉口去吗？"说着话，赶快地跑到玉和屋子里来看，只见屋子里箱子是叠着锁着，橱子柜子是关着，所有玉和用的零碎东西全收起来了，一件也看不到。其余的东西都整理了一番，却一样也不少。桌子靠了窗台，放着他一张半身相片，相片下放了一张字条、一封信。这个样子，他是存心不告而去的，朱氏却不认得字，拿了那张字条在手，站着呆了。

第三十二回

垂泪尚登场悲歌欲绝
伤心难撒手忍辱空还

在两小时以后，王玉和留下来的那封信放在张济才家客室圆桌子上了。秋云坐在矮椅上，两手抱了膝盖，偏了头只管去想心事。朱氏眼望了张济才，两手按在腿上，坐在他对面。她正静等着他说话呢，张济才口里衔了一支烟卷，偏了头靠着椅子靠背，然后摇摇头道："老太太，不是我说你，你这件事做得实在也就不对。姑奶奶已经去挣包银了，姑爷暂在岳家住个十天半月，这很不算一回事，他不能白吃你的，好歹有你姑奶奶会饭账呢。玉和这个人，他不是没有志气的人，不过爱你的姑娘，舍不得拆开来，所以……"

秋云皱了眉道："别所以了，这才归到玉和不能不走的那个原因，要说到这封信等待何时？老太太，事到于今，谁也不用埋怨谁，最好你自己到天津去一趟，把这封信亲自交给桂英。劝她先别伤心，我们再想法子打听玉和的消息。他若是到汉口去了，那很不值什么，随时可以通信。若是照老妈子的话，他是由西直门走的，他一定是到绥远河套子里去了。他常说，有个旅行团，留了一部分人在河套子里开荒，那里是个自由之国，他也打算去。我们以为他是气头上发牢骚的话，谁也没有去理会。如今看起来，也许他是真上那个地方去了。若是真到那个地方去了，那可没有办法，只好等他几时高兴几时回来。"

朱氏觉得玉和这回出走，不能不说是自己咕噜成功的。现在把人家少年夫妻拆散，充军似的把人家逼到沙漠荒地里去，良心上究竟也说不过去，因之她默然着许久，才说两个字："你瞧。"在"你瞧"这两个字说完之后，她又没有什么可说的了。秋云道："这件事，你还是不必耽误，赶下午这趟车就到天津去吧。"说着，就不由得叹了一口气道："早晓得是这样的结果，我们真不该做这个媒。我看了这封信，心里就万分难过，别说是桂英了。"张济才道："那就暂时瞒着她吧。"朱氏摇摇头道："那可不行，我们这位姑奶奶专是讲一家理的。回头她说这样大的事都瞒了她，那要和我算起账来，我真受不了。"张济才抬起他那个厚手掌，将圆棍似的粗指头在脑袋上摸索了一阵，站起来一拍巴掌道："说不得了，我陪老太太到天津去一趟吧。你娘儿俩若是说不拢的时候，我还可以从中劝解劝解。"朱氏道："那就好极了。没有什么说的，你还是瞧你太太的面子，念她们做姊妹一场，多费心吧。那么，我先回去了，我们车站上见。"

朱氏带着原信走了。济才夫妇又议论了一阵。济才道："我晓得，玉和这次逃跑，还不光为了外老太太的颜色不好看，我想桂英上台唱戏，又免不了许多无味的应酬，这是玉和最不高兴的一件事。唉，我想做女戏子的人，不去受人家捧场，那就不行吗？照着卖艺说……"秋云不等他说完，抢着道："你别怪女戏子，谁叫他们这些侮辱女子的男子去包围女戏子？我唱戏的时候，当年你在台底下没有怪声叫好过？没有请我吃过饭？没有买东西送过我吗？"张济才站着向她作了两个揖，笑道："得了，让下人们听了去什么意思？我们也犯不上为了别人的豆子炸了自己的锅。"他说毕，带着笑容径自溜着出去了。

这日下午七点多钟，张济才陪着朱氏一同到了天津，坐了车子，一直就奔国民饭店。本来呢，这个时候，日戏散了场，夜戏还没有开始，桂英应该是在旅馆里的了。可是朱氏问明了房间，进去一看，只有乳妈带着小孩子在屋子里是坐在椅子上打盹。门一响，进来两个人，倒把她吓得一跳。朱氏道："老板呢？还没有回来吗？"乳妈道："还没有回来，就有两个客，坐在这里等着。等她一回来，就把她拉起走了。"朱氏道："知道她是上哪里去了吗？"张济才就插嘴道："这还有什么问的，这个时候走开一定是让人拉着吃晚饭去了。"朱氏道："怎么到天津来了，她也是有这些个应酬？"张济才明知道她这句话是和桂英遮盖着的，自己心里这就想着，各人有各人的困难，这又何必去多人家的闲事？所以把这事撇开了，便道："老太太，别等了，咱们先就在旅馆里叫一点儿饭菜来吃吧。咱们吃完了，她也就应该应酬完了。反正今天是回去不成的了，我先去开好房间，回头请您过去吃饭。"说毕，这就走了。朱氏掩上了门，就低声问道：

304

"白老板是吃晚饭去了吗？"乳妈道："谁知道哇！两个大老爷们在这屋子里磨咕了半天，老板一顿脚，好像有些生气似的，就跟着他们走了。那两个老爷们嘴贫着咧。"

朱氏虽觉得这乳妈的话有些不堪入耳，然而她是一个没有见过世面的人，繁华城市里这些男女交际情形当然没有见过，便道："那都是我们家极熟的人，来坐坐谈谈，没有关系。"乳妈道："不，他们到这儿来，还是那林二爷引见着来的呢。他们老是说要在这里打牌，老板不肯。为什么不让他们打呢？打了牌，我也好落几个零钱用用呀，老太太，你说是不是？"朱氏又不便怎样说她，一赌气只好是不说了。她心里想着，我们姑奶奶睡在鼓里，这个时候还在开心。自己的丈夫，也不知道跑到哪外国去了。自己也不再说话，在屋子里和桂英顺理顺理东西，混着时候，一会儿茶房走来，说是张三爷已经开好了房间，请白老太太去吃饭。朱氏将带来的一个小包袱放在桂英床上，也就走了。

她去后约莫有十分钟，桂英就回来了。乳妈抢着告诉她说，老太太和一个四十多岁的人同来了。桂英的脸上略略地带了些酒色，好像没有说话的工夫似的。在床头边把一只装戏衣的大箱子打开，挑了几件戏衣放在床上，口里道："你胡说，哪有四十多岁的人和她一路来？"乳妈道："你不信，床上还有那个小包袱在那里呢，不是她带来的吗？"桂英一看，果然是自己家里的包袱。将包袱打开，里面除了小孩几件毛孩衣而外，还有一封敞口信。信封套上写着，"请交令爱桂英贤妻收"。这是玉和来的信，他不来，怎么倒叫我母亲和他带信来呢？这上面无非也就是一些爱情话，现在没有工夫看，带到戏院子去看吧。她将这封信揣在身上，匆匆忙忙地就向外面跑。跑出了房门，又回转身来问道："老太太人来了，在什么地方呢？"乳妈道："吃饭去了。"桂英道："她回来了，你叫她到戏馆子里去找我吧。今天唱的是双出戏，九点钟我就要上场，去晚了，我又要误场了。"她也不等乳妈的回答，径自走了。

到了戏馆子后台，只听到那田宝三在那里大嚷起来了，他道："我说了这几天名角儿应酬多，就别排双出戏了。九点钟就上场，这些名角儿是谁也办不到的。垫戏吧，垫个化缘。"桂英抢上前笑道："别嚷了，我来啦。我很快的，抹点儿胭脂粉，披了一件衣服就出去，忙什么？"田宝三将一条漆黑的手绢擦着头上的汗，微笑道："你来了，我也许不忙，你不来，我怎么不忙？难道我能抹了胭脂粉替你出去吗？"人丛中，也不知谁插了嘴道："那可好，一掀帘子，准是个门帘儿彩。"哄然一声，大家全笑了。田宝三拉着桂英的手臂道："我的姑奶奶别开味了，扮戏吧。下面就是《戏凤》了，你扮戏也赶着点儿，我准告诉场上的人，把这出《泗州城》马后一点儿吧。"桂英被他连推带拉，逼得没有法，只好向自己扮好的那间小屋子里去扮戏。她的跟包的也就把她放在家里的戏衣带来了。桂英脱了长衣，穿一件紫身裙子，对了桌上一面镜子坐着。让梳头的和她梳头。梳头的笑道："你现在倒是老爱唱这种衫子戏。"桂英也向着镜子里笑道："他们都说我不能唱衫子，我有点儿不服这口气，凭什么就知道我不能唱衫子呢？回头你也去看看，我的衫子怎么样。"

说到这里，赵老四由外面伸进一个头来，笑道："老太太来了，你知道吗？"桂英道："我今天晚上忙着啦，有话等我回旅馆去再说吧。你瞧我忙糊涂了，把那封信忘了瞧。老四，劳你驾，把我长衣袋里那封信递给我。"赵老四将信拿着，递到她手里。她拿信在乎，正待打开来，梳头的道："头已经梳完了，你去穿衣服吧，回头瞧信，还有什么来不及的吗？"桂英想着，也是对了，只好拿信在手里穿戏衣，穿好了戏衣，自己照了一照镜子，觉得大致都扮好了，这就坐在凳子上，捧了那几张纸看起来。只看了几行，这才知道大事不好，不由得脸上变了色，就连喊了几声老四。赵老四走了来道："快上场了，你还有什么事？"桂英道："我们老太太到戏馆子里来了吗？快给我叫来，我有话说。"赵老四道："她没来，在旅馆等着你呢。"

桂英还要说什么时，早有人叫道："白老板，上场上场，正德皇帝出去了。"桂英只把这信看了几行，心里委实不安，然而戏正要上场，却是又不容耽误的，只得拿了信，站到上场门的门帘子下面去看。只看了那两行是："我听到你到天津的第一晚，就让人将酒把你灌醉了，以后不更可知吗？"桂英看到这里，不由得心里头连连跳了几下。可是台上的正德皇帝，已经在那里唱着"看看来的是何人"了。桂英听到，慌了，口里答应着一声"来了"就走了出去，所幸捡场的事先看到她在那里看信，见她并没茶盘子，赶快地就拿了茶盘子向她手上一塞。然而事情是很险，在上场门打帘子的人已经把帘子掀了起来了。桂英手里抢了这个茶盘子，就向帘子外面走。好在《游龙戏凤》这一种戏，已经是唱得滚瓜烂熟的戏，纵然心里很乱，可是听了胡琴也就信口而出地唱了起来了。唱是唱完了，心里这一分难受犹如热水泡着一般。但是热水尽管是泡着心，然而戏做到什么地方，脸色也就应当做到什么程度。当她进去的时候，要做向正德皇帝的嫣然一笑，也就头一扭，露着牙齿嘻嘻地笑着进去了。桂英的笑容最是好看。当年玉和曾为着她一笑把神志颠倒了。她现在一笑，依然是可以颠倒群众。在她对于正德皇帝临去秋波那一转，台底下早是哄然一声叫起好来了。桂英的心里这时正如刀挖一般，进了门帘子拿着那信纸再待看下去，然而外面的正德皇帝已是唱到将木马敲打二声响，自己要接着唱后面来了卖酒人，应当跟了出来了。桂英将信看到半中间，不知结果如何，心里却是非常之难过。偏是今天唱的戏凤的李凤姐，必定要做出那玲珑活泼才算对工。当然在这个时候，是不许带上一些儿愁容。看看台底下，看客已是满座，为了吸引大众起见，绝对不许偷一点儿懒，自己一横心，管他呢，我在唱戏，就只谈唱戏，信上有什么话我就不必问了。

她如此想着，依然提起精神来唱戏。直把这戏凤唱完，进了后台，装也来不及卸，在身上立刻抽出那封信，一面走着一面看下去，回到自己化装的那间屋子里去。她这样地看信，当然地引起了后台许多人注意，一齐由她身后追了上来。有两个人直追进她的化装屋子，笑道："嗬，这是你们先生写来的信吧？准是写得又甜又蜜，这该让我们大家瞧瞧呀！"桂英把这封信一口气看完时，早是心里酸痛着，将眼泪水直逼到眼沿上来。不过她看到许多人追随着她，若说是自己丈夫跑了，这却是一桩丢面子的事。因之喘了两口气，回转头来，向追着的人笑骂道："你们追什么？谁没有爷们儿？爷们儿写信来，这算什么？瞧瞧，给你们瞧。"她说时，将手上那个空信封子一直伸到面前去，叫这两个人看。偏这两个人恰是没有爷们儿的大闺女，臊着跑了。

桂英等人去了，将小屋子里这两扇房门一关，自己从头至尾再把信来看看，她的眼泪无论如何忍耐不住，抛沙一般自胸面前落将下来。因为她是太伤心了，不光是落泪，而且非哭出来不可，哇的一声，只放出了一些哭音，自己立刻感到，这不是故意把事情告诉人吗？于是一面用手绢捂了嘴，一面将手臂枕着额头，就伏在桌子沿上。她的哭声虽没放出来，然而她关起门来的这种举动却是瞒不了人的。后台管事的李多福，就敲着门问道："白老板，你怎么了？"桂英定了一定神，向着门答道："没事，我肚子痛，歇一会儿就好了。"李多福道："你还有一出大轴子哩。"桂英道："我干什么来了？你放心，这个我忘不了。"李多福道："不是那样说，你不是说身上不舒服吗？"桂英道："今天晚上，我死了就不唱，有一口气我也挣过去。要不然，让这一戏馆子人都退票吗？"李多福听她这话，这是诚心愿意唱戏了，就不敢再麻烦她了。

桂英坐在屋子里，自己又垂泪了一回，却听到朱氏在房门外叫了一声，桂英也急于要知道玉和的情形如何，就开着房门让朱氏进来。朱氏猛然一见，倒吃一惊。原来桂英还是穿了戏衣，把一个活泼天真的李凤姐变成了拷打的春梅了。那脸上搽得浓厚厚的胭脂粉，都变成了深入浅出的泪痕。这个人的模样，简直变成看不得的花脸了。因道："孩子，你怎么了？"桂英道："我不怎样，心里头闷得慌，我要哭两声儿，解解心里的闷。"朱氏听她如此说着，可不像话，但是姑奶奶正是在伤心时候，也不能追究这话的所以然。默然了一会儿，才道："我听到说，我带来的那一封信你已经看到了。"桂英点着头道："看到了，他走了就走了吧。"她淡淡地说着，自己去脱戏衣。因为她已开了门，梳头的也就挤着进来了，向她微笑道："你该扮戏了。"桂英淡淡地道："扮吧。"后台管事李多福，在门外踅来踅去，逡巡了两回。桂英向门外道："李多福，有什么事吗？你尽管说吧。"李多福摇着头笑道："没事。"桂英道："没事，你干吗老是探头探脑的？我告诉你，我无论心里怎样的难受，今天我总得把这两出戏唱完，你放心好了。"李多福被她如此说着，也只好干笑了一笑就走开了。

桂英说了这话却是算数，立刻停止了愁容，和平常一样对人有说有笑。她的大轴子，是和全班合演的《天河配》。因为这班子里还有一个比她红些的花衫扮了织女，所以她反串的牛郎。《天河配》这出戏，大致是演一段传述相同的神话，可是各戏班子，却各自在这些戏里卖弄他们的技巧。因为桂英和那个扮织女的都善演悲剧，所以编戏的田宝三，在鹊桥会的一场之前，牛女二角，可加了一场相思的南梆子，相会之后，照着孝感的唱法，又加了一场惜别的反调。桂英今天心有所感，把这两场戏唱得十分精彩。最后一场，台上布着晨星寥落的晚景，牛郎织女，正在鹊梁一边依依情话。忽然有两个仙女上场，说是已交五更，限期已到，不然鹊桥飞散，不能过去。于是不由分说催着织女过去。桂英扮着牛郎，手拿了云拂，独自站在桥头，唱起来道：

叹天帝轻儿女只重聘钱，限相逢只一夕别要经年，一霎时鹊
四飞玉人不见……天孙，织女……我妻……哎呀……我夫呀……

　　桂英唱到最后，忽然把"我妻"变成了"我夫"，身子歪了两歪，倒
了下去。原来戏场上也有这样规矩，在表演一个人晕倒的时候，可以只唱
三句，这叫作"扫"。可是在戏的最后，这样一扫却是不能结束的。她先
把"我妻"唱成"我夫"，台底下有听懂了的，早是哄堂一阵大笑。这时
见桂英倒在台上，更是起哄起来。后台的人知道桂英这次是勉强出台的，
趁了这个机会，一声大号筒响，一拉戏幕就算完了。朱氏在后台看到，顾
不了许多，就抢了出去。见她躺在台毯上双目紧闭，已是真晕过去了。连
忙蹲了下去，摇了桂英几摇，她也不曾动。这情形可重大了，后台的人早
是蜂拥上前，七嘴八舌围了起来。田宝三分开众人，拥上前去，摇着手
道："大家别乱，让她好好地躺着，赶快打电话去找医生，只要过十分钟，
看客一散，就清静多了。这个时候，她还是不能受颠簸呢。"

　　究竟田宝三的话是有力量的，大家就依了他的话办。不到三十分钟，
戏馆子里人已经散尽了，大夫也就来了。据大夫诊断的结果，这不过是病
人受了一些刺激，不要紧的，让她安安静静地躺一会儿也就好了。说时，
就和桂英注射了一针，她慢慢地也就醒过来了。闹到晚上两点多钟，才用
汽车将桂英送回了旅馆。张济才得了这个消息也是没睡，这时候，就跟着
到桂英屋子里来探病。桂英将枕头叠得高高的，带坐带躺地睡在那里。看
到张济才进来了，就向他点了两点头，带着微笑道："劳你驾，又要您跑
这么一趟了。事到如今，我也不能怪谁，只怪我自己不能奋斗，为什么又
来唱戏呢？我要不唱戏，我的丈夫就不至于走。"张济才道："你别发牢
骚，唱戏也是一种职业，有什么关系？"桂英也不说什么，伸手到枕头下
面去，拿出一叠纸件，伸着递给张济才道："你看这个。"济才接过来看
时，有七八张是请客帖子，另有两封信，还有一封信附着一个男子的照
片。这不用问，大体就可以明了了。桂英道："唱戏真是一种职业吗？成
天地要敷衍人。在台上卖脸子，都是没法，下了台还要卖脸子，我觉着
这件事有点儿冤。这次我为什么又唱戏？不就是为了玉和没有吃饭落脚的
地方，我要挣几个钱来安家吗？但是他走了，我也就用不着安家了，也更

用不着唱戏了。"

朱氏听到她不唱戏了，首先就不愿意。不过她发晕过去，刚刚地醒过来，不是和她抬杠的时候，也就默默地没有作声。张济才笑道："你这是一时的牢骚话。你现在挣几百块钱一个月的包银，钱又不会咬了手，你为什么不干？"桂英摇摇头道："你这是只知其一，不知其二的话。你想，我若是舍不得几百块钱的包银，上次我不嫁王玉和了。我不是听到说，你把西山旅馆接办过来了吗？"张济才道："倒是有这件事，你干吗问起这句话来？"桂英道："有这事就好办，我和你商量，你账房那个位置别许给别人，让我试试。你给别人多少钱一个月的工钱，给我也是多少钱一个月的工钱，我是绝不多要。"张济才道："这不是笑话吗？"桂英道："绝不是笑话。你想，我若干这个账房，房子是有的住，饭也有的吃，多少还可以挣几块工钱。到了那个时候，除了听你店东的指挥而外，我可是大爷，流氓也好，公子哥儿也好，大人老爷也好，我全不用敷衍了。"张济才和她说着话，可是不住地偷看朱氏的颜色，见她时而有要笑的样子，时而还有半生气的样子，脸上红红的，对于她的话分明是听不入耳。张济才不敢多言，就站起身来，向她点着头笑道："你歇着吧，夜深了。"说毕，他也不等桂英下面那句话就走了出去了。

桂英如何看不出来？在床上不由得笑了一声。她给予张济才看的那两封信还放在手边，于是拿起来，抽着信笺念道："桂英女士慧鉴：不才突以此信相投，自知冒昧，然而爱慕之忱，有迫于不能自已者，但望女士怜其愚而爱其稚，许之为友，则不胜荣幸之至矣。不才年方弱冠，颇有资财……"念到了这里，她两手撅了信纸咬着牙，恨不得一下将它撕碎。可是她想了一想，倒是扑哧一声笑了。朱氏道："你笑什么？"桂英说："这信上说，他年轻，又有钱。女人不都喜欢的是这些吗？他的条件，可也就全备了。我想捧角的人，真也把女戏子的心事猜透了。你们白操心，我白桂英是不容易勾引的。我从今以后不唱戏了，你还有我什么法子呢？"朱氏道："哟，你可别说这话，不唱戏哪成呀！"桂英道："为什么不成呢？"

说时，房门敲着响。桂英道："哪一位？请进来吧。"门推开，田宝三笑着进来了。桂英道："这样夜深，田老板还来了，必有所谓吧？"田宝三笑道："没事，我瞧瞧您可大好了。"桂英笑道："你瞧我好了没有？这就是事情，因为我要是不好，明天登不了台，你可着急呢。"田宝三没有什么可说的，只是勉强笑了一笑。桂英道："我有许多话要和你谈判谈判呢。老实告诉你。这戏我是不唱了。"田宝三笑道："好好的为什么不唱戏？"桂英正色道："我真不唱了。叫我卖艺，我是干的；叫我卖脸子，我是不干的。你看，现在唱戏，就完全是叫我卖脸子呀。我有丈夫有孩子的人，不能干。明天，我干脆挂我请假的牌子吧。"田宝三也不曾坐下，站在屋子中间，也就发了愣了。许久，才懒懒地道："您要是不肯唱戏的话，谁也不能干涉你，可是咱们订的合同，那也不算事吗？您不记得合同上有这样一条，中途废约的要赔偿损失吗？照说，咱们的私交，那不在乎，可是这例子一开，订了合同的要全不算事，那不糟了吗？"

桂英听他这话，倒抽了一口凉气，然而还硬着嘴道："难道你田老板还能告我一状不成？"田宝三道："您别说这种硬话呀，您就忘了这次唱戏是您来找我的吗？要是在这个日子打退堂鼓，您不是让我为难？"桂英听了人家这入情入理的话，已不能有什么话可说，躺在床上，只管抚弄十个手指头。朱氏却在一边张罗田宝三的茶烟，叹了一口气道："别说你为难，我们借了一屁股带两胯的债，把行头赎出来了。要是不唱戏了，那可是个麻烦呢。"桂英将手一拍道："好啦，我沉住这口气，唱满合同来吧。你们不只限我半年的合同吗？半年以后，我总可以自由了。我也想破了，有你们没有我丈夫，有我丈夫没有你们。现在我丈夫跑了，人是你们的了，你们要怎样办就怎样办，我在地狱里再受半年罪吧。田老板，你放心回去，我照样地唱戏。"田宝三见她一会儿这样说，一会儿又那样说，也是摸不着头脑，坐了一会儿也就走了。

桂英等人走了，也不和谁说话，一个翻身向里自躺在床上睡了。次日没有日戏，睡到十二点多钟方始起来。茶房进来说："那位张三爷已经搭九点钟车回北平了，让我们打个招呼。"桂英见朱氏坐在一边，就微笑道："他是怕我纠缠着他要做账房先生呢。不行就不行，何必躲？我有这份能耐，还愁混不出钱来吗？你瞧着，以后我永远也不求他。"朱氏还敢说什么？只是微笑地听她说说而已。桂英梳洗完了，端了一杯茶，坐在软椅上，叹了一口气道："真是事久见人心。别人不来瞧瞧我也罢了，怎么林二爷也不来瞧瞧我呢？"不料事有那么巧，屋子外就有一个接嘴道："林二爷没来，林二奶奶来了，成不成呢？"说着，正是林子实的太太笑着进来了。

桂英和她见过一面的，赶快起来让座。可是看她脸上总是红红的，脸色不定，这显然是有所谓而来呢。桂英道："林太太也到天津来了，什么时候来的？"林太太强笑道："昨天来的，昨晚上我还瞧你扮牛郎来的。散戏以后，子实听说你晕倒了，他和我商量着要来看你，是我拉住着没让他来，我说男女有别，这样夜深可不能去。"桂英笑道："唱戏的人，什么叫男女有别？只管来，没关系。"林太太强笑了一笑，约莫默然有四五分钟，这才道："我今天来，有一点儿小小的事要求着你，就是我们的子实，为了替你捧场把正事都耽误了。以后，您别让他来了。"桂英听说，不由得冷笑一声道："我的林太太，你真错了，我要爱林子实，还能挨到你去嫁他吗？不过，你来找他回去我是赞成的。我听说丈夫跑了，人就晕过去，你丈夫不回家，你不是一样着急吗？你把丈夫找回去吧。以后我不让他到这里来就是了。至于他愿意花钱听戏我可管不着，那是你自己的事了。"说着，打一个哈哈笑起来了。林太太原是打算说桂英一顿的，不想反让她抢了上风，红着脸说不出话来。许久，突然地站起来道："你是好人，你是好人？怎么不像我一样找你的丈夫去？你说我管不了自己的事，你呢？"说毕，她就走了。这几句话说得桂英真是哑口无言答。坐着呆了半响。才冷笑道："哼，我白桂英是人家谅不透的。"说着，将枕头下那一叠请客帖子看了一遍，自言自语地道："有人请我吃午饭呢，我得敷衍去。"说毕，她草草地扑了一点儿粉就走了。

　　约有半小时以后，田宝三打了电话给朱氏，说是桂英借了一百块钱走了，在旅馆门口有人听到她雇车上总站，别是上了车站上张家口去吧？你去瞧瞧吧。朱氏听了这话也就慌了，叫乳妈抱了孩子就追上车站去。到了车站，果然见桂英一个人在天桥边走着，连忙抢上前去，叫道："姑奶奶，怎么你一个人回北平去？"桂英站住了，叹了一口气道："你追来做什么？"言犹未了，赵老四、大福、田宝三，全追上来了。大福皱了眉说："我的姑奶奶，你拍屁股一走，不是坑了我吗？为你出台，我借了好几百块钱债呢！"田宝三道："白老板，你怎么说话不算话，你要走了，股东得和我要人，我没法只好找你们老太太了，那可是一场官司。"桂英道："娘儿们谁舍得自己的丈夫？他跑了，我不该去找了他回来吗？"朱氏道："你去找丈夫，该让老娘吃官司吗？你自然是打算追上河套子去了，知道他是不是在那里呢？你一个妇道，能上那地方去吗？我这么大年岁了，又忍心把我一块肉丢到那荒凉的地方去吗?"说着,垂下泪来。桂英看到母亲哭,也不由得眼圈儿红了。

这时,乳妈把五个月的小孩子也抱着挤上前来央告着道:"你真这样狠心,把这小孩子丢下来让她跟着谁呀?"说着,就把这毛孩子塞到桂英的手上。桂英抱住了这孩子,再看母亲泪人儿似的,那一鼓作气的意气就完全软下来了。赵老四垂了肩膀,微叹着气道:"你丢下老的老、小的小,糊里糊涂这样走了,也不是办法呀!那王先生既然留下信来,叫你等三年,你就等三年吧。再不然,你打听明白了,走也不迟呀。"桂英叹了一口气道:"有了你们,没有我的丈夫了。"她垂了头,抱着孩子,被这一群人包围着,一步一步向车站外走。

那火车呜呜一阵,却开向北方去了。

图书在版编目（CIP）数据

欢喜冤家／张恨水著. — 北京：中国文史出版社，
2018.5

（民国通俗小说典藏文库·张恨水卷）

ISBN 978 - 7 - 5034 - 9892 - 3

Ⅰ．①欢… Ⅱ．①张… Ⅲ．①章回小说 - 中国 - 现代
Ⅳ．①I246.4

中国版本图书馆 CIP 数据核字（2017）第 316204 号

整　　理：萧　霖
责任编辑：卢祥秋

出版发行：中国文史出版社
网　　址：http://www.chinawenshi.net
社　　址：北京市西城区太平桥大街 23 号　邮编：100811
电　　话：010 - 66173572　66168268　66192736（发行部）
传　　真：010 - 66192703
印　　装：廊坊市海涛印刷有限公司
经　　销：全国新华书店
开　　本：720 × 1020　1/16
印　　张：21　　　　字数：340 千字
版　　次：2018 年 5 月第 1 版
印　　次：2018 年 5 月第 1 次印刷
定　　价：63.00 元